LES TÉNÈBRES EXTÉRIEURES

DU MÊME AUTEUR

En langue française

Chronique d'un empoisonnement annoncé. Le scandale du chlordécone aux Antilles françaises (1972-2002), enquête, avec L. Boutrin, L'Harmattan, 2007.
Case à Chine, roman, Mercure de France, 2007.
Nègre marron, récit, Écriture, 2006.
Adèle et la Pacotilleuse, roman, Mercure de France, 2005.
La Panse du chacal, roman, Mercure de France, 2004.
Le Barbare enchanté, roman, Écriture, 2003.
Nuée ardente, roman, Mercure de France, 2002.
La Dissidence, récit, Écriture, 2002.
Brin d'amour, roman, Mercure de France, 2001.
Le Cahier de romances, récit, Gallimard, 2000.
Canne, douleur séculaire, ô tendresse !, album, en collaboration avec David Damoison, Ibis Rouge, 2000 (prix du Salon du livre insulaire d'Ouessant).
La Dernière Java de Mama Josepha, récit, Mille et Une Nuits, 1999.
Régisseur du rhum, récit, Écriture, 1999.
L'Archet du colonel, roman, Mercure de France, 1998.
Le Meurtre du Samedi-Gloria, roman policier, Mercure de France, 1997 (prix RFO).
La Baignoire de Joséphine, roman, Mille et Une Nuits, 1997.
La Vierge du Grand Retour, roman, Grasset, 1996.
Contes créoles des Amériques, contes, Stock, 1995.
La Savane des pétrifications, récit, Mille et Une Nuits, 1995.
Les Maîtres de la parole créole, contes, Gallimard, 1995.
Bassin des ouragans, récit, Mille et Une Nuits, 1994.
Commandeur du sucre, récit, Écriture, 1994.
L'Allée des soupirs, roman, Grasset, 1994 (prix Carbet de la Caraïbe).
Ravines du devant-jour, récit, Gallimard, 1993 (prix Casa de las Americas).
Aimé Césaire, une traversée paradoxale du siècle, Stock, 1993 ; Écriture, 2006.
Lettres créoles : tracées antillaises et continentales de la littérature, essai, en collaboration avec Patrick Chamoiseau, Hatier, 1991.
Eau de café, roman, Grasset, 1991 (prix Novembre).
Éloge de la créolité, essai, en collaboration avec Patrick Chamoiseau et Jean Bernabé, Gallimard, 1989.
Le Nègre et l'Amiral, roman, Grasset, 1988 (prix Antigone).

(suite en fin de volume)

RAPHAËL CONFIANT

LES TÉNÈBRES EXTÉRIEURES

récit

ÉCRITURE

www.editionsecriture.com

Si vous souhaitez recevoir notre catalogue
et être tenu au courant de nos publications,
envoyez vos nom et adresse, en citant ce
livre, aux Éditions Écriture,
34, rue des Bourdonnais 75001 Paris.
Et, pour le Canada, à
Édipresse Inc., 945, avenue Beaumont,
Montréal, Québec, H3N 1W3.

ISBN 978-2-909240-65-7

À Dominique Batraville,
frère en écriture et en folie…

Haïti

ÎLE DE LA TORTUE

Jean-Rabel
Port-de-Paix
NORD-OUEST
Gros-Morne
Cap-Haïtien
Bombardopolis
Gonaïves
NORD
NORD-EST
Dessalines
Hinche
ARTIBONITE
Montagnes
noires
CENTRE
Saint-Marc
Mirebalais
ÎLE DE LA GONAVE
Arcahaie
OUEST
Belladère
Thomazeau
Port-au-Prince
Jérémie
Miragoâne
Léogane
Pétionville
GRANDE-ANSE
SUD
Grand Goâve
SUD-EST
Aquin
Marigot
Grand-Gosier
Les Cayes
Jacmel
Anse-à-Pitre
RÉPUBLIQUE DOMINICAINE

PREMIÈRE SPIRALE

Voici venu le temps des jours sans raison comme ces mouches du même nom qui tournevirent dans la lumière cruelle de juin, voici le temps arrêté quand il ne sert plus à rien de guetter les premiers éclats de voix – celle de la marmaille insouciante qui se bouscule par jeu à l'unique fontaine du quartier –, pas plus que le vrombissement fatigué des taptaps qui déboulinent, depuis l'avant-jour, des mornes qui corsètent la Ville. Ni même l'appel, tout en éraillement, des vendeurs de cassave ou de maïs grillé.

C'est le temps immobile de l'antique tragédie.

1

Lorsque Son Excellence le Président à vie de la première république noire du monde, Grand Ordonnateur de l'ordre des choses et Visionnaire sublime des idéalités, s'approcha de son cadavre, il éprouva la première vraie frayeur de sa vie, une peur-cacarelle comme eût dit son fidèle valet de chambre Fidélio. Ce Nègre de pure race, vantardisait-il, n'eût été sa parlure peu académique, eût pu servir à la cour de n'importe quelle monarchie européenne. C'est qu'en matière de musique il possédait une oreille tellement exercée qu'il pouvait tout à la fois distinguer le feulement du tambour-assotor de celui du tambour-rada lorsqu'ils appelaient les loas et autres divinités d'Afrique dans les quartiers mal famés de Fort National ou de La Saline, mais tout aussi bien les envolées lyriques de Haydn des émotionnements un peu précieux de Rimski-Korsakov lorsque la première dame s'exerçait au piano dans le petit salon à musique du palais, endroit interdit à la valetaille ainsi qu'à tout ce lot de courtisans qui faisaient le siège de la Bienfaitrice dans l'espoir qu'elle leur obtînt un poste de juge de paix, de policier ou, tout simplement, qu'elle accordât par décret le baccalauréat à l'un de leurs rejetons.

Ôtant ses lunettes en écaille serties de verres à double foyer, le Président à vie contempla son visage tuméfié, son nez fracturé qu'éclairait encore ce sourire vaguement ironique qu'il aimait à arborer devant ses interlocuteurs chaque fois qu'il devinait chez ces derniers – ministres, colonels, ambassadeurs ou simples miliciens – le désir de lui prouver leur attachement indéfectible. En chacune de ces occasions, il se répétait en son for intérieur que la veulerie, davantage que la raison, est la chose au monde la mieux partagée et que l'espèce humaine est la création la plus immonde qui soit jamais apparue sur la surface de la terre. C'est que François Duvalier n'avait jamais tremblé une seule fois au cours des soixante-deux ans du calendrier chrétien (et des vingt-sept cycles temporels du vaudou) pendant lesquels il avait affronté la faim, la souffrance physique, la lèpre, la tuberculose, le pian – surtout le pian, qui ravageait les paysans de l'Artibonite et des hauts plateaux de l'Ouest. Il les avait soignés, alors fraîchement émoulu de la faculté de médecine de Port-au-Prince, la plus réputée de tout l'archipel des Antilles, sans répugnance aucune, sans rechigner à la tâche, sans se laisser miner par le découragement lorsque l'épidémie reprenait dans quelque hameau où l'on croyait l'avoir éradiquée. S'agenouillant devant ces corps squelettiques, il nettoyait leurs plaies à mains nues, ôtait les chairs enkystées à l'aide d'un stylet qu'il désinfectait à la flamme d'un feu de bois, les badigeonnait d'éther et de mercurochrome avant de les bander avec soin. Insensible à l'odeur méphitique, contrairement à ses collègues américains de la US Medical Aid, jeunes hommes rasés de près, au teint rosé, qui se couvraient de gants et de masques, il affrontait le mal avec une énergie qui les laissait bec coué. Jamais fatigué. Jamais en proie au doute. Son humilité en imposait à tous et, dans la bouche du peuple, il était déjà surnommé « Papa Doc », quoiqu'il fût moins âgé que la majeure partie de ses patients.

Le capitaine Barbot et deux miliciens se tenaient au garde-à-vous dans la Salle des glaces du Palais national où François Duvalier recevait les gens dont il voulait déchiffrer les pensées secrètes ; car en tout homme, seule la part d'ombre l'intéressait, celle que chacun s'appliquait à dissimuler devant lui. Toutes ces jalousies, ces haines rentrées, ce stupre qui agitaient leur âme, la rongeaient même, jusqu'à faire d'eux les pires tortionnaires, dès l'instant où le Président à vie leur avait désigné un coupable. Située dans l'aile nord du bâtiment, cette pièce demeurait hermétiquement fermée la plupart du temps, les grappes de servantes qui balayaient sans cesse les lieux, pourchassaient la plus discrète toile d'araignée, le moindre grain de poussière, Papa Doc étant maniaque de propreté, n'y ayant point accès. Alors que tout le monde faisait la sieste, surtout au plus fort de la saison du carême, quand des ondes de chaleur humide déboulaient depuis la lointaine chaîne des Matheux, il s'installait dans la baignoire aux robinets d'or de la salle d'eau attenante à la Salle des glaces. Considérant la nudité totale comme une offense à sa dignité, il se chapeautait d'un de ces hauts-de-forme noirs qu'il faisait commander deux fois l'an chez un célèbre chapelier de Paris et s'autorisait son unique cigare de la journée (du tabac odorant importé en contrebande de Saint-Domingue, voisine hispanique et honnie d'Haïti). Papa Doc s'emparait alors du crâne du sieur Jumelle, Clément de son prénom, l'ennemi personnel qui avait osé défier son pouvoir des années durant, se prenant pour une sorte de Fidel Castro quoiqu'il fût imberbe, ce couillon de Nègre, et n'eût jamais pu se procurer d'uniforme vert olive, puis il entamait une manière de causer avec ce dernier. Parfois, il le plongeait dans l'eau frette, surtout quand le bougre refusait de répondre à ses questions.

— La guerre est finie entre nous désormais, lui martelait le Président à vie. Cessez de faire l'intéressant, monsieur !

Reculant de deux pas devant son propre cadavre, le Président à vie dévisagea les trois hommes qui baissèrent immédiatement les yeux. Quand une exécution était prévue à la geôle de Fort-Dimanche, toujours au devant-jour pour qu'on entendît bien, des lieues à la ronde, les hurlements du supplicié, il était le premier personnage officiel à en franchir les lourdes portes blindées. Son Conseil des ministres en son entier, dont il exigeait la présence, se présenterait une dizaine de minutes avant l'instant fatidique, certains farauds, un rictus de satisfaction déformant leurs traits, d'autres plus circonspects ou tout bonnement effrayés, tel ce capon d'Émile Séverin, dont les jambes flageolaient, à qui il arrivait de pisser sur lui en entendant les râles du condamné. Papa Doc le faisait surveiller depuis qu'au mois de février 1962, dans les locaux des services culturels italiens, sous prétexte d'une exposition consacrée à l'architecture romaine sous le règne de l'empereur Justinien, il s'était permis de comparer à Néron le Père de la nation. Rien que cela ! Séverin ignorait que sa maîtresse, Oriana Verano, cette hétaïre au visage peinturé de rimmel qui avait conservé des jambes sublimes en dépit de sa cinquantaine avancée, ancienne tenancière de bordel à la retraite, bombardée attachée culturelle de son pays alors qu'elle n'avait feuilleté que deux-trois livres illustrés dans sa vie, émargeait à la fois à la CIA et à la police politique haïtienne. Ayant sans doute abusé de vin des Pouilles, le ministrion – néologisme forgé par Papa Doc, féru de jeux de langage, à partir de « ministre » et d'« histrion » – avait eu le malheur de s'épancher dans les bras d'Oriana, qu'il tripotait dans un coin au moment même où l'ambassadeur d'Italie inaugurait l'exposition. Il avait fondu en larmes et avait prononcé ce nom terrible : « Néron ». Dans un premier temps, le Président à vie avait été tenté de le faire pendre par les graines, s'il en possédait dans son slip, ce freluquet, mais il s'était ravisé car force lui était de s'avouer que la comparaison le flattait. Néron, maître grandipotent de la Rome éternelle, mère de la civilisation, n'était, après tout, pas n'importe qui. En tout cas, il valait dix fois mieux que ce nabot de Bonaparte, auquel le peuple nègre d'Haïti avait infligé une défaite mémorable un siècle et demi plus tôt. Dans sa baignoire, il arrivait à François Duvalier de rêvasser à cette période héroïque de l'histoire de sa patrie, regrettant d'être né trop tôt et de n'avoir pu se trouver aux côtés des libérateurs Toussaint-Louverture et Jean-Jacques Dessalines.

Il faisait arrêter sa Cadillac noire à deux cents mètres du sinistre bâtiment dont la peinture jaune ocre se crevassait par endroits à cause de la férocité du soleil tropical, et marchait à grandes enjambées, l'air du matin lui insufflant un enthousiasme qu'il perdrait peu à peu dans la journée. Car quel plus lourd fardeau, soliloquait-il parfois, que celui de conduire une nation de gueux, d'illettrés et de fainéants sur les chemins du progrès ? Avant lui, Dessalines s'y était essayé et avait perdu tragiquement la vie, à Pont-Rouge, en 1806. Ensuite, le roi Christophe, génie incompris, avait repris le flambeau, puis le fantasque empereur Soulouque et tant d'autres dont il avait parfois oublié les noms, monarques ou présidents de la République six mois, dix mois, rarement plus d'un an. Renversés certes par l'armée, mais surtout par l'immensité de la tâche qu'ils avaient cru, en toute bonne foi, pouvoir affronter. Lui, François Duvalier Ier, tenait bon depuis un paquet de temps et cette seule idée lui mettait un baume au cœur. Les historiens du futur ne pourraient jamais tracer une croix sur son règne, même si ceux du présent – ces traîtres ! –, réfugiés à l'étranger le plus souvent, le vouaient aux gémonies et prédisaient à chaque nouvel an la chute de son régime avant les festivités du carnaval. Ou au plus tard avant la Saint-Valentin, comme avait osé l'écrire sans rire un de ces abrutis qui traînait ses guêtres d'exilé dans la freidure glaciale de Montréal, refuge de tous les opposants mulâtres, ces bâtards qui se croyaient sortis de la cuisse de Jupiter parce qu'ils n'avaient pas la peau noire comme hier soir. Duvalier rigolait intérieurement à l'idée que ces messieurs évitaient les États-Unis comme la peste, de crainte qu'on les rangeât dans la catégorie des Nègres, ce pays ignorant les subtilités de la hiérarchie épidermique haïtienne.

Vêtu de son habituel costume trois pièces noir, d'une cravate de même couleur et d'une chemise en soie blanche, il lançait des bonjours appuyés aux rares passants matinaux, lesquels, terrorisés par ce qu'ils ne manquaient pas de considérer comme une apparition, se figeaient sur place ou s'agenouillaient brusquement, attendant que le Président à vie les dépassât. Certains, rares il est vrai, prenant leur courage à deux mains, se mettaient à réciter le *Pater Noster* revu et corrigé par le *Catéchisme duvaliériste*, opuscule imprimé à des dizaines de milliers d'exemplaires et dont l'utilisation était devenue obligatoire, tant dans les écoles religieuses ou publiques que dans l'administration :

— Notre Doc qui êtes au palais à vie, béni soit votre nom par les générations présentes et futures. Que votre volonté soit faite à Port-au-Prince comme en province ! Donnez-nous ce jour un pays neuf et ne pardonnez jamais les offenses des ennemis de la patrie qui crachent chaque jour à la face de notre pays ! Laissez-les succomber à la tentation et, sous le poids de leur venin, ne les délivrez pas du mal !

À ceux-là, il ne manquait jamais de fourguer une des liasses de gourdes sorties la veille de l'Imprimerie nationale, billets qu'il portait dans la poche intérieure gauche de sa veste, la droite étant occupée par un Remington dernier modèle dont une balle était engagée dans le canon. Prévenus de son arrivée par le chauffeur de la Cadillac, les gardes de Fort-Dimanche s'empressaient de lui former une haie d'honneur, tandis que le directeur de la prison, après moult courbettes et félicitations sur sa santé, le conduisait directement au second étage, où se déroulaient les interrogatoires. François Duvalier tenait à avoir une ultime conversation avec les condamnés à quelques instants de leur exécution. Depuis que ces imbéciles du clergé catholique avaient commencé, sur ordre de Washington, à délivrer des prêches sur la fraternité et le droit des citoyens à disposer librement de leur existence, il y avait supprimé le poste d'aumônier. Il les tenait à l'œil, ces soutaniers hypocrites qui lui mangeaient dans la main (y compris Mgr Ligondé, qui lui devait son poste), ne rataient pas un banquet au Palais national et, dans son dos, distillaient des critiques vipérines contre son régime. Son règne, préférait-il dire pour sa part.

— On m'accuse d'être un président-monarque ! Et alors ? avait-il lancé à l'ambassadeur du Mexique le jour où ce dernier était venu présenter ses lettres de créance.

Quand Papa Doc pénétrait dans la salle obscure où s'entassaient toutes sortes d'instruments hétéroclites censés faire céder le plus intraitable des révolutionnaires, depuis le nerf de zébu importé du Malawi jusqu'au serre-tempes tout droit sorti de quelque sadique cerveau taïwanais, en passant par une chaise électrique d'origine étasunienne, les gardes s'éclipsaient discrètement. Le Président à vie s'asseyait sur une chaise, en face du condamné, et l'observait dans le mitan des yeux pendant de longues minutes. Puis, se dressant brusquement, les mains jointes, il se mettait à arpenter la pièce et sentenciait :

— Savez-vous ce que c'est que de tenter d'arracher tout un peuple à son abrutissement séculaire, hein ? En avez-vous la moindre idée ? Au jour de notre indépendance, nous, deuxième nation des Amériques après les États-Unis à s'être libérée du joug européen, nous nous sommes retrouvés nus. Oui, monsieur, le 1er janvier 1804, nous étions bel et bien nus ! Napoléon avait tout fait détruire sur cette terre avant que ses troupes ne s'en retirent la queue entre les jambes. Ponts, hôpitaux, bibliothèques, plantations, manufactures, tout a été pillé, incendié, rasé ! Nos premiers dirigeants ne savaient ni lire ni écrire. Une nation d'esclaves ! Jean-Jacques Dessalines fut un Spartacus qui avait réussi. Un esclave sommé par l'Histoire d'accoucher d'un État flambant neuf dans un concert de nations entièrement dominé par l'Europe. Voilà ce que vous oubliez tous !

Arrachant le bâillon du condamné, il se mettait à furibonder :

— Parlez maintenant ! Qu'avez-vous à dire pour votre défense ? Ah ! Votre procès a fait couler des tonnes d'encre dans la presse internationale. Droits de la défense bafoués par-ci, enquête bâclée par-là, avocat commis d'office, procureur général aux ordres du dictateur, et j'en passe. Bravo ! Vous voilà célèbre à présent. Ha-ha-ha !

17

N'est-ce pas le rêve de tout Haïtien qui se respecte ? Devenir président de la République ou rien, tel est le cruel dilemme dans lequel est plongé le cerveau embrumé de nos chers intellectuels soi-disant patriotes. Vous vouliez me renverser, c'est cela ? Pff ! Avec quoi ? Avec qui ? Quelques kalachnikovs et une poignée d'intrigants. Laissez-moi rire ! C'est Castro qui vous a envoyé, n'est-ce pas ? Ou alors Kennedy, ce bébé Cadum qui passe son temps à coursailler les starlettes de Hollywood ? Vous me faites vomir ! Sachez que François Duvalier est l'ennemi public international numéro un ! Il a, ligués contre sa personne, à la fois le communisme et le capitalisme. Et savez-vous pourquoi ? Parce qu'il est un Nègre ! Ces messieurs les Blancs ne supportent pas de voir un Nègre intelligent. Boxeur comme Sonny Liston, ça, ils aiment ! Pensionnaire de boxon qui se remue les fesses, décorées de plumes et de bananes comme Joséphine Baker, ils adorent !... Duvalier est indestructible, monsieur. IN-DES-TRUC-TI-BLE !

S'asseyant à nouveau devant le condamné, trop affaibli pour pouvoir émettre la moindre parole, il l'observait pendant une demi-heure, parfois une heure entière, sans bouger, à la manière d'un entomologiste qui aurait découvert un insecte rare.

L'ATTENTAT DE LA FÊTE DU DRAPEAU

Il avait fallu lui blanchir les cheveux, non pas au bay-rhum comme le faisait le Président à vie chaque beau matin, ceci afin de se bailler, disait-il en ricanant, « le noble aspect du Patriarche de la nation », mais à l'aide d'une teinture pour dame, teinture argentée qui, de loin – et c'était là l'essentiel –, permettait à son sosie de faire illusion. Rien d'anormal à cela : le Doc éprouvait une sainte répugnance pour ces bains de foule dans lesquels se complaisaient ses collègues de l'archipel caraïbe et de l'Amérique du Sud. Non qu'il eût du mépris pour le peuple, mais parce qu'il était quelqu'un de secret, de réservé, « à l'inverse du tempérament créole », précisait-il avec toujours le même sourire finaud.

Au début, il avait laissé au secrétaire de la présidence l'éducation de celui qu'au Palais national on en était venu à surnommer l'Autre-même, puis, à sa demande expresse, à Luckner Cambronne, son ministre de l'Intérieur, lequel trouvait que les choses traînaillaient. Très vite, il comprit qu'il devrait se charger de cette métamorphose lui-même et, dès qu'il en avait le temps, il faisait monter Cambronne dans son bureau pour lui faire travailler sa voix et son allure. Son regard aussi.

L'Autre-même apprit ainsi à toujours s'exprimer un ton en dessous de la normale, ceci pour contraindre l'interlocuteur ou le public à prêter l'oreille et à parler du nez, toujours du nez, façon d'imiter les prêtres du vaudou chevauchés par les divinités terribles Legba ou Ogoun-Ferraille. Le pauvre bougre était terrorisé de se trouver face à Papa Doc, lui qui jusque-là avait croupi dans les bas-fonds des cours-à-fourmis, davantage préoccupé par la recherche de sa pitance quotidienne que par les soubresauts de la vie politique. Il avait tremblé quand le Président à vie lui avait demandé de but en blanc :

— En 57, on a voté pour moi ou pour Jumelle ?

L'Autre-même n'était jamais « tu » et encore moins « vous » dans la bouche de celui auquel il ressemblait à s'y méprendre chaque jour davantage : toujours « on ». N'ayant pas de papiers (sa mère ne l'avait pas déclaré aux services de l'état civil, obligation dont peu de gens se souciaient dans la plèbe), il n'aurait de toute façon pas pu déposer le moindre bulletin dans l'urne. Ce dont le Doc prit soudain conscience, reformulant aussitôt sa question :

— On *aurait* voté pour moi ou pour Jumelle ?

— Pour... pour vous...

— Du nez, on vous dit ! Parlez du nez, bon sang ! Et plus bas, s'il vous plaît, s'était énervé le Doc.

La métamorphose exigea près de huit mois d'intense entraînement. Le plus difficile pour l'Autre-même fut d'infliger à ses cils et à ses paupières une fixité marmoréenne. Des larmes ruisselèrent dans un premier temps sur sa figure, il vit rouge, puis noir, et même plus rien du tout au bout d'un moment, mais il tint bon, de crainte qu'il ne finît dans cette salle du rez-de-chaussée du palais, presque à côté de la chambre qu'on lui avait attribuée, d'où, à la nuit close, s'élevaient des supplications et des hurlements à vous glacer le sang.

Le Doc fixa, final de compte, la première apparition officielle de son sosie au jour de la fête du Drapeau, dans la ville des

Gonaïves. Il était très fier d'être le premier chef d'État d'Haïti, après un siècle et demi d'indépendance, à avoir osé modifier cet emblème que le généralissime Dessalines avait conçu dans un geste théâtral que célébraient tous les manuels d'histoire : le Père de la nation avait, en effet, déchiré la partie blanche du drapeau français pour ne conserver que le bleu et le rouge.

— Nous devons continuer la révolution dessalinienne, avait argumenté le Président à vie devant son Conseil des ministres éberlué. Ce qui valait pour le XIXe siècle ne vaut plus à l'heure où l'homme s'apprête à envoyer des fusées dans l'espace, messieurs. Et puis, comment comprendre que la couleur de notre peau ne figure point sur notre emblème national ? Notre négritude ne serait-elle qu'un vain mot ? Un simple hochet que nous agitons à la face du monde ? Non ! Duvalier décrète que, dorénavant, notre drapeau arborera les couleurs des deux seuls peuples qui aient eu une légitimité sur cette terre : le rouge pour les autochtones amérindiens, le noir pour nos ancêtres déportés d'Afrique. Rompez !

Curieusement, l'Autre-même avait franchi sans difficulté ce que ses formateurs, y compris le président, considéraient comme le plus redoutable obstacle : celui de la langue. Grâce aux cours de grammaire dispensés par Gérard Daumec, versificateur éminent, et de diction du poète officiel Théodore Pasquin, le sosie était passé en un claquement de doigts du dialecte méprisé des faubourgs et des campagnes à l'idiome adulé des salons. Il parlait français comme un Grand Nègre à présent ! Toutefois, monsieur manquait de mémoire, incapable de lever les yeux du discours qu'il était en train de lire, chose pour le moins fâcheuse tant le Doc était renommé pour sa faculté à oraliser les siens, surtout quand il les rédigeait de sa propre main. Ce qu'il tenait à faire pour se distinguer de Trujillo, le président de la Dominicanie, qu'il qualifiait à tout bout de champ de « caporal-chef analphabète ».

L'Autre-même mit deux semaines à retenir la toute première phrase qu'il devait prononcer aux Gonaïves. On n'aurait pas compris que le président lût, voire ânonnât une phrase aussi célèbre, une phrase que ceux qui avaient l'insigne chance d'aller à l'école apprenaient par cœur d'une année sur l'autre. Phrase sublime prononcée par Jean-Jacques Dessalines sur l'autel de la patrie, aux Gonaïves, lors du discours de l'indépendance, au matin du 1er janvier 1804 :

Rendus à notre dignité première, nous avons proclamé nos droits. Nous jurons de ne les jamais céder à aucune puissance quelle qu'elle soit sur la terre.

L'Autre-même n'eut pas le temps d'arriver au mot « céder ». Une explosion terrible, un « déblosage » comme la qualifierait plus tard le télé-gueule, souffla l'estrade sur laquelle il était juché...

Le Président à vie approcha son visage à quelques centimètres de celui de son sosie, incrédule. Comme la toute première fois où la police secrète, à la recherche d'une certaine Idanise qui avait plu à son fils, l'avait découvert, tout à fait par hasard, dans une cour-à-fourmis pouilleuse, du côté du Portail Saint-Joseph, et l'avait conduit au Palais national dans le plus grand secret. Bien qu'en partie déchiqueté par la déflagration, le cadavre faisait encore illusion. Il s'agissait bien, bel et bien, du docteur François Duvalier, président de la République d'Haïti. À l'époque, Manman Simone, la première dame, n'avait d'ailleurs pu réprimer un sursaut quand le secrétaire de la présidence lui avait révélé que l'homme avec lequel elle venait de prendre son café matinal, dans le petit salon, n'était pas son mari. Elle avait d'abord cru à quelque rigoladerie et avait haussé les épaules.

— Je suis sérieux, madame la présidente..., avait-il insisté, un peu gêné.

— Secrétaire, vous croyez que c'est le moment ? Notre révolution est menacée de toutes parts, l'ennemi intérieur complote contre nous, l'ennemi extérieur nous cherche noise sans discontinuer et vous ne trouvez rien de mieux à faire que de raconter des sottises !

L'air contrit du personnage le plus important du palais, s'agissant des questions d'administration, désarma Manman Simone. Elle appréciait beaucoup cet homme discret et dévoué, qui veillait à la sécurité de ses enfants, en particulier du tout dernier, Jean-Claude, son seul et unique garçon, celui que la première dame voyait déjà succéder à son mari le moment venu, quoiqu'ils n'eussent jamais discuté de cette question.

— Je ne plaisante pas, madame la présidente, reprit le secrétaire, les yeux baissés.

Simone-Ovide Duvalier fut forcée et contrainte d'admettre que la personne qui, un bon quart d'heure durant, s'était trouvée face à elle ce jour-là et lui avait fait la conversation sur ce ton sentencieux qui lui était habituel, n'était pas celle avec qui elle vivait depuis une bonne vingtaine d'années. Elle pensa d'abord à une de ces facéties sorcières dont était coutumier le prêtre vaudou favori du palais, le sieur Méthylène, créature qu'en chrétienne fervente elle détestait, mais le secrétaire de la présidence dut de nouveau mettre les choses au clair. Il n'y avait ni tour de magie ni satanisme dans tout cela : son mari disposait d'un sosie patiemment formé à imiter sa voix et ses gestes depuis des mois ; l'épisode du café n'avait été qu'un test, au demeurant concluant, auprès de la seule personne qu'on supposait pouvoir éventer la supercherie.

— Ils... ils sont donc *marassas*, secrétaire ?

— Non, madame la présidente, fit l'homme qui avait retrouvé son flegme. Les *marassas* sont des jumeaux... Cet homme est le sosie de monsieur le président, ce qui n'est pas tout à fait pareil...

— Enfin, dès l'instant où vous ne me le mettez pas dans mon lit, cela ne me regarde pas ! fit Manman Simone qui cachait mal sa contrariété.

Bien qu'il n'eût pas été informé du détail de cette conversation, le Président à vie était habité par la même interrogation que son épouse devant ce cadavre qui lui ressemblait tant qu'on aurait pu jurer, effectivement, qu'ils étaient des jumeaux. Tout juste avait-il fallu l'opérer de la cataracte à l'œil gauche et lui faire porter des chaussures à talon très mince, afin que leurs tailles respectives fussent à peu près égales. Papa Doc se demandait, non sans inquiétude, si la destinée des jumeaux était identique à celle des sosies ou complètement différente. Comme s'il lisait dans ses pensées, le capitaine Barbot, qui se tenait au garde-à-vous tant que l'ordre ne lui avait pas été donné de rompre, se précipita :

— Téléphone, monsieur le président ?

— Puisque vous le savez ! Au fait, votre collègue Désinor... vous savez que Duvalier a lu attentivement son plan de guerre contre la Dominicanie ? Intéressant ! Très intéressant ! Nous ne le mettrons évidemment pas en œuvre, en tout cas pas dans la conjoncture actuelle. Vous n'êtes pas sans savoir que notre brouille avec Kennedy s'aggrave. Mais au moins avons-nous déjà sous la main une riposte en cas d'agression...

— Bien sûr, monsieur le président !

— Vous demanderez au capitaine Désinor de passer au palais un de ces quatre matins.

— À vos ordres, monsieur le président !

Le téléphone présidentiel devait posséder le plus long fil de tout l'archipel des Antilles et peut-être même de tout le continent américain. Trônant sur le bureau du Doc, il pouvait être apporté qui dans la Galerie des glaces, qui dans la Salle des bustes où la tête de tous les dirigeants du pays avaient été coulés dans le bronze, qui dans la salle du Conseil des ministres, qui dans la chambre ou les toilettes qu'occupait le premier personnage de la nation, qui dans le cagibi où étaient interrogés ceux qui avaient tenté de renverser le régime ou en avaient eu l'intention. Car Papa Doc sortait assez peu de son palais, préférant donner ses ordres par le moyen de cet instrument, sans doute la seule chose à fonctionner correctement dans le pays. Ce jour-là, il tenta de joindre sans succès Méthylène, le hougan du Cap, et Sò Lusinia, la flamboyante prêtresse qui officiait à Croix-des-Bouquets, seuls dignitaires du culte vaudou en qui non seulement il eût entière confiance, mais qu'il estimait ne pas faire partie de cette confrérie de charlatans spécialisés dans la mystification des touristes nord-américains.

— Barbot !

— Présent, monsieur le président !

— Avons-nous un mot en créole pour désigner les sosies ?

— Je... je ne pense pas, monsieur le président.

— Vous en êtes sûr ?

— Oui, monsieur le président... Quand deux personnes se ressemblent, en général, on dit qu'elles ont un faux air...

— Un faux air ? Un faux air... Pas très malin, cette expression ! « Un air vrai » serait plus juste. Mais, bon, vous pouvez vaquer à vos occupations. Quel est le programme de la Garde présidentielle ce matin ?

— Entraînement au maniement de la mitrailleuse, monsieur le président.

— Fort bien, Barbot ! Laissez-nous donc, s'il vous plaît...

Papa Doc s'assit à côté du cadavre de son sosie qu'il recommença à fixer intensément. Il songea que s'il arrivait à la plupart des gens de s'imaginer morts, peu d'entre eux avaient l'occasion proprement inouïe de se contempler dans cet état, c'est-à-dire allongé, les jambes jointes, les bras collés le long du corps, les traits parfaitement immobiles. Il se dit que c'était à ce bout de chair inerte qu'il ressemblerait un jour et en fut très troublé. Au-dehors, la vie continuait, imperturbable, rumeur de cris d'enfants et de vendeurs à la sauvette, de marchandes de maïs grillé, de klaxons de taptaps, atténués par les murs épais du palais.

2

Le poète Théodore Pasquin, qui, dans son jeune temps, avait croulé sous les distinctions honorifiques, depuis la Palme d'or du concours du meilleur sonnet du collège Saint-Martial jusqu'au Trophée du favori des muses institué par la Mère de la nation pour récompenser les Nègres méritants, en passant par le deuxième prix des Jeux floraux de Toulouse – encore que les lenteurs du courrier entre Haïti et la cité occitane, près de trois mois, l'eussent considérablement désavantagé, puisque son poème à la gloire d'Alexandre Dumas ne parvint entre les augustes mains du jury qu'à la veille de la manifestation –, couvait à présent un doute. Ce mot, dans la sécheresse de son unique syllabe, semblable au bruit que fait la lame du coutelas lorsqu'elle tranche la tige de la canne à sucre, n'avait jusque-là guère fait partie de son vocabulaire. Ce n'était pour lui qu'une lointaine notion philosophique avec laquelle il avait jonglé en classe de rhétorique, faisant l'admiration de ses professeurs auxquels il s'amusait à rendre des dissertations qui faisaient le double, au bas mot, du nombre de pages exigées. Ce fut donc sans le moindre état d'âme qu'au sortir de ses études il n'envisagea aucune carrière dans l'enseignement ou l'administration, au grand dam de sa mère, Madame-Sarah qui, une vie durant, avait charroyé sur sa tête de lourds paniers de bananes plantain, d'ignames, de petit mil et d'oranges amères qu'elle s'en allait vendre sur les marchés de Léogane et qui, économisant gourde après gourde, avait réussi à lui payer l'écolage chez un vieux Mulâtre en rupture de classe, lequel distribuait son savoir à une poignée de guenilleux. Man Louvinia avait accouru chez ce dernier, en larmes, s'arrachant presque ce qui lui restait de cheveux, pressant le maître de lui expliquer l'étrange attitude de Théodore, le soupçonnant d'avoir fait germer des idées farfelues dans l'esprit de son garçon. Le Mulâtre chenu, qui n'y voyait plus guère depuis quelque temps mais continuait à exercer grâce à sa formidable mémoire, ne marqua pas la moindre once d'étonnement. Il ne pesta pas contre celui qui fut son plus brillant élève en deux décennies ; ni ne se répandit, comme à son habitude, sur le caractère fantasque et fainéant de la négraille, laquelle, à l'entendre – et là, il s'exprimait soudain à voix basse, les espions des Tontons macoutes n'étant jamais très loin –, n'avaient aucune disposition pour diriger les affaires d'un pays aussi compliqué que celui d'Haïti-Thomas. Maître de Chassagne accolait toujours ce qualificatif mi-affectueux mi-ironique au nom de celle qu'il désignait parfois encore comme « notre valeureuse patrie, vaisseau amiral de la francité dans les Amériques ». Cette sentence dithyrambique revenait dans la plupart des discours qu'il avait eu l'occasion de prononcer, en tant que premier secrétaire du ministère des Affaires étrangères, à l'époque où sa classe détenait encore les rênes des pouvoirs. C'était il y a bien longtemps, hélas, quand le Diable lui-même n'était qu'un garçonnet et que les chiens jappaient encore par la queue.

— Mon fils veut devenir… poète ! lui lança Man Louvinia, la rage lui faisant craquer les dents.

— À la bonne heure ! Dans un pays où le premier illettré venu ne rêve que d'une carrière de politicien, d'homme d'affaires ou de militaire, ce me semble un désir fort noble, ma bonne dame.

Quoiqu'elle ne comprît que des bribes du français brodé qu'il parlait jour et nuit (il rêvait à haute voix, aux dires du reste-avec qui dormait sur une natte, au pied de son lit), la colporteuse crut deviner une pointe d'ironie dans ses propos. Elle s'encoléra davantage car elle le tenait pour responsable, du moins en partie, de l'égarement de son fils adoré, à qui, une fois son baccalauréat en poche, il avait conseillé d'étudier les humanités classiques à l'université. Or, Man Louvinia avait toujours caressé l'idée de voir le jeune homme revêtir un jour la toge des juges de paix ou la blanche blouse des disciples d'Hippocrate. Elle y voyait une manière de revanche sur le destin. Ce destin qui l'avait conduite, à l'âge de neuf ou dix ans (sa génitrice ne se souvenait pas de l'année exacte où elle l'avait mise au monde), chez un Grand Nègre de la région de Grand'Anse, propriétaire d'une plantation de café plutôt prospère. Le siècle était alors en ses débuts. Sa mère y avait donc « placé » Louvinia. Cela signifiait tout simplement qu'elle devait laver-repasser-balayer-cuisiner de quatre heures du matin à huit heures du soir, avec juste un pauser-reins d'une demi-heure sur le coup de midi afin de lui permettre d'avaler quelques tranches de banane pesée qu'elle sauçait dans un peu d'huile. Lorsque ses tétés eurent commencé à gonfler son corsage en toile de jute et ses hanches à s'élargir, cela signifiait aussi ne pas broncher lorsque le patron l'attrapait par une aile, dans quelque coin obscur de la maison, et se mettait à lui palper le corps sans ménagement. Jusqu'au jour où, n'y tenant plus, le Grand Nègre s'assit sur une chaise, dénuda entièrement Louvinia, la retourna afin qu'elle lui présente son dos et l'empala sur son braquemart aux veines hideusement gonflées. La fillette qu'elle était avait vu son cri de douleur étouffé par les deux mains de son agresseur. Son sang avait coulé d'abondance, rougissant d'un seul coup ses jambes et celles de l'homme, la paille du siège et le sol carrelé. Après s'être agité en elle quelques minutes supplémentaires, il s'était immobilisé, lui bâillonnant toujours la bouche, et n'avait pas bougé pendant un interminable de temps. Louvinia entendait, dans les autres pièces, l'allervenir guilleret des autres servantes. Leurs caquetades. Leurs chamailleries qui se terminaient parfois en injuriées

27

ou en calottes bien senties. La vie continuait à rouler à l'aise et nul ne s'inquiétait qu'elle ne fût pas à son poste, aux cuisines, à peler des âmes-véritables ou des ignames, comme chaque beau matin. Le Grand Nègre lui infligea la même torture quatre ou cinq fois cette année-là et quand le ventre de la fillette se mit à gonfler, un suprême dégoût décora la figure du bougre dès que leurs chemins se croisaient.

— Sacrée petite chienne ! grommelait-il.

Louvinia subit le sort de moult « placées » avant elle : l'épouse du maître de maison se mit à l'agonir de sarcasmes et à la maltraiter à mesure que sa grossesse avançait. Et, voyant que Louvinia ne se décidait pas à lui demander son congé, elle lui intima l'ordre de prendre la porte. Elle était alors dans son huitième mois. Le bébé qu'elle portait et se prenait déjà à aimer, à son corps défendant, n'avait cessé de lui bourrer le ventre de coups de pied. Et puis des nausées subites, parfois suivies de vomissements, l'assaillirent. Elle demeurait ainsi tétanisée, en plein travail, sous le regard goguenard de ses consœurs qui, pour certaines, étaient déjà passées par là. Il n'y avait guère que la gouvernante du Grand Nègre à s'apitoyer sur son sort. Cette négresse sans âge lui apportait, sous-le-châle, des potions ou des thés-pays brûlants qui lui soulevaient l'estomac mais lui procuraient un brin d'apaisement. Quand la maîtresse de maison chassa Louvinia, un jour d'avril rempli d'étrange claireté et de tendresse, la gouvernante la rattrapa sur l'étroit sentier qui conduisait à la route de Léogane et lui offrit, sans un mot, un protège-corps, une sorte de minuscule coussin en toile noire qui tenait dans le plat de la main et brodé, au fil doré, de signes cabalistiques ainsi que d'une croix chrétienne. Louvinia ne devait jamais s'en séparer durant le reste de sa vie. Elle était persuadée que ce cadeau lui avait porté chance.

— Mais... poète, c'est pas un métier, ça ? fit-elle, soudain moins agressive. Qui va le payer ?

— Payer-payer-payer ! Vous n'avez que ce mot à la bouche, rétorqua le maître d'école. Est-ce que moi, j'exige qu'on me paie tout ce qu'on me doit ? Je ne parle pas de toi, Louvinia, mais combien parmi tes amies me sont encore redevables de mois et de mois de leçons ? « Dans quelque temps, je compte tuer un cochon, monsieur de Chassagne, et je vais te régler. J'ai reçu ma part d'héritage, oh, pas grand-chose, monsieur de Chassagne, mais ça me permettra d'effacer mes dettes », etc. Sais-tu dans combien de bouches j'ai entendu ces discours lénifiants, hein ? Dans celles de la moitié, au bas mot, des habitants de ce quartier. Et bien évidemment, M. de Chassagne ne voyait jamais rien venir. Le temps filait et rien, pas une demi-gourde ne sortait de la bourse de ces dames. Alors, quand tu te plains qu'il n'y aura personne pour payer ton très cher fils, permets-moi de hausser les épaules !

Man Louvinia s'effondra en larmes. Toute sa superbe s'était envolée. Elle prenait conscience de la vanité des sacrifices qu'elle avait consentis pour l'éducation de son seul et unique fils. Dans son esprit, en effet, poète équivalait à rien d'autre que crève-la-faim. Et la faim, elle en connaissait quelque chose, Louvinia ! Pendant les dix-sept années au cours desquelles elle avait été placée chez le Grand Nègre, elle ne savait jamais, en se réveillant le matin, si les restes des repas de la maisonnée que se partageait la valetaille seraient suffisantes pour qu'elle, la fillette effarouchée, puis, plus tard, la jeune fille sempiternellement prostrée, pût y trouver sa part. Souventes fois, les trois cuisinières, grosses femmes hardies et caquetantes, se servaient les premières, veillant à préserver le manger de leurs hommes respectifs, si bien que les reste-avec devaient se gourmer à coups de poings et de pieds pour récupérer ce qu'elles avaient dédaigné : du riz trop cuit, quelques morceaux de banane ou de chou caraïbe, rarement un ongle de morue séchée ou de queue de cochon salé. La faim avait occupé l'esprit de Louvinia jusqu'au jour, ô combien béni, au cours duquel un paysan, la voyant mendier aux abords du marché de Léogane, un bébé maigre-jusqu'à-l'os dans les bras, l'avait ramassée et, sans lui demander son avis, l'avait conduite jusqu'à sa case, tout à l'en-haut des mornes. Ce jour-là, la déesse

Erzulie et la Vierge Marie avaient sans doute dû conjuguer leurs efforts pour l'arracher, le petit Théodore et elle, à la misère la plus crasse. Depuis, elle les priait toutes deux avec une égale ferveur.

Or donc, Théodore Pasquin était, depuis quelques mois, rongé par un doute affreux. Doute qui ne reposait sur rien d'autre qu'un sentiment de vide intérieur chaque fois qu'il se réveillait le matin et qui le jetait littéralement hors de son lit, le corps trempé d'une sueur mauvaise. Il s'accoudait au balcon en fer forgé du deuxième étage de cette vaste demeure de style colonial où il avait élu domicile, rue des Miracles, à quelques encablures du Palais national, dès l'instant où sa qualité de « plus éminent poète de la Patrie » avait été officiellement reconnue par les autorités. Ce titre devait se concrétiser par l'octroi d'une bourse à vie d'un montant mensuel de neuf cents gourdes, somme au demeurant modeste au regard du train de vie des barons du régime, mais qui lui suffisait amplement, Théodore n'ayant pas un tempérament dispendieux. Avant de quitter sa province de Léogane et de monter à la capitale, il s'était habitué à ne faire qu'un seul et frugal repas par jour, que sa dévouée mère lui apportait le midi dans une demi-calebasse chez M. de Chassagne, le vieux maître d'école. Cette habitude lui avait permis de conserver un corps mince et ferme, quoiqu'il ne s'adonnât à aucune activité physique, au contraire de beaucoup d'entre ses pairs du Mouvement poétique de la Renaissance nègre qui arboraient, la quarantaine approchant, une respectable bedondaine de sexagénaire arrivé. Et quoique également il ne fût ni beau ni malplaisant, cela lui attirait les faveurs de la gent féminine, en particulier des gourgandines aux cheveux défrisés au fer chaud de la nouvelle bourgeoisie qui tentaient de dissimuler la largeur de leurs pieds dans des escarpins à la mode. Elles s'imaginaient qu'en lui livrant la douceur de sapotille de leur corps, le poète national finirait par les élire au sein de son gynécée, comme, pompeux jusque dans les affaires les plus triviales, il aimait à dire.

30

En réalité, cet assemblage de donzelles énamourées que s'était constitué Théodore au fil des années ne méritait ni cette appellation hellénique, ni même celle de harem. Ce n'était qu'un petit troupeau dispersé aux quatre coins de Port-au-Prince dans lequel le bougre voltigeait son lasso au gré de ses désirs du moment. Parmi ces dames, il y avait de tout. Du bon et du moins bon. Du médiocre et du franchement repoussant. Mais, en fin politique qu'il était devenu, Théodore savait qu'au sein de la haute société il y avait des sollicitations féminines qu'un homme sorti de la plèbe tel que lui ne pouvait ignorer, sous peine de mettre son statut, peut-être même sa vie, en danger. Il se remémorait encore avec effroi l'assaut qu'il avait subi de l'épouse du commissaire de police de Bel-Air, une bougresse joufflue, mamelue et fessue que son homme négligeait pour les jeunottes délurées des bas quartiers. Rien, si ce n'était les éternelles macaqueries du destin, n'aurait dû faire se rencontrer l'homme de lettres le plus adulé de la République, celui qui assistait aux cérémonies de l'indépendance, chaque premier janvier, dans la tribune réservée aux dignitaires du duvaliérisme, et cette Anne-Julia, obscure moitié d'un tout aussi obscur subrécargue du régime. Oui, leur rencontre fut une facétie que Théodore soupçonnait Loko de lui avoir jouée – peut-être parce qu'il avait ignoré son nom dans la liste des divinités vaudoues égrenée dans un célèbre poème publié lorsque le Vatican s'était fâché tout net contre Papa Doc et avait rappelé le nonce apostolique de Port-au-Prince. Ledit poème avait été lu et relu sur les ondes de toutes les radios au plus fort de la crise diplomatique. Anne-Julia en était venue à le connaître par cœur, bien qu'il ne comptât pas moins de soixante-douze vers. Son commissaire de mari avait réussi à procéder à l'arrestation d'un groupe de subversifs papistes qui distribuait des tracts incendiaires à la sortie des églises. Le pouvoir, reconnaissant, avait organisé une bamboche en l'honneur du héros. Le chef des macoutes en personne s'était déplacé avec son habituelle escorte de miliciens entièrement vêtus de toile bleu-denim

31

et les yeux masqués par des lunettes noires, arborant leur mitraillette Uzi d'un air faussement négligent. Personne n'avait demandé à Théodore Pasquin de célébrer l'événement à coups d'alexandrins. La plupart de ceux qui gravitaient autour des Gros-Nègres du Palais national – ce qui veut dire ministres, secrétaires d'État, conseillers diplomatiques et consorts, et qui, en quelque sorte, constituaient le deuxième cercle du pouvoir – savaient quelle conduite tenir en chaque circonstance sans que nulle autorité leur en intimât l'ordre.

Cette espèce d'atmosphère oppressante, poisseuse même, mais implacable, avait toujours stupéfié le poète national. L'air baillait soudain l'impression de se raréfier autour de vous, les mouches voletaient au ralenti, on entendait distinctement chaque bruit comme si chacun d'eux s'appliquait à ne pas prendre part à la cacophonie ambiante. Et surtout les voix se rapetissaient inexorablement. Un long murmure se déroulait telle une écharpe dans les couloirs du Palais national, passant des courtisans aux gardes du corps, serviteurs ruisselants de sueur dans leur livrée en velours, un plateau rempli de verres de rhum et de whisky posé sur une main, et la meute des obligés du régime qui venaient réitérer leur allégeance ou quémander une énième faveur.

Théodore, à la vérité, n'appréciait guère ces moments-là. Il préférait mille fois le temps calme, pendant lequel on avait le sentiment euphorique que le pays tout entier était suspendu à quelque nuage de beau temps et survolait, immobile, serein presque, les eaux indigo de la mer des Caraïbes. Mais au moment même où le poète savourait cette tranche d'heureuseté, quelque événement venait la troubler. Comme par un fait exprès. Soit des séditieux récemment revenus de l'étranger (en particulier des pays communistes d'Europe de l'Est) se mettaient à comploter contre le Président à vie et plaçaient quelques bombes dans des lieux où ils savaient qu'elles déclencheraient une panique, soit quelque grande puissance (le plus souvent les États-Unis, le Canada, la France et ce foutu Vatican !)

fronçait subitement les sourcils, faisant savoir qu'elle désapprouvait telle ou telle mesure qu'invariablement elle jugeait « attentatoire aux règles les plus élémentaires de la démocratie ». Cette expression toute faite, qui jaillissait à tout propos de la bouche des ambassadeurs ou consuls en poste à Port-au-Prince, avait le don d'agacer Théodore Pasquin au plus haut point. Il avait vengé Haïti de cet opprobre international en publiant dans le quotidien *Le Matin* un poème dans lequel il exaltait tour à tour la bravoure de Toussaint-Louverture, l'inflexibilité de Jean-Jacques Dessalines, Père de la nation, et la sagesse infinie du docteur François Duvalier, sautant ainsi allègrement par-dessus un bon siècle d'histoire haïtienne et la tête de pas moins d'une soixantaine de présidents de la République. Sitôt après, un facétieux avait osé apposer un graffiti sur le mur d'enceinte de son immeuble, graffiti qui clamait : « François Duvalier, fossoyeur de la nation ! » Diverses arrestations ici et là n'avaient pas permis d'identifier celui qui s'était ainsi gaussé du poète national tout en attaquant violemment le chef de l'État. Théodore Pasquin en fut, évidemment, mortifié.

La réception en l'honneur du commissaire de police du quartier Bel-Air ne devait compter aucune personne de sexe féminin. Le bougre n'était pas suffisamment important pour que les dignitaires qui s'étaient déplacés afin de lui remettre la médaille de l'Ordre dessalinien y emmenassent leurs épouses officielles, leurs concubines ni même leurs putes dominicaines du moment. Ce devait être une fête entre hommes, entre braves. Le moyen de raffermir la solidarité sans faille qui unissait, malgré les assauts d'une dissidence chaque jour plus audacieuse, tous les corps de la nation. police secrète, armée, justice, éducation, haute administration, religion vaudoue, tout ce beau monde fut convié à sabler le champagne avec le valeureux commissaire. Théodore Pasquin, qui habitait le centre-ville, n'avait donc *a priori* rien à y faire, mais l'homme avait du flair. Il importait qu'il figurât, même au troisième rang, sur la photo que publieraient les journaux du lendemain ou du surlendemain. Un officier des renseignements, en effet, était tout spécialement chargé de scruter à la loupe, jour après jour, les photos apparaissant dans la presse locale, c'est-à-dire les trois quotidiens et les deux hebdomadaires que comptait le pays, dont *Le Petit Samedi Soir*, organe dirigé par un partisan qui se voulait critique du régime. Le préposé à cette tâche savait reconnaître dans le moindre rassemblement, même le plus anodin – mariage d'un notable de province, bal des sous-officiers de la caserne Dessalines, enterrement de quelque patriarche villageois ou même simple attroupement dû à un banal accident de la circulation –, la figure et des dissidents avérés et des dissidents potentiels. Tant et si bien que seuls les individus qui n'avaient rien à se reprocher acceptaient de faire face à l'objectif des photographes ; les autres se glissaient habilement hors de son champ, feignant un besoin urgent ou quelque brusque coup de fatigue.

Théodore n'avait pas oublié la mésaventure, au demeurant loufoque bien qu'elle se fût terminée en tragédie, d'un de ses condisciples de l'École normale supérieure, un Mulâtre portant beau dont la famille avait rejoint *in extremis* (à la veille des élections de 1957 donc) le camp du docteur Duvalier. Hubert Lassource-Préville arborait une mèche rebelle de fort belle allure qui lui donnait des airs de Byron tropical. Il n'allait que vêtu d'un costume sombre et d'une cravate assortie, l'œil ténébreux, la voix exagérément grave pour un si jeune homme. Il n'était, en effet, âgé que de vingt-cinq ans lorsque, un beau matin d'hivernage, les macoutes vinrent frapper à la porte de son domicile, au 102 de la rue du Magasin-de-l'État, et l'emmenèrent dans un véhicule banalisé vers un centre d'interrogatoire d'où il ne revint jamais. Sa famille, qui résidait à Jacmel, n'apprit la nouvelle que trois semaines plus tard, le téléphone étant coupé entre la capitale et les provinces du Sud suite à un lot de factures impayées par l'État à la Bell Telegraph & Telephone Company, une société yankee qui faisait payer au prix fort les matériels usagés qu'elle installait de loin en loin à travers le pays. Quelle faute gravissime avait commise celui que d'aucuns qualifiaient déjà de « prince des poètes » et à qui l'on promettait une belle carrière à Paris, pour peu qu'il acceptât de mettre un terme à sa vie de barreau de chaise et terminât ses études, chose qui lui aurait valu, à n'en pas douter, une bourse de l'ambassade de France ? Rien de bien extraordinaire. Presque rien, se lamenta des mois durant son père, un planteur de café de la région de Bassin Bleu, qui hanta les couloirs du ministère de l'Intérieur et les allées du Palais national, non point dans le but d'obtenir l'élargissement de son rejeton, mais simplement pour qu'on lui rendît le corps de ce dernier. Car M. Lassource-Préville n'avait aucun doute quant au sort que les sbires du régime avaient réservé à Hervé. On lui claqua les portes au nez. On lui ricana au beau mitan de la figure. On l'accabla d'insultes. Le menaça. Et, de guerre lasse, l'homme regagna sa province sans même avoir été autorisé à récupérer les effets personnels de son illustre rejeton, l'appartement que louait le futur ex-prince des poètes ayant été réquisitionné dès le lendemain de son arrestation au profit de ce qu'en termes choisis le régime qualifia de « famille noire méritante », formule que reprit l'éditorialiste du *Nouvelliste*, organe semi-officiel du régime. La faute d'Hervé, sa lourde faute se résumait à ceci : il avait posé sur une photo d'anniversaire au côté d'un membre présumé du Parti unifié des communistes haïtiens, un certain Robert Lapeyre, sur l'épaule duquel il s'était appuyé dans un geste de coupable amicalité – alors même qu'il ne le connaissait pas en particulier. Théodore en avait conçu un vrai chagrin car, à l'époque où il avait débarqué à Port-au-Prince, c'était Hervé qui l'avait hébergé, puis aidé à acheter ses livres, ne faisant jamais montre de cette arrogance quasi naturelle des sang-mêlé envers leurs compatriotes à l'épiderme plus coloré. Et le plus extraordinaire était que le jeune dandy ne faisait aucun effort ! Il était dénué de tout préjugé et croyait, clamait-il les soirs de beuveries, dans l'Homme « avec un grand *H* ». En l'homme « u-ni-ver-sel », précisait-il.

Or donc, l'épouse du commissaire du quartier Bel-Air, seule et unique représentante de l'espèce féminine lors de la cérémonie de remise de médaille à son valeureux conjoint, avait voltigé une œillade assassine au jeune poète qui s'en trouva tout bonnement ébranlé. La créature ne correspondait pourtant point, plantureuse qu'elle était et surtout grisâtre de teint, à ce qu'il considérait comme l'idéal féminin de tout Haïtien normalement constitué, à savoir la marabou. Une peau couleur de chocolat agrémenté d'un nuage de lait, un corps souple, de longues jambes bien galbées et de petits tétés bien ronds en forme d'abricot-pays, une dentition discrète mais parfaite, des doigts déliés, voilà ce qui suffisait à combler d'aise les après-midi désœuvrés du jeune homme de lettres. Il appréciait aussi, mais à un degré moindre, les grimelles à la peau jaune et aux yeux couleur de ciel, bien que leurs joues fussent tiquetées de rousseurs, ainsi que les Mulâtresses, mais ces deux spécimens de femmes lui étaient difficiles d'accès, à cause de la noirceur de son teint et de son extraction plébéienne.

Madame le commissaire n'était donc ni une marabou, ni une grimelle, ni une Mulâtresse. C'était une magnifique Négresse à la chair ferme et débordante, aux bras puissants et aux fesses exagérément cambrées, qui se dandinait dans une robe rose de première communiante, laquelle menaçait de craquer à tout instant. Quand elle s'esclaffait, ses larges dents blanches éclairaient ses pommettes saillantes qui, curieusement, lui baillaient un air vaguement asiatique. Théodore Pasquin détourna les yeux sous l'assaut. Il s'employa à jouer au modeste. Veilla, pendant le cocktail, à se tenir le plus éloigné possible de celle qu'en son for intérieur il qualifia de Dame Tigresse. Mais rien n'y fit : elle le poursuivait, le pourchassait de son regard dont jaillissaient des sagaies de pure lubricité. Elle mignonnait de sa langue gourmande le bord de sa coupe de champagne, tout en faisant mine de la lever en guise de salut chaque fois qu'elle parvenait à capter le regard de sa proie. Très vite, une fois le commissaire décoré et couvert de félicitances (comme on disait dans la parlure de l'époque), les poignées de main viriles et les accolades terminées, la petite fête vira à la bacchanale. Les invités se ruèrent, à-quoi-dire des assoiffés, sur le whisky, le champagne, le vin, le gin et le rhum Barbancourt, brocantant propos salaces et dernières nouvelles des « événements ». Ce terme vague avait pris, depuis l'émergence d'une opposition armée au régime, opposition au demeurant sporadique, une connotation particulière. Il désignait tout acte de sédition de quelque nature qu'il fût. Un banal tract distribué autour du Marché en fer était un événement. Une rixe entre étudiants dans les jardins de la faculté d'ethnologie, aussi. De même, la plus banale grogne paysanne provoquée par l'effondrement des cours du café sur le marché international et, bien sûr, les deux-trois bombes artisanales qui déblosaient à l'aveugle dans quelque rue animée de Port-au-Prince ou, plus rarement, de Saint-Marc ou Cap-Haïtien.

Théodore Pasquin haïssait les événements. Ils pourrissaient sa tranquille existence de chantre lyrique de la Renaissance de la race noire, l'obligeant souventes fois à déserter les muses pour enfiler à la vivement-dépêché son uniforme de volontaire de la Révolution nationale et à défiler avec ses pairs sous le terrible soleil de midi, afin de montrer et démontrer aux adversaires de l'ordre établi (et à la populace trop souvent infiable) que Papa Doc disposait d'une armée de partisans de toutes origines et corps de métiers, prêts à en découdre. En ces occasions, Théodore se devait de griffonner quelque poème patriotico-vengeur dans lequel il fustigeait à la fois les traîtres à la patrie et les gouvernements impérialistes. Certes, il avait le sentiment d'être bien meilleur quand il célébrait la belleté des marabous ou les mornes altiers qui surplombaient la ville, mais par bonheur ces textes de circonstance étaient vite oubliés.

Vers la fin de la cérémonie, madame le commissaire, *alias* Dame Tigresse, réussit à le coincer près du cabinet d'aisance du local de police, endroit qui puait le pissat et l'odeur du sang caillé (celui des suspects auxquels on infligeait ces coups de coco-macaque sur tout le corps, comme s'ils étaient de la chair de lambi). Elle l'attaqua aussitôt :

— *Gason, m'pa konnen'w, mé ou sé youn jenn Neg vayan, wi !* (Eh, p'tit gars, j'te connais pas, mais tu m'as l'air d'être drôlement costaud !)

Elle répéta sa phrase dans un français hésitant, d'un ton qui se voulait siroteux mais qui tétanisa le serviteur des muses insulaires. Il savait, Théodore Pasquin, que ce changement de langue signifiait qu'il s'agissait là d'un ordre. Ordre auquel il eût été à la fois vain et dangereux de se soustraire. En clair, il fallait le traduire comme suit : je te veux, toi, jeune bel Nègre, là, tout de suite, sans fioritures ni macaqueries. Et de fait, profitant du moment solennel où les invités levaient leur verre en l'honneur de Toussaint-Louverture, du généralissime Dessalines, de l'empereur Soulouque, de la race noire, du Président à vie, de la distinction honorifique que venait de recevoir le commissaire du quartier Bel-Air et d'un bon paquet d'autres choses toutes aussi dignes de respect, la Tigresse, se muant en ogresse, entraîna le poète vers le cabinet d'aisance des prisonniers, évitant celui, moins sale mais trop risqué, des policiers. En passant devant l'unique cellule de l'établissement où croupissaient depuis des semaines ou des mois une demi-douzaine de guenilleux – voleurs à la tire, mendiants ou femmes-bousins qui vendent leur devant à tout venant et deux-trois suspects politiques –, elle leur lança :

— Allez, braillez plus fort ! Braillez ! Peut-être qu'ils vous apporteront une goutte de clairin tout à l'heure... Ha-ha-ha !

Les toilettes des prisonniers étaient constituées d'une étroite salle éclairée par une lucarne qui révélait une toiture en tôle ondulée percée de toute part. On y déféquait à la turque, y recevant par temps pluvieux de grosses gouttes qui venaient s'écraser sur votre crâne ou votre nez et, assurait la rumeur publique, accoraient net le va-et-vient de vos boyaux.

La puanteur des lieux écœura Théodore mais ne parut pas indisposer la bougresse, qui se débarrassa prestement de ses escarpins rouge sang et de sa culotte en nylon de même couleur. Remontant sa robe des deux mains jusqu'à l'en-haut de ses tétés, bien debout pour son âge (une petite quarantaine), elle s'excusa de ne pouvoir l'enlever totalement, celle-ci étant bien trop serrée. Lorsque le poète découvrit la splendeur de ce corps pulpeux, noir d'ébène, sans une once de graisse comme il l'avait d'abord craint, il sentit monter en lui une bandaison maréchalesque. Déjà, elle lui avait déboutonné la braguette et fourrageait dans ses génitoires, palpant sans ménagement la tête de son braquemart, avant de lui plaquer le visage contre ses seins. Théodore se vit suçoter, mordiller, lécher, baver, ahaner. Comme si subitement sa personne s'était dédoublée. Il sentit son membre viril pénétrer une caverne chaude et soyeuse et faillit perdre connaissance. C'était la première fois de sa vie qu'il avait commerce charnel en position de bipède et, foi de chrétien vaudouisant, force était de reconnaître qu'il s'agissait là d'une expérience unique. Inouïe. Absolument inouïe, oui ! Bientôt la dame se mit à gloussoter, à couinasser, à bramer, cherchant vainement à étouffer les « *Ba-m sa, doudou !* » (Donne-moi ça, mon chéri !) qui tigeaient tels des râles d'agonie. Émus ou commotionnés – allez savoir ! –, les prisonniers accompagnaient de la voix les mouvements voluptueux du couple. Certains tapaient même, avec leur cuiller ou leur timbale en fer-blanc, contre les grilles de leur cellule en suivant à la perfection le tempo des coups de reins de Théodore.

L'affaire dura un siècle de temps en termes de plaisir. Ce qui revient à sept minutes et demie en termes de réalité. À l'instant précis où l'un des invités, saoul comme un vieux macaque, s'apprêtait à aller vider sa vessie, le poète national déchargea dans la femme du plus valeureux commissaire de Port-au-Prince et fit un bond en arrière afin d'éviter l'importun. Ce dernier, qui titubait, faillit s'empaler dans la bonne grosse chair de la dame, laquelle avait les yeux fermés et n'y vit que du feu. C'était elle désormais qui bourradait son partenaire à coups de reins. À quatre pattes, Théodore regagna la salle principale où la réception avait pris son rythme de croisière. Le commissaire était affalé dans l'unique fauteuil de l'endroit, celui dans lequel il s'enfonçait avec satisfaction lorsqu'il interrogeait les prévenus à forte tête, ceux qui refusaient d'avouer qu'ils étaient des communistes ou des agents de l'impérialisme américain. Autour de lui, ça continuait à bâfrer et à boissonner sans discontinuer. Le poète comprit que le sonnet qu'il avait peaufiné toute la nuit à la gloire du nouvellement décoré ne serait pas déclamé ce jour-là. Il fila donc à l'anglaise et, au lieu de rentrer chez lui, se mit à noctambuler le long des quais, indifférent à la meute de zombies qui le harcelait afin d'obtenir quelques gourdes. Il se sentait léger, presque heureux, lui qui, plus souvent que rarement, au sortir de ses joutes amoureuses avec des jeunesses pimpantes à la taille fine qui constituaient son ordinaire, éprouvait un vague haut-le-cœur.

Théodore attendit la suite des événements avec une sourde inquiétude. Calfeutré dans son appartement plusieurs jours de suite, il se jetait avec avidité sur les journaux que lui livrait chaque matin un négrillon farceur qui passait sous sa fenêtre en braillant :

— Lisez *Le Nouvelliste* ! Théodore Pasquin arrêté hier pour activités hostiles à la Révolution nationale ! Achetez *Le Matin* ! Allez, c'est dix gourdes seulement, les amis !

Aucune de ces plaisanteries douteuses ne filtra de la bouche du gamin qui lui tendait le journal d'un air maussade, redoublant les craintes du poète. D'autant que la presse était muette, parfaitement muette sur la cérémonie du commissariat de Bel-Air, elle si prompte à mettre en valeur les « vaillants défenseurs de l'ordre duvaliériste ».

Pendant dix jours, Théodore n'ouvrit à personne. Son ami, Mark Estienne, eut beau tambouriner à sa porte, ses plus récentes conquêtes féminines le supplier de leur ouvrir, il se cloîtra, persiennes hermétiquement fermées, en dépit de la chaleur suffocante de son appartement.

Théodore crevait tout bonnement de peur. Il imaginait toutes sortes de choses et le pire. Surtout le pire. Des prisonniers l'avaient dénoncé au commissaire et ce dernier s'en était ouvert au chef de la police de Port-au-Prince, lequel en avait sûrement touché deux mots à son excellence le ministre de l'Intérieur, lequel à son tour avait susurré la chose – la forfaiture ! – à l'oreille du Président à vie.

Théodore savait dès lors ses jours comptés. Dérespecter un homme de la valeur du commissaire à l'instant même où la patrie lui marquait sa haute reconnaissance, où une pluie de médailles s'abattait sur sa personne, méritait rien moins qu'un séjour à Fort-Dimanche. La sanction, Théodore le savait, était courue d'avance. Il songea alors à sa vieille mère (elle devait à présent bordiller les soixante-quinze ans) qui, là-bas, à Léogane, coulait une retraite paisible, après une vie passée à s'éreinter sur tous les chemins et par n'importe quel temps, un lourd panier de légumes juché sur l'en-haut du crâne, grâce aux subsides que lui faisait tenir mensuellement son cher fils depuis la capitale. Sa mère, qu'il s'en voulait de n'avoir pas pris le temps d'aller embrasser depuis pas moins de quatre ans et qu'il n'aurait désormais plus l'occasion de revoir. On ne sortait en effet de Fort-Dimanche que les deux pieds devant, sous une vilaine bâche en plastique, à l'arrière d'une Jeep qui fonçait, klaxons déchaînés, jusqu'au cimetière de Ganthier, où le cadavre était enseveli, sans tambour ni trompette, dans une fosse commune passablement surpeuplée.

Théodore Pasquin réfléchissait déjà à son testament – plus littéraire que pécuniaire puisque, à la vérité, il ne possédait d'autres biens que ce modeste appartement encombré de livres et trois mille misérables dollars sur un compte d'épargne à la Royal Bank of Canada – et entreprit de raser la fine moustache qui lui baillait cet air de mousquetaire basané si attirant aux regards féminins. Il repassa une chemise blanche à manches longues et un pantalon noir. Hésita entre une cravate à pois et un nœud papillon. Se tailla les ongles des orteils qui repoussaient toujours trop vite à son gré. Puis attendit. L'œil rivé à sa porte. Ne se nourrissant, au plus fort de la nuit, que de boîtes de corned-beef et de biscuits secs *made in USA*. Il attendit, la peur au ventre. Les membres comme gelés. Ou plutôt comme si on les avait recouverts de bandelettes, à l'antique manière égyptienne.

Théodore Pasquin attendit en vain la venue de ses tortionnaires. Au bout de dix jours de réclusion volontaire, la délivrance survint enfin. Au bas de chez lui, le petit livreur de journaux lui ôta l'énorme pierre qui lui pesait sur la conscience :

— Scandale au commissariat de Bel-Air ! Achetez *Le Matin*, mesdames-messieurs ! Le plus ancien quotidien francophone des Amériques ! La femme du commissaire surprise en pleine fornication adultère avec le juge de paix de Pétionville !... Lisez *Le Nouvelliste* !

Théodore entrebâilla prudemment sa porte et offrit cent gourdes au gamin ébahi. Il parcourut à la galopée l'article relatant l'arrestation du « vaurien censé pourtant défendre la loi », la colère froide du mari encornaillé, les dénégations de la cocuficatrice (« C'est pas lui ! Le vrai responsable est un tout jeune homme, ça, je vous jure ! ») qui lui procurèrent un frisson remontant toute la raie du dos et, final de compte, l'épilogue sanglant : le commissaire avait descendu sa femme d'une balle dans la tête et fut, en guise de punition, muté dans une lointaine province du Nord, réputée pour sa sécheresse et l'immense pauvreté de sa population. Dans la ville de Bombardopolis très exactement – au nom eût-on dit prédestiné, songea Théodore. Il fut cependant reconnaissant à la pauvre femme de n'avoir pas prononcé son nom. Le jour de la cérémonie, une bonne trentaine de jeunes gens était venue rendre hommage au commissaire et trinquer avec lui. C'eût été une affaire politique qu'ils eussent tous été mis aux arrêts et passés à la question, mais dans le cas présent, il ne s'agissait que d'une « péripétie vaudevillesque », comme l'écrivit l'éditorialiste du *Matin*, qui ne méritait point qu'on détournât les forces de police de leur

« mission sacrée », à l'heure où « des grappes de trublions communistes » organisaient en sourdine « toutes espèces de complots visant à saper les fondements de la première république noire du monde ».

Théodore Pasquin n'osa pousser un « ouf » de soulagement. Aucune affaire, il le savait, n'était jamais définitivement close dans ce pays, si bénigne fût-elle. Il y avait toujours quelqu'un dans la police secrète, les Volontaires de la Révolution nationale ou l'armée qui poursuivait pour son propre compte les enquêtes inabouties dans l'espoir de les résoudre un jour et d'obtenir ainsi une promotion. Le poète national se savait donc en sursis.

Le temps passant, les jours s'enfilant aux jours, il enfouit ses craintes au plus profond de son esprit et reprit ses activités coutumières, les quelques cours de littérature française qu'il dispensait dans un collège privé du quartier Delmas, les manuscrits de poètes besogneux qu'il retravaillait contre espèces sonnantes et trébuchantes, la rédaction de ses propres textes patriotiques qu'il s'arrangeait pour faire parvenir au Palais national par le truchement de Gérard Daumec, le confident de Papa Doc. Il recommença même à fréquenter, quoique de manière moins assidue, l'audience que tenait Mark Estienne chaque vendredi soir au Chat perché, un café populaire qui avait réussi, par on ne sait quel miracle, à conserver les fresques Belle Époque qu'un architecte-décorateur parisien, émigré dans le pays au début du siècle pour avoir cédé aux sirènes d'un amour dévastateur pour une quarteronne, avait réalisés avec un souci de la perfection qui ébaubissait les rares journalistes étrangers à fréquenter Haïti. On se serait presque cru dans une brasserie du Quartier latin, voire dans un café viennois. La bière y coulait à flots et l'on y fumait de gros cigares-pays qui enfumaient la moitié de la salle principale. Le poète Mark Estienne, un grimaud aux yeux bleus et à la peau translucide quoiqu'au faciès négroïde, y tenait des rencontres littéraires, dans une salle plus exiguë, attenante à l'arrière-cour de l'établissement. Ce choix était justifié pour des raisons stratégiques. On pouvait, en effet,

43

se lever d'un bond de son siège à la vue de lunettes noires encadrées d'uniformes bleu-denim et foncer vers le mur d'enceinte, l'enjamber avant de se perdre dans les ruelles du quartier où l'électricité était la plupart du temps coupée. Le Chat perché était un nid d'espions, de maquereaux, d'indicateurs de police dûment rémunérés ou épisodiques, de femmes bien roulées qui vous proposaient de fretinfretailler dans l'unique but de vous soutirer des informations susceptibles d'intéresser quelque baron du régime. Théodore Pasquin avait toujours désapprouvé le choix de cet établissement, mais le colosse au regard d'azur avait été formel :

— Je n'ai pas de temps à perdre à me cacher ! avait-il tonné un jour, du ton un peu emphatique qui lui était naturel. Car qui peut prétendre que je complote ? Toutes mes activités se déroulent au grand jour et il en sera ainsi jusqu'à mon dernier souffle. Sinon qu'on m'arrête surle-champ ! Allez, approchez, messieurs, menottez-moi devant la presse internationale !

Théodore réprimait l'admiration qu'il éprouvait pour celui que les médias qui daignaient s'intéresser au sort d'Haïti qualifiaient de « plus vaillant résistant de l'intérieur ». N'avait-il pas écarté la tentation de prendre femme et enfant pour s'enfuir à Miami lorsque le régime, un temps, sous la pression de l'Oncle Sam, avait ouvert toutes grandes les portes du pays pour que les tièdes ou les séditieux partissent en exil – exil définitif dans l'esprit du régime, bien entendu ? Ne refusait-il pas, en demeurant viscéralement attaché à sa terre natale, tout blanc d'épiderme qu'il fût, de multiplier les courbettes aux puissants, faisant la sourde oreille à toutes leurs propositions de sinécure ? Ni subrécargue ni opposant déclaré, tel un funambule, Mark Estienne avançait, depuis trois bonnes décennies, sur le fil d'une vie qui, de son propre aveu, ne tenait qu'à… un fil. Son humour dévastateur et son appétit de vivre faisaient le reste. Son amicalité étant contagieuse, tout ce que la capitale comptait d'esprits bien nés et de talents en herbe fréquentait son salon du Chat

44

perché. À leurs risques et périls. Car Théodore Pasquin se gardait d'oublier que le seul fait de fricoter avec un tel homme, lui, le poète officiel, le poète national, relevait de la plus totale contradiction. Pourtant, il avait beau se faire violence, tergiverser à l'infini, une sorte d'attraction irrésistible le conduisait à s'attabler avec le grimaud, lequel ne perdait jamais une occasion de se gausser de sa personne et de ce qu'il nommait ses « poétailleries ». Une forme d'entente bourrue, chaotique parfois, s'était instaurée entre les deux hommes, chacun ne désespérant pas de convertir l'autre à sa cause. Ce qui les unissait, en fait, c'était le sort identique qu'avaient connu leurs mères : celle de Mark Estienne, servante auprès de la Haitian-American Railroad Company, avait, contrainte ou consentante, enfanté pour le Yankee rougeaud et bedonnant qui la dirigeait. Lequel n'accorda pas une miette de regard à son rejeton, à l'épiderme pourtant du plus bel albâtre. La mère en conçut un tel chagrin qu'elle ne mit plus au monde qui que ce fût. Celle de Pasquin avait certes été miraculeusement sauvée de la déchéance par un brave paysan, mais les années d'atroces souffrances que le destin lui avait fait subir l'avaient marquée à jamais.

— Si leur foutu paradis existe vraiment, eh ben, mon cher, nos mères seront les premières à cogner à la porte d'entrée ! avait coutume de soliloquer Mark Estienne tout en s'esclaffant.

Théodore se remit donc à piéter, quoique avec prudence, au Chat perché, où, à son grand soulagement, nul n'avait remarqué sa disparition. Attablé devant un Barbancourt sec – « le meilleur rhum de toutes les Antilles et des terres continentales circumvoisines », vantardisait l'étiquette jaune clair de la bouteille – à une heure de la journée où ne s'y trouvaient que quelques Nègres boissonniers et deux-trois touristes leucodermes qui s'étaient sans doute trompés de destination, la Dominicanie, république hispanique voisine d'Haïti, recueillant en général leurs faveurs pour des raisons qui tenaient à la fois à ses plages de rêve et de la proverbiale légèreté de sa gent féminine, le poète Pasquin, sa peur évanouie, médita sur le peu d'importance de sa personne. Aucun de ceux qui lui clamaient leur attachement fraternel, aucun de ces littérateurs qui s'échinaient à rivaliser avec Ronsard, Hugo ou Balzac ne s'était donc soucié de son absence ! Personne n'avait daigné se rendre à son domicile pour s'enquérir de sa santé, savoir si quelque fièvre scélérate ne l'avait pas cloué au lit. Ou, tout bêtement, si les Tontons macoutes ne l'avaient pas flanqué à la geôle. Théodore prit alors conscience de son immense solitude, tout poète national qu'il se flattait d'être, et en fut profondément mortifié. Alors, c'était donc ça, sa vie ? De quel poids infime pesait-il au sein de la République des lettres haïtiennes et de la République tout court, pour qu'on se souciât de son sort comme d'une guigne ?

Il avala deux coups de rhum d'affilée et jeta un regard morne autour de lui, quand un jeune Blanc en toile kaki, coiffé d'un ridicule chapeau de brousse et chaussé de godillots, s'approcha de sa table et lui demanda d'un ton presque timide :

— Pardon de vous... vous importuner. Vous êtes bien monsieur Pasquin... le poète ?

Stupéfait, il coquilla les yeux et laissa pendre la main que lui tendait l'étranger avant de se reprendre et de la lui serrer avec une effusion exagérée.

— C'est bien moi. Oui, c'est moi !... Pourquoi donc ?

— Je suis très honoré de faire votre connaissance. Auriez-vous quelques instants à m'accorder ?

Théodore lui fit signe de s'asseoir. Le jeune Blanc étudiait l'anthropologie à l'université Laval au Québec – d'où son drôle d'accent – et préparait une thèse de doctorat sur une divinité secondaire du panthéon vaudou. Il cherchait quelqu'un qui pût le mettre en relation avec la mambo Sò Lusinia, qui officiait dans un temple secret de Croix-des-Bouquets, temple qu'elle avait mis au service de la divinité en question.

Le poète national sentit à cet instant une vague de fatigue le submerger. Tant de fois, depuis qu'il était devenu une manière de personnalité dans le pays, des savants de toutes disciplines, sociologues à grosses lunettes, psychanalystes à la dégaine mystérieuse, anthropologues casqués et bottés comme s'ils partaient en expédition au cœur de l'Afrique, linguistes en quête des origines de la langue créole, spécialistes de l'occultisme, de la Kabbale, du syncrétisme religieux et tutti quanti, l'avaient sollicité pour qu'il intercède en leur faveur auprès de tel ou tel hougan réputé. Pourtant, il s'était toujours gardé d'afficher le moindre enthousiasme pour le culte ancestral, tout en lui vouant du respect, cela parce qu'il se remémorait les cérémonies auxquelles s'était adonnée sa mère dans un lointain passé (et au cours desquelles la pauvresse avait failli gaspiller l'entièreté des économies de son concubin), et parce qu'il éprouvait un certain mal à croire en quelque autre chose que la vie. En chaque jour qui se levait et se couchait avec son cortège de banalités et de surprises. Pasquin ne croyait tout simplement en rien, surtout pas à la Vierge Marie et à l'Enfant Jésus. En rien. Il avait beau se faire violence, se culpabiliser, chercher moult justifications d'une force supérieure (selon l'expression de Mark Estienne), il ne ressentait au plus profond de lui qu'une sorte de vacuité calme. En fait, son agnosticisme naturel ne le troublait pas outre mesure. Un temps, il s'était vu infirme, ontologiquement infirme, puis il avait fini par en prendre son parti. Dieux des Nègres comme dieux des Blancs, tout cela le laissait indifférent.

— Je verrai ce que je peux faire pour vous, dit-il à l'anthropologue canadien, réponse rituelle qu'il baillait à la plupart de ceux qui le sollicitaient et qui ne l'engageait à rien.

Il s'arrangeait simplement pour éviter de rencontrer de nouveau l'importun, sachant que le séjour de ces doctes messieurs ne s'éternisait presque jamais dans le pays. Une fois, une seule, il avait succombé au charme ensorcelant d'une psychanalyste allemande, créature qui avait, quatre mois durant, bouleversé sa vie, bombe volcanique échappée de quelque Etna et dont les seins en forme de pastèques hantaient encore ses rêves et le laissaient, au petit matin, groggy comme un boxeur sur le retour, après le combat de trop.

Théodore prit le bout de papier sur lequel Xavier-Michel Beauchamp, le Canadien, avait griffonné son adresse, lut rapidement « Hôtel Choucoune, chambre 67 » et mit un terme à l'entretien. Il fit signe au patron du Chat perché de mettre leurs consommations sur sa note, se demandant, à la mine sourcilleuse de celui-ci, s'il n'avait pas une fois de plus dépassé le plafond de crédit de quatre-vingt-dix gourdes en vigueur dans l'établissement.

Dehors, les taptaps bondés roulaient à tombeau ouvert sur l'asphalte défoncé. La foule de vendeurs de rue, de mendiants, de femmes qui se débattaient avec la vie, de policiers m'en-fous-ben, de cordonniers, de péripatéticiennes dominicaines le happa. Une foule qui n'avait cesse d'aller-venir, de tourner-virer. Sans but apparent. Un lot de fourmis folles qui enjambaient sans un regard les estropiés, unijambistes ou paraplégiques se déplaçant sur des morceaux de planches pourvus de minuscules roues, aveugles agitant leurs sébiles tout en chantonnant des suppliques indéchiffrables, marmaille abandonnée, dépenaillée et sale, au ventre ballonné, cherchant pitance dans les poubelles des gargotes. Tant que Pasquin n'avait pas voyagé hors d'Haïti, ce spectacle quotidien ne l'avait pas choqué plus que cela, mais du jour où il avait bénéficié d'une invitation à un festival poétique à Philadelphie, il devait faire un effort pour trouver normal qu'une vendeuse de légumes se propretât les parties intimes à même l'eau nauséabonde du caniveau qui ceinturait le Marché en fer, cela parce qu'elle craignait qu'en s'en allant à la recherche d'un endroit plus discret, on lui volât sa place. Ces femmes passaient souvent des semaines entières, fesses rivées aux trottoirs fracassés qu'encombraient des tonnes de détritus, sans mot dire. Sans se plaindre. Altières pour certaines, femmes-statues, résignées pour d'autres. Toutes inébranlables malgré le plus extrême dénantissement.

Alors, le doute réapparut. Ce fichu doute qui ne cessait de le tarauder depuis quelque temps et dont il se demandait d'où il pouvait bien provenir. Il se mit à errer par les ruelles fétides de Carrefour, espérant, sans trop y croire, que cette marche vespérale lui apporterait un peu d'apaisement. Il s'arrêta au pied d'un arbre solitaire ornant une placette où d'ordinaire se pressaient des joueurs de borlette, cette loterie à laquelle sa vieille mère faisait une confiance aveugle parce qu'une fois, une seule et unique fois, elle y avait misé cinq gourdes et récolté le triple.

Les lieux étaient anormalement déserts. Le poète s'en inquiéta et son cœur se mit à chamader. Qu'un seul arpent de bitume ou de chemin en terre battue n'abritât âme qui vive était le signe immanquable qu'un événement s'était produit ou était sur le point de se produire. L'énième attaque de quelque groupe communiste. Une tentative de putsch émanée d'un sergent ou d'un capitaine à l'esprit dérangé. Cette fois, Pasquin dérogea à son habitude qui consistait, dans de tels cas, à rentrer chez lui dare-dare et à s'y calfeutrer en attendant que la situation redevienne normale. Il s'assit sur un banc de pierre maculé d'excréments de chiens errants et laissa le doute l'envahir pleinement. Il n'avait plus envie de lui résister. Un poème commença à se former dans son esprit. Poème étrange, étranger à son style personnel :

> *Ma langue,*
> *éclat d'orage sur les paupières du songe*
> *et c'est le mot qui me charroie*
> *pas n'importe lequel, pas le premier jailli*
> *ni l'ultime qui défaille.*
> *Un mot, un seul, qui passe partout,*
> *âcre et violet comme pulpe de caïmite,*
> *mot passe-partout,*
> *c'est lui-même : créole.*

La nuit le surprit sur la placette qu'investissaient peu à peu les femmes de mauvaise vie et les voleurs à la tire. Probablement une fausse alerte. La vie, à Port-au-Prince, était rythmée par ces rumeurs d'événements qui, une fois sur deux, se révélaient des affabulations d'individus par trop émotifs ou au contraire provocateurs.

Il redescendit vers le centre-ville, répétant à mi-voix les vers insolites qui avaient germé en lui sans crier gare. Ce poème à la gloire du créole, idiome dont il s'était jusque-là toujours défié, du moins à l'écrit...

3

Le secrétaire de la présidence guettait l'arrivée de la limousine noire par l'entrée arrière du Palais national, celle que gardait nuit et jour une demi-compagnie de paracommandos formés par les Américains à l'époque bénie ou le Président à vie filait le parfait amour avec Washington.

Les rues avoisinantes étaient encore silencieuses. Seuls deux-trois camions, venus des Gonaïves ou du Cap, lestés plus que de raison de toutes qualités de marchandises, cahotaient sur la chaussée sans cesse déformée par l'alternance brutale de soleil ardent et de pluies annonciatrices d'un hivernage précoce. Celles-là dévalaient en avalasses depuis la montagne de la Selle, charroyant tout sur leur passage et noyant un temps les principales artères de la ville basse. Le secrétaire général de la présidence n'aimait guère cet intervalle entre les saisons, à cause de la lumière glauque des petits matins.

Comme à chaque veille de Conseil des ministres, il avait dormi au palais, chose qu'il n'appréciait que modérément. Hormis les quelques préposés aux cuisines et au jardinage, parqués dans un local attenant au bâtiment, il s'y retrouvait en effet le plus souvent seul. Ce qui l'angoissait le plus était le plafond très haut de sa chambre, au mitan duquel pendouillait un lustre dont une bonne moitié des ampoules étaient grillées. Les quelques fois où, au milieu de la nuit, il ressentait un besoin pressant, il se rendait aux toilettes, au fond d'un couloir mal éclairé, la queue entre les jambes. Mais la vraie raison de son inquiétude n'était autre que la proximité de la salle des interrogatoires, à laquelle il n'avait jamais eu accès, mais d'où provenaient des hurlements ou des supplications. Il savait que les responsables de la Milice y laissaient quelquefois seuls leurs prisonniers et que discrètement, avant le lever du jour, des brancardiers, conduits par le sergent de garde, s'y faufilaient pour évacuer les cadavres de ceux qui avaient osé défié la Révolution nationale ou étaient accusés, à tort ou à raison, de l'avoir fait ou d'en avoir eu l'intention.

Il consultait sa montre toutes les trente secondes, cette magnifique Breitling que lui avait offerte la Mère de la nation lorsqu'il l'avait accompagnée lors d'un voyage d'agrément à Berlin, lui-même offert par les gros commerçants d'origine allemande qui, depuis un siècle, tenaient le Bord-de-mer avec les Syro-Libanais et une poignée de Mulâtres. À vrai dire, il ne la portait que pendant son service car il savait qu'il tenait là, en cas de coup dur, le sésame qui lui permettrait de traverser la frontière dominicaine ou d'embarquer incognito à bord d'un avion d'Air Canada. Comme tout un chacun, aussi haut placé se trouvât-il, le secrétaire général de la présidence vivait dans la peur. Les choses pouvaient tourner si vite. Aujourd'hui tout en haut de l'échelle, demain dénoncé par quelque jaloux et embastillé à Fort-Dimanche.

Pourtant, il pouvait se targuer d'être un fidèle parmi les fidèles de celui qui, à l'époque, n'était qu'un médecin de campagne, le docteur Duvalier, devenu célèbre auprès des masses populaires pour avoir soigné le pian au fin fond des campagnes et à qui presque personne, même pas les journalistes étrangers présents, ne prédisait la moindre chance aux élections présidentielles de 1957. Et pourtant ! Pourtant, le petit Nègre François Duvalier avait largement battu le grand Mulâtre Louis Déjoie et le grand Nègre Clément Jumelle, qui partaient favoris, mettant fin à la domination presque sans partage des « descendants adultérins des colons français et stoppant l'avancée de la bourgeoisie noire alliée à ces derniers », comme le martelait le premier dans ses réunions électorales.

Le secrétaire général avait aimé Papa Doc, il l'avait adulé, protégé des complots, révisant même son livre fondamental, *Mémoires d'un leader du tiers-monde*, mais plus d'une décennie s'était écoulée et la situation avait viré de bord. Le bon docteur, qui s'agenouillait autrefois aux pieds de ses malades pour les soigner, s'était peu à peu enfermé en lui-même, n'accordant plus sa confiance à personne, hormis à sa fidèle épouse et à Luckner Cambronne, son ministre de l'Intérieur. Pourtant, le secrétaire général ne pouvait se plaindre qu'il se fût montré ingrat envers lui. Loin de là ! De simple membre de son staff électoral, il l'avait promu, en quelques années, directeur de cabinet du ministre de la Justice, puis à ce poste de secrétaire général que tant de courtisans lui enviaient. N'était-il pas l'une des très rares personnes à pouvoir accéder au Président à vie sans faire antichambre ? Ne faisait-il pas partie de ces privilégiés qui pouvaient résider quand ils le désiraient dans l'enceinte même du Palais national ? Mais c'était bien cela qui nourrissait en lui, depuis la fuite à Miami de bon nombre de ses amis appartenant au premier cercle du pouvoir, une sourde inquiétude.

Il écarta de nouveau le rideau de tulle blanc et fixa la rue dans le vain espoir que s'y faufilassent la limousine présidentielle et son escorte de motards portant casque militaire. Il se décida à actionner la clochette qui lui permettait de faire monter les huissiers, puis se ravisa. À cette heure-là, il était douteux qu'ils eussent déjà pris leur poste.

Soudain, une ombre le fit sursauter. Une ombre dans son dos. Il fit un bond de côté, dégainant le revolver qu'il portait en permanence à la ceinture lorsque la voix rauque, presque caverneuse du Président à vie l'arrêta.

— Secrétaire ! fit ce dernier en ricanant. Tu as encore l'esprit vif. C'est bien ! Duvalier aime qu'autour de lui on ait l'œil. Alors, ce Conseil, il commence quand ?

Papa Doc avait décrété que Mathurin Barthélemy ne serait plus désigné que par son titre de secrétaire de la présidence. Mesure de sécurité, avait-il argué. « Tu ne seras pas l'homme invisible, mon cher, avait-il plaisanté lors de sa nomination, puisque tout un chacun te verra à mes côtés en public, mais tu seras... comment dire ?... l'innommé. Ha-ha-ha ! » De fait, ni les journaux, ni les radios, ni les communiqués officiels, ni même les tracts dénonciateurs des opposants au régime ne le désignaient par son nom de famille, un peu comme s'il avait été gommé ou s'était évaporé d'un simple claquement de doigts. Au début, cela l'avait troublé. Et puis, petit à petit, il avait fini par s'y faire. Après tout, « monsieur le secrétaire de la Présidence », ça sonnait bien ! Cela vous posait un homme. Et surtout l'entourait de cette aura de mystère indispensable pour qui occupait une si haute fonction politique.

— Vous êtes perdu dans vos pensées, à ce que nous constatons ? reprit le Doc, d'un ton un peu moins débonnaire. Mauvaise nuit ?

— Non... non, monsieur le président. Simplement, je... j'attendais votre arrivée. J'ai fait ouvrir les grilles depuis cinq...

— Fais-les refermer ! Duvalier a passé la nuit ici. Tu es le seul à le savoir. Nous avons comme l'impression que le ministre Lafleur mijote quelque chose. Quoi ? Nous ne le savons pas encore...

Le Président à vie, lorsqu'il s'exprimait en français, passait allègrement du « vous » au « tu » et inversement, quel que fût son degré de proximité avec son interlocuteur, fût-il sa propre épouse. Cette inconstance langagière n'était pas le signe d'une mauvaise maîtrise de la langue de Molière, mais une façon, pour ce fervent adepte du passé simple et de l'imparfait du subjonctif, d'alterner menaces et cajoleries, surtout face aux ambassadeurs occidentaux dont il exigeait qu'ils fussent tous francophones, chose qui provoquait maintes frictions avec les Américains. Quand le Président à vie vous vouvoyait, on savait qu'il exprimait soit une opinion définitive, soit un ordre ; quand il vous tutoyait, cela pouvait signifier qu'il avait confiance en vous ou qu'il s'apprêtait à vous confier une mission. Le secrétaire général s'était toujours étonné que le président ne s'exprimât que rarement en créole, la langue de ce peuple au service duquel il affirmait se dévouer. Son usage se résumait dans sa bouche à des interjections ou des grappes d'injures, de celles qu'il lâchait lorsqu'il recevait quelque note de protestation d'un ambassadeur occidental au sujet d'une quelconque violation des droits de l'homme.

— À quelle heure est prévu le Conseil ? fit Papa Doc.

— À... à neuf heures, monsieur le président.

— Tout le monde est arrivé ? Lafleur était censé être rentré à Jacmel avant-hier...

— Il sera bien là, monsieur le président.

— Parfait ! Eh bien, Duvalier va se changer. Nous commencerons sans doute avant l'heure prévue. Duvalier apprécie que ses ministres soient en avance. À tout à l'heure, secrétaire !

Puis, se ravisant, il demanda à consulter l'ordre du jour, vaguement irrité par le document froissé que le secrétaire ôta de sa poche de veste. Il savait pourtant que celui-ci ne le donnerait à taper qu'au tout dernier moment, en un seul exemplaire que lui, le Doc, lirait de sa voix monocorde à l'ouverture de la réunion.

— Questions intérieures... Voyons voir ça... Complot de la Toussaint... Financement de la caserne de Petit-Goâve... Promotion du capitaine Désinor au grade de colonel... Bien-bien... Questions extérieures : préparation du sommet François Duvalier-Rafael Trujillo. Pff ! Il peut toujours courir, celui-là... Convention de coopération économique avec le Mexique... bla-bla-bla...

Des ronflements de moteur dans l'allée ouest du palais signalèrent l'arrivée des ministres résidant en province, ceux de la capitale n'étant autorisés à franchir les grilles qu'une dizaine de minutes avant l'heure prévue. Le Président à vie s'approcha d'une fenêtre et observa le ballet des dignitaires du régime, du moins ceux qui se croyaient tels, jusqu'au jour où ils le trahiraient – car ils se muaient tous en Ganelon, maugréait parfois le président. Il lui suffirait alors d'un ordre, un seul, pour qu'ils fussent jetés à bas de leur piédestal.

— Nous n'apercevons pas ce Lafleur...

— La route de Jacmel est encore en réfection et...

— Tenez ! Pendant que Duvalier y pense, secrétaire, vous voudrez bien ajouter à l'ordre du jour les questions annexes suivantes : achèvement du tronçon Carrefour-Léogane, révision du salaire minimum dans les factoreries, reboisement de Petite Rivière de Nippes et... attendez voir... rapport sur l'état de nos devises ! Il doit bien nous en rester quelques-unes dans les coffres de la Banque nationale, ha-ha-ha !

— Je fais diligence, monsieur le président, lâcha le secrétaire d'une voix qui masquait mal la gêne qui s'était emparée de lui.

ॐ

L'ATTENTAT

Yo di-m. On dit...

Les apatrides avaient voulu frapper les consciences en plaçant une bombe sur le passage de la limousine du Président à vie au carrefour de Pont-Rouge, exactement à l'endroit où, un siècle et demi plus tôt, le tout premier président de la République d'Haïti, le généralissime Jean-Jacques Dessalines, avait été lâchement assassiné. Lieu maudit. Lieu dont inexplicablement le nom n'avait pas été changé. Lieu qui hantait toutes les mémoires depuis celle du plus humble des paysans accroché aux flancs bréhaignes des Montagnes noires jusqu'à celle des brillants intellectuels de la faculté d'ethnologie ou celle de médecine à Port-au-Prince. Encore que les premiers, ou plutôt leurs ancêtres – et c'est ce que leurs contes proclament –, n'eussent jamais cru à la disparition de celui qui avait mis fin par les armes au règne des Français sur le pays.

Papa Désalin, li toupatou ! (Papa Dessalines possède le don d'ubiquité !) N'était-il pas un grand commandeur des loas d'Afrique-Guinée, un hougan vénéré à l'instar de Boukman et de Makandal ? C'est dire qu'il était aussi maître de l'Invisible et des quatre points cardinaux. Le conte ajoute : Claire-Heureuse, son épouse à la sublimissime douceur, le croyant parti pour la capitale, pénétra dans la chambre interdite où Dessalines cachait son attirail magique et fut surprise de le trouver là.

Yo di-m. On dit...

Les assaillants étaient au nombre de quatre dont une femme qui faisait le guet, déguisée en vendeuse de canne à sucre. Ils avaient dissimulé leur machine infernale dans l'herbe haute des fossés, la pluie étant tombée sans discontinuer depuis un bon paquet de jours. Des deux côtés de la route, des grappes de gens matinaux pressaient le pas, indifférents aux camions et aux tap-taps qui fonçaient à tombeau ouvert, chargés plus que de raison de passagers et de marchandises. Le Président à vie s'était toujours refusé à suivre l'exemple de son alter ego de la république hispanique voisine, Trujillo, qui, à chacun de ses déplacements, faisait dégager la voie par l'armée cinq kilomètres en amont et autant en aval de son véhicule. Le Président à vie ne craignait pas son peuple. Il était le peuple ! D'ailleurs, il faisait de temps à autre arrêter sa limousine pour discuter avec le premier venu en toute simplicité, le gratifiant d'une liasse de gourdes ou de quelques dollars. S'il devait tomber un jour, ce serait par la faute des apatrides et des communistes, et non par celle d'un vrai natif-natal, d'un authentique Nègre d'Haïti-Thomas.

Yo di-m. On dit...

Confuse, Claire-Heureuse balbutia : « Mais comment, mon cher homme ? N'ai-je pas entendu le galop de ton cheval au devant-jour ? Je te croyais en route vers Port-au-Prince... » Cet épisode malencontreux, provoqué, hélas, par l'insatiable et incontrôlable curiosité féminine, avait distrait le vrai Dessalines, qui se trouvait en fait à quelques encablures de Pont-Rouge et ne sut se protéger de l'attaque vicieuse du général mulâtre Guérin et de soldats rebelles qui prétendaient n'avoir pas reçu leur solde. Dessalines et son double périrent en même temps, mais son gros bon ange et son petit bon ange furent préservés.

Yo di-m. On dit...

La bombe explosa au moment où la limousine à bord de laquelle se trouvait le sosie du Président à vie s'apprêtait à entrer à Pont-Rouge. Elle faucha son chauffeur, ses trois gardes du corps et un nombre indéterminé de paysans qui se trouvaient malheureusement à hauteur du véhicule. L'alerte fut immédiatement donnée et cinq heures plus tard, grâce à la présence d'esprit des Volontaires de la Sécurité nationale, les auteurs de ce quatrième attentat contre la vie du Père de la nation furent arrêtés et bastonnés à mort par une foule déchaînée.

Ainsi soit-il...

಄

Le calme dont faisait preuve le Président à vie, quelles que fussent les circonstances, n'avait cessé d'impressionner le secrétaire de la présidence depuis ce jour, éloigné, où il l'avait entendu haranguer la foule à Canapé-Vert et qu'il avait décidé de se mettre à son service. Rien n'ébranlait son flegme, si peu antillais, et quelques minutes après un attentat contre sa personne ou quelques heures après avoir déjoué un complot fomenté par quelque ministre ou général félon, Papa Doc demandait à ce que chacun revînt à ce qu'il appelait « les affaires courantes ». Ces dernières recouvraient, en fait, l'ensemble des activités des divers services qui s'occupaient de recueillir du renseignement sur l'opposition et de mettre en œuvre des opérations, tantôt secrètes tantôt spectaculaires, contre ses membres les plus téméraires. Services que le secrétaire de la présidence était censé coordonner, bien que, plus souvent que rarement, ceux qui en avaient la charge déployaient une ingéniosité sans borne pour conserver une certaine autonomie, voire se constituer, comme c'était le cas de cet imbécile de Thémistocle Médélice, un pré carré. L'homme, une brute épaisse originaire du Plateau central, doté d'une taille de cocotier – ce qui, croyait-il, l'autorisait à regarder les gens de haut, y compris ses supérieurs, mais évidemment pas le Président à vie, devant lequel il s'efforçait de courber les épaules –, avait en charge le Service d'enquête intérieure. Derrière cette dénomination anodine se cachait une bonne centaine de sbires recrutés par Médélice, la plupart natifs de sa région, qu'il avait placés dans les administrations, les écoles, les tribunaux ou les églises, à des postes (planton, coursier ou chauffeur) où nul ne pouvait les soupçonner de faire nuitamment des rapports verbaux, ou plus rarement écrits, sur le fonctionnement de l'institution qui les employait.

Le secrétaire général contenait à vrai dire une colère dévastatrice contre le sieur Médélice, qui s'était montré incapable de prévoir l'attentat perpétré le matin même, sur la route de Pont-Rouge, contre la limousine du président. Mais il en voulait aussi au ministre de l'Intérieur, Luckner Cambronne, au chef de la police secrète et à celui des Volontaires de la Sécurité nationale dont la mission consistait également à tisser cette vaste toile d'araignée sur le pays, en particulier dans les villes traditionnellement rebelles au pouvoir de la capitale, à savoir le Cap, Jacmel et surtout Jérémie. Il avait convoqué tout ce monde-là d'un bref appel téléphonique et faisait les cent pas dans le salon attenant à la salle de réunion du Conseil des ministres où ces derniers, tétanisés par la nouvelle, n'osaient prononcer le moindre mot. Tout un chacun attendait le Président à vie, informé par le seul qui avait accès à sa salle de bains, son valet Fidélio. L'homme en était ressorti livide, les mains tremblantes, et avait lancé au secrétaire général :

— Le Président à vie demande à... à ce que... que chacun continue à se concentrer sur... sur les affaires courantes. Il ouvrira le... le Conseil dans trois quarts d'heure.

Le secrétaire général trouva les ministres figés sur leur siège. Il alluma le poste de radio à ondes courtes sur lequel Papa Doc écoutait les nouvelles du monde, tantôt sur La Voix de l'Amérique, tantôt sur Radio France International, qui lui baillaient l'occasion de ronchonner contre ce qu'il nommait « l'hypocrisie du monde blanc ». Les trois stations haïtiennes étaient muettes sur la situation du pays, mais diffusaient de la musique classique sans discontinuer. Les notes, sinistres pour une oreille créole, semblaient monter en volutes jusqu'au plafond qu'un peintre naïf avait couvert d'images violentes du paradis : rivières bleues, tigres roses aussi paisibles que de gros matous, jardins emplis de cocos, de caïmites, de bananes, de corossols, de mangues, femmes s'en allant au marché, guillerettes, un panier posé sur la tête, hommes buvant force clairin et jouant aux dés. Cette fresque possédait une vertu apaisante, aux dires de tous ceux qui avaient eu la chance ou la malchance d'occuper un poste dans les différents gouvernements duvaliéristes. Lorsque, d'une voix sourde de colère, le Président à vie énonçait la liste des reproches qu'il n'adressait jamais à un ministre en particulier, bien que chacun, et d'abord l'intéressé, sût pertinemment qui était visé, puis tapait du plat de la main sur la table, on levait les yeux au ciel pour s'emplir de ces paysages apaisants, priant en son for intérieur pour que la sentence redoutée ne s'abattît pas sur soi. Derrière ses lunettes à double foyer, François Duvalier jouait à merveille de sa légendaire myopie. Son regard se tenait toujours un bon mètre au-dessus de ses ministres, comme s'il fixait le magnifique mapou qui ombrageait l'aile ouest du palais (arbre qui, aux dires de la malignité publique, servait de reposoir aux esprits Gédé, les plus diaboliques du vaudou). Qu'il prît la parole ou qu'il l'octroyât à tel ou tel, il ne cherchait les yeux de personne et la fixité de ses traits contribuait à glacer l'atmosphère davantage.

Radio-Haïti diffusait donc du Mozart et du Brahms ! Le secrétaire général et tous les ministres savaient ce que cela signifiait. À présent, chacun cogitait rapidement sur son sort, se demandant s'il pourrait quitter le palais vivant, si sa famille avait eu le temps de se mettre à l'abri ou s'asiler dans quelque ambassade, si les billets ouverts d'Air Canada ou d'Air France étaient encore valides, si la route conduisant à l'aéroport de Maïs Gâté était encore libre. Si, si, si et si !

— *Kamoken-yo pwan pouvwa-a ?* (Les communistes ont pris le pouvoir ?), hoqueta le ministre des Travaux publics.

Le secrétaire général fit un signe de dénégation. Il n'éprouvait que dégoût pour ce gros tas de graisse de Desmévar Hilaricus, natif de Saltrou la bien nommée, ce village perdu du Sud-Est où la principale activité consistait à faire de la contrebande avec la Dominicanie toute proche, au mépris des directives présidentielles visant à limiter au plus strict minimum le commerce avec ce pays. Depuis six ans, Hilaricus faisait tracer une route entre Saltrou et Jacmel et quand le Président à vie l'interrogeait sur l'avancement des travaux, il répondait invariablement, menteur comme un arracheur de dents, que dix kilomètres avaient été asphaltés, ce qui était faux, et que dix autres étaient en chantier, ce qui était archifaux. En réalité, il se contentait de faire réempierrer l'existant et détournait à son profit l'aide internationale, vivant la plupart du temps à Port-au-Prince, menant grand train et accumulant les maîtresses de tous âges.

— Ce n'est rien ! fit le secrétaire général. Juste une camarilla d'intellectuels mulâtres au service de l'impérialisme américain. Nos chers volontaires de la Sécurité nationale ont déjà encerclé l'immeuble de la radio et, croyez-moi, aucun de ces faquins n'en sortira vivant !

Pour dire la franche vérité, le bougre n'en savait fichtre rien. Il racontait n'importe quoi dans l'unique but de maintenir sur place les ministres, inventant un coup d'État fomenté par les Mulâtres et non par les communistes, pour l'unique raison qu'il détestait les premiers plus que les seconds. Comme tout un chacun, l'omniprésence de cette musique sans âme sur les ondes de Radio-Haïti l'inquiétait au plus haut point. Et s'il avait vu juste ? Si la caste scélérate qui avait gouverné le pays pas moins de trois quarts de siècle, dérobant aux Nègres le fruit de leur révolution, revenait au pouvoir ? Il savait que c'en serait fait de lui. Conseiller principal du Président à vie, le télégueule le présentait comme le véritable organisateur des sanglantes campagnes visant à dépouiller de ses biens la classe des sang-mêlé et parfois à en envoyer les plus têtus au pays où l'on n'a plus besoin de porter de chapeau. Il considéra alors l'unique représentant de « cette maudite engeance », comme disait le Président à vie, au sein du gouvernement : Antoine Lafleur, député de Saint-Marc. L'homme, propriétaire terrien, producteur d'un café renommé, était un rallié. Très tôt il avait donné des gages au pouvoir noiriste en épousant ce qu'il y avait de plus authentique, ce qui veut dire non point une Négresse du pays, mais bien une Africaine. Oui, une Libérienne qu'il avait rencontrée lors de ses études universitaires à Miami et qui paradait dans d'extravagants boubous multicolores, clouant ainsi le bec tant à la nouvelle bourgeoisie qu'au vulgum pecus. Lebrun était certes clair de peau et avait le cheveu bouclé, mais son épouse le rendait intouchable. Sans compter qu'il contribuait généreusement à la Caisse présidentielle, un organisme marron qui doublait la Banque nationale d'Haïti et dont le siège se trouvait aux Bahamas, un paradis fiscal à une petite heure d'avion de Port-au-Prince.

— Vous… vous savez quelque chose ? demanda le secrétaire général au détenteur du portefeuille de l'Agriculture.

— Oh ! je suis toujours le dernier informé. Vous le savez bien, mon cher ! ironisa Lafleur.

L'homme buvait du petit-lait. Il avait le plus grand mal à cacher la joie que lui procurait la mine défaite de ces Nègres à cravate et costume trois pièces, toujours prompts à dérouler des phrases interminables en français-France, alors que lui préférait la chemisette kaki à manches courtes et le bon vieux créole. Le Président à vie avait eu beau tonner plusieurs fois en plein Conseil que « le Nègre d'aujourd'hui doit dignement représenter la race à la fois dans sa parlure et dans sa vêture », parce que tel ministre, sans doute hâtivement, avait enfilé une veste un peu défraîchie ou avait oublié de mettre sa cravate, le député de Saint-Marc n'avait jamais considéré que cette remarque s'adressait à lui. Il avait pleinement conscience d'être mulâtre et, en tant que tel, de faire figure d'intrus dans un gouvernement qui vouait sa race aux gémonies, n'ignorant pas, en outre, que sa présence n'avait pour but que d'amadouer les instances internationales en leur prouvant que Papa Doc respectait « toutes les composantes de la société nationale », comme il aimait à dire dans son parler digne de Raminagrobis. En cas de coup d'État mulâtre, Lafleur, qui n'avait jamais rompu avec les siens et entretenait avec eux des liens discrets faits de visites d'inspection dans les plantations, savait qu'il ne risquait strictement rien. Au fond de lui-même, la nouvelle annoncée par le secrétaire général, qu'il considérait comme un cuistre, le réjouissait au plus haut point. Il en avait assez, plus qu'assez des foutimasseries des duvaliéristes, dont la politique en dents de scie à l'égard des grandes puissances et de la Banque mondiale gâchait ses affaires. Le semi-blocus infligé depuis des mois par les États-Unis, par exemple, lui avait fait perdre pas moins d'un demi-million de dollars. Et il était contraint d'écouler clandestinement une partie de son café dans la très honnie Dominicanie voisine.

— Messieurs, garde-à-vous ! Le Président à vie arrive ! tonna soudain Fidélio depuis le fond du couloir.

François Duvalier était suivi de Luckner Cambronne et de son valet, vêtu comme à son habitude à la façon d'un chanteur d'opérette, portant un minuscule plateau sur lequel étaient posées diverses boîtes de médicaments contre le diabète dont son maître pouvait avoir besoin. Ce dernier, parfaitement impassible, s'assit en faisant à chacun un bref signe de tête. Les traits tendus du ministre de l'Intérieur ne laissaient présager rien de bon. Dès que le secrétaire de la présidence eut fini d'agiter sa clochette, chose à laquelle il semblait prendre un malin plaisir, un autre François Duvalier surgit. Évanoui le bonhomme un peu courbé à la chevelure neigeuse qui s'exprimait d'un ton paternel ! Disparu le Père de la nation qui en toutes circonstances gardait un calme olympien ! Il s'était brusquement dressé de son fauteuil et pointait un doigt accusateur sur le ministre Lafleur en hurlant comme un possédé :

— Tu es un homme mort ! Espèce de Mulâtre hypocrite ! Tu t'imagines que Duvalier n'a pas lu dans ton jeu depuis le début ? Monsieur se croyait le plus fort, le plus rusé ? Ha-ha !... Silence ! Duvalier ne t'a pas donné la parole, que je sache. Maintenant, tu sauras qui est vraiment François Duvalier, tu comprendras que jamais il n'a été ni sera une marionnette entre les mains de votre classe. Jamais !

Se rassoyant, le Président à vie retrouva tout aussi soudainement son calme. D'un geste du menton, il ordonna au secrétaire, une fois n'était pas coutume, de lire l'ordre du jour. Les ministres avaient courbé l'échine sous l'algarade, certains triturant leur sacoche avec nervosité, n'osant même pas jeter un œil à celui qui venait d'être dénoncé. Mais Lafleur, de manière inexplicable, ne paraissait pas le moins du monde démonté. Il se leva à son tour et déclara, détachant les syllabes :

— Monsieur le président, ce pays appartient aux Mulâtres autant qu'aux Nègres. Nos pères ont tout autant lutté que les vôtres contre l'ennemi français et notre victoire, malgré nos différends, fut celle des deux races. Je suis le premier à reconnaître que les miens n'ont pas toujours montré un comportement irréprochable, qu'ils ont même parfois bradé l'honneur de notre patrie, mais ce fut aussi le cas de bien des présidents nègres. N'avons-nous pas mieux à faire que de continuer à nous entredéchirer, alors que notre petite patrie est en butte à l'opprobre des grandes puissances ?

Il était évident que cette tirade avait été préparée à l'avance. Depuis fort longtemps même, car le ministre Lafleur ne trébucha pas sur un seul mot, lui qui préférait de loin user du créole paysan. Le secrétaire de la présidence consulta Papa Doc du regard, ne sachant quoi faire. Luckner Cambronne sourit, exhibant sa dentition de carnivore insatiable. Il savait que, sur un simple appel de sa part, le commandant de la Garde présidentielle viendrait procéder à l'arrestation de Lafleur, qu'il détestait depuis le jour où celui-ci l'avait qualifié d'« excellent convoyeur de cadavres ». Sur le moment, Cambronne n'avait pu savoir si le bougre faisait allusion au juteux commerce qu'il avait instauré, pourtant dans le plus grand secret, avec Joseph Goldenstein en vue de fournir les hôpitaux américains en organes, ou bien aux disparus de plus en plus nombreux dont Radio-Vonvon, la voix des exilés de Miami, égrenait la liste inexorable chaque beau matin. Toujours est-il que, de loin en loin, chaque fois qu'il le croisait, Lafleur lui glissait :

— Alors, tes macchabées, ça rapporte, chef ?

Luckner Cambronne tenait enfin sa revanche. Il procéderait lui-même à l'interrogatoire du félon à Fort-Dimanche. Et là, sûr et certain qu'il cesserait de fiérauder.

À l'instant où il s'apprêtait à ouvrir la bouche et donc à porter le coup de grâce à Lafleur, le Président à vie se racla la gorge et se mit à rire doucement. Il regardait à présent le ministre coupable presque avec admiration.

— Duvalier plaisantait, cher Lafleur ! Il faut bien s'amuser de temps en temps, n'est-ce pas ? Conduire les affaires d'un tel pays est tellement éreintant. Secrétaire, pour une fois, nous commencerons par les questions annexes...

Mais, dès que le secrétaire eut commencé à lire la toute première, à savoir l'achèvement du tronçon de route reliant Carrefour à Léogane, le Président à vie explosa derechef :

— Mais bande d'imbéciles que vous êtes ! Vous êtes prêts à discuter de tout, sauf de ce qui constitue la préoccupation principale de Duvalier ! Oui, messieurs, ce qui est le sens même de son action, ce que l'Histoire avec un grand *H* retiendra du passage du docteur François Duvalier au Palais national. Nous voulons parler de la réforme du concordat qui nous lie au Vatican !... Duvalier exige un clergé indigène. Un clergé nègre ! Nous n'avons que faire de ces curaillons bretons qui dissimulent leur condescendance envers notre race derrière des mines affables ou débonnaires. Qu'on les flanque à la porte d'Haïti !...

Se calmant tout aussi sec, il demanda de sa voix habituelle, c'est-à-dire nasillarde et presque inaudible :

— Ministre Cambronne, où en est la commission qui y travaille ?

— Elle s'est déjà réunie trois fois, monsieur le président. Vous n'êtes pas sans savoir que le pape Paul VI est quelque peu réticent, ou plutôt méfiant, envers toute révision du concordat de 1860. Il n'a...

— Tsst ! Ce Blanc n'a pas à nous dicter sa loi. Nous formerons nos propres prêtres et nous nommerons nous-même nos évêques et nos archevêques. Duvalier a parlé, oui !

— Bien, monsieur le président !

— Passons donc aux choses triviales ! Alors, ministre des Travaux publics, pourquoi cette route tarde-t-elle tant à voir le jour ? Duvalier ne comprend pas. En tout cas, il vous donne deux mois supplémentaires. Pas un jour de plus !

L'accusé baissa la tête. Il savait qu'en un si court laps de temps, il lui serait tout bonnement impossible d'y parvenir. Trop de camions et de bulldozers en panne, faute de pièces détachées. Quant au bitume, il était détourné par les Grands Nègres de province qui se battaient pour que leur villa soit reliée par une vraie route à la ville la plus proche. Sans compter les cantonniers qui, embauchés au hasard, soit manquaient d'expérience, soit désertaient le chantier au motif que la paie hebdomadaire accusait trop de retard. Au moment où, prenant son courage à deux mains, il s'apprêtait à faire valoir toutes ces bonnes raisons, le Doc se leva et lança au Conseil :

— Continuez sans moi, messieurs, nous avons mieux à faire ! Secrétaire, vous ferez un compte rendu à Duvalier demain matin, n'est-ce pas ?

4

La Saline, aux portes de l'enfer terrestre...

L'avalasse charroie le ciel à l'en-haut du Morne La Selle dans une cavalcade de tonnerre et d'éclairs couleur de grand deuil, elle descend à toute bouline ses flancs de roche nue dans un grondement de fin du monde. Mme Nènesse tournevire au mitan de la boue, du fatras d'ordures, des cochons apeurés, des chiens faméliques et hurle sa joie :

— *Lwa-yo pa kontan ! Lwa-yo pa kontan !* (Les esprits ne sont pas contents ! Les esprits ne sont pas contents !)

Chaque fois, l'avalasse creuse de nouvelles rigoles qui balafrent la roche et celles-ci deviennent des rivières, puis des fleuves méchants, tout cela en un battement de paupière, et chaque fois la vieille zombie recommence son cirque, solitaire pour une fois, sur le moignon de place où, à la brune du soir, on tire des audiences. Cet endroit s'appelle la Cour Bréda, depuis le jour où un petit Nègre noir comme un péché mortel, qui se prétendait descendant de Toussaint-Louverture, y a installé une boîte en carton marquée « American butter » sur laquelle il a commencé à battre un jeu de cartes. Il fallait deviner la reine parmi les six cartes étalées devant lui et qu'il faisait glisser et reglisser les unes sur les autres avec une dextérité stupéfiante. Le monde avait accouru pour voir ce miracle. Chacun voulut tenter sa chance. Hommes en guenilles aux yeux qui sanguinolaient à cause du mauvais rhum vendu à la sauvette, femmes chargées de marmailles affamées qui geignaient sans discontinuer, vieux corps et vieilles femmes abandonnées qui traînaient leur carcasse comme un fardeau, gamins débrouillards, à l'injure facile, qui n'avaient plus de famille. L'homme Bréda gardait la chance pour lui. Les pièces de dix cobs tombaient dans la boîte de lait Nestlé qu'il avait posée au bord du carton : bing ! bing ! bing ! Il ne manifestait pourtant pas le moindre contentement. Il gardait les yeux fixés sur ses cartes, la bouche cousue à l'hermétique. À la nuit close, il n'avait pas bougé. Ni pour boire, ni pour pisser, ni pour rien du tout. Il allumait une lampe-bobèche et déclarait que le jeu était fini, foutre ! À présent, ses cartes allaient vous révéler de quoi votre lendemain serait fait ou quelle était la cause du guignon qui vous poursuivait depuis etcetera de temps. Il exigeait des billets. N'importe lesquels : gourdes, dollars, pesos dominicains, livres jamaïcaines, francs de la Martinique. Parfois, deux-trois personnes misaient leurs économies d'une année. En pure perte. Bréda ressassait toujours la même vieille rengaine scélérate :

— Je ne vois rien de bon pour toi. Le Bondieu, il t'a tourné le dos !

Un beau jour, un vendeur de fresco perdit patience. Il lui fracassa le crâne avec le reste de barre de glace contenu dans sa brouette. La glace, c'est dur tout bonnement. C'est de l'eau, mais ça devient de la roche. La cervelle de Bréda fut livrée aux bêtes nocturnes qui hantent La Saline. On partit se coucher en se signant. Ce bougre-là était peut-être monté par Papa Zaka ? Ce loa ne vit qu'au fin fond des montagnes du Nord, à l'en-haut du Mont-Organisé très exactement, mais qui parfois quitte le Pays en dehors pour gagner la capitale, exprès pour interboliser ceux qui ont refusé de croupir dans la misère. Car ici, à La Saline, il se disait que la misère était moins misérable que là-bas...

Toutefois, une autre version court, telle une fourmi folle, sur la fin tragique du sieur Bréda, transportée par le télé-gueule et ses *yo di-m* (on dit) incessants. Voici : en fait, ses tours de passe-passe n'étaient qu'une couverture visant à dissimuler d'autres activités nettement plus répréhensibles. En clair, il était soupçonné d'appartenir aux cellules qu'avait mises en place dans maints quartiers plébéiens l'opposant désormais le plus virulent à la Révolution nationale, le médecin et écrivain Estéban Jacques, lequel s'était fendu d'une lettre grandiloquente au Président à vie, adjurant ce dernier de respecter ce qu'il appelait « les droits élémentaires du peuple haïtien ». Ce tissu d'insanités, comme la qualifia *Le Nouvelliste*, connut une diffusion surprenante puisqu'on le retrouva dans les colonnes d'une bonne dizaine de quotidiens occidentaux, parmi lesquels, évidemment, *Le Monde* et le *Washington Post*. Toujours est-il que ces propos enflammèrent une fraction de la jeunesse estudiantine de Port-au-Prince, qui se crut autorisée à manifester en pleine rue au lieu de se contenter de l'enceinte de l'université, chose qui entraîna l'arrestation d'un certain nombre de fils de bonne famille dont les parents étaient pourtant des soutiens du régime ou, en tout cas, réputés proches de lui.

On dit que Papa Doc en fut profondément chagriné et même que l'idée d'abandonner le pouvoir lui traversa un temps l'esprit, découragé qu'il était de voir que tous ses efforts pour élever la race noire au premier rang de l'humanité étaient sans cesse réduits à néant par des camarillas d'irresponsables et de thuriféraires de l'étranger. Pas un jour sans complot, sans distribution de tracts incendiaires, sans bombe jetée à l'aveuglette dans la capitale ou en province, sans campagne de déstabilisation internationale ou sans tentative de débarquement d'apprentis guérilleros. Alors, dans le peuple, ceux qui vénéraient le Doc et récitaient de tête des passages entiers du *Catéchisme duvaliériste* allaient se lamentant :

— *Papa Dok bouké, mézanmi ! I bouké menm !* (Papa Doc est las, mes amis ! Très las !)

Sous des dehors somnolents, la vie sociale et politique de la première république noire du monde moderne était des plus mouvementées. Tant qu'il s'agissait d'actes séditieux ourdis par les membres de l'ancienne classe dominante des Mulâtres, le redoutable Luckner Cambronne et Mme Adolphe, cheftaine des Fillettes-Laleau, parvenaient à garder les choses sous contrôle, d'autant que ces ennemis héréditaires ne représentaient final de compte qu'une minorité au sein de la masse couleur d'ébène, masse qui avait toujours donné au pays ses fils les plus valeureux ; mais, dès l'instant où l'irrédentisme avait pris racine au sein de celle-ci, le danger devint permanent. La seule couleur n'était plus un signe irréfutable de soutien à la Révolution nationale. C'est qu'il fallait compter, d'un côté, avec les idées libérales ou se proclamant telles, diffusées par les grandes puissances de l'Ouest et, de l'autre, avec l'idéologie scélérate et athée en provenance du bloc communiste.

« Nous sommes cernés de partout ! », avait tonné Papa Doc lors d'un discours à la nation prononcé aux Gonaïves, sur la place même où, un siècle et demi plus tôt, le généralissime Dessalines avait proclamé la naissance d'une nouvelle nation appelée Haïti, vocable amérindien qui signifie « Terre des hautes montagnes », jetant du même coup aux oubliettes l'appellation coloniale de « Saint-Domingue ».

Il n'y avait donc plus seulement la bourgeoisie sang-mêlé à lutter contre le pouvoir. Des Nègres, des Nègres bon teint, qu'ils appartinssent à la petite élite montante ou aux couches défavorisées des cours-à-fourmis, osaient désormais remettre en cause les dogmes de la révolution duvaliériste. Ils se prenaient à douter que Papa Doc fût le seul à même de conduire les destinées du pays. Critiquaient sans vergogne le moindre de ses propos, le plus anodin de ses actes. Et le plus virulent n'était autre qu'Estéban Jacques, auteur de romans que l'Europe littéraire n'avait cesse de célébrer ! Il était clair, rapporta le télé-gueule, que Bréda, le manipulateur de cartes, le prestidigitateur à l'allure insignifiante, était membre de ces colonnes de l'ombre que le premier nommé avait constituées un peu partout sur le territoire de la république et même, affirmait-on, de l'autre côté de la frontière, en Dominicanie. Sinon, comment expliquer que lorsque le clairin à 55 degrés lui était monté à la tête (à moins qu'il fît semblant d'être saoul), Bréda s'était mis à brailler, toujours au plus fort de la nuit, divaguant dans les corridors en labyrinthe de La Saline :

— Oyez ! Oyez, peuple d'Haïti-Thomas ! Voici la dernière liste des disparus : Bajeux Albert, Bajeux Anne-Marie, Bajeux Maxime, Bajeux Micheline... Plus de Bajeux dans ce pays ! Abolie cette infâme engeance !... Augustin Clitandre, directeur du journal *Le Soleil*, Louis Drouin, membre du groupe Jeune Haïti, exécuté des propres mains du Père de la nation, Gasner Marie-Thérèse, cellule n° 10, Fort-Dimanche, morte sous la torture... Oyez ! Oyez, bonnes gens et mauvaises gens !...

Cette litanie interminable pouvait se poursuivre jusqu'à l'avant-jour, ce bougre de Bréda connaissant le dédale du bidonville beaucoup mieux que les macoutes qui, régulièrement, lui donnaient la chasse. Il est vrai aussi que les rares passants leur baillaient de fausses informations ou leur indiquaient des directions opposées à celles qu'empruntait le *kamokin*, ce fieffé communiste. Dix fois, cent fois il fut sur le point d'être arrêté ; chaque fois, tel un chat marron, il parvenait à franchir un enclos ou à s'enfoncer dans ces mares fétides, encombrées de fatras, qui baignaient tout le long de La Saline. Mais la rumeur publique finit par douter des capacités d'évasion de celui que la presse qualifiait de « Fantômas des bas quartiers », expression que le vulgaire mit du temps à comprendre car rares étaient ceux qui pouvaient se permettre de gaspiller cinq gourdes pour assister à une séance de cinéma au Rex, qui n'acceptait d'ailleurs que les gens propres sur eux.

Bréda fut donc accusé d'être un agent double. Un provocateur qui faisait mine de dénoncer le régime *urbi et orbi* dans l'unique but de repérer ceux ou celles qui applaudiraient ses propos. On se souvint que deux mâles-nègres, récemment arrivés de l'Arcahaie, employés comme portefaix chez un commerçant levantin du Bord-de-mer, n'avaient plus baillé signe de vie après qu'ils avaient convié le prestidigitateur à boire une bouteille de clairin dans leur case. On se souvint aussi qu'un incendie inexpliqué s'était déclaré dans une bonne partie du quartier, ravageant les maigres effets de leurs occupants qui tentaient à ce moment-là de gagner leur vie aux abords du Marché en fer. On se souvint surtout d'une certaine Marylise, belle comme une fleur de goyavier, qui avait coutume de débarquer dans n'importe quel endroit de La Saline pour y distribuer des vêtements, des chaussures, des médicaments et des bonbons américains multicolores dont raffolait la marmaille.

— Je suis née ici, j'ai grandi ici ! clamait-elle. Et même si, aujourd'hui, le Grand Maître m'a enlevée de la misère, je n'oublie pas d'où je viens.

Personne n'osait trop l'interroger sur sa profession. D'aucuns la disaient infirmière ou maîtresse d'école. D'autres, femme-sur-le-côté d'un Grand Nègre ou de quelque homme politique influent. Chacun attendait sa venue comme le Messie. Un messie vêtu d'une robe moulante rouge vif et chaussé d'extravagants escarpins qui la faisaient claudiquer dans les ruelles crevassées ou encombrées de boîtes en carton, de canettes de bière, de morceaux de ferraille et de déchets tant animaux qu'humains. Elle avait perdu sans sourciller plus de deux cent gourdes à la table improvisée où Bréda faisait virevolter ses cartes et s'était aussitôt liée d'amicalité avec lui. Très fier, ce dernier avait déclaré que « mamzelle Marylise », comme il l'appelait, n'était autre qu'une cousine de Mme Adolphe, ce personnage extraordinaire dont les hauts faits étaient parvenus aux oreilles de chacun tant Radio-Haïti les avait célébrés et qui, présentement, dirigeait la section féminine des Volontaires de la Sécurité nationale. Le prestige de Bréda s'en trouva d'un seul coup rehaussé, mais certains ne manquèrent pas de s'étonner que celui qui vilipendait nuitamment le régime pût se flatter, en plein jour, d'être dans les bonnes grâces d'une proche de ce dernier. Les soupçons redoublèrent donc sur son probable double jeu.

Des informateurs au service de la Milice, payés trois gourdes la journée, entreprirent de le pister. Ils constatèrent d'abord que le bougre n'avait pas de domicile fixe. Ou plutôt qu'il en disposait dans chaque cour-à-fourmis, soit qu'il les louât, soit qu'il en fût le propriétaire. Plus intéressant : il ne dormait jamais au même endroit deux fois de suite. Partout, la populace semblait lui bailler du respect, puisque ses différents logis ne subissaient jamais d'effraction. On le surprit également à conciliabuler avec des individus louches, car non identifiés. On le vit échanger des paquets ou des sommes d'argent à la sauvette. Bientôt un rapport complet concernant ses activités parvint sur le bureau du chef de la police secrète. Ce dernier n'y trouva rien qui différenciât Bréda d'un nombre, hélas grandissant, d'opposants feutrés à la Révolution nationale. Une salle spéciale avait dû être aménagée au ministère de l'Intérieur afin de stocker tout ce lot d'informations qu'un commissaire de police et son adjoint étaient chargés, à plein temps, de décortiquer et de trier. Le dossier de Bréda fut classé dans la rubrique « suspects » pendant un temps indéterminé, jusqu'au jour où, vérifiant son cas, le commissaire tomba sur des reprographies d'articles virulents trouvés dans l'un de ses domiciles. Articles sur lesquels ne figurait aucune indication du journal qui les avait publiés.

— *N-ap kenbé-l fwa-saa, bakoulou-a !* (On le tient cette fois, le gredin !) exulta l'officier de police qui en référa immédiatement à Luckner Cambronne.

Le ministre de l'Intérieur, pourtant habitué aux tracts incendiaires que l'on retrouvait au petit matin sur les marches des principaux bâtiments publics de la capitale, à l'entrée des écoles et de l'université, voire aux alentours des marchés, en demeura le bec coué. Un certain Abderrahman y dénonçait l'injustice que subissait ce qu'il nommait, dans un langage grandiloquent, « le troupeau anonyme des démunis sans chez-soi » :

Eh bien, quand comme moi, Abderrahman, on
fait partie de la catégorie des jeunes qu'on appelle
bâtards. Quand rejeté dans le mépris et la haine

parce qu'issu de l'obscurité du vrai pays, comme moi, Abderrahman, quand repoussé vers le troupeau anonyme des démunis sans chez-soi, on se retrouve ballotté d'un côté à l'autre, plongé dans les abîmes de la détresse, et chaque jour, on se fait éclabousser par la morgue impudente des béotiens, le luxe insultant des nouveaux riches...

« Abderrahman, se disait Cambronne, Abderrahman, mais c'est un nom de Syrien, ça ! Si ça se trouve, ces messieurs du Bord-de-mer se sont remis à comploter contre nous. Ah, les chiens ! Pourtant, nous leur laissons entière liberté d'importer ce qu'ils veulent d'où ils veulent, sans même contrôler les prix auxquels ils vendent leurs marchandises. Descendants d'Allemands, de Levantins, Mulâtres et consorts s'enrichissent sans vergogne sur le dos du peuple et ça ne leur suffit pas ! Il leur faut encore s'employer à saper notre régime. Le seul régime nègre vraiment démocratique qu'ait connu ce pays en un siècle et demi d'indépendance ! »

Le ministre de l'Intérieur n'en revenait pas, lui qui était régulièrement reçu à la table des Mansour, des Wadi-Abdallah ou des Frangié et qui, chaque mois, percevait sa rondelette commission sur leurs bénéfices.

— Ces gens-là sont de faux Haïtiens, je l'ai toujours pensé ! s'encoléra-t-il avant d'ordonner à la police secrète de lui ramener ce Bréda sur-le-champ et d'opérer une descente chez deux-trois négociants arabes qui, par le passé, avaient rechigné à verser leur quote-part pour la bonne marche de la Révolution nationale.

Bréda, en réalité, n'avait fait que garder pour Marylise un certain nombre de documents dans lesquels il n'avait jamais pensé à mettre le nez, bien qu'il sût lire passablement. Il ne comprenait pas pourquoi il se retrouvait face au deuxième personnage le plus important de la République, dans le bureau personnel de ce dernier en plus, qui n'avait cesse de le harceler :

— *Abdéramàn-saa, ki moun li yé ? Sirien-saa, koté-l rété ?* (Cet Abderrahman, qui c'est ? Il habite où, ce Syrien ?)

Ne connaissant cette personne ni en bien ni en mal, le prestidigitateur fut livré à Ti Bolo, l'un des tortionnaires attitrés de Fort-Dimanche, qui lui ôta son pantalon, empoigna ses génitoires presque à les faire éclater. Devant ce que son bourreau considéra comme de l'entêtement, il enfonça un coco-macaque dans l'anus de Bréda tout en l'accablant d'injuriées. Bientôt, le joli parquet du bureau de Cambronne se mouilla d'une mare de sang. Le suspect finit par s'évanouir. Alors, lentement, très lentement, le ministre de l'Intérieur ouvrit le deuxième tiroir de son bureau, caressa la crosse de son Browning, le fit tourner entre ses doigts à la manière d'un cow-boy et, ouvrant la bouche de Bréda, lui enfonça le canon à l'intérieur avant de tirer trois balles. L'arme disposait d'un silencieux. Même sa secrétaire, la très consciencieuse France Saint-Victor, qui tapait à la machine dans le bureau voisin, n'entendit rien. Ti Bolo déroula un sac de jute et y enfourna le cadavre.

— *San-an ?* (Et le sang ?), demanda-t-il à Cambronne.

— T'occupe pas ! Je le ferai enlever. Flanque-moi cet abruti dans la darse !

Il était furieux de n'avoir pu faire parler le manieur de cartes. D'ordinaire, les suspects craquaient à la seule vue du faciès simiesque de Ti Bolo et aux coups de poing sur la tempe qu'il leur balançait en guise de « hors-d'œuvre », se gaussait-il.

Soudain, le téléphone sonna. Ce ne pouvait être que le Président à vie, seul à ne pas passer d'abord par sa secrétaire pour le joindre. Cambronne trembla au son de sa voix nasillarde et à son ton monocorde :

— Abderrahman, c'est Duvalier, imbécile ! beugla le Doc. Animal sans fanal ! C'était notre pseudonyme à l'époque où nous écrivions dans *Les Griots*... Nous étions jeune, trente ou trente-deux ans, nous ne nous en rappelons plus. Déjà, nous combattions l'ordre mulâtre, l'injustice faite aux Nègres pauvres et aux classes moyennes. Ce fut une lutte très dure, féroce même par moments...

Puis, se mettant à hurler :

— C'est grâce à cette lutte que Duvalier a menée seul – oui, tout seul – que vous et les vôtres vous trouvez aujourd'hui aux postes que vous occupez ! Oui, toi, Cambronne, et ton ex-mentor Barbot, et cette grognasse de Mme Adolphe, et tous les autres !... Duvalier est entouré d'analphabètes ! Mon Dieu, que vous a-t-il fait pour que vous lui ayez donné à diriger un pays où il n'a jamais pu trouver une seule personne de valeur pour le seconder dans sa tâche ? Tu as intérêt à cesser immédiatement de chercher des noises aux Syriens. Nous avons déjà reçu cinq coups de téléphone ce matin à ce sujet. Cinq ! Ce n'est pas assez que les Américains et les Français nous emmerdent, que les Dominicains, ces fils de pute, nous pourrissent la vie, que les communistes et l'ennemi intérieur tramant toutes espèces de complots afin de renverser Duvalier, il faut encore que vous montiez contre lui d'honnêtes commerçants, des gens avec lesquels il entretient les meilleures relations ! Cambronne, tu mérites bien ton nom. Tu es une merde, voilà !

Le ministre de l'Intérieur, littéralement sonné, comprit qu'il jouait là et son poste et sa vie. Il mentit froidement :

— Toute cette histoire, votre excellence, Clément Barbot l'a montée de toutes pièces... C'est lui qui...

— Duvalier s'en doutait ! Cela fait un certain temps que ce monsieur joue au chat et à la souris avec nous. Eh bien, cette fois, la partie est terminée pour lui, foutre !

5

Il peignait depuis bien avant le devant-jour. Deux bougies suppléaient tant bien que mal la grosse ampoule recouverte de fientes de mouches et de hannetons qui se balançait au plafond au bout d'un fil dépourvu de gaine protectrice, tel un fruit dédaigné. Depuis un bon paquet de jours, le quartier de Delmas était soumis à de fréquents black-out, mais qui ne duraient jamais très longtemps, contrairement à la ville basse. Il fallait les interpréter comme des avertissements du pouvoir. Il suffisait, en effet, que les rues soient brutalement plongées dans le faire-noir pour que tous ceux qui, à l'abri de leurs persiennes, se mettaient à ronchonner contre la Révolution nationale se rappellent qu'on les avait à l'œil. Que d'un moment à l'autre, une bande de miliciens armés de machettes et de fusils M16 pouvait venir frapper à leur porte pour leur demander des comptes. Le fait que la lumière revînt à intervalles réguliers, d'une demi-heure le plus souvent, était bien la preuve qu'il s'agissait d'une manœuvre, d'un acte délibéré et non d'une défaillance technique résultant du délabrement, pourtant réel, des équipements publics qui affectait l'ensemble du pays.

Indifférent aux clignotements de l'ampoule, Mark Estienne traçait de larges spirales sur la toile qui reposait sur le dossier d'une chaise en paille. Surgissaient alors des créatures chimériques, des monstres de l'Antiquité grecque mêlés à des symboles vaudous recomposés, des figures féminines au faciès tragique et, au beau mitan de tout cela, une lueur d'orage marquée par une touche de vert pâle ou d'orangé. Le Rebelle de l'intérieur ne dessinait jamais. C'était là une perte de temps, clamait-il, dans un pays où l'on était taraudé par l'urgence. Tracer des esquisses, les peaufiner, les corriger était un luxe d'artiste vivant dans les contrées paisibles de l'Occident chrétien, du moins entre deux-trois guerres fratricides que ses habitants, pas prétentieux pour deux sous, qualifiaient de « conflits mondiaux ».

Mark Estienne se souvenait de cet oncle de sa mère qui se vantait de descendre d'un de ces volontaires haïtiens qui, à la fin du XVIIIe siècle, s'en étaient allés combattre dans les rangs des Américains afin de libérer les treize colonies du joug britannique. Tonton Fondor, ce vaillant homme, avait été traité en héros au moment de l'indépendance des États-Unis. Il s'était vu attribuer un nombre respectable de médailles qui reposaient aujourd'hui sur un coussin en velours rouge au Musée national de Port-au-Prince. Et comme si la famille possédait un sens inné de la justice et une tonne de courage à revendre, le fils de Fondor Ier – comme le surnomma ironiquement le voisinage – réussit à se faire enrôler à son tour dans les troupes du *libertador* Simón Bolívar, afin de bouter l'Espagnol hors de la Colombie.

Cette dernière histoire était tout de même plus crédible : Bolívar, en effet, s'était réfugié un temps dans le sud d'Haïti, déjà libre depuis près d'un demi-siècle, et y avait reçu le gîte et le couvert, plus un chargement d'armes et de l'argent, qui lui furent fort utiles pour reprendre la lutte. En contrepartie, le futur héros de l'Amérique latine avait promis au gouvernement haïtien d'abolir l'esclavage, ce qu'il se garda de faire au jour dit, *hijo de puta !* Cela n'empêcha pourtant point, lorsque éclata la première guerre civile européenne, en 1914 donc, le fils de Fondor II de se sentir comme obligé d'aller s'enrôler dans les forces alliées qui se battaient contre l'envahisseur teuton. Toujours à ce que raconte la légende familiale, son comportement fut de nouveau tout ce qu'il y avait de plus héroïque. Et, cette fois, l'État haïtien ne fit pas main basse sur les médailles glanées aux Dardanelles.

Nul étonnement donc à ce que, lorsque ce chien fou d'Hitler commença à faire des siennes, et que péta la seconde guerre civile européenne, Fondor, quatrième du nom, ne fît ni une ni deux : comme une bonne centaine d'autres volontaires haïtiens, il gagna Fort Dix, aux USA, et endossa l'uniforme de l'armée yankee où sa bravoure attira l'attention d'un major originaire du Mississippi, raciste patenté, qui de ce jour se mit à brailler que les *French Niggers* n'avaient absolument rien à voir avec les *Nigger bastards* du Vieux Sud. Les premiers étaient civilisés, policés, cultivés même, grâce à leur vernis français, encore que, ajoutait-il, il n'offrirait jamais à l'un d'entre eux sa chère fille, blonde comme les blés. Enviable lignée, donc ! Toutefois, si Mark Estienne admirait ses glorieux ancêtres, il s'était juré de ne jamais suivre leur exemple, sa terre d'Haïti comptant pour lui avant toute autre chose.

En moins de deux heures, il avait peint pas moins d'une dizaine de tableaux. Pas entièrement, bien entendu. En fait, il ne travaillait jamais à une seule toile à la fois. Dès qu'il avait trouvé les formes qui lui convenaient, il changeait de chevalet. Les jours suivants, au gré de son inspiration, il reviendrait à l'une ou l'autre pour les continuer ou les achever. « C'est ma manière à moi de lutter contre l'inexorable », confiait-il à ses amis du Chat perché qu'il lui arrivait de convier à son atelier, sis à l'en-bas de sa maison, dans un appentis où s'entassaient livres, statuettes, vêtements usagés, chaussures et boîtes de conserve.

Ce jour-là donc, il peinait à trouver le bon agencement des couleurs et en éprouvait un réel agacement. Il ne voulait pas s'avouer qu'il était inquiet de la réception de son nouvel ouvrage poétique, *Ultravocal*. Jusque-là, il avait publié une dizaine d'ouvrages qui n'avaient suscité aucune remarque de la Censure nationale. Le régime n'avait guère de raisons de s'inquiéter d'une œuvre certes puissamment exaltée, mais suffisamment sibylline pour que ses lecteurs potentiels – dix pour cent à peine des cinq millions d'Haïtiens – y pêchassent des idées contre nature.

Pour *Chevaux de l'avant-jour* cependant, l'affaire avait pris une tournure quelque peu différente : un jeune et bel Nègre, qui s'en revenait de la Sorbonne (sans que quiconque fût en mesure de vérifier l'authenticité des diplômes ronflants qu'il affirmait y avoir acquis, dont l'un en philologie grecque) et qui venait d'intégrer le corps des censeurs officiels, l'avait fait convoquer. Vêtu d'un costume trois pièces, encravaté jusqu'à la pomme d'Adam qui tressautait chaque fois qu'il transpirait, Bayard Lejeune prit Mark Estienne de haut. L'épiderme dépourvu de mélanine du poète et ses yeux bleus de Chabin ne l'impressionnaient aucunement. Le jeune homme se vantait de multiples conquêtes dans la Ville-lumière – « le Quartier latin, mon terrain de chasse favori… », glissait-il dans la moindre conversation – et affirmait avoir fait le tour du monde blanc. Il le connaissait désormais par cœur, en mesurait parfaitement les faiblesses et les grandeurs, les premières étant, à ses yeux, plus nombreuses que les secondes. Le sorbonicole ne perdait jamais une occasion de pester contre tous ces régimes haïtiens, la plupart mulâtres, qui avaient courbé l'échine, un siècle durant, devant ceux qu'il ne nommait jamais que « les Aryens », ce vocable ayant dans sa bouche une tonalité vaguement condescendante. Désormais, grâce à François Duvalier, Haïti, première république noire du monde, avait retrouvé sa fierté, celle que les premiers combattants de la guerre de libération lui avaient insufflée. Et ce n'était pas à lui, leur descendant, qu'un demi-Blanc tel que l'auteur de *Chevaux de l'avant-jour* en remontrerait. Mieux : dans l'échelle de ses détestations, les Métis, Mulâtres, grimauds et autres marabous venaient en tête de liste, avant les Blancs et les Syro-Libanais. Ces derniers, gros commerçants du Bord-de-mer, suceurs du sang du peuple haïtien, il les avait à l'œil, bien que ses fonctions de censeur ne lui permissent d'entreprendre quoi que ce fût à leur encontre. Que pouvait-il contre des gens qui se terraient toute la sainte journée derrière le comptoir de leurs magasins de toilerie et de quincaille et qui se contentaient d'encaisser l'argent qu'on leur tendait tout en affichant un sourire de satisfaction ? Rien. Trois fois rien, hélas.

Bayard Lejeune était installé dans une aile du Palais national d'où l'on apercevait le Champ-de-Mars et une partie de la statue du Marron inconnu. Sur son vaste bureau en acajou verni trônait le *Littré*, le *Larousse*, deux grammaires françaises, un traité d'orthographe, des plumes d'oie, un encrier, des plumes Sergent-Major, ainsi qu'un gros stylo noir qu'il n'utilisait presque jamais, de peur de l'abîmer, car il s'agissait d'un cadeau du Président à vie lui-même. Grand ouvert devant lui, il tenait un livre écorné dans lequel il feignit d'être plongé quand l'huissier fit entrer Mark Estienne. Indiquant un siège au Rebelle de l'intérieur et sans lui jeter le moindre regard, il continua sa lecture. On entendait, dans les couloirs du palais, le pas cadencé des paracommandos qui patrouillaient comme si l'endroit était sur le point de subir une attaque rebelle, leurs bottes faisant résonner le marbre de Carrare.

— Vous m'accordez une minute, je vous prie ? marmonna le censeur, les yeux toujours rivés sur son livre.

Mark Estienne n'éprouva aucune haine pour celui qui eût pu être son fils et qui n'avait, au jugé, que trois ou quatre ans de plus que son aîné. Seule l'habitait une espèce de tristesse sourde devant ce qu'il considérait comme un gâchis. Tant de jeunes Nègres doués et pleins d'énergie que ce régime obscurantiste avait broyés, détournés de leur véritable destin, privant le pays des cerveaux dont il avait un besoin si pressant !

— Connaissez-vous cet ouvrage, cher monsieur ? fit soudain Bayard Lejeune en le tendant au poète.

Ce dernier, en découvrant le titre, comprit où le censeur voulait en venir : *Essai sur l'inégalité des races humaines* du comte de Gobineau. Mark Estienne esquissa un sourire et hocha la tête positivement. Il ne montrait toujours aucune appréhension, ce qui commençait à agacer prodigieusement le censeur en chef de la République, d'autant que le grimaud s'était même permis de saluer d'un tonitruant « *Sa-k pasé ?* » (Comment ça va ?) le groom en tenue chamarrée, lequel avait déposé sur le bureau un plateau en argent où trônaient une cafetière ainsi qu'une minuscule tasse dorée.

— Café de l'Artibonite... le meilleur ! commenta le censeur en se servant d'un geste maniéré. Vous en prendrez ?

Mark Estienne repoussa son offre d'un petit geste de la main, sans se départir d'une attitude légèrement ironique. Il donnait l'impression d'avoir tout son temps devant lui.

— Ça va, votre école ? reprit le censeur.

— Comme ci, comme ça...

— Vous avez combien d'élèves cette année ?

— Une centaine environ...

— Pourquoi environ ? fit Bayard Lejeune en se cabrant.

— Eh bien, certains quittent l'école à n'importe quel moment de l'année, quand leur famille n'a plus les moyens de les soutenir...

Le censeur national reposa sa tasse avec un luxe de précautions et son regard se perdit dans le vide. Puis, se levant de son siège, il s'empara de l'ouvrage de Gobineau et se mit à en lire des passages à haute voix, au hasard. Une colère, qu'il maîtrisait à grand-peine, secouait sa poitrine engoncée dans un gilet trop étroit.

— Donc, à en croire ce monsieur de Gobineau, je me situerais à peine au-dessus du gorille, n'est-ce pas ? éructat-il.

— Du chimpanzé, pas du gorille... Le chimpanzé et l'homme possèdent quatre-vingt-dix-neuf pour cent de gènes en commun, s'il faut en croire la science.

— Alors expliquez-moi comment un presque chimpanzé tel que moi a pu réussir tous ses examens en Sorbonne et devenir l'un des élèves préférés de l'éminent philosophe Bergson ?

Sans attendre la réponse de l'écrivain, Bayard Lejeune se rassit, retrouvant d'un seul coup un calme olympien. Sa tentative de désarçonnement avait échoué : Mark Estienne n'avait pas bougé d'une maille. Il le regardait toujours dans le beau mitan des yeux, avec son étrange regard bleu de fils d'Aryen. De fils bâtard d'Aryen.

— Bon-bon... Venons-en à ce qui nous réunit ce matin, fit Bayard Lejeune en ouvrant le premier tiroir de son bureau, d'où il extirpa un exemplaire de *Chevaux de l'avant-jour* dont il avait annoté presque chaque page.

❦

COMMENTAIRE DE TEXTE

L'école haïtienne avait hérité des deux exercices les plus prestigieux du système scolaire français : la dissertation et le commentaire de texte. Bien qu'aux examens ses élèves y fussent soumis, à l'instar de ceux de l'enseignement public, Mark Estienne, seul maître à bord de sa modeste institution, mettait un point d'honneur à les initier à ce qu'il nommait l'« écriture en liberté ». Il s'agissait pour chacun, à partir d'un thème imposé, de laisser rouler qui l'orthographe, qui la grammaire, qui les règles stylistiques classiques, pour permettre à l'imagination d'occuper le premier plan. À ceux qui étaient généralement à la peine et aux redoublants, il n'avait cesse de prodiguer le même conseil :

— Il y a en chacun d'entre nous une force brimée ! On finit par oublier qu'elle existe. Brisez vos chaînes mentales ! Que la magie de l'écriture vous pénètre !

À cette occasion, de petits miracles pouvaient se produire, quoique plutôt rares. Tel pouvait, au mitan d'un salmigondis franco-créole, faire surgir une métaphore inouïe. Tel autre troussait un récit prenant, malgré une dévalée de fautes d'orthographe. En tout cas, la majorité des élèves adorait ces samedis matins au cours desquels, une fois par mois, leur maître les incitait à se révolter contre les règles établies. Tous, sauf un : Bayard Lejeune. Imbattable dans les deux exercices académiques, il rendait feuille blanche à cette occasion et n'écoutait que d'une oreille la lecture des productions de ses camarades. Et quand, à la fin du cours, Mark Estienne lui demandait de rester afin qu'il lui explique son comportement, l'adolescent disait froidement :

— L'imagination, ça n'a jamais donné à manger à personne !
Quelque douze ans plus tard, l'homme fait qui se trouvait
présentement en face de lui n'avait pas changé. Sans doute
avait-il préparé seul son baccalauréat, à la lumière de quelque
lampadaire public ou plus vraisemblablement à la bougie, et y
avait-il réussi haut la main. Ensuite, il avait dû se présenter à
un concours de la fonction publique, avant d'être remarqué
par ceux d'entre les dignitaires du régime qui se faisaient un
point d'honneur de rechercher au sein de la plèbe les oiseaux
rares qui prouveraient que le régime savait récompenser les
« Nègres méritants », selon les termes mêmes de la propagande
officielle. Duvalier ne se vantait-il pas d'avoir inventé un
« humanisme haïtien » ?

Bayard Lejeune commenta plusieurs passages préalablement
choisis de *Chevaux de l'avant-jour*. Mais la poésie de Mark
Estienne n'entretenait aucun rapport avec celle d'Alfred de Vigny
et d'Albert Samain, deux poètes systématiquement au programme de tous les concours depuis que le Doc avait fait savoir
qu'ils comptaient parmi ses favoris. Revenant au prologue du
texte, il relut l'extrait suivant, d'un air perplexe :

> *Fièvre des mots en hommage au soleil*
> *Œil en éveil qui jamais ne dort*
> *Serait-ce un cœur tout en flamme dans le ciel*
> *Où la ronde stellaire enfante le vertige*
> *Sans un cri ?*

Selon lui, « hommage au soleil » renvoyait au « soleil rouge
du communisme » et à Mao Zedong. « Œil en éveil », à Caïn.
« Cœur tout en flamme », à la rage habitant les révolutionnaires
qui croyaient pouvoir rééditer l'épopée castriste en terre haïtienne. « Ronde stellaire », à tous ceux qui, à l'intérieur, faisaient
mine d'être de bons citoyens, mais qui, en réalité, gravitaient en
secret autour des premiers. Et, clou du clou, « vertige sans un
cri » évoquait rien moins qu'un coup d'État et l'assassinat du
Père de la nation.

— Qu'avez-vous à dire, monsieur Estienne ? fit-il abruptement.

L'écrivain avait écouté la péroraison de son ancien élève
sans ciller. Dans son attitude, il n'y avait toutefois ni dérision ni
indignation. Ni même de la simple indifférence. Il avait écouté
comme si Bayard Lejeune parlait d'un autre texte que le sien.

— Je... je vous écoute ? reprit le censeur officiel, un brin désarçonné.

— Faites-moi passer les menottes, si tel est votre but ! Déjà, dans l'Antiquité grecque, les poètes étaient mis au ban de la société. Je n'ai pas à plaider ma cause car ma cause, c'est la poésie, rétorqua Mark Estienne sans élever le ton.

Bayard Lejeune posa l'ouvrage et réfléchit longuement. Il évitait désormais le regard de celui qui, jadis, l'avait éveillé à la belle langue et à la littérature.

— Vous avez bien de la chance, monsieur Estienne, bougonna-t-il, d'un air las. Une sacrée chance ! Si le général de Gaulle a refusé de faire incarcérer Jean-Paul Sartre, je vois mal comment notre bien-aimé François Duvalier pourrait se permettre de...

— Venons-en au fait !

— Ah, je vous aime mieux combatif ! Je sais que vous n'êtes pas un pleutre. Loin de là... Nous avons une proposition à vous faire. Naturellement, rien ne vous oblige à l'accepter. Vous êtes un homme libre et vous pouvez quitter ce bureau quand il vous plaira.

— Je vous salue alors ! Bonsoir, jeune homme.

— Quel Haïtien refuserait le poste tant convoité de ministre de la Culture ?

— Moi, monsieur ! Re-bonsoir.

Mark Estienne se souvenait de temps en temps de cet entretien avec le censeur en chef, entretien au terme duquel, final de compte, il avait eu le dessus, chose dont il s'était gardé de se vanter au Chat perché. Il avait une sainte horreur des esbroufades et des postures suicidaires qui avaient conduit tant d'esprits sincères à croupir dans ce cul-de-basse-fosse qu'était Fort-Dimanche. Le peintre-romancier-prêtre vaudou croyait à la résistance quotidienne patiente, têtue. Dût-elle durer un siècle de temps. Ce matin-là, il était pourtant grandement préoccupé : il se demandait s'il n'était pas allé trop loin avec cet *Ultravocal*. Il avait certes entremêlé à cette allégorie de la zombification de tout un pays un lot d'images quasi surréalistes,

« spiralistes » préférait-il dire, mais était-ce suffisant pour brouiller les pistes ?

Quand sept heures sonnèrent à la cathédrale, sa femme vint lui apporter son chocolat du matin et des tranches de pain de mie. Les stocks de farine de froment étant en rupture régulière, il devait se contenter de cette chose flasque et vaguement moisie, malgré son emballage en plastique, que certains commerçants avisés importaient de la Jamaïque.

— Tu t'imagines qu'à mon âge je n'ai jamais quitté une seule fois mon pays ? lança-t-il à sa femme.

— C'est toi qui le veux...

— Ah ! ils n'attendent que ça... Qu'Estienne, du haut de ses cinquante et un ans et de ses onze ouvrages publiés, aille quémander un visa à l'ambassade des États-Unis ou du Canada. Et hop, bon débarras !... Je vois déjà les gros titres de la presse du lendemain : « Exil volontaire d'Estienne, opposant notoire à la Révolution nationale... Encore un vendu aux forces impérialistes qui plie bagage ! », etc. Eh ben, non, je ne partirai pas ! Je ne leur donnerai pas ce plaisir. Jamais !

Anne-Aimée, belle brunette aux joues rondes et au regard doux, examina son travail du matin. Les longues bandes de peinture rouges et vertes, qui s'étalaient sur la toile la plus étendue, parurent la plonger dans une profonde perplexité. Elle les caressa du bout des doigts et murmura sans se retourner :

— La situation devient de plus en plus malcommode ici... Personne ne voit le bout du tunnel. Personne !

— Tu pourrais aller passer quelque temps à Miami, si tu veux. Ou alors à Montréal...

Ce genre d'échange laconique se répétait de plus en plus souvent depuis quelques mois. Anne-Aimée, il le savait, n'avait aucune idée précise en tête. Nulle envie de fuir le pays et de s'en aller vivre ailleurs, comme un nombre grandissant d'artistes, de commerçants, d'enseignants, de médecins et d'infirmières. Le Québec, en effet, était devenu une sorte d'Eldorado. Il accueillait à bras ouverts les professionnels francophones de quelque origine ou complexion qu'ils fussent. Montréal devenait, dans certains quartiers, une deuxième Haïti. Les températures polaires qui y régnaient au plus fort de l'hiver ne décourageaient nullement ceux qui, toute leur vie, s'étaient habitués à des 35 °C à l'ombre. Tout valait mieux que de pourrir sur pied sur une île qui jadis fut le phare de l'archipel des Antilles.

Par bonheur, dès que tombait le serein et que des brises de fraîcheur dévalaient les mornes, la vie semblait d'un seul coup plus supportable à Mark Estienne. Il avait le sentiment de se défaire de l'espèce de défroque qu'il portait durant la journée, celle du professeur de français et de philosophie qui émerveillait ses élèves, du fin connaisseur des textes classiques de la vieille Europe où, sans doute, il ne mettrait jamais les pieds. Dès que le ciel rougissait à l'horizon, une envie irréfrénable de peindre, de sculpter, de composer des poèmes et parfois même de chanter s'emparait de lui. Anne-Aimée savait qu'il fallait le laisser seul. Elle se retirait dans sa chambre, à l'étage, n'allumant aucune lumière dans la maison. Alors, un chanter s'élevait, insolite et beau, empli de vocalises qui s'arrêtaient brusquement avant de repartir, plus haut et plus fort. Si fort que, dans le quartier, des voisins s'accoudaient à leur fenêtre ou s'installaient à leur terrasse, comme s'ils avaient été conviés à quelque spectacle sans payer.

Mark Estienne, natif-natal de l'Artibonite, au fin fond du Pays en dehors, retrouvait ainsi, le soir venu, les beaux chanters vaudous de son enfance :

> *Koulev, koulev O !*
> *Danmbala-Wédo, papa*
> *Ou koulev o !*
> *M-ap rélé koulev O !*
> *Koulev pa sa palé,*
> *Danmbala-Wédo, papa, ou sé koulev !*

> (Couleuvre, ô couleuvre !
> Danmballah-Wédo, papa
> Tu es une couleuvre !

87

J'appellerai la couleuvre O !
La couleuvre ne parle pas
Danmballah, papa, tu es une couleuvre !)

Cependant, quelque temps après son entretien avec son ancien élève, le maître d'école du Bel-Air, le génie littéraire, le Rebelle de l'intérieur, celui qui, n'ayant jamais quitté le sol de son pays, connaissait l'univers entier, eut une sorte d'illumination. Il chercha dans le fouillis de sa bibliothèque l'unique exemplaire du livre d'Anténor Firmin, *De l'égalité des races humaines*, réfutation magistrale du texte de Gobineau, haïtienne de surcroît, et le fit parvenir à Bayard Lejeune. De ce jour, il n'eut plus de nouvelles de la Censure nationale...

DEUXIÈME SPIRALE

Implacable litanie qui s'allonge jour après jour, mois après mois. Celle des Disparus. Ceux qui sans crier gare ont déserté leur quotidien, abandonnant femmes et marmaille, sans bailler une once d'explication.

Ceux qui, les plus nombreux — innumérables, en fait —, ont été encagoulés en pleine rue avant d'être jetés à l'intérieur d'autos aux vitres teintées et qu'on ne revit jamais.

D'autres, plus rares, qui ont choisi d'entrer en dissidence, soit qu'ils brocantent de nom et d'apparence tout en continuant à vivre dans la capitale, menant la lutte dans l'ombre, soit qu'ils s'escampent à l'étranger pour s'en revenir à la tête de quelque commando qui débarquera sur une côte isolée, à la nuit close.

Final de compte, ne faut-il pas également comptabiliser ceux qui, tout simplement, disparaissaient dans la déraisonnerie...

6

SOLILOQUE DU PÈRE DE LA NATION

Que savent-ils de François Duvalier ? Que connaissent-ils de la tâche proprement herculéenne qui pèse sur ses épaules depuis qu'il a repris le flambeau légué par les pères de la nation, flambeau que s'était indûment approprié, plus d'un siècle et demi, une classe qui n'a point consenti aux sacrifices effrayants nécessités par la libération de notre patrie ? Première nation nègre entièrement libre de l'ère moderne, nous avons toujours évolué dans un environnement d'une hostilité irréfragable. Dès le lendemain de notre indépendance, le 1er janvier 1804, le monde blanc a serré un carcan autour de notre cou, le même outil de torture utilisé à l'époque de l'esclavage pour punir les esclaves marrons.

D'abord, notre Grand Voisin du Nord nous refusa la reconnaissance diplomatique, alors même que des volontaires de notre pays s'étaient portés au secours des treize colonies en lutte contre l'Angleterre à la bataille de Savannah. Le général-major Benjamin Lincoln sut pourtant apprécier à sa juste valeur la contribution des nôtres puisque, prémonitoirement, il vit en Christophe un futur meneur d'hommes. Mais, une république dirigée par des *niggers*? Pensez donc ! Ces sous-hommes, ces singes à peine dotés d'un langage articulé, ces zélateurs de divinités barbares et sanglantes, ces anthropophages ivres de rhum et de danses lubriques, pour qui se prenaient-ils ? Nos Nègres à nous savent quelle est leur place : dans les champs de coton de l'Alabama et du Mississippi et dans les plantations de canne à sucre de la Louisiane. Pas dans nos *townhalls* ou nos capitoles, surtout pas !...

Quant à notre ancienne puissance colonisatrice, la France, elle ne sut que fomenter des plans de reconquête, tous plus fumeux les uns que les autres, tout en incitant l'Angleterre, l'Espagne et les Pays-Bas à cesser tout commerce avec nous. Notre tort ? Notre grand tort ? Avoir vaincu, nous, fils dispersés de l'Afrique, une légion composée d'Européens, de Blancs. Nous avions mis à genoux, au cours d'une guerre de libération de douze ans, la plus puissante armée du monde, celle de Napoléon Bonaparte, celui-là même qui rêva d'étendre son empire des confins sibériens au désert d'Égypte. Le corps expéditionnaire qu'il envoya reconquérir l'île rebelle était composé de vingt mille hommes dont la plupart étaient des grognards du Rhin, soldats féroces qui semblaient descendre tout droit des troupes d'Attila. Et leur chef, le général Leclerc, n'était autre que le propre beau-frère de l'Empereur dont il avait épousé la sœur, Pauline. Nos pères, habités par les loas guerriers du royaume de Dahomey, en particulier Ogoun-Ferraille, livrèrent bataille après bataille sans jamais céder un pouce à l'ennemi, préférant ainsi défier la mort, ce qui permettait à leur âme de retourner d'un battement d'aile au Pays d'Avant.

De la fenêtre de notre bureau, nous apercevons le Champ-de-Mars et les quatre statues que nous y avons fait construire pour nos héros de l'indépendance. Dessalines, en premier lieu, et son regard rouge, juché sur son cheval fougueux. Notre préféré, oui ! Celui dont nous avons adopté la devise : « *Koupé tet, boulé kay !* » (Coupez les têtes ! brûlez les maisons !) Celui qui osa décréter le massacre général des Blancs, ces colons hypocrites qui avaient feint, à la dernière minute, de rejoindre la révolution, mais qui n'étaient habités que par une seule idée, celle de rentrer en possession de leurs terres et de leurs factoreries une fois la tempête apaisée. Ah ! Dessalines, au contraire de Toussaint-Louverture, sut voir en leur jeu, exactement comme Duvalier a su percer à jour celui de leurs descendants indirects, leurs rejetons adultérins, ces Mulâtres qui se croient sortis de la cuisse de Jupiter alors qu'ils proviennent tout simplement de la Négresse esclave violée jour après jour par le maître blanc. Naissance infâme, naissance peu glorieuse, qui aurait dû inciter ces messieurs-dames à plus de modestie... Là-bas, Duvalier distingue une partie du corps noueux de Toussaint, justement. Superbe statue, oui !... Ah, Toussaint, notre glorieux Toussaint !

Diriger Haïti fut dès le départ un fardeau. Qui ne le comprend pas ou qui refuse de le comprendre se croit autorisé, en toute bonne conscience, à administrer à Duvalier des leçons de démocratie, comme tous ces consuls et ambassadeurs qui, chaque fois qu'ils viennent porter leurs lettres de créances au Palais national, accompagnent celles-ci d'une liste de détenus « injustement embastillés » que leur gouvernement voudrait me voir élargir toutes affaires cessantes. *Kou langet manman'w !* (Le cul de vos mères !) Oubliez-vous, âmes sensibles de l'Occident judéo-chrétien, que la France mit vingt ans à reconnaître notre indépendance et que nous fûmes pour ainsi dire contraints d'acheter sa magnanimité ? Oubliez-vous que le roi Charles X, ce fils de ribaude, exigea de nous, en 1825, que nous remboursions à son pays une somme d'un million de francs-or, pseudo-dette que nos différents gouvernements, de quelque parti qu'ils fussent, se firent un point d'honneur d'honorer jusqu'à l'orée du XXe siècle ? Notre ministre des Finances, ce Calixte Lambert que je soupçonne depuis quelque temps d'écouter les sirènes d'une certaine émigration réfugiée à Montréal, a calculé que le seul remboursement de cette prétendue dette équivalait à 42,37 % du budget national annuel. Ce qui veut dire qu'au moment de faire les comptes de la nation, nos pères savaient d'entrée de jeu que près de la moitié des recettes d'exportation de notre pays se trouvait sous séquestre ! Comment pouvaient-ils, dès lors, construire écoles, routes, hôpitaux, usines ? Comment ?

Ah, ils nous font rigoler, tous ces experts en développement envoyés par la Banque mondiale ou l'Organisation des États américains, petits freluquets pâlots et barbichus, bardés de diplômes de Harvard ou de la London School of Economics qui, sur un ton docte, viennent nous donner des cours de gestion élémentaire ! Notre ministre Lambert a aussi calculé que le million de francs-or qui nous a été extorqué par la France équivaut, au cours actuel, à quatre milliards de dollars. Quatre milliards ! Cinquante fois le budget annuel d'Haïti. Duvalier a donc logiquement expédié un courrier à divers présidents du Conseil français et, récemment, au général de Gaulle, afin de réclamer le retour dans les caisses de l'État haïtien de ce qui fut une véritable rançon. Soit nous n'avons pas été jugés digne d'une réponse, soit nous avons reçu une énième missive comminatoire nous enjoignant de libérer au préalable Gérard X ou Michel Y, « sur lesquels ne pèsent aucune charge sérieuse ». Qu'est-ce qu'ils en savent, ces faces de craie ?

Ah, nous avons réceptionné hier le premier rapport de la commission de révision du concordat ! Il contient des choses excellentes, mais qu'est-ce que c'est que cette histoire d'autonomie de l'Église par rapport à l'État ? Duvalier se sera donc battu corps et âme afin que ce pays dispose, pour la première fois de son histoire, d'un clergé autochtone, en un mot pour que des prêtres nègres baptisent des enfants nègres, qu'ils unissent par les liens du mariage des Nègres et des Négresses, qu'ils conduisent à leur dernière demeure ses vrais fils, et voici qu'on se prépare à le priver du droit de regard sur la bonne marche de l'institution !... Séparation de l'Église et de l'État qu'il a écrit, ce crétin de père Edgar Délouis, ce Nègre-Congo... Que veulent-ils en fait ? Un État laïque, c'est ça ? Eh bien, jamais François Duvalier n'acceptera une telle chose. Jamais ! Oublient-ils que le Vatican est, lui aussi, un État

94

et que le père de notre nation, Dessalines, avait juré que plus aucun pays étranger ne nous dicterait ses lois ? Ceux donc qui ont accepté sans broncher que, durant des décennies, Rome nomme à sa guise nos évêques, doivent aujourd'hui admettre que ce rôle est désormais dévolu à l'État haïtien, c'est-à-dire Duvalier et Duvalier seul !

Mais qu'on se le dise : s'il prend la fantaisie à Paul VI de nous refuser ce droit, Duvalier fera du vaudou la religion officielle d'Haïti. Après tout, la religion de nos ancêtres n'est en rien inférieure à la leur. Si elle s'est crispée sur des rituels magiques, voire sorciers, c'est tout simplement qu'elle n'a cessé d'être combattue, pourchassée, et cela depuis l'époque de la colonisation française. Mais à partir du moment où elle sera reconnue, où les deniers publics lui permettront de construire des temples, où son clergé sera formé dans des monastères, où ses rites seront mis par écrit, rationalisés et enseignés, où ses dignitaires participeront aux grandes célébrations nationales, eh bien, à dater de ce jour, elle deviendra une religion comme les autres ! Toutes les imbécillités écrites à son sujet par des soi-disant ethnologues seront réduites à néant. Duvalier, pour sa part, a voyagé des mois durant au fin fond de nos campagnes et de nos mornes, il n'y a jamais croisé ni zombi ni anthropophage. Nous savons bien que Duvalier est très myope, mais tout de même !

Toute sa vie, Duvalier a essayé de répondre à cette question première que posa jadis notre indomptable Dessalines : les Nègres, dont les pères sont en Afrique, n'auront-ils donc rien ? Autrement dit, après tant et tant de luttes, fallait-il que notre race demeurât au plus bas de l'échelle ? Fallait-il qu'après avoir servi les Blancs, elle subisse le joug, pas moins scélérat mais plus hypocrite, des Mulâtres ? Ah ! combien n'ont pas pensé, au jour de notre élection : « Il ne tiendra pas six mois. Bientôt nous le remplacerons par un bon Nègre bien à nous, un Nègre de paille, comme on dit un homme de paille... » N'est-ce pas cette politique de la doublure qu'ils ont pratiquée tout au long du XIXᵉ siècle ? Eh ben, non, non et non, François

Duvalier ne sera jamais le paravent de personne ! Il sera l'homme de sa race, de son unique race, qu'ils le veuillent ou non !

Que le monde le veuille ou non !

7

Les hordes du colonel Désinor grimpent à l'abordage de la nuit, empruntant les flancs abrupts du morne sur lequel est juché Pétionville. Une route, d'abord défoncée, y serpente, mais, peu à peu, à mesure que l'on s'éloigne de la ville basse, se mue en un ruban d'asphalte parfait dont l'éclat, sous les caresses intermittentes de la lune sauvage d'avril, pallie l'absence de poteaux électriques. Là-haut, cloîtrés dans leurs villas que ceinturent de hauts murs à l'allure quasi médiévale, les bourgeois savent que l'épreuve finale est proche. Eux qui ne se sont jamais départis de leur hautaineté, si fiers de leur belle parlure française tout en passementeries et afféteries, doivent être en proie à une tremblade sans nom. Les chefs de famille ont sans doute rassemblé leur progéniture – surtout leurs filles prétendument pures et vierges – dans quelque pièce jugée inexpugnable et tous, mains jointes, doivent implorer le Seigneur Jésus-Christ, la Vierge Marie et le président des États-Unis d'Amérique, lequel avait promis une intervention militaire qui tarde à se concrétiser. Ils doivent, ces pleutres, chier dans leurs pantalons à dentelle et leurs caleçons en soie, ces rejetons adultérins des colons de l'époque coloniale qui, pour le prix d'un cheval, d'un simple cheval, ont dédaigné leur Négresse de mère. Eux qui ont renié la race venue d'Afrique qui est pourtant la sève de ce pays.

La colonne avance, chaotique, dans des Jeeps trafi-
quées, déjà ivre de clairin et de whisky, lâchant de temps
à autre des salves de mitraillette qui trouent tout soudain
la noirceur de la nuit, lui dessinant d'éphémères sourires
qui puent la mort. Sur son passage, des ombres s'estom-
pent. Des gueux, des mendiants, des unijambistes, des
femmes-bouzin qui offrent l'en-dedans de leurs cuisses
vérolées pour dix sous à même les trottoirs fétides. Toute
cette lie de l'humanité s'emploie à disparaître, à faire
corps avec les ténèbres. Sans un mot, sans un cri d'effroi.
Le colonel Désinor est juché sur le capot du premier véhicule, sa double rangée de dents en or ricanant sans discontinuer comme un défi au monde de la nuit. Il aboie ses
ordres :
— Appuie sur la pédale ! Allez, plus vite, tas de fainéants, plus vite !
Le colonel a la protection d'Ogoun-Ferraille, le dieu de
la Guerre dans le vaudou, cousin éloigné d'Athéna. Il est
donc invincible. Il se sent invincible. Ses hommes le vénè-
rent en secret, tapis au fond de leurs Jeeps, les babines
déjà avides de sang et de stupre. Parmi eux, des faces
d'ébène brut aux pommettes saillantes, des corps taillés
dans le granit le plus épais, des mains aux doigts énormes
striées de cicatrices, parfois amputées d'une ou deux pha-
langes, des sexes au comble de l'excitation qui dardent
sous leurs vêtements dépenaillés. Casques militaires arborant sur leur front un fier « MP », chapeaux de brousse,
calots chiffonnés, dégoulinants de sueur car toutes les
ardeurs du jour se libèrent au beau mitan de la nuit,
simples casquettes de baseball ou crânes nus, rasés au
plus près, dont les bosses semblent gigoter chaque fois
que leurs véhicules s'enfoncent dans un trou. Horde
assoiffée de revanche, hilare, hystérique, sanguinaire.
Bientôt Pétionville et son église proprette sont en vue.
La place qui lui fait face est déserte. Au pied de la statue
du libérateur Jean-Jacques Dessalines, une forme vaguement humaine est allongée en position fœtale, sans doute
terrassée par la faim. Le colonel se met aussitôt à aboyer :

— Qui va là ?... Pourquoi ne respectez-vous pas le couvre-feu ?

La forme ne bouge pas. D'un geste martial, le colonel stoppe la colonne et, de son pas lourd de quinquagénaire, s'avance vers cette créature insolente qui, non contente de défier les ordres du Palais national, refuse de répondre aux sommations. Se vautre sans vergogne aucune dans la poussière et le pissat dont l'odeur saisit le militaire à la gorge. Attitude d'insupportable défi.

— *Ki moun ou yé ? Sé kamoken ou yé ?* (T'es qui ? Un communiste ?), éructe-t-il, tandis qu'une montée de colère s'empare de lui.

Deux de ses adjoints sautent de leurs véhicules pour l'encadrer, leurs armes pointées en direction de la nuit, tournant de temps à autre sur eux-mêmes afin de débusquer l'ennemi. Partout se cachent des traîtres à la patrie, des saboteurs, des valets de l'impérialisme blanc, fût-il capitaliste ou communiste. Ils sont partout ! Surtout la nuit car comment expliquer qu'au devant-jour les patrouilles de police découvrent régulièrement des volées de tracts dénonciateurs sur le parvis des églises, aux abords des ministères, dans l'entrée principale du Marché en fer, sur les trottoirs des rues les plus passantes ? Tracts séditieux appelant au soulèvement contre celui qu'ils désignent, les chiens ! comme le tyran. Tracts annonçant les pires catastrophes : famine dans le Nord-Est, jacqueries aux Cayes ou à Jacmel, arrivée imminentes de troupes dominicaines à la frontière, prêtes à assiéger ou à envahir le pays. Bien que le peuple ne sache pas lire, ces infâmes bouts de papier, hâtivement reprographiés, sèment la panique. Certains, qui prétendent savoir les déchiffrer alors même qu'ils ne connaissent que quelques lettres de l'alphabet, s'improvisent hérauts de la prétendue résistance, amateurs qu'ils sont des fausses nouvelles fabriquées de toutes pièces par les ennemis de la Révolution nationale. Ces ennemis qui, profitant de l'incessante cohue qui investit la ville dès les premières heures de la matinée, dissimulés dans cette fourmilière humaine, déclinent à haute voix, devant des passants médusés, le catalogue des calamités à venir ou déjà en cours avant de disparaître en six-quatre-deux.

Ces scènes se rejouent à l'infini de Fort National à La Saline, depuis l'immense chaos qu'est Carrefour jusqu'à Canapé-Vert, Bourdon ou Delmas. D'insaisissables perturbateurs de l'ordre public rôdent ainsi toute la sainte journée, se gaussant des forces de sécurité lesquelles, au hasard, s'emparent du premier déguenillé venu pour l'obliger à dénoncer celui qui tout à l'heure, ce matin ou cet après-midi, s'est permis de délivrer son message criminel en place publique. Coups de coco-macaque sur la nuque, crachats, bourrades, enfoncements de canons de pistolet dans la bouche, rien n'y fait ! Personne ne sait jamais rien ! Personne qui connaisse le nom ou la couleur du bougre qui tout à l'heure, ce matin ou cet après-midi, l'espace d'un cillement, a harangué la foule en des termes souvent identiques d'un jour à l'autre, d'une semaine à l'autre !

— Frères et sœurs haïtiens ! L'heure de la révolte contre la tyrannie abjecte de François Duvalier a sonné. Réveillez-vous ! Le zélateur des forces obscures du vaudou vacille sur son trône. Les caisses de l'État sont vides. La farine et le riz ont disparu des marchés. Les écoles ne disposent plus ni de craie ni de cahiers. Les hôpitaux encore en état de fonctionner espèrent des commandes de médicaments à l'étranger qui n'arriveront jamais, faute de devises. Les nations civilisées se sont liguées contre un régime qui, non content d'affamer son propre peuple, déshonore nos valeureux ancêtres qui, de tout temps, surent faire face à l'infamie. Grand rassemblement demain à dix-sept heures devant le Palais national pour l'assaut final !

Les tracts ont toujours empêché le colonel de dormir. Il les collectionne dans son bureau de la caserne Dessalines. Il en a agrafé quelques-uns aux murs. Les plus dénonciateurs, les plus mensongers. Et il s'abreuve de leur lecture pour renforcer sa détermination à pourchasser l'ennemi. Cet ennemi hypocrite qui se cache, se confond en excuses et en minauderies quand il en vient à être arrêté, cet ennemi mulâtre, méprisant la race des Nègres, mais à genoux devant celle des Blancs. Cet ennemi à l'œil torve, qui tient encore les maisons de commerce du Bord-de-mer, qui finance même certaines cérémonies patriotiques, se fendant au passage de dithyrambiques déclarations d'allégeance au Président à vie, mais qui, dans le secret de ses villas de Pétionville ou de Kenskoff, complote contre lui. Une fois, juste une fois, le colonel avait apostrophé une assemblée de haut gradés en des termes qui lui valurent une mise à pied d'un mois sans solde. Il était encore jeune à l'époque, frais émoulu de l'Académie militaire. Il avait de l'ambition pour sa personne. Pour sa race. Pour son pays. Il vénérait donc le docteur Duvalier. Mais à la suite d'un stage aux États-Unis, il avait pris le goût du whisky sec propre aux Yankees et surtout leur verbe haut. Le futur colonel s'était alors écrié :

— Messieurs, le fondateur de notre patrie, le glorieux généralissime Jean-Jacques Dessalines, proclama en 1805 le massacre général des Blancs. Cela nous a permis de devenir la première république nègre du monde moderne. Notre peuple, meurtri par douze ans de guerre, suscita le respect des grandes puissances européennes et de l'Amérique du Nord. Un siècle plus tard, notre non moins glorieux Charlemagne Péralte sonna l'hallali contre l'occupant américain, l'obligeant à retirer ses troupes de notre sol sacré. Aujourd'hui, il est grand temps de procéder à une troisième purge patriotique : celle de la classe métisse.

Cette philippique, une fois sa peine accomplie, lui avait valu une convocation au Palais national et les reproches paternels du Président à vie :

— Cher jeune homme, vous êtes promis à un avenir lumineux au sein de nos forces armées. Vous êtes de la trempe de Boukman et du roi Christophe. Nous le sentons, nous le devinons à la franchise de votre regard, à la fermeté de votre voix, mais vous voulez aller plus vite que la musique. Plus vite que l'Histoire. Avec un grand *H* ! Nos destinées sont certes gouvernées par nos dieux rescapés d'Afrique, il est bien de les honorer et de leur faire des offrandes régulières, mais à côté d'eux, il existe une force mystérieuse contre laquelle eux-mêmes semblent impuissants : l'Histoire. Savez-vous que Duvalier ne cesse d'en étudier les méandres depuis trente ans et que pourtant elle continue à l'émerveiller tout en le terrorisant ? Vous n'ignorez pas que Duvalier est médecin. Eh bien ! cher jeune homme, permettez-lui de vous révéler une manière de secret, à savoir que cette science est beaucoup moins complexe qu'on ne le prétend généralement. Nos organes n'ont plus guère de secret aujourd'hui. Toutes les maladies ont une cause. Souvent aisée à identifier. Seuls nous font défaut, dans certains cas, les remèdes pouvant contrecarrer leur avancée. Quand donc on baille à Duvalier du "docteur" par-ci, "docteur" par-là, il sourit intérieurement. La médecine n'a rien de bien extraordinaire ni de mystérieux. Duvalier a ainsi soigné jadis, à l'époque que vous n'avez pas connue de l'occupation américaine, une épidémie de pian dans nos campagnes, avec un indéniable succès. Mais l'Histoire, cher jeune homme, quelle entité impénétrable ! D'où proviennent ces brusques révolutions, ces mouvements de foule, ces morts subites de rois ou de présidents, ces catastrophes économiques ? Quels mécanismes secrets les régissent ?... Ah ! Duvalier sait, tout comme vous, que notre pays s'est toujours enorgueilli d'avoir de brillants historiens, souvent édités à Paris et respectés là-bas, tel notre illustre Thomas Madiou. Cela est vrai. Mais aucun d'entre eux n'a été capable d'expliquer jusqu'à ce jour le comment du pourquoi et le pourquoi du comment. Ha-ha-ha !... Que se serait-il passé si notre vénéré Dessalines avait échappé à l'attentat qui lui a coûté la vie à Pont-Rouge ? Que serait devenu notre pays si le général Boyer avait réussi dans son entreprise d'unification d'Hispaniola ? Et si nous-même avions perdu les élections de 1957, quel genre d'homme aurions-nous été ? Vous-même, que serait-il advenu de vous ? Qui seriez-vous ? Sans doute pas ce fringant lieutenant qui fait face à Duvalier aujourd'hui, au garde-à-vous, rêvant sans doute d'épaulettes et de médailles. Alors, Duvalier cherche, cher jeune homme, il lit, il écrit et, croyez-le, il finira bien par mettre au jour ce mécanisme mystérieux qui régit le destin des sociétés humaines. Repos, l'ami ! La patrie peut être fière de vous. Nous vous nommons capitaine à compter de ce jour. Vous prendrez dès demain matin le commandement de la sixième brigade aux Gonaïves. Allez !

Le colonel balance un coup de pied dans le corps étendu au pied de la statue. L'homme se retrouve face contre ciel, sans que le moindre son jaillisse de sa bouche à demi ouverte. Il doit avoir dans les trente et quelques années. Nègre élégamment vêtu que la lampe-torche de l'un des deux gardes du corps du colonel balaie de haut en bas. Un étudiant sans doute. Race de salauds, d'ingrats ! Un de ces types aux mains propres pour lesquels s'échinent, dans les plantations de café et de canne à sucre, des centaines de milliers de paysans dépourvus de tout et qui, en retour, loin de se préparer à se mettre au service de ces derniers, ne songent qu'à renverser le régime tout en plastronnant dans les cocktails des ambassades étrangères ou les pseudo-colloques sur la démocratie organisés à l'antenne port-au-princienne de l'ONU. Le colonel lui crache à la figure avant de l'achever d'une rafale de mitraillette.

— Mais... il est déjà mort ! s'écrie le deuxième garde du corps, ahuri.

— Ferme ta gueule, toi ! hurle le colonel. Il faisait semblant d'être mort, c'est pas pareil ! Au fait, rappelle-moi ton nom, espèce d'imbécile que tu es ?

— Syl... Sylvère, mon colonel...

— Sylvère comment ?

— Sylvère Tersinien, mon colonel.

— D'où tu viens ?

— De... de l'Artibonite...

— Eh ben, dès demain matin, tu retournes dans ton trou perdu ! J'ai pas besoin de couillons comme toi dans ma compagnie. Disparais de ma vue !

Des loupiotes se sont allumées ici et là dans certaines maisons entourant la place de l'église de Pétionville. Le bruit des détonations a dû réveiller leurs occupants. Le colonel, qui s'en retourne à sa Jeep, est saisi par une brusque montée de rage. On ose donc le défier ! Des inconscients ou des bravaches se permettent d'enfreindre le couvre-feu ! C'est que le bougre a une conception très particulière de cette mesure d'exception. Pour lui, elle signifie tout simplement : personne dans les rues, mais aussi aucune lumière allumée dans les maisons à compter de sept heures du soir. Ses collègues, eux, s'en tiennent pour la plupart à la première des interdictions.

— Éteignez-moi ça ! lance-t-il à sa horde, laquelle ouvre le feu sans sommation sur les fenêtres imprudemment éclairées.

L'ENTRETIEN

Le jour où son collègue de régiment, le capitaine Barbot, lui annonça que le Président à vie désirait le rencontrer en personne, Désinor crut à une blague. Il n'ignorait pas qu'au mess des officiers, on se gaussait de ce que certains appelaient ses airs de grand seigneur. Un barman lui avait même appris qu'on le surnommait « le Nègre à grand français », parce qu'il parlait cette langue plus volontiers que le créole. Dans les réunions d'état-major, les envieux levaient les yeux au plafond d'agacement chaque fois qu'il prenait la parole, sa connaissance tant de l'histoire nationale que de celle du monde les renvoyant à leur propre inculture. C'est qu'il n'était pas sorti du rang comme la majorité d'entre eux ni n'avait bénéficié d'une promotion due à l'intervention de quelque homme fort du régime. Désinor était sorti de l'Académie militaire d'Haïti et avait suivi des stages à Fort Knox, aux États-Unis, ainsi qu'à l'École de guerre de Paris. Ses épaulettes, il ne les devait qu'à lui-même, à l'ardeur qu'il avait toujours mise au travail, ainsi qu'aux notes excellentes que lui attribuaient régulièrement les instructeurs étrangers à l'occasion d'exercices militaires dans le cadre de la coopération entre leur pays et Haïti.

S'il attendait depuis des lustres un geste en sa direction du Père de la nation, il n'en redoutait pas moins de se retrouver en face du Grand Invisible. Comme la majorité de ses pairs, il n'avait fait qu'apercevoir de loin la stature courbée de Papa Doc lorsque celui-ci présidait aux défilés patriotiques. Par mesure de sécurité, l'estrade présidentielle était, en effet, toujours placée à bonne distance des soldats, lesquels étaient séparés de celle-ci par un cordon de miliciens au regard farouche, munis d'armes chargées. L'armée nationale, elle, paradait toujours avec des fusils ou des mitraillettes dépourvus de munitions, chose que bon nombre de gradés considéraient comme une humiliation. La mère du capitaine Désinor était pourtant formelle :

— François Duvalier vient du peuple. Il a longtemps habité au quartier Bas-peu-de-chose, beaucoup de gens ont tendance à l'oublier. J'ai bien connu son père. Pendant l'occupation américaine, il avait été révoqué de son poste d'instituteur parce qu'il était né à la Martinique. Cette famille a terriblement souffert en ce temps-là...

Et d'ajouter que François était celui qui avait mené d'une main de maître l'éradication du pian qui ravageait les campagnes d'Haïti, parcourant le pays en tous sens, vivant à la dure et dormant à même le sol de terre battue des counouques, ces cases de torchis qu'on trouvait encore dans les montagnes de l'Arcahaie et sur le Plateau central. À l'entendre, c'était un homme bon. Seul son entourage, et surtout cette mijaurée qu'il avait épousée, cette Simone-Ovide, l'avaient fait changer du tout au tout.

— S'il t'a fait appeler, conclut-elle, c'est qu'il a sans doute une mission pour toi. Vas-y avec la foi en Dieu, mon fils !

L'officier tergiversa un paquet de jours. Le Doc ne lui avait fixé aucune date précise. Il ne le faisait d'ailleurs jamais avec personne. Par mesure de sécurité sans doute. Il se contentait de glisser à ses séides : faites savoir à Untel que j'ai besoin de le voir ! Sans plus. Une fois le message transmis, c'était à l'intéressé de se manifester, soit qu'il se rapprochât du secrétaire de la présidence s'il disposait de quelque entregent, soit qu'il déposât une demande d'entretien écrite au ministère de l'Intérieur. Quoi qu'il en fût, le Président à vie qui, du même coup, n'était plus en position de demandeur, pouvait vous faire attendre des jours ou des semaines. Tout dépendait de la situation, ou plutôt des « événements », comme il préférait dire. Si le calme régnait, on était reçu rapidement. Sinon, il fallait prendre son mal en patience et forcément se ronger les sangs. Que me veut-il ? Pourquoi moi ? Qu'ai-je fait de mal ? Ces questions taraudaient l'esprit de Désinor comme de tous ceux qui avant lui s'étaient retrouvés dans cette inconfortable position de solliciteur forcé. Car qui faisait mine de ne pas comprendre et ne bougeait pas, parfois en toute bonne foi, se retrouvait inscrit sans délai sur la liste des suspects. Désormais, ses faits et gestes étaient surveillés par la police secrète. Ses propos rapportés par des espions insoupçonnables : servante, jardinier ou, plus terrible, ami proche. Et puis, un beau jour, la personne disparaissait. Sans laisser de trace. Sans bruit ni fureur. À l'insu des siens et de son voisinage. Pour toujours.

Désinor prit donc son courage à deux mains. Il se vêtit au jour dit de son uniforme de parade et agrafa sur sa vareuse ses médailles, en particulier la Grand-Croix de Toussaint-Louverture, décoration qui fut remise pour la première fois à Rafael Trujillo, le président dominicain, et créée d'ailleurs tout spécialement pour lui. Depuis, très peu de gens avaient bénéficié de ce qui était devenu la plus éminente distinction de la nation. Désinor l'avait reçue après un stage à l'École de guerre des Amériques, au Panamá, grâce au rapport louangeur qu'un général américain avait rédigé à son sujet. « Soldat d'élite ! », avait conclu le Yankee.

Le Doc était souffrant, mais il le recevrait quand même, lui déclara le secrétaire de la présidence qui arborait un front soucieux. On le fit asseoir dans la Salle des bustes durant deux bonnes heures. Il eut tout loisir d'examiner les visages de presque tous ceux qui avaient dirigé le pays avant l'arrivée au pouvoir du Doc. Presque, car un sac de jute recouvrait celui des Mulâtres ou des Nègres vendus à ceux-ci. Laideur magnifique de Toussaint-Louverture. Faciès implacable aux yeux exorbités du généralissime Dessalines. Superbe grandeur du roi Christophe. Mine débonnaire et vaguement comique de l'empereur Soulouque. Port de tête martial de Boyer.

— N'ayez crainte ! fit une voix nasillarde dans son dos. Même moi, je ne les connais pas tous, mon cher. Je suis souvent obligé de lire leur nom sous leur buste, mais il y en a eu tellement que l'instant d'après, je les oublie. Suivez-moi à mon bureau, je vous prie !

Le Président à vie était souriant. Ou plutôt souriait à moitié, comme à son habitude. Il était suivi par un valet en tenue chamarrée qui trottinait à ses basques, portant un plateau sur lequel se trouvaient un verre d'eau et des boîtes de médicaments. Désinor s'étonna de le voir si différent de ce qu'il avait imaginé. Ses cheveux étaient moins blancs, sa taille plus élancée et sur sa tempe gauche se dessinait une légère balafre.

— Duvalier de près est très différent de Duvalier de loin, n'est-ce pas ? fit le Doc, comme s'il avait deviné l'interrogation du jeune officier.

Sa voix était calme, presque paternelle. Moins nasillarde que dans ses discours à la radio. Il s'assit lourdement dans son fauteuil, ce fameux fauteuil que l'on disait « arrangé » par le hougan Méthylène, c'est-à-dire investi par les esprits Guédé. Qui oserait y poser les fesses mourrait sur-le-champ. Le télé-gueule rapporta ainsi la crise de folie furieuse qui s'était emparée d'un employé du service de nettoyage du palais qui, farceur, y avait simplement posé la pointe des pieds. L'homme s'était mis à courir en tous sens, hurlant des paroles incompréhensibles, avant de se fracasser le crâne sur les murs du bureau jusqu'à ce que sa cervelle se répande sur le sol.

— Je suis tout ouïe, jeune homme ! dit à nouveau le Doc qui jouait avec un revolver posé sur une pile de dossiers.

— Monsieur... monsieur le président, je vous remercie d'avoir pris sur votre temps pour me recevoir...

— Normal ! Vous représentez la relève, Désinor. La relève de notre révolution ! Oh, je n'ignore pas qu'elle est décriée un peu partout, mais cela est un peu compréhensible. Duvalier est le premier dirigeant nègre de valeur du XXe siècle. Le plus grand ! Et cela, le monde blanc a du mal à l'avaler... Il préfère les pantins qu'il a, hélas, installés dans la plupart des contrées de notre Mère-Afrique.

— Ce n'est, hélas, que trop vrai, monsieur le président.

— Alors, vous, ça va ? Content de votre poste ? Pas de souci particulier ?

— Rien de tout cela, monsieur le président...

— Vous m'en voyez ravi, jeune homme !

Subitement, le Doc se leva, tendit la main à Désinor et demanda à son valet de le reconduire. Pendant le très bref entretien, il avait examiné l'officier sous toutes les coutures, le déshabillant du regard. Le mettant à nu comme un nourrisson que l'on lange. Au lieu de rentrer directement à son casernement, il décida de marcher en direction du Bicentenaire, mi-mortifié mi-désarçonné. Sur son passage, son uniforme rutilant déclencha des sifflets d'admiration dont il n'eut cure. Tout était embrouillé dans sa tête. Cet homme qu'il venait de rencontrer ne correspondait pas à l'image qu'il s'était forgée du docteur François Duvalier. Pourtant, pas de doute, il s'agissait bien de lui.

— Alors, tout s'est bien passé ? lui demanda sa mère, enthousiaste, lorsqu'il rentra le soir.

— Très bien...

— Il t'a dit quoi ? Il t'a proposé quoi ?... Tu seras ministre, mon fils ? C'est ça, hein ! Ah, ta vieille mère est contente-contente-contente...

Désinor, prétextant la fatigue, partit se coucher. Il ne put trouver le sommeil. Même la radio qui, à cette heure, diffusait, quelle que soit la station, de la musique latino, ne parvint pas à l'apaiser. Le Doc ne l'avait pas interrogé sur son fameux plan d'attaque préventive de la République dominicaine, plan qui avait été vertement critiqué par les haut gradés avant d'être rejeté. C'était là, pensait-il, son seul et unique talon d'Achille. Pour le reste, tout le reste, il était un fidèle soldat.

Le devant-jour lui apporta un triomphe : un télégramme de la présidence lui annonçait qu'il venait d'être promu au grade de colonel.

La nuit totale se réinstalle, lourde, poisseuse, sur la placette. Dans un chuintement asthmatique, les Jeeps redémarrent et la colonne reprend son avancée vers Kenscoff. Kenskoff, fief des peaux claires et des bourgeois. Refuge de toutes les lâchetés, de toutes les turpitudes, et surtout de tout ce lot de complots qui, jour après jour, minent l'Ordre national. Kenscoff, cette Carthage qui doit être détruite, pense le colonel qui, depuis son entretien avec le Président à vie, une bonne dizaine d'années plus tôt, est devenu un féru d'histoire. Ses proches, à l'époque, étaient restés ahuris par sa métamorphose. Au lieu de s'adonner aux beuveries rituelles des jeunes officiers dans les caboulots proches de la caserne Dessalines, au lieu de lutiner les jeunes filles peu regardantes qui fréquentaient les lieux et les forcer dans l'arrière-salle quand elles résistaient, le jeune homme lisait ! Il avait toujours un livre à la main. Et cela partout : dans son bureau, à la cafétéria de la caserne, dans sa Jeep lorsque son régiment stationnait, en guise de dissuasion, dans les quartiers où des tracts avaient été nuitamment dispersés. Et monsieur lisait des ouvrages historiques. Les dévorait même. Si bien que lors des examens de passage de grade, il stupéfia tout bonnement les examinateurs, corrigeant telle date erronée, apportant telle ou telle précision, explicitant avec brio les causes du moindre événement politico-militaire – et il y en avait eu des tonnes depuis un siècle et demi que le pays était indépendant –, proposant même, non sans hardiesse, des mesures de réforme administrative. En moins d'une décennie, sans avoir jamais eu à combattre la moindre armée étrangère, il était passé du grade de lieutenant à celui de colonel, alors que la plupart de ses camarades de promotion en étaient encore à espérer leurs épaulettes de capitaine.

La nuit, soudain, se met à rosir. Les confins du ciel s'éclaircissent. Il est à peine quatre heures du matin, mais déjà le jour semble s'ébrouer par-delà les mornes. Le colonel aime à surprendre les ennemis de la Révolution nationale au saut du lit. C'est le moment où ils sont les plus vulnérables, tous ces bourgeois qui s'adonnent à des bamboches à l'abri de leurs forteresses, n'ayant pas la réputation d'être des lève-tôt. Loin de là ! On sait par leurs domestiques, dont certains sont appointés par les services de la Sécurité nationale, que fort souvent ces messieurs-dames n'émergent de leurs alcôves que sur le coup de huit heures, quand la chaleur devient trop oppressante pour qu'un être humain normalement constitué puisse rester enfermé entre quatre murs, quand bien même un ventilateur vibrionne au plafond. Le colonel dispose en la personne d'Annuncia d'une espionne à toute épreuve. Ses talents de cuisinière lui assurent une couverture parfaite. Elle passe ainsi de maison de maître en maison de maître, feignant de ne s'intéresser qu'à ses gages et clamant à qui veut l'entendre :

— Moi, Annuncia, je ne suis pas une reste-avec ! Je ne me tiens pas debout derrière la chaise d'une madame, toujours prête à la servir et à la desservir. Je suis la meilleure cuisinière de Port-au-Prince et qui veut m'avoir devra en payer le prix !

Et pour de vrai, cette Négresse, bien en chair et joviale, faisait de petits miracles. Les Duchêne regrettèrent son lambi parfumé à la cannelle, les Laveaux, son ragoût de cochon sauvage rehaussé aux feuilles de bois d'Inde et au poivre vert, les Fortinard, ses desserts extraordinaires à base de pulpe de coco et d'extrait d'amande douce. Présentement, elle officiait chez les Levasseur, riche famille mulâtre qui possédait deux magasins de quincaillerie au Bord-de-mer, une station-service sur la route de l'aéroport ainsi qu'une plantation de café en province, du côté de Fonds-des-Blancs. C'est le colonel lui-même qui l'avait affectée à ce poste. Annuncia était habituée à la chose : dès qu'elle en recevait l'ordre, elle commençait à ruer dans les brancards, à rechigner à la tâche, exigeant une forte augmentation de ses gages. Puis, un beau jour, sans crier gare, elle rendait son tablier et, sur l'heure, se présentait à la devanture de la villa que lui avait au préalable désignée son mentor. Elle y était évidemment reçue à bras ouverts et son nouveau patron d'accepter sans sourciller ses exigences salariales qu'au demeurant elle maintenait à un niveau raisonnable, sachant que le soir même un émissaire du colonel lui porterait une solide enveloppe en papier brun lestée d'un paquet de grosses coupures flambant neuves équivalant, parfois, à une demi-année de travail. Annuncia avait été formelle :

— Maître Levasseur, il fait des choses pas claires. Certains soirs, il reçoit à sa table des consuls ou des ambassadeurs de pays hostiles au nôtre. Je les surprends à critiquer notre vénéré Président à vie !

Au moment où la colonne de soudards prend position tout autour de la villa des Levasseur, le colonel ressent une énorme déception. La porte en fer forgée de l'entrée en est défoncée et dans le jardin ombragé de flamboyants, protégé de hauts murs, s'élèvent des hurlements de douleur. Plusieurs véhicules non identifiés ont pénétré dans la cour et se sont garés à même les parterres de fleurs, phares allumés afin d'éclairer le perron de la villa. Des Tontons macoutes ! Le colonel s'avance seul dans l'entrée, sans arme, un peu décontenancé. Sous la véranda, trois brutes lippues sont en train de chevaucher à tour de rôle la fille aînée des Levasseur qui a cessé de se débattre, mais dont la tête est encore agitée par de brusques mouvements de droite à gauche. Ses cuisses sont impudiquement soulevées par l'un des soudards tandis que ses comparses s'acharnent l'un sur ses seins, l'autre sur l'entrecuisse de celle qui, un jour, avait morgué le colonel à une époque où ce dernier n'était encore que lieutenant. Il en avait gardé un souvenir amer, cuisant même, qui parfois le réveillait au mitan de la nuit et lui faisait craquer des dents. Dix ans au moins qu'il avait imaginé, peaufiné sa revanche sur ce qu'une certaine presse, obséquieuse à souhait, qualifiait de plus beau parti de l'aristocratie ! Il obligerait Élodie Levasseur à lécher le sol tandis qu'il la bourriquerait par-derrière. Il lui enfoncerait son visage de Madone tropicale dans la cuvette des W-C en lui intimant l'ordre de bâfrer ses excréments et de boire son pissat avant de lui lacérer les fesses à coups de rigoise. Il en ferait son esclave, esclave domestique chargée des tâches les plus immondes, esclave sexuelle vouée à assouvir ses pires fantasmes. Son affront lavé, il l'épouserait et lui ferait deux magnifiques enfants. Deux garçons qui à leur tour enfileraient l'uniforme de l'armée haïtienne et deviendraient de fringants officiers.

Ce rêve de revanche, patiemment élaboré au fil des ans, voici qu'il s'effondre là, sous ses yeux, en cette fin de nuit d'un mois d'avril aux couleurs fades. Le colonel en demeure le bec coué. Comme rivé au gravier du jardin. La villa a été mise à sac. Les meubles éventrés et jetés par les fenêtres. Les tableaux de maître lacérés, bien qu'ils représentent tous le paradis terrestre selon la vision populaire haïtienne. Levasseur père gît dans un angle de la véranda,

111

couvert de sang, le crâne défoncé à coups de crosse. Son épouse hurle à l'intérieur de la villa, subissant sans doute les assauts du chef des macoutes du quartier Fort National, le sinistre Boss Peinte, dont le colonel vient de reconnaître les armoiries : deux petits drapeaux rouge et noir frappés de l'effigie de Baron-Samedi, le dieu des cimetières, que jouxte le dessin d'une pintade, volatile fétiche du régime. Ils flottent paisiblement sur les rétroviseurs de sa vieille Mercedes brinquebalante, entièrement noire, y compris les sièges, que Désinor n'avait pas repérée de prime abord à cause de l'obscurité.

— Armée nationale d'Haïti ! s'efforce de tonner le colonel sans grande conviction. Que se passe-t-il ici ?

Les violeurs ne l'entendent pas ou font mine de n'avoir rien entendu, s'appliquant à leur sale besogne. Gamahuchant Élodie Levasseur, lui enfonçant leur dard par tous les trous de son corps, bavant sur ses seins magnifiques, les suçotant, les mordillant, tels des chiens enragés se disputant quelque charogne.

— *Ki moun ki palé la ?* (Qui a parlé ?) fait une voix depuis l'en-dedans de la villa.

— Colonel Désinor, troisième régiment de l'armée de Terre.

Un géant au buste nu, vêtu d'un caleçon hideux, s'approche en titubant sur le perron. Une tête lunaire aux yeux globuleux qui chavirent sous l'effet de l'alcool ou d'une drogue quelconque. Ses bras ballottent le long de ses flancs, comme disloqués. Une partie de son énorme braquemart pendouille sur ses jambes, à travers la braguette de son caleçon :

— Fous-moi le camp ! Vous, les militaires, vous n'êtes qu'une bande de traîtres ! beugle-t-il. Notre Président à vie n'a aucune confiance en vous.

— J'agis sur ses ordres. Arrêtez immédiatement ! rétorque le colonel.

— Ha-ha-ha ! Arrêter, tu dis ?... Tu te crois un homme parce que tu portes un uniforme et des épaulettes, c'est ça, hein ? Allez, vas-y, oblige-nous à arrêter !

Aussitôt une nuée de macoutes, surgie de nulle part, encercle le colonel. Le jour s'ouvre au même instant. Un jour magnifique avec des flammèches orangées aux confins du Morne La Selle. Tendresse incongrue d'un vent discret qui se lève et chatouille les frondaisons des manguiers centenaires du jardin. Belleté insolite du monde qui contraste avec les trognes barbares des séides de Boss Peinte, fragilisant un peu plus la détermination du colonel. Des machettes haut levées le menacent ainsi que des pioches, des barres à mine et quelques vieux revolvers de contrebande, armes dérisoires qu'il aurait pu faire disparaître de sa vue d'une seule rafale de mitraillette. Mais le colonel est entré sans armes. Dehors, ses soldats, bêtement disciplinés, attendent ses ordres.

— Vous n'avez aucun respect pour l'armée nationale, balbutie-t-il, conscient du ridicule de la situation.

— *E vou, ou gen respé pou Prézidan nou yo ?* (Et toi, t'as du respect pour notre président ?) reprend le géant. Qu'avez-vous fait lors de l'attentat de février dernier ? Avez-vous réussi à arrêter quelqu'un ? Le moindre suspect ?... Et le maquis de Ouanaminthe, vous l'avez éradiqué peut-être ? Six mois que ces crapules à la solde de l'étranger écument les campagnes et vous et votre soi-disant armée, tout ce que vous trouvez à faire, c'est parader au son de la fanfare sur le Champ-de-Mars. Armée de carnaval que vous êtes ! Allez, prends tes deux pieds et file avant que je ne me fâche vraiment, espèce de pédéraste !

Ses nervis jettent le colonel dehors en l'accablant d'injuriées. À sa grande surprise, les cinq Jeeps de sa colonne sont vides. Ou plutôt se sont vidées de leurs occupants lesquels, dans leur fuite, ont aussi abandonné leurs armes. Envolés, ses hommes, à travers les ruelles avoisinantes, cette bande de rustres à qui il a mis tant de patience et d'énergie à apprendre la marche au pas, à faire le salut réglementaire, à tirer des salves en l'honneur du drapeau national lorsqu'il est hissé chaque beau matin dans la cour de leur caserne, à démonter et à graisser leurs mitraillettes israéliennes Uzi dernier cri. Le colonel, abasourdi, regarde le spectacle de sa déroute – une déroute personnelle – qui lui fait oublier tout net sa haine des Levasseur et des bourgeois du même acabit dont les villas s'alignent le long de la rue, protégées par des enceintes de trois mètres de haut et des portes blindées. Elles sont étonnamment silencieuses. La phrase hurlée par Boss Peinte lui martèle à présent les tempes : « Le Président à vie n'a plus confiance dans l'armée nationale ! »

Il commence à mettre bout à bout un certain nombre de faits qui, au cours des deux années écoulées, l'avaient alerté, mais qu'il avait, final de compte, jugés suffisamment anodins pour les écarter de son esprit telles des mouches importunes. Il y eut d'abord la création du corps des Volontaires de la Révolution nationale, des civils censés, au départ et en principe, seconder la police, trop débordée par la multiplicité de ses tâches quotidiennes pour contrer efficacement les menées subversives de ce qui n'était – à son humble avis – qu'agitation d'une poignée d'étudiants excités, presque tous issus des classes privilégiées, qui avaient succombé, dans les universités européennes, universités dont le ministère haïtien de l'Éducation avait eu la faiblesse d'accepter les bourses, aux sirènes de l'idéologie marxiste athée. Le colonel avait ainsi assisté à la lente mais inexorable transformation des miliciens, la plupart il est vrai repris de justice ou maquereaux, bandits de grand chemin et Nègres sans aveu en tout cas, en une étrange confrérie, entièrement vêtue et chapeautée en toile de jean couleur bleu de chauffe, foulard rouge au cou, les jours où il lui prenait de défiler, cela toujours en dehors du calendrier des fêtes officielles.

Faisant et défaisant la loi dans leur quartier ou leur section rurale, rackettant les petits commerçants ambulants, appliquant le droit de cuissage systématique, bastonnant ou parfois exécutant ceux qui osaient se montrer récalcitrants, ils étaient devenus, dans la bouche du peuple, les Tontons macoutes, du nom de ce croquemitaine des contes créoles qui hante les campagnes muni d'un large sac dans lequel il enfourne les enfants qui ont le malheur de se trouver sur son passage, afin de les offrir en sacrifice aux divinités sataniques du vaudou. Le colonel ne s'était pas inquiété de ce phénomène car en bon soldat, il éprouvait un solide dédain pour la gent policière. Dédain qui confinait parfois au mépris. Mais du jour où il avait croisé Mme Adolphe, la cheftaine macoute, dans le grand hall du Palais national, parlant haut et fort au sortir d'une entrevue avec le Président à vie sans que quiconque lui demande de baisser le ton, il avait senti qu'une espèce de passation des pouvoirs venait de s'effectuer. Désormais, les Volontaires de la Sécurité nationale, que par abréviation les journaux et la radio appelaient plutôt les Miliciens, pouvaient se permettre d'arrêter qui ils voulaient en pleine rue, exiger qu'on déclinât son identité, embarquer d'éventuels suspects que leurs proches ne revoyaient en général jamais et même, plus amusant, faire la circulation sur le boulevard Jean-Jacques Dessalines lorsque le cortège présidentiel – une flotte de grosses américaines noires aux vitres teintées au sein de laquelle il était impossible de repérer le véhicule à bord duquel se trouvait le docteur François Duvalier – fonçait, sirènes hurlantes, vers une destination inconnue non seulement du petit peuple, mais de gens comme lui. Que l'on fût vendeur à la sauvette ou haut gradé de l'armée, marchande de légumes ou professeur de collège, nul ne savait où se trouvait exactement la résidence de celui qu'on qualifiait, en guise de quolibet, de « Papa Doc », expression pourtant affectueuse dans la bouche de ces malheureux qu'il avait soignés du pian trois décennies plus tôt, au cœur des régions reculées du mitan du pays.

Ni le colonel ni ses supérieurs n'avaient su émettre la moindre protestation, préoccupés qu'ils étaient, à l'époque, par une tâche autrement plus noble, plus glorieuse, que celle de traquer l'ennemi intérieur : la défense des frontières. En effet, des rumeurs d'invasion en provenance de la république voisine se précisaient. Ces bâtards d'Espagnols mâtinés d'Amérindiens et de Nègres qu'étaient les Dominicains nourrissaient la prétention de mettre à genoux le peuple nègre d'Haïti en qui ils ne voyaient rien moins qu'une rémanence de l'Afrique barbare. Le seul peuple nègre de tout le continent américain pourtant à s'être libéré du joug colonial européen et à bâtir un pays libre ! Tout un chacun savait, en Haïti, que le dictateur Rafael Trujillo, cet analphabète qui n'arrivait pas à la cheville du docteur en médecine qu'était François Duvalier, avait ouvert toutes grandes les portes de son pays à ce qu'il nommait sans pudeur aucune « l'émigration blanche », c'est-à-dire madérienne, canarienne, basque, andalouse et même polonaise, ceci dans le but avoué de purifier le sang de son peuple de ce qu'il contenait de sang nègre. Des centaines d'immigrants européens se voyaient ainsi offrir la nationalité dominicaine dès leur débarquée à l'aéroport Santo Domingo, ainsi que l'octroi d'une parcelle de terre dans la partie la plus fertile du pays. Dans le même temps, la chasse aux Haïtiens employés dans les bateys était ouverte toute l'année, véritables razzias au cours desquelles des familles entières étaient expulsées de leurs cases de torchis et ramenées en camion au poste frontière de Dajabon, d'où elles étaient sommées de rentrer chez elles à pied. « Trujillo s'encourtoise un tout petit peu », avait un beau jour commenté le général Constant, chef de l'armée nationale haïtienne. Par là, il voulait dire que ces rafles incessantes étaient un moindre mal par rapport aux exactions des années 1930, notamment celle de la rivière Massacre, la justement nommée, au cours de laquelle trente mille Haïtiens avaient péri sous les balles d'une soldatesque dominicaine déchaînée. La communauté internationale s'était alors contentée de froncer les sourcils. Une vague motion de protestation de la Société des nations avait condamné Trujillo et les États-Unis avaient convoqué l'ambassadeur dominicain à Washington pour lui passer un savon. Rien de plus.

Le colonel Désinor faisait partie des officiers supérieurs qui rêvaient d'en découdre avec le voisin hispanique. Dans les réunions d'état-major, fort de ses connaissances historiques, il n'avait cesse de rappeler la geste du président Boyer qui, dans la première moitié du XIXe siècle, avait conquis l'entièreté du territoire dominicain, y boutant les troupes de la Blanche Castille et faisant de l'île d'Hispaniola un seul et même pays.

— Vingt-cinq ans durant, messieurs, oui, vingt-cinq ans, nous avons une nouvelle fois prouvé à la face du monde que les nations européennes n'étaient pas invincibles. Après la France en 1804 et sa piteuse armée napoléonienne, nos ancêtres ont ensuite fait plier l'Espagne ! argumentait-il d'un ton passionné. Aujourd'hui, pourquoi devrions-nous faire des courbettes devant ce ramassis de métis incultes que sont les Dominicains ? Je propose donc une action préventive !

Son plan était clair : attaquer l'ennemi en trois endroits différents de la frontière. À Fort Liberté, tout au nord, à Belladère, sur le plateau central, et au sud enfoncer les maigres bataillons de l'ennemi à partir de Grand-Gosier. Devant la carte de l'île, badine à la main, il avait expliqué à des généraux et des colonels fatigués par l'âge et l'abus de tafia le détail des manœuvres qui lui paraissaient indispensables pour mener à bien son projet. Il avait chiffré le nombre de soldats nécessaires, envisagé l'utilisation des deux seuls avions de chasse dont disposait Haïti, prévu les chaînes de ravitaillement ainsi que l'installation d'hôpitaux de campagne. Ses supérieurs l'avaient poliment écouté, certains vaguement ahuris, d'autres admiratifs devant la savantise guerrière déployée par ce jeune officier tout en n'ignorant point qu'il ne faisait sans doute là que répéter des leçons apprises dans les académies militaires étrangères, leçons adaptées à des champs de bataille autrement plus considérables que celui de la dérisoire disputaillerie à peine biséculaire entre les deux peuples qui se partageaient l'île d'Hispaniola.

— Nous en référerons au ministère des Armées, avait conclu le général Constant.

Le colonel avait attendu la réponse trois mois, six mois. Rien ne vint. Une année s'écoula, puis deux, sans qu'il obtînt la moindre nouvelle de son plan si brillamment élaboré et voici qu'à présent l'ennemi massait ses troupes aux frontières, provoquant une véritable panique dans les villages limitrophes. Et puis, les choses finirent par s'arranger. On apprit que le Président à vie avait rencontré dans le plus grand secret son homologue dominicain, le sinistre Trujillo, et qu'ils avaient trouvé un accord. Un juste accord, prétendait la presse haïtienne. Vingt-deux mille *braceros* rentreraient chez eux à chaque fin de récolte de la canne à sucre, en juillet, contre la somme de deux millions de dollars correspondant à leurs gages déposés à la Banque nationale d'Haïti. François Duvalier continuait, imperturbable, à exploiter la force de travail du Nègre, exactement comme le faisaient les colons français à l'époque coloniale ! Le colonel avait vécu cela comme une humiliation à la fois personnelle et nationale. Il s'était peu à peu enfermé dans une sorte de mutisme qui frisait la dépression. L'un de ses supérieurs lui avait fait comprendre, au sortir d'une réunion, que sa carrière était désormais bloquée à cause du « projet aventuriste » qu'il avait demandé de soumettre au plus haut niveau de l'État. Un projet qui aurait plongé le pays dans le chaos, qui lui aurait valu une nouvelle fois l'opprobre international et sa « mise au ban des nations civilisées ».

— Concentrez-vous désormais, cher colonel, sur l'ennemi intérieur, lui avait charitablement glissé le haut gradé. Si vous obtenez des résultats sur ce terrain-là, nul doute que vous rentrerez en grâce auprès de qui vous savez.

L'ennemi intérieur ! Le mot était lâché. Les étudiants, les intellectuels, les journalistes, les communistes, les activistes chrétiens de gauche adeptes de la fameuse « théologie de la libération » et opposés à leur hiérarchie jugée trop inféodée au régime, les petits barons de province oublieux du fait que tout se règle à Port-au-Prince et rien qu'à Port-au-Prince, puisqu'aucune décision sérieuse ne saurait être prise dans le Pays en dehors. Et aussi les prêtres vaudous qui refusaient de se soumettre à la nouvelle hiérarchie du culte, élaborée par le Président à vie en personne. Et les homosexuels qui fricotaient avec les journalistes gays américains, leur fournissant, au cours de leurs ébats sordides, de fausses informations qui permettraient aux seconds de ternir encore l'image de la nation dans les colonnes du *New York Times* ou du *Washington Post*. Et les francs-maçons, secte diabolique qui avait longtemps écarté de ses rangs les gens trop noirs de peau. Sans oublier, bien sûr, les Mulâtres, cette race qui n'avait cessé, dès le tout premier jour de l'indépendance, de comploter contre la masse courageuse des Nègres, lesquels avaient versé leur sang pour chasser l'occupant français ! Enfin, tous ces ethnologues, sociologues, anthropologues, zoologues, ornithologues accourus de l'étranger qui, sous couvert d'études scientifiques, avaient établi leurs quartiers en Haïti et espionnaient, en réalité, pour le compte de leurs pays respectifs.

Le colonel s'était, dans un premier temps, cabré devant ces tâches qu'il considérait comme tout à fait indignes de l'armée nationale, ces tâches de basse police pour lesquelles la gendarmerie rurale, la police secrète et les Volontaires de la Révolution nationale suffisaient amplement. Que trois corps d'armes s'occupassent, quasiment à temps plein, de quelques irrédentistes et intellectuels rêveurs, munis de bombes incendiaires de fabrication artisanale, d'escopettes mal entretenues et surtout de tracts inoffensifs, attendu que le peuple ne savait pas lire, cela, à son humble avis, dépassait l'entendement. Il était avant tout un militaire. Colonel de surcroît ! Mais cela signifiait aussi qu'il était respectueux de l'ordre. Si bien que lorsqu'on lui confia, peu de temps après qu'un commando de treize jeunes Mulâtres probablement castristes eurent débarqué du côté de Jérémie, la mission de « nettoyer les beaux quartiers de Pétionville et de Kenscoff, nids d'infects opposants à la Révolution nationale », il n'émit aucune objection. Simplement éprouva-t-il une sourde amertume quand il apprit que, dans le même temps, le budget des forces armées avait été réduit de moitié, la probabilité d'une guerre avec la Dominicanie étant devenue quasi nulle, et qu'en conséquence son régiment ne compterait plus que deux petites centaines d'hommes et une vingtaine de Jeeps généreusement octroyées par Taïwan. Très vite d'ailleurs, les uniformes usagés ne furent plus remplacés et ses soldats se vêtaient comme ils pouvaient. De surplus américains. De shorts dépareillés achetés chez les commerçants levantins et de godasses mal adaptées aux activités de terrain. Fatalement, la discipline devait s'en ressentir et donc se relâcher. Le salut militaire n'était plus exigé. Ni le port des épaulettes. L'armée nationale d'Haïti se déglinguait. Le colonel en fut si mortifié qu'il songea un temps à émigrer au Canada, projet qu'il ne mit pas à exécution, désireux de veiller sur les ultimes années de sa vieille mère de quatre-vingt-douze ans. Un roc ! Un bloc de femme qui avait affronté les yeux largement ouverts les scélératesses de l'existence et qui, au soir de sa vie, resplendissait de fierté chaque fois que son fils, sanglé dans son bel uniforme, venait la visiter dans cette maisonnette confortable et coquette qu'il lui avait achetée au quartier Delmas.

Le temps passant, le colonel transforma l'ennemi intérieur en son ennemi personnel. Il n'avait jamais digéré l'affront que lui avait infligé une décennie plus tôt cette Mulâtresse arrogante, Élodie Levasseur. Alors, il entreprit de harceler progressivement tous ceux qui, de près ou de loin, fréquentaient cette riche famille de négociants. Il s'en prit d'abord aux amis de la jeune femme, puis à ses proches parents, resserrant le fil invisible qu'il tissait autour des Levasseur, cela sans jamais prononcer leur nom ni afficher d'hostilité particulière à leur endroit. Le colonel guerroyait contre les Mulâtres traîtres à la patrie, voilà tout ! Il suivait les ordres du Palais national, épargnant ceux qui avaient fait allégeance au régime et déboursaient des tonnes d'espèces sonnantes et trébuchantes pour pouvoir conserver la bienveillance de ce dernier.

Il finit par recouvrer l'estime du dernier ministre des Armées en date, car le titulaire de ce poste avait changé quatre fois en moins de deux ans, l'un d'entre eux s'étant même enfui en Dominicanie avec la solde de plusieurs régiments. C'est que le colonel était de nature sobre, spartiate même, et que les cadeaux, en devises étrangères ou en nature, ne lui tournaient pas la tête. Il les acceptait à l'instar de ses pairs, mais n'en faisait guère usage. Son train de vie demeurait assez modeste. Il acquit à la longue une réputation de pingre. Un collègue malveillant, qui se trouvait être en concurrence avec lui pour la prochaine promotion au grade de lieutenant-colonel, fit même courir le bruit qu'il avait ouvert en secret un compte en banque à Miami, ville où il comptait se réfugier un jour ! Une enquête auprès de la Chase Manhattan Bank et de deux-trois autres institutions bancaires yankees avait prouvé que tout cela relevait de la pure affabulation. Le colonel sortit non seulement blanchi de cette accusation de défiance envers le régime, mais se vit offrir une propriété plantée en petit mil et en maïs dans la région du Cap, endroit où il ne mit les pieds que de loin en loin, se contentant des revenus, au demeurant modestes, que lui faisait tenir son régisseur, sans vraiment vérifier les comptes de l'exploitation.

C'est que le colonel n'était habité que par une seule et unique obsession : forcer Élodie Levasseur. Déchirer ses sous-vêtements de luxe importés des plus chics boutiques parisiennes. Calotter son beau visage au rictus méprisant dès l'instant où son regard venait à se poser sur un individu à l'épiderme trop coloré. Fouetter ses fesses qu'elle avait bien cambrées, signe irréfutable du sang nègre qui lui coulait dans les veines, en dépit de son apparence de Madone méditerranéenne. L'obliger à le sucer. Lui enfoncer son braquemart au fond de la gorge. La défoncer ensuite, non sans avoir pris soin d'ingurgiter une pleine bouteille de cette liqueur magique au nom si évocateur de *jik li jou* (jusqu'au petit matin). Le colonel avait caressé ce rêve lubrique des centaines de fois depuis que la perspective d'une guerre aux frontières s'était dissipée et qu'il avait été demandé à l'armée nationale de s'occuper exclusivement de l'ennemi intérieur. Rêve éveillé qui le rendait parfois sourd aux bruits du monde, aux requêtes de ses hommes de troupe qui trouvaient que leur paie avait tendance à être trop tardivement versée. Aux avances des jeunes Négresses en quête d'un mariage de sécurité, selon l'expression consacrée. Rêve du mitan de la nuit qui virait parfois au cauchemar, lui arrachant des cris de jouissance qui effrayaient sa vieille mère, chez qui le bougre avait trouvé refuge après l'échec d'une cohabitation avec une gourgandine originaire des Saint-Louis-du-Nord qui exerçait la profession de secrétaire à la caserne Dessalines.

Et voici qu'en ce matin d'avril à l'insolente flamboyance, alors qu'il est à deux doigts d'atteindre son but, qu'il a minutieusement, comme pour tout ce qu'il entreprend, planifié son raid contre la villa des Levasseur, voici qu'on lui vole son rêve ! Voilà qu'une bande de gueux, de macoutes ivres morts s'acharnent sur la chair pâle d'Élodie sans qu'il puisse rien faire d'autre que retirer ses pieds ! Humilié qu'il est par ces créatures immondes qui ne savent ni lire ni écrire, qui sont incapables de situer leur pays sur une mappemonde. Qui ne respectent rien. Ni les divinités du vaudou pour lesquelles ils organisent pourtant des cérémonies, ni le Bondieu chrétien. Ni même leurs mères ou leurs frères et sœurs. Rien sauf le Président à vie, le docteur François Duvalier, Père de la nation et digne successeur des héros fondateurs de la république haïtienne.

Le colonel se dirige vers sa Jeep et constate que son chauffeur, dans sa fuite, n'a même pas pris le temps d'éteindre le moteur. Il saute sur le siège avant et démarre en trombe. Fonce vers l'aéroport François-Duvalier par l'autoroute François-Duvalier, longeant les bâtiments en demi-déshérence de la zone industrielle François-Duvalier. Il montera dans le premier avion en partance pour les États-Unis ou l'Europe. Son grade de colonel le dispense d'avoir un billet sur les lignes d'Air Haïti et l'autorise à faire débarquer un passager au cas, fort probable, où l'appareil serait plein. Il roule à tombeau ouvert, manquant d'emboutir la noria de taptaps colorés qui, le devant-jour venu, se ruent sur Port-au-Prince, chargés de toutes qualités de marchandes et revendeuses de fruits et légumes dont les lourds paniers s'étagent en pyramides sur les toits. Le colonel klaxonne à tout va. Insulte les passants m'en-fous-ben qui traversent la chaussée sans crier gare. Ne répond pas au salut d'une patrouille militaire qui vient d'être relevée de sa garde dans la guérite d'entrée de l'aéroport.

Au moment de s'engager sur la bretelle qui conduit au bâtiment central, il s'aperçoit que trois lettres de l'énorme panneau indiquant « AÉROPORT INTERNATIONAL FRANÇOIS-DUVALIER » sont allumées, alors que toutes les autres sont éteintes. Il y voit comme une métaphore de l'état dans lequel croupit son pays et ralentit à son corps défendant. Tout n'est peut-être pas définitivement perdu. Il y a sans doute encore quelques âmes bien nées pour qui l'intérêt supérieur de la nation continue à prévaloir sur le leur et celui de leur petite famille. Il y a encore des rois Christophe en puissance qui n'attendent qu'un signe pour redresser la tête et, du même coup, l'honneur de la patrie. Il sera celui qui sonnera le ralliement de tous ces braves ! Il ne doit pas s'enfuir. Il ne peut pas s'enfuir. Ce serait faire montre de caponnerie. Trahir à tout jamais les idéaux qui l'ont conduit un jour à embrasser la carrière militaire.

Le colonel fait demi-tour. Brusquement. S'attirant les foudres d'un camion de marchandises, lequel est contraint d'effectuer un périlleux tête-à-queue pour l'éviter. Soudain euphorique, il se met à entonner *La Dessalinienne*, l'hymne national, appuyant à fond sur l'accélérateur. Désormais sa voie est tracée. Il n'en déviera point. Coup d'État ! Coup d'éclat ! Il déposera le Président à vie, chassera ses ministres véreux du pays dont il restaurera la dignité, pays pour lequel des millions d'esclaves révoltés avaient sacrifié leur vie à l'orée du siècle précédent...

8

Le Président à vie commençait à s'impatienter. Il avait tourné en rond dans son bureau comme un fauve en cage, s'était approché de l'immense carte d'Haïti qui couvrait presque entièrement le bureau Louis XV, sur lequel il signait ses décrets d'une main appliquée, et en avait amoureusement caressé les contours. Ces farauds de Mulâtres de la Dominicanie avaient beau se flatter de leur teint clair et du niveau de vie plus élevé de leur pays, ce dernier ne présentait aucune forme distincte – on aurait juré une baudruche de carnaval à moitié dégonflée, songea-t-il –, alors que le sien ressemblait à une tête d'alligator à la gueule grande ouverte. Ou à la pince d'un énorme crabe prête à se refermer sur un ennemi invisible.

Sur le mur opposé s'étalait une carte du monde tout en couleurs criardes sur laquelle il s'amusa à repérer les pays qui avaient du caractère et ceux qui en étaient dépourvus. L'Hexagone français, la botte italienne, le rectangulaire Chili, la vaste aile de l'aigle étasunien, le serpent nippon relevaient, à l'évidence, de la première catégorie. Dans la seconde, il regroupa les pays informes, flasques, tels que la Hollande, le Canada, la Colombie ou la Thaïlande. Ce petit jeu finit par l'ennuyer. Deux heures déjà qu'il attendait la venue de Sò Lusinia, la mambo la plus réputée du Nord, la prêtresse vaudoue que maints anthropologues occidentaux avait célébrée dans leurs ouvrages abscons.

125

Elle les avait impressionnés par sa capacité à invoquer Legba et Ogoun-Ferraille, à se laisser chevaucher par eux au cours de cérémonies où elle se muait en toutes sortes de créatures terribles dotées de pouvoirs quasi miraculeux. Dans l'assistance hypnotisée, des malades au stade terminal retrouvaient leur souffle vital. Des hypocrites étaient démasqués et se roulaient par terre de terreur. Elle lançait à la volée conjurations, prédictions, sentences sibyllines, imprécations, paroles douces comme du sirop-miel, à la lueur de flambeaux qui eux-mêmes tremblo-taient sur leur hampe en bambou.

Longtemps le Président à vie avait ignoré Sò Lusinia. Sa confiance, il l'avait d'abord placée entre les mains du hougan Méthylène, puis, à sa mort subite, entre celles de son disciple, Boss Manno, hélas beaucoup moins efficace que son maître. Le bougre n'avait-il pas été incapable de lui annoncer l'attentat, heureusement raté, du 7 juillet dernier ? Sans compter qu'il buvait beaucoup trop, puisqu'il avait dû être admis en urgence à l'hôpital – un comble ! – où des médecins blancs (des Roumains gracieusement prêtés par le président Ceausescu) lui avaient diagnostiqué une cirrhose du foie. François Duvalier en avait profité pour mettre en sourdine ses velléités de transformation du culte vaudou en religion officielle d'Haïti et, sur les conseils de son épouse Simone, fervente catholique, s'était réconcilié avec le Vatican. Un concordat dûment paraphé par le pape Paul VI témoignait désormais du retour de la première république noire du monde moderne dans le giron des nations chrétiennes.

Toutefois, en son for intérieur, il était loin d'avoir abjuré ces divinités qui, tout au long de la guerre d'indé-pendance, un siècle et demi plus tôt, avaient aidé les Nègres en rébellion à s'opposer au rétablissement de l'es-clavage par les troupes de Napoléon Bonaparte. La fine fleur des grognards du Rhin, commandés par le général Leclerc, avait mis genou à terre avant de s'enfuir du pays grâce à la vaillantise des forces noires commandées par Dessalines, mais aussi et surtout parce que dans le cœur de chaque combattant résonnaient, jour après jour, année après année, les implacables objurgations des dieux de la Mère-Afrique. D'ailleurs, qui mourait au combat voyait son âme retourner à tire-d'aile jusqu'à cette dernière, recousant ainsi la lignée des ancêtres brisée par la traite et l'esclavage. François Duvalier lui-même, à son humble niveau admettait-il, avait fait ce qu'il appelait « l'expérience ontologique fondamentale du Nègre des Amériques » dans un article coécrit avec son ami et frère Lorimer Denis, qui l'avait initié aux subtilités de l'ethnologie et lui avait ouvert les yeux sur la nécessité de défendre l'indigénisme, en dépit des sarcasmes proférés à son encontre par le monde dit civilisé.

Cette expérience s'était déroulée dans une case-à-mystère de Maïssade, à l'époque où il n'était encore que secrétaire d'État aux Travaux publics sous le gouvernement d'Estimé et ignorait qu'un destin hors du commun l'attendait. Il se trouvait en mission d'inspection dans la région où plusieurs routes de désenclavement des villages de montagne étaient en cours de construction. Chaque fois qu'il se rendait dans le Pays en dehors, c'est-à-dire loin de la capitale, là où le Nègre ne parle pas français et feint d'être chrétien tout en dissimulant des divinités vaudoues derrière chaque saint catholique, il ne manquait pas d'être interloqué par l'ardeur qu'avait mise cette population à fuir les plaines. Déjà, quand il officiait comme responsable de la mission d'éradication du pian, pendant l'occupation américaine, il avait été stupéfait de constater qu'hormis celle de l'Artibonite où se maintenaient encore quelques grandes plantations de canne à sucre ou de sisal, la plupart des régions plates étaient laissées à l'abandon, se transformant même parfois en vastes étendues semidésertiques. Les paysans avaient préféré déboiser les flancs abrupts de montagnes qui souvent culminaient à mille mètres d'altitude, voire plus, pour y planter le café sur de minuscules parcelles qui suffisaient à peine à nourrir leur nombreuse famille. C'était Lorimer Denis, justement, qui lui en avait expliqué la raison :

— Pendant deux siècles, les Africains déportés avaient ployé dans les champs de canne du Blanc français. Ils étaient en droit d'espérer qu'au lendemain de l'indépendance, après 1804 donc, on leur allouerait à chacun une parcelle de terre. Or, que constatèrent...

— Pourquoi dis-tu « les Africains » ?

— Eh bien, parce qu'au moment où les esclaves se soulevèrent, dans le sillage de la Révolution française, notre pays était composé pour les trois quarts de Nègres nés en Afrique. Les Nègres créoles n'étaient qu'une minuscule minorité. C'est d'ailleurs un cas unique dans les Antilles ! Partout ailleurs, cette proportion était exactement inverse et c'est ce qui explique, en grande partie, que le combat de nos ancêtres fut victorieux. Un Africain accepte moins facilement le joug du Blanc qu'un Créole, parce qu'il rêve de retourner dans son pays d'origine. L'énergie qu'il met à se libérer ne peut être que considérablement supérieure à celle d'un qui est né et a été élevé à Saint-Domingue.

Lorimer était un véritable puits de science. Quoiqu'il ne fût l'aîné de François Duvalier que d'une poignée d'années, ce dernier le considérait comme un maître. Son maître à penser. Chaque conversation avec lui se transformait en un cours d'histoire, d'ethnologie ou de politique. Et lorsque Lorimer lui proposa de rédiger des articles avec lui, il en conçut une fierté sans pareille, même si son apport à lui, François, était des plus modestes. En fait, il jouait davantage le rôle d'informateur que de coauteur, connaissant mieux le Pays en dehors, qu'il avait pu parcourir pendant la campagne d'éradication du pian, que l'éminent ethnologue. Grâce aux questions très fines qu'il lui posait, le jeune médecin mesura à quel point il avait été aveugle à bien des choses qu'il avait pourtant eu la chance d'observer, en particulier les cérémonies vaudoues. Leur amicalité ne fut pas affectée par sa promotion en tant que secrétaire d'État, mais une sorte de rééquilibrage s'instaura entre eux peu à peu : François passa, en quelques années, du statut d'élève studieux et parfois obséquieux à celui de savant reconnu par l'intelligentsia de la capitale.

Dans la région du Centre, les travaux d'avancement des routes piétinaient donc. Divers rapports de contremaîtres étaient parvenus à la capitale selon lesquels les cantonniers et casseurs de pierre rechignaient à accomplir des journées entières, arguant du fait que le maigre salaire qui leur était versé les obligeait à s'occuper aussi de leurs jardins. François Duvalier y avait vu la même forme de résistance que le peuple avait opposée, à l'indépendance du pays, au caporalisme agraire qu'avaient tenté d'instaurer les pères de la nation, comme le lui avait expliqué Lorimer Denis. Qui Dessalines, qui Christophe, qui Pétion, qui plus tard Boyer avaient échoué à maintenir en l'état les cannaies abandonnées par les colons français, plantations qui, à leurs yeux, étaient seules capables de produire des quantités de denrées suffisantes pour l'exportation. Les rois, empereurs et présidents d'Haïti songeaient d'abord et avant tout à l'État ; le paysan, lui, ne songeait qu'à sa propre survie et à celle des siens. Différend insoluble que personne n'avait réussi à résoudre en cent cinquante ans d'indépendance.

C'est à cela que réfléchissait le secrétaire d'État aux travaux publics lorsqu'il arriva dans les hauteurs de l'Arcahaie, un beau matin de décembre. L'air était si frais qu'il dut se couvrir d'un paletot qu'il ne devait pas quitter de tout son séjour. Il avait tenu à être hébergé chez l'habitant et non chez les chefs de section, seuls à posséder des maisons plus ou moins dignes de ce nom. Au village de Maïssade, il fut accueilli par un chef de famille qui entretenait une cour comportant une dizaine de cases, une bonne moitié d'entre elles étant habitées par ses différentes concubines et les enfants qu'elles avaient eus de lui. Polydor fit preuve d'amabilité avec l'envoyé du gouvernement, mais sans plus. Il était méfiant et ne s'en cachait pas.

— Là-bas, dans la capitale, on ne nous comprend pas ! fit-il d'entrée de jeu à François Duvalier, d'un ton empreint d'équanimité.

Le secrétaire aux Travaux publics avait bien été contraint d'admettre que le percement de la route à flanc de morne qui conduisait à Maïssade n'avançait plus depuis sans doute des mois. Sur le bas-côté, des brouettes, des pioches et autres outils divers semblaient abandonnés aux avalasses de pluie qui ravinaient les lieux sans discontinuer. Aux abords de la cour, quelques carreaux de terre, où s'activaient surtout des femmes, brillaient au devant-jour du vert tendre des cordes de l'igname et du feuillage des bananiers, adoucissant du même coup la grisaille des collines pelées par l'érosion.

Un soir, Polydor fit prévenir François Duvalier qu'une cérémonie serait donnée en son honneur. C'était le premier geste d'ouverture que lui manifestait la communauté et il en fut ému. Quinze jours de solitude et de palabres vaines avec les hommes, qui refusaient tout net de recommencer à jouer aux cantonniers pour cinquante gourdes par semaine, avaient commencé à le miner. Il savait qu'on était trop loin de tout pour qu'usage soit fait de la force publique. Le seul gendarme qui passât de temps à autre à Maïssade lui avait fait comprendre qu'il ne pouvait intervenir qu'en cas de grave conflit familial, ce qui était rare, ou de meurtre, ce qui était encore plus rare. Les forces de l'ordre avaient déjà bien assez à faire dans la plaine pour se préoccuper de gens qui se tenaient volontairement à l'écart de la vie publique.

Ce soir-là, François Duvalier eut sa première révélation. Il découvrit ces fameuses « sociétés » dont lui avait souvent parlé Lorimer Denis, groupements d'individus liés par leur appartenance à une « nation » : celle du Dahomey, celle du Congo, celle d'Arada et bien d'autres. Dès avant la tombée de la nuit, il entendit dans le lointain un concert de voix accompagnées de battements de tambour et se demanda comment ils avaient pu enjamber la barrière des mornes qui entourait le village de Maïssade. Deux hommes, l'air mystérieux, se présentèrent devant la hutte où il logeait et lui demandèrent sur un ton poli, mais qui ne souffrait aucune réplique, de se déshabiller, ce qu'il fit non sans hésitation, car il avait horreur de la nudité. Il tenait cela de son père, Duval Duvalier, qu'il n'avait pratiquement jamais vu en bras de chemise ou en tenue négligée. Même quand celui-ci se trouvait à la maison, il se vêtait en dimanche, exigeant que la maisonnée l'imitât.

— Les esclaves vivaient quasi nus, expliquait-il, toujours sentencieux. C'était une manière pour leurs maîtres blancs de les priver de leur dignité. Nos ancêtres ont brisé leurs chaînes et nous autres, nous avons le devoir, aujourd'hui, de continuer à prouver au monde que nous sommes un peuple égal à tous les autres.

Les deux émissaires voulurent ôter aussi ses lunettes, mais Duvalier s'y opposa, arguant du fait qu'il voyait très mal la nuit. Ils lui déversèrent alors sur le corps une cruche contenant un liquide poisseux à l'odeur indéfinissable, le frottèrent énergiquement, y compris au niveau des génitoires, puis lui demandèrent d'enfiler une gaule en toile de jute. Désormais, Duvalier n'était plus le Grand Nègre monté de la capitale, le secrétaire d'État aux Travaux publics qui jargonnait le français et donnait des ordres, mais un anonyme. Un parfait anonyme qui ne se différenciait point de la foule d'environ trois cents âmes, évalua-t-il, qui se pressait dans une savane proche où il fut conduit par les deux émissaires.

Là, il aperçut des colonnes d'hommes et de femmes, rangées derrière des porteurs de drapeaux en tenue d'apparat, de celles que l'on vendait à la période du carnaval pour ceux qui souhaitaient se déguiser en roi. Tout le monde était vêtu de blanc et les femmes avaient attaché leurs cheveux avec des foulards rouges. Elles damaient le sol sur un rythme lancinant en chantant d'une voix de gorge des mélopées dont il ne comprenait que des bribes. Celles-ci devaient, pensa-t-il, être en langue africaine. Ces colonnes humaines entouraient une case, assez vaste, aux ouvertures hermétiquement fermées, mais à l'intérieur de laquelle on entendait des invocations, ainsi qu'un véritable déchaînement de tambours. Duvalier comprit pourquoi il avait cru que la cérémonie se déroulait par-delà les mornes.

Polydor, qu'il n'avait pas reconnu à cause du petit nombre de flambeaux éclairant les lieux, s'avança et lui fit :

— *Sé met nanchon Arada m-yé. Ou menm, ki nanchon-ou ?* (Je suis le chef de la nation Arada. Et toi, à quelle nation appartiens-tu ?)

Et comme si personne n'attendait de réponse de lui, à tour de rôle, les porteurs d'oriflammes se plantèrent devant Duvalier, criant :

— *Sé met nanchon Dahomé m-yé !* (Je suis le chef de la nation Dahomey !)

— *Sé met nanchon Kongo m-yé !* (Je suis le chef de la nation Congo !)

— *Sé met nanchon Ibo m-yé !* (Je suis le chef de la nation Ibo !)

Tout cela sans que jamais l'assemblée cessât de chantonner ni les tambours de feuler.

Duvalier se sentit peu à peu léger, si léger qu'il ne sentait plus le poids de son corps, sauf qu'il entendait son cœur cogner contre sa poitrine. Aucune crainte ne l'étreignait pourtant car il n'avait vu aucune hostilité dans l'attitude de ceux qui s'étaient présentés comme des chefs de nation, seulement une manière de défi. Sans même s'en rendre compte, il commença, lui aussi, à se dandiner, à marteler le sol du pied jusqu'à s'accorder au ballant exact des fidèles. Il tenta d'imiter leurs chanters, du moins les quelques mots de créole qu'ils comportaient.

Au bout d'un temps indéterminé, la foule s'immobilisa et se tut. À l'intérieur de la case, que Duvalier supposa être un temple vaudou, un silence menaçant s'installa peu après. Quelques flambeaux furent éteints par le vent, mais la nuit était devenue suffisamment claire pour que chacun pût distinguer chacun. Le secrétaire d'État, quoique dans un état second, ne reconnaissait plus les visages résignés et un peu stupides des paysans de Maïssade. Ils semblaient transfigurés. Une espèce de majesté sereine les embellissait. Aucun d'eux ne prêtait attention à sa personne, pénétrés qu'ils étaient, cela depuis des heures.

Soudain, un cri en langue africaine déchira la nuit et la porte du temple s'ouvrit. Un homme, qui tenait à la main un *asson*, ce hochet rituel que Duvalier avait eu l'occasion d'examiner à la faculté d'ethnologie, fit son apparition, suivi par un cortège de femmes drapées dans des pagnes rouge vif. Elles s'approchèrent d'un enclos que Duvalier n'avait pas aperçu et où se trouvaient attachées des chèvres. Chacune d'elles déversa sur les bêtes le contenu d'un *govi*, cruche sacrée pratiquée dans une calebasse évidée, avant de les caresser. Elles s'agenouillèrent et entreprirent de les laver de façon minutieuse, exactement comme les deux émissaires l'avaient fait pour Duvalier. Ceci fait, elles leur enfilèrent des pantalons rouge et noir, tandis que les bêtes se débattaient avec énergie et bêlaient de frayeur. Le hougan alluma des bougies à l'aide d'un flambeau et les piqua dans les cornes des chèvres. Puis il tapa dans ses mains et les zélateurs des divinités ancestrales se remirent à danser sur place, se balançant de droite à gauche et marmonnant les mêmes refrains mi-africains, mi-créoles. Une à une, les colonnes vinrent se prosterner à ses pieds, puis déposèrent un paquet de fourrage dans l'enclos des chèvres. Duvalier fut surpris par la rigueur du cérémonial. Ni hésitations ni bousculades d'aucune sorte. Comme si les paysans de Maïssade l'avaient répété etcetera de fois.

Un chant en l'honneur d'Ogoun-Ferraille, divinité de la Guerre, s'éleva, étrange et sublime dans ses envolées subites, et quelques hommes formèrent deux camps qui imitèrent un combat sans merci à la machette, poussant des cris qui glacèrent le sang de Duvalier. Entre-temps, la foule s'était tue et de nouveaux flambeaux furent allumés ici et là, si bien que malgré le faire-noir il eut l'impression d'y voir comme en plein jour. Puis, chaque chef de nation s'approcha de l'enclos, s'empara d'une chèvre qu'il entreprit de mignonner, lui embrassant même le museau, lui murmurant des paroles incompréhensibles à l'oreille avant de l'égorger d'un geste précis. Une fois l'opération achevée, les prêtresses en tunique rouge saisirent par les

133

pattes des coqs qui se trouvaient également dans l'enclos, que Duvalier n'avait pas aperçus au départ et qui se mirent à tournoyer sur eux-mêmes à la vitesse de toupies tandis que les colonnes hurlaient :

— *Vantayé ! Vantayé !* (Tourbillonnez ! Tourbillonnez !)

Alors qu'il faisait lune claire et que le ciel était parfaitement dégagé, un éclair zigzagua à travers la savane, au-dessus des officiants, et un grondement de tonnerre fit entendre son *lakataw*. Le prêtre vaudou prit alors le secrétaire d'État par les mains et le conduisit d'un pas solennel jusqu'au temple où il le fit entrer, demeurant lui-même à l'extérieur. Les cloisons en bois de goyavier se mirent à tanguer, le sol de terre battue à chavirer. Un sifflement circulaire, émanant d'une sorte de vent, renversa Duvalier qui tomba sur le sol comme frappé par le mal-caduc. La suite, il ne la sut jamais. Simplement, il ne reprit ses esprits que le lendemain, dans la case où il logeait, veillé par des femmes qui se relayaient à son chevet et lui imbibaient le front de feuilles trempées dans un mitan de clairon et de plantes odorantes.

Il mit quatre jours à se remettre de ses émotions. Quand il fut sur pied, il éprouva un sentiment troublant, de force invincible et de fragilité tout à la fois, qui l'empêchait de mettre de l'ordre dans ses idées. Au tréfonds de sa personne, quelque chose avait changé. Irrémédiablement changé. Quoi ? Il ne le savait pas vraiment. Quand, final de compte, Polydor se présenta à lui, il s'entendit lui dire d'une voix monocorde et nasillarde :

— Dorénavant, ce seront les nations qui construiront la route. Je vous laisse le soin de choisir celle qui commencera la première.

Maïssade fut ainsi reliée au reste du monde en moins d'une vingtaine de jours...

9

L'ambassadeur avait grand-hâte de quitter la touffeur de Port-au-Prince, qu'un voile de poussière couvrait en permanence, qui vous saisissait à la gorge, s'ajoutant aux odeurs pestilentielles des dalots qu'aucun service de voirie ne nettoyait jamais (ce job, semble-t-il, étant laissé aux féroces avalasses de pluie qui, sans crier gare, s'abattaient sur l'En-Ville), pour rallier sa résidence de Kenscoff, en altitude, où régnait un climat presque tempéré, puisque par certaines nuits d'hivernage la température pouvait y descendre jusqu'à 10 °C, ce qui était pour le moins exceptionnel en climat tropical. Pommiers et pruniers poussaient dans les jardins sans toutefois bailler de fruits. De la fenêtre du salon principal où il recevait ses invités de marque, on pouvait surtout contempler la gamme des verts, tantôt tendres, tantôt profonds, d'arbres dont il avait renoncé à apprendre les noms. Ici tant d'espèces différentes se mêlaient qu'il aurait fallu plus d'une vie d'homme pour les identifier. Rien à voir avec les monotones forêts de la vieille Europe et leurs alignements d'arbres au cordeau. Toutefois, il suffisait de balayer le paysage du regard pour se rendre compte que ce moignon de forêt était une manière de mirage : tout l'alentour n'était que mornes pelés, à peine parsemés d'une vilaine broussaille, où la roche affleurait, faisant du gris, cette couleur incertaine, l'emblème de cette Haïti qu'il aimait

tant. Il ne pouvait alors s'empêcher de songer aux premières lignes du journal de bord de Christophe Colomb,
qui s'extasiait sur « les plus belles forêts » qu'il eût jamais
vues. Quatre siècles s'étaient écoulés depuis que le Grand
Amiral de la Mer océane avait posé les pieds dans ce qui
allait devenir le Nouveau Monde et qui, depuis un bon
siècle, était en passe de devenir, sur cette portion d'île en
tout cas, le dernier des mondes.

Le bruit caractéristique d'une Ford le rassura. Son cher
Samuelson, le chargé d'affaires des États-Unis, qui faisait
fonction d'ambassadeur depuis que Papa Doc avait
expulsé le titulaire du poste, avait donc réussi à franchir
sans encombre les nombreux barrages de Tontons
macoutes qui entravaient la circulation dans les principales
artères de la ville. Il descendit d'un pas rapide jusqu'au
garage où somnolait Ti Paul, son fidèle chauffeur, un Nègre
dégingandé à l'optimisme inaltérable, sans doute parce que
son salaire lui permettait de manger à sa faim tous les jours.

L'endroit était anormalement silencieux. D'ordinaire,
un transistor y diffusait, à fond, des merengues, des
rumbas et autres compas, musiques endiablées qui témoignaient de l'énergie vitale des peuples de l'archipel des
Caraïbes, lesquels, pour la plupart, croupissaient dans une
misère à laquelle son œil d'Occidental ne s'était toujours
pas accoutumé. D'un geste hésitant, il chercha l'interrup-
teur près de la porte d'entrée, ne le trouva d'abord pas, ce
qui accentua l'angoisse qui commençait à monter en lui,
finit par le presser nerveusement pour se rendre compte
qu'un black-out frappait de nouveau la ville. Il se disait
que tous n'étaient pas dus à l'état de vétusté de l'unique
centrale électrique qui l'alimentait. Régulièrement, le
Grand Électrificateur des âmes ordonnait que le courant
fût coupé, par mesure d'économie assurait-il, le semi-
blocus qui frappait Haïti depuis qu'il s'était brouillé avec la
plupart des grandes puissances ayant drastiquement réduit
le stock de devises dont disposait la Banque nationale
d'Haïti, par ailleurs portefeuille personnel du locataire
du Palais national. Si cette excuse n'était pas fausse, en

réalité le président avait trouvé là le moyen d'empêcher l'impression des journaux d'opposition clandestins et surtout des tracts incendiaires contre son régime, que de jeunes écervelés s'amusaient à lancer à la volée sur les marchés ou les places publiques avant de prendre la discampette dans les ruelles tortueuses des bidonvilles. Ces interruptions de courant pouvaient durer deux heures ou deux jours. Tout dépendait du bon vouloir de Papa Doc. Les ambassades et les derniers palaces avaient dû se munir de groupes électrogènes lesquels, plus souvent que rarement, ne leur étaient que d'un maigre secours, puisque les livraisons de carburant, lui aussi rationné, étaient pour le moins erratiques.

— *Ti Pol, sa-k pa... pasé, monfi ?* (Ti Paul, que... que se passe-t-il ?) fit l'ambassadeur dans un créole hésitant.

À cause de l'obscurité, il renversa une caisse d'outils, effrayant un chat du voisinage qui y élisait domicile aux heures les plus chaudes de la journée. Tout au fond du garage se trouvaient des cabinets munis d'une étroite fenêtre, laquelle y dispensait un rayon de lumière. L'ambassadeur, de plus en plus perplexe, songea à des maraudeurs, ces bandes armées disparates et sans chefs avérés qui pullulaient depuis que le rationnement avait instauré une sorte de quasi-famine dans les cours-à-fourmis. Ni la police ni même les Tontons macoutes, qu'ils concurrençaient pourtant, ne réussissaient à les mettre hors d'état de nuire, ce qui faisait dire à Wen-hua, le truculent représentant de la République de Taïwan, que le pays était au bord de l'anarchie. Cette situation avait l'air de l'amuser au plus haut point, d'autant qu'il était le seul diplomate capable de se promener en ville, d'aller boire un verre à Cabane Choucoune sans la moindre escorte ou de faire la tournée des boxons et autres lieux de perdition de Bizoton. Quand on l'interrogeait sur la mansuétude pour le moins extraordinaire dont les cagoulards faisaient preuve à son endroit, il lâchait, rigolard :

— Mais, honorable ami, les Chinois n'ont jamais mis les Nègres en esclavage, que je sache... Ha-ha-ha !

La porte des W-C était à moitié ouverte, mais on n'y percevait aucun bruit. L'ambassadeur hésita une poignée de secondes. En bonne logique, il aurait dû rebrousser chemin et faire appel aux deux gardes armés qui, de nuit comme de jour, protégeaient l'entrée de sa résidence, mais il se dit que si quelqu'un avait entrepris de dérober quelque chose, il s'en serait plutôt pris aux étages.

Soudain, il entendit un gémissement, presque un vagissement. Il appuya prudemment sur la poignée lorsqu'une voix féminine s'écria :

— *Bos, sé Ti Sia ki la !...* (Patron, c'est Ti Cia !)

Sa servante baignait dans une mare de sang. Les murs des cabinets étaient maculés d'empreintes rougeâtres. Recroquevillée à même le sol, une créature informe entre ses bras, Laetitia, dite Ti Cia, le regardait avec terreur. Elle lui avait demandé un congé au bout de sept mois de grossesse afin d'aller accoucher dans sa famille, du côté de Mirebalais, en province. L'ambassadeur, qui l'appréciait beaucoup, avait bien tenté de l'en dissuader, mais elle n'avait rien voulu savoir. Supporterait-elle l'effroyable voyage en taptap par des routes défoncées jusqu'à la case de ses parents ? « Oui, patron. » Ne risquait-elle pas, en cas de complications, de se retrouver loin de tout dispensaire ? « Non, patron. »

— Ti Cia, tu es plus têtue qu'une bourrique !

— Pas têtue, patron ! Pas ça !...

— Alors pourquoi ? Que ton bébé naisse à Port-au-Prince ou à Mirebalais, cela ne revient-il pas au même ?

— Non, patron...

Laetitia n'avait pas été plus loquace et c'est au lendemain de son départ que l'ambassadeur comprit, grâce à son chauffeur Ti Paul, la vraie raison de cet étrange comportement. Selon lui, les gens d'En dehors, ces paysans à gros orteils qui vivotaient sur des lopins de terre aride, étaient persuadés qu'il fallait enterrer le cordon ombilical des nouveau-nés au pied d'un arbre dont seuls les parents devaient connaître l'emplacement. Ce pied-bois devenait dès lors le protecteur de la personne sa vie durant, et si par malheur quelqu'un venait à lui trancher une branche, celle-ci en ressentait aussitôt une vive douleur, se trouvât-elle à des centaines de kilomètres de là. Plus grave : si l'arbre était abattu ou si un cyclone le déracinait, la personne mourait dans les heures ou les jours qui suivaient. Évidemment, à Port-au-Prince, il n'y avait point d'arbres, ou bien les rares qui parvenaient à survivre poussaient tous dans les parcs publics, endroits immondes où ils servaient de pissotières.

— Les gens d'En dehors ne sont pas comme nous, avait commenté Ti Paul, très fier d'être un natif de la capitale depuis, affirmait-il, six générations.

L'ambassadeur ne sut que faire. Tout ce sang répandu partout, y compris sur les bras et le visage de sa servante, l'épouvantait. Au-dehors, il entendit s'ouvrir le portail électrique de la résidence. Le bruit d'un véhicule automobile couvrit les hoquets et les gémissements de Laetitia. Il songea que le représentant de l'Italie, Silvio Montadori, venait d'arriver. Ce type était d'une ponctualité rarissime pour un Latin, se faisant un point d'honneur d'être toujours à l'heure pile, même quand il était convoqué au Palais national et quoique le secrétaire de la présidence lui eût fait comprendre à diverses reprises que cela agaçait le Président à vie. Ce dernier exigeait, en effet, que ceux qu'il condescendait à recevoir se présentent au moins une demi-heure à l'avance. Montadori n'en eut jamais cure car il savait de source sûre que les rapports lénifiants qu'il rédigeait sur la situation haïtienne à l'attention du ministre des Affaires étrangères de son pays facilitaient grandement les demandes d'aide répétées que le Doc adressait à ce dernier.

— *Li... li mouri, bos...* (Il... il est mort, patron...)

L'ambassadeur eut une sorte de haut-le-cœur. Laetitia avait ouvert son corsage et le cadavre violacé d'un nourrisson apparut, encore accroché à l'un de ses seins. Un ange noir dont les sourcils couvraient presque les yeux. Se reprenant, la servante réajusta ses vêtements avant de l'envelopper dans un mouchoir de tête.

— *M-al téré li nan jaden-an, bos !* (Je vais l'enterrer dans le jardin, patron !) fit-elle d'une voix déterminée. À cet instant, l'électricité revint. L'ambassadeur distingua mieux la scène. Dans un coin étaient amassés quelques paquets de biscuits secs et deux bidons d'eau douce sur lesquels s'empilaient des boîtes de lait concentré. Une grande bassine en plastique, remplie de sang à ras bord, une paire de ciseaux et des draps roulés en boule complétaient l'attirail de Laetitia. Une odeur étrange en émanait, odeur insupportable d'urine, de sueur, de sang et d'excréments, qui faillit le faire tourner de l'œil.

— Venez ! fit-il. Nous passerons par-derrière.

Il ne s'étonna même pas que cette porte, la plupart du temps condamnée, se fût ouverte sans difficulté. Il était heureux de retrouver l'éclat du soleil, cet implacable soleil d'Haïti, qu'il fuyait d'ordinaire. Laetitia portait à présent son bébé mort comme s'il se fût agi d'un vulgaire sac de patates douces. Elle avait séché ses larmes et avait presque retrouvé cet air à demi goguenard qui faisait son charme. L'ambassadeur lui demanda de ne pas bouger et gagna la terrasse de la résidence où l'attendaient Samuelson, Wen-hua et Silvio Montadori. Le premier pestait contre leur collègue canadien :

— Jamais là quand on a besoin de lui, ce Miron ! J'ai toujours pensé qu'Ottawa ne devrait jamais nommer des Québécois dans les pays francophones. Fatalement, ils s'acoquinent avec les pouvoirs en place.

— Peu importe ! intervint l'Italien. Cette mascarade ne peut plus durer. C'est non seulement une insulte à la dignité humaine, mais aussi un véritable défi à la communauté internationale !

Wen-hua, le Taïwanais, arborait son habituel sourire énigmatique, lequel disparut en une fraction de seconde à la vue des mains couvertes de sang de l'ambassadeur français. Ses deux autres collègues se précipitèrent sur Monteil, affolés. Le pressèrent de questions. La première idée qui leur vint à l'esprit était qu'il venait d'être victime d'une expédition punitive des macoutes. François Duvalier venait donc de franchir ce pas, cette ligne rouge dont, en huit ans de règne, il s'était toujours gardé, malgré ses rodomontades à répétition : violer l'extraterritorialité dont jouissent les ambassades. Depuis toujours, ces dernières avaient servi de refuges aux opposants, les fameux « asilés », qu'au bout de quelques semaines on pouvait accompagner à l'aéroport, à bord des véhicules diplomatiques, sans que quiconque attentât à leur vie. Il se disait même dans les chancelleries que c'était jusqu'à présent la seule et unique loi internationale que respectait le régime duvaliériste.

— Cette fois, c'en est fait du Doc ! jubila Samuelson, le chargé d'affaires étasunien.

LA TRAGIQUE DÉRIVE DE LAETITIA, DITE TI CIA

Elle avançait sous le soleil ardent de midi, heure diabolique entre toutes, sur l'asphalte, puis les routes empierrées, enfin les chemins de terre rouge, habitée par une seule et même certaineté : elle parviendrait à Mirebalais avant de perdre ses eaux. Son ventre énorme et pointu en son mitan lui baillait une allure fiéraude, chose qui allait au rebours de son naturel. Sans doute était-elle encore fort attirante car des baliverneurs n'avaient cesse de lui lancer des petits mots sucrés, des hommes entrés en âge lui proposaient de la mettre en case de suite. Elle avait envie de leur hurler : « Vous ne voyez donc pas que je suis sur le point d'accoucher d'un enfant qui, le jour venu, remettra ce pays debout ? » Sò Lusinia, dont Laetitia était l'une des hounsis, dans le temple qu'elle avait érigé à Croix-des-Bouquets, avait été formelle lorsque Simbi-yan-kita, déesse des Mares et des Sources, l'avait chevauchée sans crier gare. « Il naîtra de toi un enfant qui sera un chef, mais pas un chef des terres et des montagnes comme tous ceux qui, depuis Makandal jusqu'à aujourd'hui, ont soulevé ce peuple. Non point ! Un chef des eaux et des mers. Un qui comprendra, enfin, qu'il est plus important pour notre pays de contrôler les entrées et sorties d'Haïti-Thomas. Un amiral, voilà ! »

L'insolite prédiction de la prêtresse vaudoue avait bouleversé Ti Cia. Au point que, s'en allant grand train chez ses parents, au fin fond d'une campagne désolée où le petit mil avait souvent du mal à pousser, une sorte d'attraction irrésistible la poussa vers la côte. Plus elle avançait, plus elle abattait les kilomètres, plus ses pas déviaient. Dérivaient même. Une force s'était emparée d'elle qui désormais lui dictait sa loi. Elle en vint même, un soir où la lune semblait jouer à cache-cache avec les nuages, masquant la route, à regretter de n'avoir pas suivi le conseil de maître de Monteil. Il avait pourtant insisté : « Avec un tel ventre, vous n'arriverez jamais à Mirebalais ! » Mais l'homme n'était qu'un Blanc-France ignorant des coutumes du pays, un étranger qui ne mesurait pas à quel point chaque enfant qui naît a besoin d'être uni à la terre et aux arbres qui, depuis le temps-bimbo, veillaient sur ses ancêtres.

Alors, quand elle eut renoncé à compter les jours et que la chaîne des Matheux lui donna l'impression de reculer à chaque pas qu'elle faisait, elle se tint le bas du ventre et courut, comme une endiablée, dans la direction où le soleil se couche. Là se trouvait la mer ! La mer qu'elle n'avait jamais approchée, hormis cette énorme flaque hideuse, sur laquelle flottaient excréments humains, cadavres d'animaux et fatras de toutes sortes, qui lapait paresseusement les quais de la darse de Port-au-Prince. Aux premiers embruns, au bruit des vagues dans le lointain, le petit être qu'elle portait se mit à sarabander. Sensation étrange, tantôt douloureuse, tantôt exaltante, qui la rendait insensible aux roches coupantes des sentiers, aux branches effilées des bayahondes. Elle était invincible. Simbi-yan-kita l'appelait. Il demandait son fils, ce futur héros de la nation, celui qui la sauverait enfin de la maudition.

Au débouché du sentier, une grappe d'hommes, assis paisiblement à l'ombre d'un pied de coco, ramendait des filets de pêche. Effrayés par cette créature en qui ils virent une émanation de Grande Brigitte, le terrible esprit-Guédé, ils se mirent à la lapider, en hurlant :

— Hors de Duvalierville, épouse du Diable !

Monteil s'affaissa dans un fauteuil, incapable de prononcer la moindre parole. Ni le jardinier ni la cuisinière, qui secondait Ti Cia depuis un mois et demi, ne savaient où Ti Paul était passé. Une lueur d'inquiétude ennuageait leur regard d'êtres humbles, habitués à garder les yeux baissés et à obéir sans discuter. Samuelson commençait à s'énerver : la lettre d'injonction qu'ils entendaient rédiger à l'attention de Papa Doc n'avançait pas aussi vite qu'il le voulait.

— Ce type a dû se saouler hier soir, Monteil. Vous verrez qu'on vous le retrouvera dans un caniveau de Carrefour.

— Ti Paul ne boit jamais !

— Ou bien il se sera oublié dans quelque lupanar ! intervint l'ambassadeur italien en s'esclaffant.

— À moins qu'il ne se soit fait trucider en jouant aux cartes…, fit Wen-hua, rêveur.

Monteil ordonna à la cuisinière de dresser la table et s'excusa auprès de ses hôtes. Sa salle d'eau se trouvait tout au bout du couloir du premier étage. En passant devant sa chambre, il se rendit compte qu'il avait oublié de fermer son poste de radio. Chaque matin, il écoutait dans cet ordre Voice of America, RFI, Radio Vonvon, station antiduvaliériste qui émettait depuis Miami, et la Radio nationale d'Haïti. Les trois premières ne cessaient depuis plusieurs jours de dénoncer les « vêpres jérémiennes », ces massacres ordonnés par le pouvoir à l'encontre des jeunes intellectuels mulâtres de la ville de Jérémie, censée être le foyer de l'insurrection contre la Révolution nationale. Tous ceux qui y portaient les patronymes d'Armand, de Brière, de Bissainthe, de Jourdin ou de Forbin et surtout Sansaricq étaient systématiquement torturés avant d'être passés par les armes, quand bien même ils n'entretenaient aucun lien de parenté avec les treize guérilleros. Jérémie était à feu et à sang depuis que le commando avait été décimé, les forces qui, pendant trois mois, les avaient cernés dans les montagnes s'étant rabattues sur elle. Il n'était bruit que d'une certaine Mlle Roselyne Bousquet, jeune et vaillante milicienne qui, lassée de l'impuissance de l'armée d'Haïti, avait pris les choses en main et avait combattu en première ligne contre les traîtres à la patrie.

La Radio nationale d'Haïti la présentait aussi comme une intellectuelle de haut vol qui s'en revenait de Paris où elle avait époustouflé les grands-grecs de la Sorbonne.

Monteil pénétra dans sa chambre, accablé par une soudaine lassitude. Du poste jaillissaient des hurlements en créole :

— *Brière, touyé yo tout ! Forbin, dékonstonmbré yo ! Bissainthe, dépatcha yo ! Yo tout sé kamoken ki la, wi !...* (Les Brière, tuez-les tous ! Les Forbin, démembrez-les ! Les Bissainthe, dépecez-les ! Tous des communistes !...)

L'ambassadeur comprit aussitôt que le motif de la réunion à laquelle il avait convié ses collègues, à savoir l'exposition depuis bientôt cinq jours du cadavre d'un homme, présenté comme un « agitateur communiste », sur le Champ-de-Mars, en plein mitan de Port-au-Prince, entretenait un lien probable, sinon certain, avec les diatribes qu'il venait d'entendre. L'homme, ligoté à une chaise en paille, la nuque brisée, les vêtements déchirés et couverts de sang coagulé, avait été placé à mi-hauteur de la colonne de faux marbre qui supportait la statue de Pétion. Le premier jour, un concours de curieux s'était massé à son entour, ceux qui savaient lire tentant de déchiffrer la pancarte qu'il portait au cou, pancarte portant une inscription manuelle à la peinture rouge, mais seul un mot était bien visible, un nom plutôt : « Laraque ». C'était le patronyme d'une famille mulâtre honorablement connue, qui n'avait jamais eu maille à partir avec le régime. D'aucuns les considéraient même comme des ralliés.

Toute la journée et une bonne partie de la nuit, les commentaires et supputations allèrent bon train. Discrètement, des vieilles femmes vinrent prier au pied du supplicié et quelqu'un, un inconscient sans doute, y déposa un bouquet d'anthuriums qu'au petit matin les macoutes préposés à sa garde, qui s'étaient endormis, avaient rageusement piétiné.

Le lendemain, le télé-gueule s'en bailla à cœur joie : il s'agissait tantôt de Lionel Laraque, le commerçant de la ruelle Nazon, spécialisé en toilerie et quincaille, tantôt de son cousin, Jean-André, un bambocheur notoire qui, lorsqu'il était ivre, déblatérait contre l'état de décrépitude du pays ; ou encore d'Hubert, un lointain parent des deux susnommés, qui était revenu d'un long séjour en Floride où l'on disait qu'il avait fait fortune dans des trafics divers avec des Cubains et qui clamait haut et fort qu'Haïti devait s'américaniser au plus vite, afin de s'arracher au sous-développement.

Curieusement, aucun journal n'évoquait le grotesque spectacle des grappes d'oiseaux, sans doute attirés par l'odeur de putréfaction, qui tournoyaient en permanence au-dessus du cadavre, lui picorant parfois les cheveux, tandis qu'une meute de chiens galeux sarabandaient autour de la colonne. Des classes entières d'élèves vêtus d'une chemise blanche et d'un short bleu étaient pourtant conduits au pied de la statue et contemplaient bouche bée le cadavre. Toute cette agitation, ajoutée à l'odeur pestilentielle, avaient provoqué le départ des macoutes et, à compter du troisième jour, les rares curieux se tinrent à distance respectable, tout en se pinçant le nez.

— Messieurs, fit l'ambassadeur, je suppose que tout un chacun sait pourquoi nous nous réunissons aujourd'hui ?

Le chargé d'affaires américain, qui avait l'air pressé, brandit une feuille en déclarant :

— J'ai là une première mouture de la lettre que nous devons adresser à ce *son of bastard* de Duvalier. Nous ne pouvons pas laisser continuer un tel spectacle au nez et à la barbe du monde civilisé !… Mais mon français n'est pas des meilleurs, comme vous le savez…

Wen-hua sourit, exhibant ses dents gâtées par l'abus du tabac :

— Le mien non plus, ha-ha-ha ! Est-ce que l'un d'entre vous connaît le véritable nom de… comment dire ?… ce supplicié. Est-ce ainsi qu'il faut dire, honorable de Monteil ?

Montadori, qui s'était tu jusque-là, s'éclaircit la gorge. Il était devenu, après bientôt trois ans passés dans le pays, un adepte du verre de rhum que l'on s'envoie chaque fois

145

qu'on rencontre quelqu'un ou qu'on lui rend visite. L'ambassadeur français dut faire le service lui-même, Laetitia n'ayant pas répondu à son appel. L'image du bébé mort le hantait encore. Une vague de découragement l'assaillit. Elle voulait l'enterrer au fond du jardin ? Eh bien, qu'elle le fasse ! Il en avait assez, plus qu'assez de ce pays où tout marchait à l'envers, où les choses les plus élémentaires allaient comme à rebours de ce qui prévalait partout ailleurs, y compris en Afrique où il avait été en poste par le passé. Haïti était à ses yeux un pays américain, tout ce qu'il y a de plus américain. Un pays qui avait porté à son plus haut degré toute la violence, toute la barbarie ayant présidé à la naissance de ce que l'on appelait, trop joliment à son goût, le Nouveau Monde. En fait, rien de fondamental ne distinguait la patrie de Dessalines de celle de Jefferson ou de Simón Bolívar. Tous ces pays s'étaient construits sur le génocide, l'esclavage, l'exploitation éhontée, le déni d'humanité, et il n'y avait que la manière, ou plutôt les méthodes, pour les différencier. La police étasunienne était aussi féroce avec les Noirs des ghettos que celle de Duvalier avec les habitants des cours-à-fourmis. Le mépris des élites latino-américaines envers les « Indios » était en tout point semblable à celui qu'affichait la classe mulâtre haïtienne pour ses compatriotes noirs et pauvres.

— Plus je vis ici, plus je me sens européen, lui arrivait-il de glisser à ses collègues d'autres ambassades de l'Ancien Monde.

Si bien qu'un jour il avait fortement irrité le prédécesseur de Samuelson en lui lançant :

— Les États-Unis donnent des leçons de démocratie à Haïti, mais elle ne fait pas mieux. Seul le vernis est différent.

L'ambassadeur italien se rinça la gorge, puis arbora un large sourire avant de déclarer qu'il avait appris par une source digne de foi l'identité du communiste dont le cadavre, depuis plusieurs jours, pourrissait sur le Champ-de-Mars. Il s'agissait du célèbre footballeur de l'équipe nationale d'Haïti, Yvan Laraque. À son avis, que le régime en fût arrivé à de telles extrémités, qu'il eût osé s'en prendre à l'une des personnalités les plus populaires du pays, signifiait qu'il se trouvait aux abois.

— Pas sûr du tout ! fit Wen-hua. Je suis prêt à parier que ce Laraque faisait partie des treize inconscients de Jérémie. Pff ! Croire qu'on peut soulever un peuple en étant si peu nombreux relève de la folie pure.

— Il paraît qu'il n'a rien à voir avec eux, mais qu'il porte simplement le même nom qu'un des capturés, intervint Samuelson. C'est en tout cas ce qu'un de mes informateurs m'a rapporté ce matin même...

Monteil, très agité, se leva et fit le tour de la véranda. Le jardin était vide ! Point de Laetitia et surtout pas une once de terre soulevée. Il regagna son fauteuil, de nouveau submergé par le découragement.

— Peu importe ! fit-il sèchement. Quoi qu'il en soit, nous avons l'obligation morale d'intervenir... Samuelson, permettez que je lise votre projet de lettre ?... Merci ! Alors, voyons voir ça... « Monsieur le président de la République d'Haïti, Votre Excellence... Nous avons l'honneur de vous faire part de l'étonnement, sinon de l'indignation d'un nombre important de représentations diplomatiques, quant au triste spectacle qui est offert depuis quelques jours à la population sur la principale place publique de Port-au-Prince... » Indignation, vous ne pensez pas que ça risque de le braquer ?

— Oh ! il en faut beaucoup plus pour choquer Papa Doc, croyez-moi, fit Montadori.

— Bien-bien... « S'il n'est pas dans nos attributions de juger de la validité des actions entreprises par les forces de l'ordre haïtiennes, il n'en demeure pas moins qu'il est de notre devoir de vous signaler tout ce qui pourrait ternir durablement l'image de votre pays sur la scène internationale... » Ouais, Duvalier s'en fout ! Dès lors qu'il a l'appui financier de Taïwan, militaire et policier d'Israël et politique de la Guinée de ce cher Sékou Touré, il estime n'avoir besoin de personne.

Wen-hua, qui commençait à forcer sur le rhum, s'énerva :

— Cessez de jouer les hypocrites, messieurs ! Les États-Unis et la France ont davantage armé Haïti que nous. Vous le savez bien ! Vous vous êtes partagé le travail : l'armée aux Américains, la gendarmerie nationale aux Français. Au point que plus personne ne prend au sérieux les remontrances que vous faites à Papa Doc ! Nous, au moins, sommes logiques avec nous-mêmes.

L'instant d'après, une créature hagarde fit son apparition sur le perron de la villa. Un spectre. Un zombie, même. Laetitia s'était labouré le visage avec ses ongles, elle avait dépenaillé ses cheveux maculés de boue. Le bas de sa robe était déchiré jusqu'à mi-cuisse. Elle avança vers l'ambassadeur français, stupéfait, lui prit les deux mains et lui dit :

— *Mèsi, mouché ! M-téré timoun-la anba pié-mango a ki sou plas-la.* (Merci, monsieur ! J'ai enterré le bébé sous le manguier de la place.)

D'évidence, la servante avait attrapé un coup de folie, comme on disait dans le pays. Elle semblait avoir vieilli de dix ans. Au lieu du jardin de l'ambassade, un esprit malin l'avait poussée à gagner la petite place du quartier où, toute la journée, des désœuvrés jouaient à la borlette, et à y creuser un trou, sans doute à mains nues. Ses doigts dégoulinaient de sang.

Les ambassadeurs regardèrent Monteil avec effarement. Celui-ci ne broncha pas. Il ne pouvait prononcer un traître mot. Final de compte, Laetitia s'en alla en chantonnant, les yeux hagards.

— Juste une pauvre folle qui vient mendier par ici de temps à autre ! déclara-t-il. Bouclons cette pénible affaire, mes chers collègues !... Que diriez-vous d'une simple note diplomatique de trois ou quatre lignes, au lieu d'une lettre qui sera probablement déchirée avant d'avoir été lue en son entier ?

— D'accord, fit Montadori.

— Banco ! lança Morin, l'ambassadeur canadien, arrivé entre-temps.

Samuelson semblait contrarié, mais il acquiesça à son tour. Seul Wen-hua était encore sous le coup de ce qu'il

148

croyait être une apparition. À force de fraterniser avec les gens des bas quartiers, il était devenu une sorte d'adepte de ces sorcelleries qui se pratiquaient en marge du vaudou. Le représentant taïwanais croyait dur comme fer aux zombies ! Ils lui rappelaient les fantômes de son île natale. Sans attendre qu'il reprenne ses esprits, Monteil se mit à écrire au bas de la feuille que lui avait remise Samuelson, tout en lisant à haute voix ses propres mots :

— « Note diplomatique adressée à Son Excellence le président de la République d'Haïti. Sommes profondément choqués par spectacle dégradant donné sur le Champ-de-Mars. Exigeons que le cadavre soit enlevé dans les meilleurs délais et remis à sa famille. Demandons que toute la lumière soit faite sur les circonstances de sa mort. »

Ses collègues approuvèrent de la tête. Ils semblaient un peu sonnés et se hâtèrent de prendre congé de lui. La nuit tropicale commençait déjà à tomber alors qu'il n'était pas six heures du soir. Outre le régime de celui qu'il avait qualifié un jour d'« Ubu des Caraïbes », la seule chose que Monteil détestât en Haïti était l'absence de crépuscule.

Le téléphone sonna dans sa chambre. Il hésita à se lever. Sans doute sa femme, qui avait regagné Paris quelques mois plus tôt, déclarant que le spectacle quotidien de tant de misère avait fini par l'insupporter. Elle était pourtant loin, fort loin d'être une âme sensible.

C'était le commissaire de police de Kenscoff, un homme avec qui il lui était arrivé de converser deux ou trois fois lorsqu'ils faisaient leur marché. Un de ces êtres à double face qu'avait sécrétés le régime : charmant à l'extérieur, d'une scélératesse sans nom à l'intérieur.

— J'ai deux nouvelles à vous apporter, monsieur l'ambassadeur. Une bonne et une mauvaise, fit-il d'une voix égale. Vous me permettrez de commencer par la bonne, puisque ainsi l'exige la vieille politesse française, n'est-ce pas ? Voilà : votre servante a été retrouvée sans connaissance sur une plage, pas loin de Duvalierville. Mais soyez rassuré, elle et son bébé vont bien, même s'il est probable qu'elle ait été violentée par des rivageois... Nous l'avons ramenée ce matin au portail de votre résidence. Je suppose qu'elle ne vous en a rien dit. Vous savez, les gens du peuple, chez nous, sont plutôt taiseux... La mauvaise nouvelle, en revanche, vous surprendra, j'en suis sûr. Votre chauffeur Ti Paul, c'est son nom, n'est-ce pas ?... eh bien, il nous a filé entre les doigts au moment où nous nous apprêtions à procéder à son arrestation. Cet individu travaillait pour les communistes. Nous passerons prochainement fouiller sa chambre. Surtout ne touchez à rien, s'il vous plaît !

Il demeura assis dans le noir, incapable de regagner ses appartements. Au rez-de-chaussée, de la chambrette qu'occupait Laetitia, montaient des sanglots déchirants. Prenant sur lui, il gagna son bureau et écrivit une lettre au ministre des Affaires étrangères de son pays, une vraie lettre cette fois, demandant sa mutation au prochain mouvement du corps diplomatique...

10

Le grand hougan Méthylène, maître des principales confréries vaudoues du Nord, c'est-à-dire de la ville du Cap, à la frontière avec la Dominicanie, jusqu'à Bombardopolis, à l'extrême ouest du pays, appréciait fort les attentions dont faisait preuve à son endroit le Président à vie mais redoutait les occasions, heureusement rares, où ce dernier le convoquait au Palais national, quoique le long trajet jusqu'à la capitale, à bord de sa vieille Dodge conduite par un chauffeur stupide qui cornait comme un dératé dès qu'il apercevait un véhicule venant en face ou approchait d'un carrefour, ne lui causât pas de réel déplaisir.

Il aimait à regarder ces longues files de paysans et de madames-sarah qui, insensibles à la hargne du soleil matinal, poussant parfois devant eux des ânes chargés de fruits et de légumes, étaient descendus de leurs mornes avant même que la nuit n'eût pris fin et ralliaient la bourgade ou la ville la plus proche, dans l'espoir de gagner quelques gourdes ou de faire un troc avantageux. Ces gens le saluaient de la main sans le connaître, persuadés d'avoir affaire à un « gros Nègre », maire, député, sénateur ou commandant de la Milice en tournée d'inspection ; et lui, chaque fois qu'il ordonnait à son chauffeur de s'arrêter afin de soulager sa vessie, ne manquait jamais d'échanger deux mots-quatre paroles avec l'un d'eux. Parfois, pris d'un accès de générosité, il achetait une papaye ou une grappe de corossols à l'aide d'un de ces billets flambant neufs qu'il n'utilisait que lorsqu'il avait affaire à Port-au-Prince, échaudé par les refus successifs qu'il avait essuyés lorsqu'il avait sorti de son portefeuille ces sortes de torchons crasseux sur lesquels on distinguait à peine le chiffre et la moitié de la mention « Banque nationale d'Haïti ». Dès qu'il était entré dans les bonnes grâces du palais, il avait fait partie des privilégiés qui pouvaient obtenir des billets fraîchement imprimés.

Quatre jours avant la convocation de Papa Doc, des événements étranges s'étaient accumulés qui lui avaient ôté le sommeil et l'avaient rendu plus irascible qu'à l'ordinaire. D'abord, la cérémonie mensuelle qu'il organisait en l'honneur d'Agoué-Taroyo, la divinité protectrice de son houmfort, avait été troublée par l'irruption d'un esprit malin, un sale Guédé, qui s'était mis à chevaucher sa reine-chanterelle, celle qui d'ordinaire menait d'une main de maître les chants et les danses qu'exécutaient les servantes des mystères, les hounsis. Pourtant, Méthylène avait mis le plus grand soin à la préparation du « service », faisant même repeindre le poteau-mitan, la poutre par laquelle descendaient les esprits, de magnifiques spirales rouge et bleu. Les trois pièces du temple, elles aussi, avaient été refaites à neuf, surtout celle consacrée au dieu des Océans, Agoué-Taroyo, qui l'avait appelé lorsqu'il n'était qu'un gamin turbulent qui hantait les ruelles du Cap à la nuit close, surtout celles qui jouxtaient le port où parfois accostaient des navires de guerre américains et, plus rarement, des bateaux de commerce venus d'Europe. Il savait qu'il y trouverait toujours un marin en goguette en quête d'une *nice girl*, comme ils disaient, et Méthylène les conduisait immanquablement jusqu'à la case d'une certaine Mulâtresse qui, de jour, tenait un commerce de chapeaux, rue Empereur-Faustin. Bien que d'un âge assez avancé, elle avait gardé un regard troublant et savait surtout s'attifer, donc donner le change. En tout cas, aucun des hommes de mer que lui avait amenés le gamin ne s'en était jamais plaint. Lui attendait sagement, assis sur un rocher au mitan de la cour, que le commerce charnel s'achève. Certains jours de chance, il recevait à la fois un pourboire des mains de l'homme et une gratification, certes toujours modeste, de celles de la bousin. Et s'il avait encore davantage de chance, il pouvait ramener à celle-ci deux ou trois clients avant minuit, heure à laquelle commençait le couvre-feu. En fait, personne n'avait décrété qu'aucune âme-qui-vive ne devait noctambuler dans la deuxième partie de la nuit ou, plus exactement, cette mesure datait, aux dires de sa mère, d'avant sa naissance, de l'époque d'un président dont la mémoire populaire avait oublié le nom mais dont la férocité faisait encore tremblader plus d'un. Par mesure de précaution, et bien que quatre ou cinq chefs d'État lui eussent succédé, la plupart des Capois avaient pris l'habitude de se barricader chez eux peu avant les douze coups de minuit. Il n'y avait guère que les sorciers-bòkò et autres cochons-sans-poils à la recherche de chair fraîche, les fous et surtout la Milice pour arpenter les pavés de la capitale du Nord.

Méthylène se débrouillait donc avec la vie. Pendant la journée, il traînait aux abords des rues commerçantes avec un attirail de cireur de chaussures, glanant ici et là quelques piastres qui lui permettaient de ne pas avoir l'estomac totalement vide. Toutefois, la concurrence était rude et, plus souvent que rarement, il devait se gourmer avec d'autres négrillons pour occuper les meilleurs emplacements : le parvis de la cathédrale, l'entrée du palais de justice, les abords du plus vaste commerce de la ville, Au Bon Marché, et ceux de la caserne Général-Boyer.

Un jour, au cours d'une de ces rixes quasi quotidiennes, il reçut un vilain coup de bâton effilé dans l'œil gauche et perdit la vue au bout de quelques jours. La blessure avait fini par cicatriser grâce aux soins que lui prodigua Hortense, la catin, soins qui consistèrent à lui verser son urine à elle dans l'œil atteint, mais sa cornée avait viré au gris-bleu, effaçant presque le blanc, ce qui lui bailla un regard terrible. Il s'en rendit compte lorsqu'il sollicitait quelque bourgeois bien mis pour lui nettoyer les chaussures et que celui-ci, comme hypnotisé, s'arrêtait net, le fixait quelques secondes avant de tourner la tête et, l'opération achevée, lui glissait rapidement les premiers sous ou le premier billet qu'il trouvait dans sa poche, pressé de prendre la discampette.

— Ton œil regarde désormais au-dedans de toi, avait sentencié sa mère, femme un peu dérangée d'esprit qui enfantait d'année en année depuis des lustres et qui n'avait pas les moyens de s'occuper de sa trop nombreuse marmaille.

Méthylène s'accoutuma à son infirmité. Elle ne lui causait de gêne qu'au moment de s'endormir car, quand il fermait les yeux, au lieu de se retrouver dans le noir, il lui semblait que des lueurs du dehors pénétraient son œil mort. Le médecin européen d'un bateau resté à quai près de quinze jours à cause d'une avarie, à qui il avait fait connaître la douceur du devant d'Hortense, s'était moqué de lui quand il lui avait timidement demandé si la médecine des Blancs ne possédait pas quelque remède pour cette gêne.

— À quoi bon ? Et puis, tu es l'exemple même de ceux dont on dit qu'ils ne dorment que d'un œil. Ha-ha-ha !

Grâce à ses fréquentations sur les docks, Méthylène avait réussi à maîtriser le français et à baragouiner l'anglais et l'espagnol. Il avait le sentiment de s'en sortir plutôt bien, en comparaison de ses frères et sœurs, prostrés la plupart du temps à l'ombre du manguier qui ombrageait la cour où une quinzaine de familles avaient élu domicile. On l'appelait la cour Brise-Vent, sans que personne fût capable d'expliquer d'où venait ce nom. Pour les honnêtes gens du Cap, l'endroit n'était qu'un repaire d'aigrefins, de marauds et de sorciers, de « Nègres travaillant des deux mains ». À les entendre, on y vénérait les esprits malins et Baron-Samedi, le maître des cimetières. Méthylène, qui ne s'intéressait pas particulièrement aux cérémonies vaudoues, savait que cette réputation était fausse, mais il l'utilisait pour en imposer à ses concurrents, le travail de cireur devenant de moins en moins rémunérateur à cause de la pauvreté dans laquelle s'enfonçait le pays. Les gens préféraient plutôt porter ces horribles espadrilles en plastique qui faisaient tant transpirer les orteils. Deux hougans avaient bien tenté de l'attirer dans leur société, mais il s'en était chaque fois tiré à l'aide d'une pirouette. Jusqu'au jour où...

ॐ

LE JOUR OÙ...

À la cour Brise-Vent, la marmaille, du moins les garçons, ne passait guère la nuit à l'intérieur des cases, réservées au sexe féminin et d'ailleurs bien trop exiguës pour les accueillir. Il n'y avait qu'à la saison d'hivernage que tout le monde s'y pressait, grelottant à cause des gouttes de pluie qui pénétraient à travers les lattes pourries des toits.

Méthylène s'était créé une sorte de havre au pied du manguier centenaire qui ornait l'endroit et qui, au moment des cérémonies en l'honneur des loas et autres esprits de Guinée, servait d'arbre-reposoir. Les servantes du houmfort y accrochaient des objets rituels, des rubans de couleur vive et parfois des crânes d'animaux, lesquels avaient le don de dissuader les garçons de pisser sur son tronc toute la sainte journée. Une fois qu'il avait conduit son dernier client à Hortense, il galopait à travers les ruelles mal éclairées du centre-ville, puis dans les corridors toujours plongés dans le faire-noir des cours-à-fourmis, soucieux d'éviter toute mauvaise rencontre, comme celle qui avait coûté la vie à Ti Tor, l'un de ses plus chers amis. Cireur de chaussures lui aussi, il était d'un naturel insouciant et blagueur, et n'hésitait pas à guetter la fermeture des deux uniques restaurants dignes de ce nom du Cap pour fouiller dans leurs poubelles. Un soir, il s'oublia en chemin et buta sur une bande de zobops, ces sorciers hurleurs qui, à la pleine lune, se livraient à toutes sortes de simagrées en dépit des interdictions municipales. On retrouva son corps de gringalet déchiqueté le lendemain matin. Il y manquait, raconta le télé-gueule, le cœur et le foie. Aucune enquête ne fut diligentée sur cet assassinat, puisque Ti Tor n'existait pas. Comme Méthylène, comme des dizaines, voire des centaines d'enfants des quartiers plébéiens, ses parents n'avaient pas jugé utile de déclarer sa naissance.

Le manguier était si-tellement vieux que certaines d'entre
ses racines avaient tigé hors du sol pour former ce qui, de loin,
ressemblait à des boas endormis. Au creux de ces racines se
trouvait la couche de Méthylène. Trois fois rien : un sac de
farine de blé usagé sur lequel on distinguait encore quelques
mots, « Midwest Wheat Company », un tricot hâtivement cousu
dans lequel il avait fourré des morceaux de toile (son oreiller
donc), une vieille couverture en plastique et un bâton pointu.
La plupart des gamins gardaient, en effet, une arme à portée de
main, car certains adultes scélérats ou abrutis par l'abus de clairin cherchaient à dérober leurs maigres effets ou les pourboires
qu'ils avaient récoltés dans la journée. Méthylène, qui cachait
son argent dans une bourse placée entre ses jambes, avait dû
se défendre à maintes reprises ; chaque fois sa pugnacité avait
fait fuir ses agresseurs. Alors qu'il avait le sommeil difficile à
cause de ce satané œil gauche dont la paupière était incapable
de faire barrage à la moindre lueur, il en vint, à l'approche de
l'adolescence, à sombrer dans des rêves si surprenants qu'ils
perduraient jusqu'au devant-jour, le laissant comme tétanisé. Il
se voyait naviguer seul à bord d'une barque, lui qui pourtant
n'avait jamais quitté la terre ferme, sur une mer d'huile couverte
de petites calebasses artistement décorées et de verroteries multicolores. De temps à autre, un grondement puissant montait
des profondeurs, agitant les flots et faisant tourner-virer l'embarcation comme un manège-cheval-bois. Méthylène n'en
éprouvait aucune sensation de peur. Au contraire, une sérénité
immense, exaltante par moments, s'insinuait en lui. Pour la première fois de sa vie, il nageait dans l'heureuseté.
Ce rêve, il le fit deux fois, dix fois, vingt fois. À force, il
devint quelqu'un d'autre. Aux yeux des siens en tout cas. Et des
gentilshommes mulâtres qui, aux abords du palais de justice,
consentaient à lui donner à cirer leurs chaussures. D'Hortense
surtout qui n'avait cesse de lui demander :
— *Sa-k pasé nan tet-ou, ti gason ? Ou sanm on moun ki
lwen kouniè-a...* (Qu'as-tu à l'esprit, petit garçon ? Tu sembles
toujours lointain à présent...)
L'inexplicable trouva sa solution à la Toussaint de cette
année-là, lorsque le hougan le plus important de la cour Brise-
Vent organisa une cérémonie en l'honneur d'Erzulie-Fréda-
Dahomey, la sainte patronne de son temple. Une multitude de
curieux était accourue de partout, notamment des personnes

souffrantes qui espéraient à cette occasion trouver un remède à leur mal. Certaines avaient dû débourser des sommes faramineuses car sous le péristyle étaient attachés pas moins d'une dizaine de cabris, ainsi qu'un nombre incalculable de poules et de pintades. Vêtues de robes blanches flambant neuves, les hounsis balayaient sans arrêt les lieux, l'ai très concentré, et fronçaient les sourcils lorsque les enfants se chamaillaient trop bruyamment. Dès le premier soir, chacun comprit que le service durerait plusieurs jours. En effet, des esprits taquins s'amusaient à chevaucher les participants, les plongeant dans des transes au cours desquelles ils lâchaient des bordées d'injures ou se mettaient à ricaner de manière effrayante. Guédé-Nibo, le redoutable esprit gardien des morts, chevaucha une femme qui se mit à rouler sur le sol comme une barrique, bousculant l'assistance, avant de se redresser tel un ressort, remontant sa robe jusqu'à son nombril et donnant en spectacle ses cuisses boursouflées. Ti Pierre, un esprit farceur, monta dans la tête d'un jeune homme qui entreprit de révéler, à la grande joie du public, les travers des habitants de la cour Brise-Vent. Untel cachait une grave infirmité : son sexe n'était pas plus long que le petit doigt ; jour après jour, il le frottait à l'aide d'un onguent à base d'huile de foie de morue et d'écorce de mapou, dans le vain espoir de l'allonger. Tel autre était un fieffé menteur qui se prétendait portefaix sur les docks, alors qu'il servait d'homme à tout faire – en particulier de laveur de culottes – chez un citoyen argenté.

Le prêtre vaudou dissimulait mal son irritation. Coiffé d'un bicorne, il frappait violemment le sol à l'aide d'un fouet, enjoignant à ces esprits malins de déguerpir car ils n'avaient rien à faire dans un temple aussi saint que le sien. Trois jours durant, cette comédie perturba le service en l'honneur de la sublime Erzulie-Fréda-Dahomey, au grand dam des malades qui étaient venus solliciter sa grâce. On commença alors à murmurer que le maître des lieux n'était peut-être pas ce qu'il prétendait être. Qu'il était probablement emmanché avec Grande Brigitte, l'épouse de Baron-Samedi, ordonnateur suprême des cimetières. Méthylène qui, comme à son habitude, suivait distraitement les choses, le sauva d'un désastre certain. Subitement, au quatrième jour, on le vit adopter une démarche mécanique, rouler étrangement son seul œil valide et parler avec une voix de vieux-corps. Il avançait vers le poteau-mitan devant lequel il se prosterna avant de faire des bonds en arrière. Puis, soudain, on le vit foncer vers le bassin où l'on nettoyait les cruches sacrées, les *govi*, et y plonger tête première. Méthylène demeura dans cette étrange position, jambes hors de l'eau, pendant un bon moment, plus longtemps en tout cas qu'aucun être humain n'aurait pu tenir. L'assistance comprit alors qu'il était chevauché par Agoué-Tarroyo, le dieu de l'Océan, que ce dernier venait de le désigner désormais comme son serviteur. Lorsque enfin il jaillit du bassin, son visage avait retrouvé un calme souverain, si-tellement souverain que le maître du houmfort lui fit une légère révérence et intima aux hounsis l'ordre de s'écarter. Méthylène disposait maintenant de tout l'espace du péristyle pour lui seul.

Il y dansa deux nuits entières...

Lorsque Papa Doc convoquait les grands prêtres de « la religion de nos pères », comme il qualifiait le vaudou, il exigeait qu'ils pénétrassent au Palais national par une porte dérobée ou qu'ils affectassent d'être des livreurs de marchandises. Avec Méthylène, il avait vite compris que ce genre de mascarade n'était pas de mise. Le hougan le plus vénéré du nord du pays exigeait d'être reçu en grande pompe, c'est-à-dire que la Garde présidentielle lui rendît les honneurs et que le secrétaire de la présidence vînt l'accueillir sur le perron à l'instar des diplomates étrangers ou des rares grands de ce monde qui osaient encore fréquenter ouvertement le régime duvaliériste. Chaque fois, le Doc le sermonnait gentiment :

— Vous me ferez encore subir les remontrances de Mgr Ligondé, mon cher...

— Maintenant que le chef de notre Église est un Haïtien et que notre clergé est presque entièrement indigène, vous ne me ferez pas croire que vous n'avez pas le pouvoir de les faire taire, rétorquait abruptement le prêtre vaudou.

Il était, avec Manman Simone, première dame de la nation, l'unique personne à tenir tête au Doc, à lui couper la parole ou à soutenir des opinions contraires aux siennes, chose qui faisait froid dans le dos au secrétaire général de la présidence lorsqu'il assistait aux entretiens entre les deux hommes. En fait, Méthylène jouait de son côté vieux Nègre des mornes, de ses manières de paysan illettré (alors qu'il s'était initié, grâce à un maître d'école dont il avait guéri la fille, à la lecture, sans toutefois parvenir à maîtriser l'écriture), bref, peu au fait des civilités langagières des gens de la capitale et pressé de quitter cette dernière. Il répétait à tout bout de champ : « L'air de Port-au-Prince est irrespirable, monsieur le président. Je vous admire d'y habiter toute l'année. » Papa Doc n'était pas dupe de ses minauderies. Elles semblaient l'amuser puisque, chose rare, il souriait tout au long de leurs conversations. Et puis, chacun devait bien convenir que Méthylène avait le don de double vue et pouvait prévoir l'avenir. N'avait-il pas prévenu que des jeunes écervelés au teint clair tenteraient d'établir un foyer de guérilla dans le Sud ? N'avait-il pas pressenti la tentative d'enlèvement des enfants du couple présidentiel ? Sans même parler de la trahison de Clément Barbot, le prédécesseur de Luckner Cambronne, ou de la rupture avec les États-Unis. D'ailleurs, sa franchise en stupéfiait plus d'un, lui qui répétait au Doc, à chacune de ses visites :

— Monsieur le Président à vie, je peux tout faire pour vous dès l'instant où cela concerne l'avenir, mais pour le présent j'avoue être impuissant. Je ne peux pas soigner votre excès de sucre, par exemple. Cessez simplement de boire du cola ou de trop adoucir votre café ! Ha-ha-ha !

Or donc, ce jour-là, le Doc l'avait contraint à parcourir deux cent cinquante kilomètres depuis le Cap parce qu'un sujet de la plus haute importance le préoccupait : sa succession. Après une bonne douzaine d'années de règne, il sentait ses forces vaciller et avouait parfois en privé son découragement quant à la belle, la grandiose idée qui l'avait habité depuis son arrivée à la tête du pays, à savoir arracher son peuple à l'ignorance et au sous-développement. On l'entendait, certains jours où il était d'humeur massacrante, grogner dans son bureau :

— Ce peuple est ingouvernable ! IN-GOU-VER-
NA-BLE !...

L'objet de son tourment était présentement une lettre
ouverte que venait de lui adresser un jeune et brillant
médecin qui se piquait de littérature, Estéban Jacques. Cette
provocation, selon le terme de Luckner Cambronne, avait
fait l'effet d'une bombe dans le landerneau politique haïtien
et il se disait que même dans le peuple on en avait eu vent,
certes par bribes, mais cela ne pouvait que fragiliser le
régime au moment même où il rencontrait un certain
nombre de difficultés avec le Grand Voisin du Nord. Le
ministre de l'Intérieur était d'avis de faire disparaître le coupable, soit en procédant à son enlèvement à la sortie de son
cabinet où, selon divers rapports de la police secrète, il lui
arrivait de rester à des heures tardives, soit de le placer de
force dans un avion pour l'envoyer rejoindre ses compères
antiduvaliéristes en Amérique du Nord ou en Europe.
L'affaire avait été longuement débattue en Conseil des
ministres sans qu'une décision unanime vît le jour, le Doc
demeurant étrangement silencieux. Il s'était contenté, de
temps à autre, de demander au secrétaire de la présidence
d'en lire et relire le début, qu'il écoutait les yeux fermés.
L'objet du délit commençait comme suit :

Pétionville, le 2 juin 1960

À Son Excellence
Monsieur le docteur François Duvalier
Président de la République
Palais national

Monsieur le Président,
Dans quelque pays civilisé qu'il me plairait de
vivre, je crois pouvoir dire que je serais accueilli à
bras ouverts : ce n'est un secret pour personne.
Mais mes morts dorment dans cette terre ; ce sol est
rouge du sang de générations d'hommes qui por-
tent mon nom ; je descends par deux fois, en lignée
directe, de l'homme qui fonda cette patrie, aussi
j'ai décidé de vivre ici et peut-être d'y mourir. Sur

ma promotion de vingt-deux médecins, dix-neuf vivent en terre étrangère. Moi, je reste, en dépit des offres qui m'ont été et me sont faites dans bien des pays plus agréables que celui-ci, où je serais plus estimé et honoré que je ne le suis en Haïti et où il me serait fait un pont d'or si je consentais à y résider. Je reste néanmoins.

Ce n'est certainement pas par vaine forfanterie que je commence ma lettre ainsi, monsieur le président, mais je tiens à savoir si je suis ou non indésirable dans mon pays. Je n'ai jamais, Dieu merci, prêté attention aux petits inconvénients de la vie en Haïti, certaines filatures trop ostensibles, maintes tracasseries, si ce n'est les dérisoires avanies qui sont le fait des nouveaux messieurs de tous les pays sous-développés. Il est néanmoins naturel que je veuille être fixé sur l'essentiel...

À part Cambronne, ces propos avaient laissé les ministres sans voix. Avant qu'on pût le soupçonner d'y adhérer, Lafleur, le Mulâtre, toussota avant de demander :

— Est-ce qu'il n'y aurait pas quelque allusion perfide dans la deuxième phrase, chers collègues ?

— Explique-toi ! se cabra le ministre de l'Intérieur.

— En se proclamant descendant direct de Dessalines et donc fils plus que légitime d'Haïti, cet Estéban Jacques ne chercherait-il pas, par hasard, à soulever la question de votre père, monsieur le président ?

Lafleur avait regardé le Doc droit dans les yeux, chose dont il était coutumier, à l'inverse des autres ministres qui ne l'entrevisageaient que lorsqu'il s'adressait à eux en particulier. Ses mauvaises manières, sa tenue vestimentaire négligée, son usage immodéré du créole, son arrogance mal dissimulée avaient fini par être acceptés comme le prix à payer pour que sa présence au sein du gouvernement démontrât au monde extérieur que la Révolution nationale n'était pas, comme l'en accusaient l'étranger et ses agents, une entreprise d'éradication de la classe des sang-mêlé.

Papa Doc demeura de marbre pendant dix bonnes minutes. Fidélio s'approcha et lui tendit un verre d'eau et

161

deux comprimés qu'il repoussa d'un geste énervé. Outre le diabète, chacun savait qu'il souffrait aussi d'hypertension et le mot d'ordre était d'éviter à tout prix qu'il ne se mît en colère. Colères le plus souvent peu démonstratives, mais qui se devinaient au changement de teint de son visage, qui passait du noir au gris, et au fait qu'il tapotait le bord de la table avec son stylo.

— Cela n'est pas impossible, en effet, grommela-t-il de sa voix toujours trop basse. Comme vous ne l'ignorez point, messieurs, feu notre père, Duval Duvalier, fut renvoyé de son poste d'instituteur sous l'occupation américaine à cause de ses origines. Un Martiniquais ne devait pas manger le pain déjà si rare des Haïtiens, avaient argué les autorités de l'époque. Notre famille a donc connu une période de vaches maigres. Un seul repas par jour ! Parfois juste un morceau d'accassan ou du maïs bouilli… Toujours est-il que, dans notre Histoire, nous avons connu maints dirigeants valeureux qui n'étaient pas des natifs-natals. À commencer par le roi Christophe, originaire de l'île de Grenade… Si donc c'est ce que cet Estéban insinue, Duvalier trouve cela très bas et indigne d'un intellectuel célébré par l'intelligentsia parisienne. En fait, nous n'y croyons pas. Cette histoire de descendance dessalinienne est de la pure gloriole, voilà tout ! Continuez donc un peu, monsieur le secrétaire général…

L'homme sursauta. Visiblement il était plongé dans ses pensées et peina à retrouver l'endroit où il s'était arrêté, la missive étant particulièrement longue. Chacun reprit sa copie et suivit ses paroles des yeux :

— « Bref, monsieur le président, je viens au fait. Le 31 mai, soit avant-hier soir, au vu et au su de tout le monde, je déménageais de mon domicile de la ruelle Rivière, à Bourdon, pour aller m'installer à Pétionville. Quelle ne fut pas ma stupéfaction d'apprendre que le lendemain de mon départ, soit hier soir, mon ex-domicile avait été cerné par des policiers qui me réclamaient, à l'émoi du quartier. Je n'ai, que je sache, aucun démêlé avec votre police, dont j'ai tranquillement attendu les mandataires à mon nouveau domicile. Je les attends encore, après avoir d'ailleurs vaqué à mes occupations ordinaires toute la matinée de ce jourd'hui 2 juin... »

Cette lecture fut de nouveau suivie d'un silence pesant. Le Conseil ne savait sur quel pied danser. Le Doc grignait, immobile comme à son habitude. Cependant son sourire ironique ne souffrait aucune équivoque : une colère mal contenue couvait au plus profond de lui.

Après avoir sollicité l'avis de chacun de ses ministres, le Doc les congédia en prononçant ces quelques mots :

— Prenons notre temps ! Avec les communistes, il ne faut jamais être pressé... Au fait, Lafleur, sans doute aviez-vous raison quant à cette allusion à l'ascendance des Duvalier. Il n'y a pas que contre Duvalier père que cet argument a été utilisé. Duvalier fils en a été la victime à son tour, souvenez-vous-en ! À l'époque, il avait sincèrement désiré l'union de tous les Noirs, qu'ils appartinssent à la bourgeoisie ou au peuple. Eh bien, ce Jumelle n'a rien trouvé de mieux à faire que d'exiger de Duvalier fils qu'il publie l'acte de naissance de son père. S'il s'avérait que ce dernier était bel et bien martiniquais, son rejeton n'aurait pas dû voir sa candidature à l'élection présidentielle avalisée. Comme le stipule notre Constitution, le grand-père de celui qui sollicite la magistrature suprême doit être né en Haïti. Et voilà ! Par ce tour de passe-passe, cet imbécile de Clément Jumelle avait cru pouvoir nous écarter du pouvoir. Le moins qu'on puisse dire, c'est que cela ne lui a pas porté chance. Ha-ha-ha !...

On devinait cependant que la présente affaire le chagrinait. Estéban Jacques n'était-il pas un de ces jeunes Nègres intellectuellement remarquables et fiers dont la Révolution nationale avait justement besoin pour démontrer à l'ancienne oligarchie mulâtre que l'on pouvait parfaitement se passer d'elle ? Luckner Cambronne fut le dernier à quitter les lieux. Il savait que le Doc attendait la venue imminente du hougan Méthylène, mais il ignorait pourquoi. C'est qu'il n'était pas toujours mis dans les confidences du chef de l'État, tout numéro deux du régime qu'il se vantât d'être devenu. Même pour lui, l'homme aux cheveux blanchis au bay-rhum et à la voix de basse avait des secrets. Alors, il répétait à qui voulait l'entendre que François Duvalier était beaucoup plus qu'un médecin, beaucoup plus qu'un ethnologue ou même qu'un extraordinaire dirigeant politique du tiers-monde : il était aussi un mystique.

ॐ

LE CHEVAL DE BARON-SAMEDI

Yo di-m... On dit que dans l'enceinte du Palais national, sous les combles, se dissimule un temple dédié à Baron-Samedi, le dieu des Cimetières. À cet endroit, les murs sont drapés de couvertures noires et, sur un autel, sont rangés les quatre tambours sacrés : le tambour-rada, le tambour-second, le tambour-boula, et, ô vénérable entre tous, l'énorme tambour-manman haut comme deux hommes se faisant la courte échelle. Ils recèlent l'âme des ancêtres dont le Gros-bon-ange est reparti à tire-d'aile en Afrique-Guinée au moment de leur décès, le Petit-bon-ange, lui, demeurant en Haïti.

Yo di-m... On dit que régulièrement Méthylène et Sò Lusinia y organisent, à tour de rôle, des cérémonies dont le seul et unique officiant est Papa Doc. À cette occasion, il délaisse son éternel costume-cravate pour une tunique blanche qui lui baille l'air d'un pénitent et se défait de ses lunettes à double foyer. S'il affectionne Legba, celui qui ouvre les barrières, ou Damballah-Wédo, il rend un culte particulier au maître des cimetières et c'est pourquoi il troque son chapeau de feutre pour un haut-de-forme.

Yo di-m... On dit que certains opposants sont traînés dans ce houmfort insolite pour y être interrogés, non plus cette fois par la police secrète, mais par les divinités elles-mêmes. En effet, lorsque Papa Zaka se met à vous chevaucher, vous adoptez aussitôt la démarche d'un vieillard claudiquant, vous faites mine de tirer sur une pipe imaginaire et d'avancer en vous appuyant sur un bâton tout aussi imaginaire. À chaque question, vous ricanez avant d'injurier la terre entière et de cracher de tous côtés. Vous exigez alors un coup de trempé, ce rhum fort dans lequel ont macéré durant des jours des plantes aux vertus magiques. Le plus fringant citadin se mue en une fraction de seconde en un vieux Nègre des mornes aux gestes pleins de balourdise et à la susceptibilité à fleur de peau. Mais Zaka sait aussi vous faire parler, grâce aux questions posées par Méthylène, et vous de révéler, au beau mitan de votre transe, vos vilaines pensées contre le Président à vie ou vos projets criminels contre son auguste personne.

Yo di-m... On dit que, descendu de sa lointaine campagne du Cap jusqu'à la capitale, le prêtre vaudou Méthylène fut reçu sans grandes pompes au Palais national, chose incoutumière. Il se rendit directement dans les combles où, en attendant la venue du Doc, il se mit à invoquer les loas, devenant tour à tour le cavalier du Maître des carrefours, d'Agoué-Taroyo, d'Ogou-Balindjo, de Bossou-trois-cornes et de Papa Loko. Pour la première fois, on perçut depuis les rues qui avoisinaient le palais les feulements, certes étouffés, du redoutable tambour-manman, celui sur lequel seules les divinités sont à même de cogner tant il est haut perché. Cela dura un etcetera de temps.

Yo di-m... On dit que Méthylène parvint à faire descendre Baron-Samedi dans la tête du Doc en plein jour, ce qui n'est pas un mince exploit puisque ce dernier ne se manifeste qu'à la faveur des nuits désertées par la lune. Que le Doc tournevira cinq fois autour du tambour-manman avant de s'effondrer sur le dallage humide des combles. Puis, qu'il se redressa d'un seul coup, se mit à rouler des yeux terribles et à faire des grimaces effrayantes et à parler langage. *Ezili-kanlikan elu ! Ezilili kanlikan elu !* Baron-Samedi appelait sa protégée, Erzulie-Kanlikan, loa féroce de la nation des Petro, celle qui se vante de manger des cabris-à-deux-pieds, c'est-à-dire ceux qui d'ordinaire se font appeler des êtres humains. Alors le Doc prit soudain une voix féminine éraillée et se mit à minauder. De temps à autre, Baron-Samedi reprenait sa place dans sa tête et s'ensuivait une cacophonie de paroles à l'intonation masculine et féminine. À chacun, le hougan Méthylène posait la question qui taraudait le Doc : quelles sont les intentions réelles d'Estéban Jacques ? Que veut-il ? Pourquoi écrit-il des lettres arrogantes et teintées d'ironie au Père de la nation ? Serait-il protégé, lui aussi, par quelque loa-Guédé ?

Yo di-m... On dit que Méthylène rassura le Doc : l'enfant terrible qu'était le docteur et écrivain Estéban Jacques brûlerait sa vie avant le finissement de l'année et sa destinée serait rien moins que tragique.

L'audience a pris fin, oui...

TROISIÈME SPIRALE

Jours immobiles. Touffeur des rues empoussiérées où, en plein cœur de midi, des enfants au ventre pourtant vide agitent, en sautillant, des ficelles de cerfs-volants. Et leurs criailleries de se répandre en échos à travers le dédale des corridors, couvrant la plainte d'un vieux corps abandonné, d'une Négresse parturiente que personne n'assiste, de bougres que la raison a désertés depuis le temps-bimbo ou alors les jappements de ces cohortes de chiens qui n'éprouvent plus aucune crainte des humains.

Pourtant, on demeure là, debout, intraitable. On se rit de la misère noire et de la misère bleue. On tressaute au moindre battement du tambour-boula. Chacun offre à chacun deux mots et quatre paroles de réconfort dans lesquels il est tout à la fois question de la Vierge Marie et de la déesse Erzulie-Fréda, celle dont le regard clair est un miracle renouvelé.

Échine courbée ne signifie pas résignation. Non point...

11

Au débarqué des miliciens en tenue bleu acier et en chapeau de brousse de même couleur, le quartier de la Croix-des-Bossales s'égailla comme une assemblée de pintades qui ont senti l'arrivée d'un orage. Les marchandes de bonbons livrèrent leurs étals branlants à tous vents, les vendeurs d'eau voltigèrent leurs seaux et leurs timbales, les filles de joie cessèrent de babiller net et se réfugièrent dans leurs cahutes, les mendiants, pour la plupart aveugles ou paralytiques, suspendirent leur antienne *Ba-m senk kob !* (Donnez-moi cinq sous !) Seule la marmaille, quasi nue, sale à faire peur, certains arborant de longues mèches de rhume au nez, fit front. Certains se mirent même à battre des mains pour faire fête à ces étranges personnages dont nul ne pouvait distinguer le regard puisqu'ils le cachaient derrière des lunettes noires.

Le chef de la Milice, Clément Barbot, sourit. S'extrayant avec difficulté de la camionnette qui transportait une douzaine d'entre ses hommes, il fit quelques pas, bedondaine en avant, l'air avenant, presque paternel, tout en restant aux aguets. Pourtant les corridors sinueux qui séparaient le fouillis de cases s'étaient vidés. Sur un simple geste de sa part, un milicien tira une double rafale en l'air et tous pétèrent de rire. Cette fois, les enfants se figèrent et le plus petit d'entre eux se mit à pleurer.

— *Pa pè ! Koté Idaniz yé ? Sé li n-ap chèché, wi...* (N'ayez pas peur ! Où est Idanise ? C'est elle que nous cherchons...), fit le chef d'une voix rassurante.

Nul ne lui répondit. Ses hommes encerclèrent les négrillons qui semblaient hypnotisés par les armes brandies. L'un d'eux sortit une bouteille de clairin de la poche de son pantalon, en but une bonne rasade avant de la tendre à ses compères qui ne mirent guère de temps à l'imiter. Un seul restait immobile, les mains agitées par un léger tremblement. Ses doigts tenaient avec difficulté une cigarette de marijuana grossièrement roulée. Il pointa son fusil sur le ventre du plus âgé des enfants et brailla :

— *Ou pa tandé sa chef-la mandé'w ?* (T'as pas entendu ce que t'a demandé le chef ?)

— Je... je ne connais pas d'I... Idanise, tonton...

— Ne m'appelle pas tonton ! Tête de mateau que tu es ! Je suis un Volontaire de la Révolution nationale. Allez, répète !

Le gamin se perdit en borborygmes. S'essaya au français qui lui flanqua une égorgette. Se reprit en créole, mais en vain. Les rires sardoniques des miliciens couvrirent sa voix. Affichant une sorte de débonnaireté qui jurait avec sa mine patibulaire, le chef fit distribuer des morceaux de cassave sur lesquels les enfants se ruèrent. Mais chaque fois que l'un d'eux tendait la main, la même question lui était posée :

— Où est Idanise ?

Les miliciens conciliabulèrent un bon moment et, jugeant sans doute que les enfants n'en savaient rien, remontèrent dans leur camionnette. Au moment où le chauffeur démarra, pris d'une inspiration subite, le chef ordonna qu'on lui en emmène deux, le plus âgé ainsi qu'une fillette à peau claire, bâtarde, à n'en pas douter, de quelque marin américain de passage. Cette fois, la marmaille s'enfuit en hurlant. Un homme jaillit alors de derrière un amas de cases à demi effondrées :

— Cette enfant est la mienne. Ne la brutalisez pas, je vous en supplie !

— Elle est à toi et pourtant, tu es plus noir que moi !
ricana le chef. Ta femme a dû t'encornailler, mon bougre.
Ha-ha-ha !

— Ma femme était... dominicaine.

— Ah ! voilà, une bousin, une putain à grands cheveux qui vend ses fesses au premier venu pour trois
gourdes, c'est ça, hein ? Et elle est où, ta Juanita ?

— *Li... Li mouri ané pasé...* (Elle... elle est morte l'an
passé...)

L'homme ôta son chapeau de paille. Un silence cathédralesque s'installa. Les miliciens, statufiés, le zieutèrent
de haut en bas et de bas en haut, tout-à-faitement incrédules. Le chef ouvrit la bouche dans laquelle quelques
dents en or se mirent à briller au soleil de onze heures,
mais aucun son n'en sortit. Un à un, les Tontons macoutes
descendirent du véhicule et se placèrent en file indienne,
tous au garde-à-vous.

— Ex... excusez-nous, monsieur le président ! Nous
enquêtions sur cette Idanise qui a charmé votre fils.

Par le télé-gueule, tout le monde savait que François
Duvalier était coutumier du fait : il se déguisait en faux
malade et faisait la queue à l'Hôpital général pour vérifier
que les médecins étrangers, surtout ces hypocrites de Taïwanais, pourtant payés au prix fort, traitaient leurs patients
comme il se doit ; il assistait incognito aux séances du tri-
bunal afin de voir comment étaient traités les simples plai-
gnants qui ne comprennent pas une miette de français ; il
se présentait, humblement vêtu, à la porte des restaurants
huppés qui avaient la réputation de n'accepter que les gens
au teint pas trop foncé ; en province, il assistait à la messe
dans les paroisses où la population n'adhérait pas aux
idéaux de la Révolution nationale ou faisait la tiède, ouvrant
ses oreilles de dix-sept largeurs. Quelques jours plus tard,
sans tambour ni trompette, la sentence tombait. Untel était
expulsé du pays au petit jour sans la moindre explication,
tel autre était mis aux arrêts dans la prison la plus proche
avant d'être transféré à la caserne Dessalines, puis à Fort-
Dimanche où le Président à vie l'interrogerait en personne.

L'apparition ne bougea pas. Elle avait l'air aussi étonné que les Tontons macoutes. Son regard vague indiquait qu'elle souffrait de quelque maladie des yeux. L'un d'eux était d'ailleurs à moitié recouvert d'une sorte de voile blanc.

— *Met-dam saa, li pa Prézidan-an !* (Ce type n'est pas le président !) jappa un milicien en désignant du doigt la légère balafre qui décorait la tempe gauche du prétendu géniteur de la fillette au teint clair.

Les soudards l'encerclèrent, quoique toujours à distance respectueuse. Même taille que le Président à vie. Même corpulence. Mêmes mâchoires. Mêmes pommettes. Même couleur de peau. Un peu plus de cheveux sans doute et une dentition en moins bon état, évidemment. Mais, dans l'ensemble, l'illusion était parfaite. Ils faisaient face à un sosie de François Duvalier ! Aucun doute là-dessus. Le chef s'approcha de plus près pour examiner la divine apparition, divine car il l'avait longtemps guettée au gré de ses pérégrinations à travers les provinces. Très longtemps, oui. Il avait même demandé à ses hommes d'être veillatifs sur la question, promettant mille dollars à celui qui découvrirait cet oiseau rare.

❧

BEC-À-BEC ENTRE BARBOT ET LE HOUGAN MÉTHYLÈNE

Le secrétaire général du Palais national redoutait les moments, heureusement rares, au cours desquels les barons du régime se retrouvaient conjointement dans le bureau du Président à vie. En fait, cela ne s'était produit que trois fois au cours de sa carrière : celle d'abord où le Grand Voisin du Nord avait menacé de rappeler son ambassadeur pour exiger ce qu'il appelait « l'arrêt des violations répétées des droits démocratiques », ambassadeur que le Président à vie avait expulsé sans autre forme de procès ; celle où le Vatican avait refusé de signer un nouveau concordat qui eût permis à Haïti de nommer elle-même ses évêques et où le pape n'avait pas hésité à menacer François Duvalier d'excommunication ; celle, enfin, où il avait fallu choisir entre la petite Chine et la grande Chine, la première s'étant toujours montrée un allié fidèle, notamment à l'ONU, et un bailleur de fonds plus que prodigue. En chacune de ces circonstances exceptionnelles, le ton était monté et les Grands Nègres en étaient presque venus aux mains, non parce qu'ils divergeaient fondamentalement sur ces différentes questions, mais parce que certains étaient partisans de temporiser, tandis que d'autres, se réclamant de l'implacabilité de l'empereur Jean-Jacques Dessalines, étaient impatients de « trancher dans le vif ». Tout cela se déroulait sous l'œil impavide du docteur Duvalier. Engoncé dans son habituel costume sombre, une cravate sévèrement nouée autour du cou, il prenait alors l'aspect d'un saurien qui feignait d'être assoupi pour mieux bondir sur sa proie. Le secrétaire général agitait sa clochette en lançant d'une voix mal assurée :

— Allons-allons, messieurs, reprenons notre calme ! L'heure est grave.

Ce cirque pouvait durer dix minutes ou une demi-heure. Tout dépendait de l'humeur du Président à vie. En fait, le connaissant bien désormais, le secrétaire général savait qu'il calculait le pour et le contre. Contrairement à l'image fantasque que donnaient de lui les médias internationaux, le Doc était un animal à sang-froid. Il tenait en horreur vociférations, gesticulations et autres postures ostentatoires et quand il lui arrivait de discourir en public, chose qu'il n'appréciait que modérément, il adoptait volontairement un ton monocorde, forçant le côté nasillard de sa voix. Ce qui tétanisait l'assistance, qu'elle fût réduite aux partisans du régime ou à quelque public hâtivement rassemblé sur la place centrale d'une ville de province. Il n'avait ni l'éloquence ampoulée ni l'exhibitionnisme compulsif des chefs d'État latino-américains et ne soulevait point les foules d'enthousiasme comme Fidel Castro, qu'il admirait en secret. Un jour, il avait lâché au secrétaire général, à la fin d'un Conseil des ministres portant sur les relations avec les deux pays voisins d'Haïti :

— Castro est un fieffé communiste, mais au moins c'est un homme, un vrai ! Trujillo, lui, n'est que le fils de sa mère... Un fils de putain, quoi !

Le secrétaire général avait sursauté, le Président à vie n'usant presque jamais de gros mots. En fait, la réalité était plus simple : Haïti n'entretenait aucune relation avec Cuba, alors que chaque année le Doc devait négocier l'envoi de dizaines de milliers de coupeurs de canne en Dominicanie, cette dernière chipotant sur le salaire pourtant maigre attribué à ceux-ci. Le secrétaire général savait que le président le vivait comme une véritable humiliation, non seulement parce que pendant vingt-cinq ans, au siècle passé, le général Boyer avait conquis la partie hispanique, réunifiant l'île d'Hispaniola, mais aussi parce que, comme maugréait le Doc :

— Ces Mulâtres n'ont pas d'histoire ! Ils n'ont ni faits d'armes ni héros qui arrivent à la cheville des nôtres. L'Espagne leur a octroyé l'indépendance parce qu'elle était devenue trop faible pour pouvoir se maintenir en Amérique, voilà tout !

Ce jour-là, Barbot et le hougan Méthylène semblaient prêts à en finir. Ce qui veut dire avoir la peau l'un de l'autre. Leur inamicalité remontait à leur toute première rencontre, selon ce qu'en disait le télé-gueule, d'abord parce que le chef des macoutes était originaire du Sud, d'un village proche des Cayes, et en tirait une certaine fierté, alors que le prêtre vaudou était né dans une obscure campagne du Nord, ensuite parce que chacun d'eux prétendait avoir l'oreille du Président à vie et les prérogatives que cela conférait.

— Tous les chefs d'État qui se respectent ont un sosie ! avait tonné Barbot. Le Kennedy que l'on voit dans les magazines n'est pas celui que j'ai vu, moi, de mes yeux vu, le jour où il a reçu notre délégation à la Maison Blanche.

— Cette histoire de sosie, c'est une couillonnade de Blancs ! avait riposté le hougan. Nous, on n'a jamais eu besoin de ça, et savez-vous pourquoi, messieurs ? Parce que tous nos grands chefs, protégés par les loas d'Afrique-Guinée, possédaient le don d'ubiquité...

— Parle clair ! s'énerva un baron qui n'avait pas compris ce dernier mot.

— Cela signifie qu'ils pouvaient se trouver en différents lieux au même moment. Le Makandal qui a été brûlé sur le bûcher par les colons n'était pas le vrai. Le Dessalines que nos livres d'histoire affirment avoir été assassiné à Pont-Rouge n'était que l'ombre, le double du vrai. Quant au roi Christophe, nul n'ignore qu'il pouvait se promener sur les remparts de la citadelle pour méditer tout en conduisant ses troupes à la bataille. Et j'en passe !...

Le prêtre vaudou avait marqué un point. Un léger grognement du Président à vie, que l'on pouvait interpréter comme une sorte d'approbation, le combla d'aise. Les barons entrevisagèrent Duvalier, quoique avec discrétion. Au moment où il prenait la décision finale, chacun rentrait dans ses petits souliers. Pourtant, ce jour-là, le chef des macoutes fit preuve d'une témérité qui lui valut sans doute de gagner la partie. Il se dressa de tout son long, arrangea le col de sa chemise, prit un air grave et, s'éclaircissant la voix, porta l'estocade :

— Monsieur le Président à vie, j'ai l'honneur de vous présenter votre double. Votre alter ego. Votre sosie presque parfait !

Claquant des mains de manière théâtrale, il donna le signal à trois de ses miliciens qui attendaient dans le couloir et que le secrétaire général avait pris pour ses gardes du corps. L'un d'entre eux était l'homme sur lequel était tombée la patrouille partie à la recherche de la fameuse Idanise, cette beauté qui faisait chamader le cœur du fils du président. L'homme qui jurait ses grands dieux que la fillette au teint clair était le fruit de ses œuvres. L'apparition ressemblait davantage que deux gouttes d'eau au vénéré chef de la nation. Un « ooh ! » de stupéfaction cloua les barons sur leur siège. Le hougan semblait écrasé, laminé. Triturant ses doigts avec nervosité, il chercha en vain une échappatoire. Seul François Duvalier n'avait pas bougé. Il ne s'était pas départi de cette immobilité qui interloquait le monde. Au bout d'un interminable de temps il réajusta ses grosses lunettes à monture d'écaille et examina l'homme, tremblotant, qui lui faisait face. Il ne lui posa aucune question. Aucune. Barbot, tout à son exaltation, s'empressa de porter des précisions que le président interrompit d'un geste sec. Le secrétaire général ressentit un soulagement car il savait qu'au bout de ce silence, chacun supputant à toute vitesse sur les intentions du Président à vie, ce dernier avait déjà tranché. Ou plutôt s'était refusé à le faire, comme à son habitude.

— Pour parvenir à gouverner un tel pays, avait-il confié un jour au secrétaire général, il faut jouer sur tous les tableaux. C'est ce que n'avaient pas compris nos dirigeants du xixe siècle, ce qui explique que tous les six ou dix-huit mois, ils se faisaient renverser. Une cinquantaine de présidents en un siècle, quel triste record, cher ami !

Au début, le secrétaire général avait eu du mal à s'adapter à cette politique. Promotionner le vaudou tout en appuyant en sous-main les campagnes antisuperstitieuses, tancer la hiérarchie catholique tout en allant communier à la messe régulièrement, diaboliser les communistes tout en refusant les admonestations des États-Unis, discourir sur le devenir de la race noire tout en empêchant l'introduction de sa langue, le créole, seule parlée des neuf dixièmes des Haïtiens, dans le système scolaire, tout cela l'avait d'abord désarçonné. Longtemps, le Président à vie constitua pour lui une énigme. Mais force lui était d'admettre que la surprenante pérennité de son régime prouvait qu'il voyait juste. Aussi ne fut-il pas le moins du monde étonné lorsque le Doc émit sa sentence :

— Chers ministres, madame la ministresse, Duvalier confie au chef Barbot le soin d'éduquer cet homme pour qu'il puisse devenir notre miroir. Le plus difficile sera d'imiter le timbre de notre voix, mais Duvalier vous fait confiance. Avec la confiance, on arrive toujours à tout. Il n'a de cesse de vous le répéter… Cela ne signifie pas pour autant que nous renoncions à l'extra-ordinaire faculté que nous propose d'acquérir notre bon Méthy-lène. Que non ! Grâce à elle, il arrivera à Duvalier de faire présider ce Conseil des ministres par son double. Ce qui lui per-mettra, enfin, de prendre quelque repos. Ha-ha-ha !…

Les premiers jours du sosie de Papa Doc au Palais national furent pour le moins cocasses. En effet, les servantes s'enfuyaient à sa vue, ayant aperçu l'instant d'avant la silhouette du maître des lieux dans quelque pièce éloignée. Quant aux soldats de la Garde présidentielle, dont certains patrouillaient à l'intérieur même du bâtiment, ils retenaient leur souffle, au prix d'un effort surhumain pour ne pas prendre leurs jambes à leur cou.

Très vite, la rumeur enfla dans la valetaille : le Président à vie se dédoublait quand il le voulait. Il pouvait se trouver tout à la fois dans la salle du Conseil des ministres et dans ses appartements privés. Tantôt dans le parc du palais, tantôt dans la chapelle privée où Mgr Ligondé venait confesser chaque samedi soir Manman Simone et ses trois filles si-tellement pieuses. On se chuchotait en tremblant :

— *Métilèn-saa, li fò anpil, wi !* (Ce Méthylène est bigrement fort !)

Au début, le secrétaire de la présidence était d'avis qu'on cachât cette créature si ressemblante qu'on ne pouvait s'empêcher de s'adresser à lui avec respect et humilité, quand bien même on savait qu'il n'était qu'un pauvre bougre, un Nègre de basse extraction, sinon de basse engeance. Mais après concertation avec Luckner Cambronne et Gérard Daumec, la décision fut prise de le laisser évoluer librement, afin qu'il s'habituât aux lieux. Mieux : le fait que les employés du palais fussent persuadés que le Doc avait acquis le don de se dédoubler ne pouvait qu'être bénéfique au prestige de ce dernier. Très vite, la nouvelle se répandrait à travers les cours-à-fourmis et les langues s'en bailleraient à cœur joie dans les audiences, qui lui prêtaient déjà le pouvoir de se rendre invisible et de lire dans les pensées d'autrui. Le bruit ne courait-il pas, chez les plus crédules, qu'il était immortel !

Le plus difficile, en réalité, avait été de convaincre la Mère de la nation et ses rejetons. La première était furieuse qu'on ne l'eût pas informée de l'existence du sosie et qu'on se fût servie d'elle pour tester sa crédibilité. Quant à ses filles, elles étaient tout bonnement terrorisées. Il arrivait même à l'aînée, Marie-Dominique, de se tromper et de s'enfuir lorsque le vrai Doc, son père, cherchait à lui faire la conversation. Seul Bébé Doc, l'héritier du régime, regardait l'intrus, comme il disait, avec de gros yeux. Plus malin que ne l'imaginaient les gens, il avait le pressentiment qu'un jour ou l'autre le faux président ne manquerait pas de se prendre pour le vrai, et comme il était en meilleure santé, que se passerait-il si le diabète ou l'hypertension venaient à terrasser le premier ? Le secrétaire de la présidence et Luckner Cambronne s'employèrent à calmer ses appréhensions, mais chacun devinait que Bébé Doc n'était pas convaincu. Inexplicablement, il était aussi le seul à pouvoir distinguer son père de son double au premier coup d'œil.

— Comment faites-vous, monsieur Jean-Claude ? s'était enquis timidement Fidélio, le valet personnel du président.

177

— Entre mon père et moi, il y a quelque chose qui passe, avait-il répondu d'un ton mystérieux. Une sorte de fluide... Mais tu es trop sot pour comprendre ça. Va me chercher un bourbon ! Avec trois glaçons, comme d'habitude...

Personne, en revanche, ne savait ce qu'éprouvait réellement le premier intéressé, à savoir le Président à vie, à la vue de son sosie. La toute première fois qu'il avait été mis en sa présence, il n'avait pas bronché. Impassible, il n'avait même pas esquissé ce sourire en coin qui amusait les diplomates étrangers lorsqu'ils lui faisaient, en termes précautionneux, quelque remontrance sur tel ou tel « acte indigne d'un pays démocratique » commis par la Milice. Il n'avait même pas ri franchement, chose rarissime, comme la fois où l'ambassadeur du Canada était venu lui demander des explications sur l'assassinat du journaliste du *Devoir*, le ci-devant Xavier Beauchamp, et de sa compagne pourtant d'origine haïtienne, Emmeline.

— Des maraudeurs ! avait-il lancé, toutes dents dehors. Il y en a partout à travers la capitale. Vous comprenez maintenant pourquoi Duvalier a été contraint de créer le corps des Volontaires de la Révolution nationale, n'est-ce pas ?

Papa Doc n'avait pas non plus adressé la moindre parole à son sosie. Il ne lui avait demandé ni son nom, ni l'endroit où il habitait. Il s'était contenté de l'examiner un interminable de temps, baillant au pauvre hère une tremblade sans nom. Puis, s'adressant à Clément Barbot, il lui avait déclaré qu'il faisait du bon travail et qu'il pouvait dormir sur ses deux oreilles : les propos malveillants qui lui étaient récemment parvenus sur le compte du chef de la Milice n'étaient que des billevesées. Pourquoi Barbot eût-il comploté contre lui, s'il s'était démené comme un beau diable pour lui trouver un sosie suffisamment ressemblant, en mesure de le remplacer lors des manifestations publiques ? Personne, et surtout pas lui, François Duvalier, n'ignorait qu'il avait jusque-là bénéficié d'une chance inouïe. Tout comme Fidel Castro, d'ailleurs. On ne

178

comptait plus les attentats auxquels ils avaient tous deux échappé. Mais il savait pertinemment qu'un jour ou l'autre, l'ennemi ne baissant jamais la garde, il périrait sous les balles ou dans l'explosion d'une machine infernale de quelque illuminé. Désormais, une telle probabilité était réduite presque à néant.

— Il ne leur restera plus qu'à soudoyer notre cher Fidélio pour qu'il verse du poison dans notre café, ricana-t-il.

Le sosie était, lui aussi, un être mystérieux. Peu loquace, il s'était d'abord jeté sur l'abondante nourriture mise à sa disposition et avait paru très fier des vêtements flambant neufs qu'on lui demandait d'enfiler désormais. Mais, au bout de quelques semaines, il tomba dans un état de prostration dont il n'émergeait qu'au moment des leçons de français et de diction que lui donnaient, à tour de rôle, Gérard Daumec, le confident du Doc, et Théodore Pasquin, le poète officiel. C'est Barbot – qui devait être éliminé peu de temps après, les preuves de sa trahison ayant été apportées au Doc – qui en devina la raison. Le sosie était en manque de chair féminine ! Rien de grave. Plus jeune de quelques années que celui qu'il représenterait à l'avenir, d'une constitution plutôt solide malgré des années de privations, il ne pouvait s'astreindre à la chasteté que lui imposait sa réclusion au Palais national. Si bien que du jour où Barbot lui amena une catin qui n'en revint pas d'avoir été choisie par le Père de la nation, il retrouva un comportement normal. Le chef de la Milice reçut une nouvelle fois les félicitations de Papa Doc. Pas pour très longtemps.

L'Autre-même, comme on le surnomma, finit par faire un président de la République d'Haïti tout à fait vraisemblable...

12

La rédaction du *Devoir* l'avait mis en garde contre un tel projet, y compris le directeur du journal qui d'ordinaire lorgnait de haut son personnel (du haut, plus exactement, du trente et unième étage du gratte-ciel où se trouvait son bureau), mais depuis que Xavier-Michel Beauchamp était passé grand reporter, suite à un séjour au Nicaragua au cours duquel il avait réussi à interroger le chef de la guérilla en personne, rien ne semblait pouvoir l'arrêter. Il débordait d'enthousiasme, toujours prêt à se rendre sur les terrains d'action les plus dangereux pour des missions frisant l'impossible, que ses collègues lui laissaient bien volontiers.

En fait, l'homme alliait le talent à une chance pour laquelle le qualificatif d'insolente eût été un euphémisme. Il avait miraculeusement réchappé aux exactions croisées de l'armée coloniale belge et des rebelles congolais, alors qu'il enquêtait sur la mort de Patrice Lumumba ; il n'avait pas eu peur de s'immerger dans la jungle de béton de Harlem et du Bronx pour couvrir les émeutes provoquées par l'assassinat de Martin Luther King, en dépit de son teint d'albâtre et de ses yeux bleus ; il avait accompagné dix jours durant un commando de l'IRA en Irlande du Nord, relatant par le menu l'attaque meurtrière que cette organisation avait portée contre un convoi de soldats britanniques. Et ainsi de suite.

Quand la situation internationale s'apaisait, pas très longtemps fort heureusement pour lui, il se voyait confier des tâches qu'il considérait comme de véritables corvées : enquêter sur le trafic d'héroïne dans les milieux de l'émigration yougoslave ou mexicaine à Montréal ou couvrir un énième congrès des tribus indiennes qui, comme à l'ordinaire, réclamaient pas moins de la moitié du territoire québécois.

— Ma femme est haïtienne, avait fanfaronné Beauchamp. Si d'aventure je venais à disparaître, chers collègues, au moins reposerai-je dans ma seconde patrie. Ha-ha-ha !

En fait, il redoutait davantage l'éprouvant périple jusqu'à Saut d'Eau, où se déroulait le plus important pèlerinage annuel du vaudou, qu'un éventuel enlèvement par les Tontons macoutes. Dès qu'il avait fait la connaissance d'Emmeline, quinze ans plus tôt, sur les bancs de l'université Laval où tous deux étudiaient le journalisme, elle lui avait parlé avec émerveillement de cette cérémonie à laquelle, enfant, elle avait assisté, mais non participé, en bonne fille de la bourgeoisie provinciale qu'elle était, son père, quoique notaire et régisseur de diverses plantations, se piquant d'études savantes sur la culture populaire. Ce dernier tirait une sorte de gloire de la publication, par le truchement du célèbre romancier Jacques Roumain, d'un de ses articles dans la revue de la faculté d'ethnologie de Port-au-Prince, à propos d'un rituel vaudou peu connu, qui se pratiquait sur le Plateau central et au cours duquel on faisait prédire l'avenir aux bébés mort-nés. Emmeline se souvenait encore du moindre détail de ces voyages depuis la ville de Saint-Marc, où résidait à l'époque sa famille, jusqu'à l'intérieur du pays, par des routes défoncées qui, à l'approche des montagnes, se transformaient en pistes à peine carrossables ou carrément en sentiers nécessitant l'usage de mulets, voire le port à dos d'homme. Son père tenait à y conduire toute sa famille, au grand dam de la mère d'Emmeline, Mulâtresse déclassée, qui jugeait avoir déjà payé son tribut au peuple haïtien et à ses mœurs et coutumes en épousant un Nègre bon teint.

— Autant te dire que tu ne pourras te laver pendant des jours ! avait-elle prévenu Beauchamp. Les rivières doivent être encore plus à sec qu'à l'époque et les rares sources ne sont jamais proches de la route. En plus, à moins d'emporter un réchaud et quatre gallons de pétrole, tu mangeras des conserves froides. Sauf si tu te contentes de galettes de manioc, mais là, je te préviens, gare à tes intestins ! Faut être habitué à cette nourriture, certes bourrative, mais pauvre en calories...

— Cesse d'exagérer, Emmeline ! On n'est plus dans les années 1940, tout de même. Le jour n'est plus très loin où l'homme posera ses pieds sur la Lune, tu verras. Et puis quoi ? Tu ne veux pas que je connaisse ton pays, c'est ça, hein ?

— Mon pays, mon pays... Je te signale que toute ma famille a émigré ici depuis des lustres et que je n'ai plus là-bas qu'un vague cousin, à Saint-Louis-du-Nord je crois, avec lequel je n'ai gardé aucune relation...

Pour apaiser son épouse, Beauchamp avait prévu de faire d'abord un séjour à l'hôtel Oloffson, l'un des plus huppés d'Haïti, bien qu'il eût en horreur les palaces où se prélassaient ses confrères, surtout les Américains, attendant que les nouvelles viennent à eux par le biais d'informateurs autochtones qu'ils rétribuaient grassement, mais qui se révélaient le plus souvent peu fiables. Hors du Québec, il affectionnait les bouges ou les chambres chez l'habitant, les bouibouis où l'on servait cuisine authentique et alcool de contrebande, sans négliger les boxons où le reporter émérite n'oubliait jamais d'aller « jeter aux orties les inhibitions inculquées par l'éducation puritaine qui sévit dans nos collèges », comme il le formulait lorsqu'il se trouvait entre hommes. Sa vision du problème québécois était tranchée : nous ne sommes rien d'autre que des Anglo-Saxons qui parlent français ; retrouvons d'abord notre latinité avant de songer à une quelconque émancipation nationale ! Emmeline le taquinait parfois sur ce point :

— Comme la vie est étrange, mon cher. Ne voilà-t-il pas que dans notre couple c'est toi, le Blanc, qui es un colonisé, dont le pays n'a ni passeport ni drapeau et hymne nationaux reconnus par l'ONU, qui n'y siège d'ailleurs même pas, et moi, la Noire, dont la terre d'origine est indépendante depuis cent cinquante ans, bien avant ton fichu Canada ou encore le Mexique ! Ha-ha-ha !

— Je croyais qu'Haïti n'était plus ton pays ?

— En plus, aux dires des Français eux-mêmes, nous manions bien mieux la langue de Molière que vous autres, descendants de trappeurs !

— Veux-tu me rappeler, chère Emmeline, combien savent manier l'imparfait du subjonctif dans la première république noire du monde moderne ? Huit ou dix pour cent, me semble-t-il...

Ces petites joutes conjugales sans conséquence, auxquelles le couple Beauchamp prenait un vif plaisir au Québec, cessèrent tout net dès l'instant où l'avion d'Air Canada atterrit et qu'on les fit attendre plus de trois quarts d'heure à bord d'un autobus surchauffé, sous prétexte que le fils du Président à vie était sur le point de s'envoler pour Rome, comme ils l'apprirent plus tard. Des nuées de Jeeps sillonnaient le tarmac en tous sens, bourrées d'hommes en armes, l'air farouche, le doigt sur la détente de leur mitraillette. Trois d'entre elles cernèrent le véhicule où se trouvaient une poignée de touristes québécois et une bonne centaine d'émigrés haïtiens, ces derniers charroyant tout un déraisonnable de colis, paquets, sacs et sachets de toutes couleurs. Le chauffeur de l'autobus demeura impassible. Appuyé sur son volant, les yeux rivés sur le gris métallique de la piste, on sentait qu'il s'appliquait à ne regarder ni à droite ni à gauche. Un gradé s'engouffra par la porte principale, laissée ouverte pour éviter que les passagers ne suffoquent à cause de l'extrême chaleur. Il fit un bref salut militaire, arrangea son calot avant de parcourir l'allée centrale d'un pas lent, dévisageant chaque visage couleur d'ébène, sans le moindre regard pour les Québécois. Parfois, il s'arrêtait devant

quelqu'un et se mettait à ricaner sans raison, content de
son effet. L'individu concerné, homme ou femme, s'empressait de bafouiller à quel point il se réjouissait de fouler
de nouveau le sol de la patrie, cette Haïti chérie que tout
bon Nègre natif-natal portait dans son cœur, quand bien
même les circonstances de la vie l'avaient conduit à s'exiler à l'autre bout du monde. Le gradé ne répondait rien à
ces protestations d'amour embarrassées. Il faisait remonter ses lunettes fumées ou réajustait le col de son uniforme
en toile-kaki, tout en continuant à exhiber deux rangées
de dents immaculées.

— *Ki moun ou yé ? Ba-m vwè paspò-ou ?* (T'es qui,
toi ? Donne-moi ton passeport !) aboyait-il soudain à ceux
d'entre les passagers, peu nombreux à vrai dire, qui affi-
chaient un air d'indifférence.

L'homme tournait et retournait le document, vérifiait
les pages tamponnées d'un air sourcilleux avant de le
rendre à son propriétaire qu'il fixait longuement. Arrivé à
hauteur du couple Beauchamp, il sourit :

— Bienvenue en Haïti, messieurs-dames ! Une voiture
vous attend. Inutile de passer par la douane, on vous
conduira au salon d'honneur.

Il continua son inspection avant que Xavier-Michel et
Emmeline aient eu le temps de lui adresser la parole
et descendit du bus par la porte arrière. Emmeline sentit
son sang refluer de ses veines. Une sorte de tremblement
nerveux s'empara de ses mains crispées sur son sac de
voyage. Son mari paraissait moins troublé, mais elle savait
que mille pensées lui traversaient l'esprit. Pourquoi cet
accueil pour le moins inattendu ? Que fallait-il en
attendre ? Quelqu'un avait-il eu vent, en haut lieu, de leur
projet de reportage au pèlerinage de Saut d'Eau ? Voulait-
on les empêcher de s'y rendre ? Dès que le bus parvint
devant l'entrée du service des douanes, quatre policiers
firent signe au chauffeur, lequel lança à la cantonade et
sans même se retourner :

— Les passagers Beauchamp descendent les premiers ! Les autres, vous attendez, s'il vous plaît !

૭ৎ

L'ÉTONNANTE PROPOSITION

Jamais de toute sa vie de journaliste mi-aventurier mi-bambocheur, Xavier Beauchamp n'avait accédé aussi rapidement à un président en exercice ou à un chef de mouvement révolutionnaire. C'est que, comme il le disait ironiquement à ses collègues du *Devoir*, la peau blanche et les yeux bleus sont de très mauvais passeports dans les pays du tiers-monde en ébullition. En période de calme, l'Occidental y était encore une sorte de demi-dieu, mais il suffisait que l'armée locale abatte des manifestants, qu'un coup d'État soit fomenté ou encore que le pays fût en bisbille avec quelque grande puissance pour que cet enviable statut se volatilise comme par enchantement. Il se souvenait en particulier d'une émeute en Indonésie au cours de laquelle son véhicule avait été cerné par une meute vociférante qui s'était mise à tambouriner sur la carrosserie, brisant même la vitre arrière. Xavier n'avait dû son salut qu'à l'intervention inopinée d'une patrouille militaire.

Cette fois, tout au contraire, son voyage se présentait sous les meilleurs auspices. Son épouse et lui avaient été accueillis en invités d'honneur par ce régime que la presse occidentale accusait de n'être qu'un ramassis de tortionnaires. Ils avaient été conduits directement au Palais national où un homme qui se présenta comme le secrétaire de la présidence leur demanda de patienter dans une salle où étaient alignés les bustes des principaux dirigeants du pays depuis la guerre d'indépendance. Si Xavier ne dissimulait pas son allégresse, sa compagne se tenait coite, habitée par un vague pressentiment.

— Notre visite n'était pas annoncée, Xavier ? chuchota-t-elle.

— Pas que je sache... mais je suppose qu'au consulat haïtien de Montréal, on sait, depuis le temps, distinguer les vrais touristes des faux tels que nous. Ha-ha-ha !

— Pourquoi faux ? Je compte bien faire ce pèlerinage à Saut d'Eau, mon cher.

Un homme, étrangement vêtu, qui se présenta comme Fidélio, leur servit du café avec des gestes si maniérés que Xavier dut se contenir pour ne pas pouffer de rire. Il répétait d'une voix de fausset : « Prenez patience, Manman Simone sera là d'une minute à l'autre. Patience-patience ! » Une heure s'écoula sans qu'âme qui vive se manifeste. De temps à autre, ils entendaient dans le couloir le plus proche des soldats défiler au pas et les ordres brefs de celui qui les commandait :

— À droite, droite !... Colonne, demi-tour ! À gauche, gauche !

Le journaliste québécois semblait de plus en plus amusé. Il fit quelques photos de la pièce ainsi que d'une avenue, peu fréquentée, que l'on apercevait par les fenêtres. Emmeline, pour sa part, était plongée dans ses pensées, imaginant les scénarios les plus horribles. Elle sortit un chapelet d'ambre de son sac à main qu'elle commença à égrener machinalement. Soudain, une porte s'ouvrit et le secrétaire général annonça :

— Madame la Mère de la nation !

Instinctivement, le couple se figea. La créature féminine, qui leur adressa un salut désinvolte de l'index, arborait un visage plutôt maussade dont on devinait qu'il avait pu, dans un lointain passé, être plaisant. De taille assez svelte, elle était vêtue comme une qui s'apprête à se rendre à la messe. Une mantille mauve lui couvrait les cheveux qu'elle avait impeccablement défrisés. Manman Simone les scruta d'un air peu amène avant de lâcher d'une voix aux intonations masculines :

— Qu'est-ce qui vous amène dans notre cher pays ?

Xavier et son épouse échangèrent un bref regard avant qu'Emmeline déclare qu'elle était « d'origine haïtienne ». Ce qui déclencha une onde de fureur chez l'épouse de Papa Doc :

— Nous y voilà ! D'origine haïtienne ? Qu'est-ce que ça veut dire, hein ? Parce que vos parents ont décidé, pour je ne sais quelle raison, de déserter le fardeau qui pèse sur nos élites afin d'aller mener la belle vie au pays des Blancs, vous estimez, chère dame, n'avoir plus que des liens ténus avec Haïti. C'est cela, n'est-ce pas ?

— Je... je n'ai pas dit ça, madame la présidente...

— Vous aurez beau supporter les hivers les plus rudes, votre peau demeurera la même. Vous ne blanchirez pas pour autant ! Votre négritude restera à jamais inscrite sur votre visage.

Se détournant d'Emmeline, Manman Simone s'efforça de montrer une mine plus avenante à Xavier :

— Alors vous êtes un journaliste de talent, si je ne m'abuse ?

Xavier Beauchamp, natif de Sainte-Marthe-sur-le-Lac, dans les

Laurentides. Père négociant en bois, mère au foyer. Études d'anthropologie et de journalisme à l'université Laval de 1953 à 1958. Séjour à Paris pendant l'année 1959 pour un stage au journal *Le Monde*. Retour à Montréal l'année suivante pour être embauché comme reporter au *Devoir*. Est-ce que je me trompe ?

— Point du tout, madame la présidente, fit Xavier, un tantinet décontenancé.

— Bien ! Coquet appartement aussi dans le quartier d'Outremont. Mais vous connaissez les détails de votre vie mieux que moi, venons-en donc au fait ! Je vous ai mandé au Palais national parce que nous avons une proposition à vous faire. Êtes-vous désireux de l'entendre ?

Xavier, de plus en plus troublé, fit signe que oui. Lui aussi avait recueilli des renseignements sur la première dame de la République et avait longuement observé sa personne sur les rares clichés où elle apparaissait en public. Elle faisait beaucoup moins sévère, moins revêche en réalité, et son air dédaigneux semblait fabriqué. Sans doute son ancien métier d'infirmière y était-il pour quelque chose. Xavier songea qu'il existait peu de pays au monde dont le couple présidentiel appartînt au milieu médical. En toute logique, cela aurait dû les pousser, l'un et l'autre, à montrer davantage de compassion pour les dénantis, ce qui était fort loin d'être le cas.

La première dame s'assit à leurs côtés, sans cesser de les examiner. Elle paraissait disposer de tout son temps. Emmeline remarqua que sa vêture était à la fois démodée et austère. Elle lui baillait l'air d'une dame patronnesse ou d'une gouvernante.

— Monsieur Beauchamp, reprit l'épouse du Doc, notre bien-aimé président a besoin d'un biographe honnête et sérieux et nous sommes persuadés que vous pouvez être celui-là... Jusqu'à présent, tous les ouvrages qui lui ont été consacrés n'étaient qu'un tissu d'affabulations. Il y est systématiquement présenté comme un tyran sanguinaire, adepte du culte vaudou, un dictateur qui suce le sang de son peuple. Ce Graham Greene en a fait des choux gras !... Je suis prête à parier que c'est aussi votre opinion. Si vous acceptez notre offre, je suis sûre qu'au bout d'un mois vous verrez le docteur François Duvalier sous un angle complètement différent.

Xavier Beauchamp se trouva dans l'état d'un boxeur qui venait de recevoir un double uppercut. Il dodelinait de la tête, empoignant nerveusement son appareil photo. Emmeline, elle, était décomposée. Manman Simone sourit pour la première fois.

— En fait, vous avez le choix entre remonter dans l'avion pour le Québec et accepter, ajouta-t-elle d'un ton qui s'appliquait à être neutre.

Et, s'adressant à Emmeline :

— Naturellement, quelle que soit votre réponse, votre chère épouse pourra rester puisqu'elle est... comment déjà ?... ah oui ! puisqu'elle est « d'origine haïtienne »...

Bien qu'il eût le sentiment d'avoir capitulé en rase campagne, le journaliste ressentit une vive excitation à la seule perspective de pouvoir rencontrer Papa Doc en chair et en os. Ce n'est quand même pas tous les jours qu'un tyran vous propose d'écrire sa biographie !

❧

La villa attribuée aux Beauchamp avait de beaux restes. On devinait qu'elle avait été retapée à la va-vite, mais sa galerie à colonnade, ses hautes fenêtres à persiennes, son jardin planté en bougainvillées au mitan duquel se trouvait un bassin circulaire tapissé de carreaux bleu ciel lui baillaient un charme d'un autre temps, un charme colonial. Toutefois, ce qu'Emmeline apprécia le plus était le fait que la servante attachée à l'endroit, Annuncia, se révéla un vrai cordon-bleu. Luckner Cambronne, le ministre de l'Intérieur, qui s'occupait désormais du séjour du couple, avait été formel :

— Vous ne trouverez pas son pareil pour préparer le tasseau.

Pour de vrai, la jeune femme était passée maître dans l'art d'assaisonner la viande de cochon, qu'elle agrémentait savamment d'herbes aromatiques. Emmeline était aussi ravie qu'Annuncia fût aussi volubile, ce qui l'aida à retrouver un créole fluide, elle dont les parents étaient plutôt portés sur la belle langue, c'est-à-dire le français. Quand Xavier s'enfermait dans leur chambre afin de dépouiller les documents sur la vie du Doc que Luckner Cambronne lui apportait en personne chaque lundi matin,

Emmeline s'exerçait aux cuisines, exaltée par l'odeur du cacao, de la cannelle, du bois d'Inde, de la vanille et de tant d'autres épices qui lui rappelaient sa prime enfance, les cinq premières années de sa vie qu'elle avait passées en Haïti avant que ses parents ne prennent le chemin de l'exil. Elle n'avait qu'un regret : le pèlerinage à Saut d'Eau avait dû être abandonné. Papa Doc, en effet, souhaitait que sa biographie fût prête dans les trois mois. Le secrétaire général de la présidence avait donc poussé Xavier à demander un congé sans solde au *Devoir* en lui promettant qu'on lui verserait une somme mensuelle équivalente au double de son salaire de grand reporter. Xavier, dans un premier temps, avait tiqué, mais après quelques coups de téléphone à son rédacteur en chef à Montréal, tous deux avaient conclu qu'il s'agissait là d'une chance que le premier ne pouvait laisser passer. Le régime duvaliériste vivait sous le sceau du secret le plus absolu et Papa Doc constituait une parfaite énigme, y compris pour certains haut placés de son propre régime qui avaient fini par déserter. Tout ce que l'on rapportait de lui dans les divers ouvrages qui lui avaient été consacrés ne traitait que des exactions commises par ses miliciens, du côté ubuesque de son régime, mais pas de l'homme Duvalier. Qui était-il vraiment ? Xavier Beauchamp tenait l'occasion unique de percer ce mystère. D'autant que le ministre de l'Intérieur lui avait fait miroiter une rencontre exclusive avec le président dans sa résidence de fin de semaine, située dans les approchants de Croix-des-Bouquets.

Le premier lot de documents qui lui fut confié était composé d'articles cosignés par l'ethnologue Lorimer Denis et par François Duvalier dans le bulletin de la société d'ethnologie et datait donc de plusieurs décennies, de l'époque où le second n'était qu'un jeune médecin inconnu. Plus intéressants étaient les documents émanant de son père : de petits cahiers d'écolier sur lesquels, d'une écriture appliquée, ce dernier avait inscrit tantôt ses pensées du jour, tantôt les événements de sa vie personnelle. Naissance de ses enfants. Décès d'un proche parent.

Ennuis avec l'administration scolaire à cause de son origine martiniquaise. Ou encore cette notation édifiante au lendemain de la naissance du petit François :

> *Un nouveau Christophe vient de voir le jour.*
> *Rien ne l'ébranlera. Aucune force ne lui dictera sa*
> *conduite. Cela se voit à son regard sombre et à ses*
> *poings toujours fermés. Joli bout de chou !*

Le deuxième lot, apporté la semaine suivante, contenait les bulletins de scolarité du futur dirigeant de la première république noire du monde, son certificat de baptême, son diplôme de docteur en médecine et d'autres documents d'intérêt plutôt médiocre. Xavier commençait à douter de la réalité de la tâche qui lui avait été imposée, il fallait bien l'avouer, jusqu'au jour où Cambronne le conduisit au ministère de l'Intérieur où, pendant une journée entière, on lui laissa libre accès aux archives de la police secrète. Dans une pièce chichement éclairée s'empilaient des dossiers de diverses couleurs : rouge pour les « communistes », comme indiqué sur la tranche, orange pour les « espions des États-Unis », jaune pour ceux de la République dominicaine et vert pour les suspects. Xavier Beauchamp ne s'intéressa qu'aux tout premiers, avide de découvrir ce qui avait bien pu arriver à l'écrivain Estéban Jacques et à son groupe de guérilleros. Six mois plus tôt, en effet, la nouvelle était tombée comme un coup de massue dans les rédactions du monde entier : le romancier célébré un peu partout, auteur d'œuvres qui avaient enchanté Beauchamp et surtout Emmeline, avait été capturé par la gendarmerie nationale d'Haïti après qu'il eut débarqué, avec une poignée de compagnons, sur la côte nord-ouest du pays à dessein d'y implanter un de ces fameux *focos,* comme on disait en Amérique latine, c'est-à-dire un foyer révolutionnaire. Selon divers communiqués contradictoires du régime, « l'ennemi, après avoir été cerné, s'était rendu avec armes et bagages et avait été transporté à la capitale afin d'être incarcéré à Fort-Dimanche », ou bien, « après une brève mais acharnée résistance, le quarteron de rebelles communistes avait été décimé jusqu'au dernier, quoiqu'on leur eût proposé de se rendre ». Aucune source indépendante n'avait pu confirmer l'une ou l'autre de ces versions. Toujours est-il que la famille d'Estéban Jacques était sans nouvelles de lui et il était fort peu probable qu'elle pût en recevoir un jour.

La lecture d'une quarantaine d'épais dossiers sur des « communistes » ne lui révéla aucune information sur le sort de l'écrivain. Il n'y avait même pas de fiche à son nom dans les archives de la police secrète ! Ignorant s'il serait autorisé de nouveau à accéder à ce lieu, le journaliste choisit au hasard quelques pochettes de différentes couleurs qu'il dissimula dans son sac, tandis que le policier qui le surveillait s'était rendu aux toilettes. Il se disait qu'avec un tel fouillis, nul ne serait en mesure de remarquer leur disparition.

Il se trompait. Lourdement.

La semaine suivante, personne ne vint leur apporter quoi que ce soit. Et Luckner Cambronne ne téléphonait plus pour s'enquérir de « l'état d'avancement des travaux », comme il disait. Emmeline ne s'en émut que lorsque leur servante, Annuncia, cuisinière émérite devant l'Éternel, s'éclipsa sans prévenir, vidant sa chambrette de ses effets sans avoir réclamé ses gages.

— Tu ne crois pas qu'il se passe quelque chose ? fit Emmeline. Pourquoi tu n'appellerais pas le secrétaire général à la présidence ? Si ça se trouve, ils ont changé d'idée. Peut-être que cette histoire de biographie du président ne les intéresse plus...

Xavier, qui soupçonnait que ce silence avait à voir avec les dossiers dérobés, ne pipait mot. Il les avait scrupuleusement consultés, tout bonnement terrifié par les sévices auxquels avaient été soumis les « communistes » et par les aveux, le plus souvent incohérents, que la police secrète leur avait arrachés. Un certain Jean-Noël Antoine s'était vu briser les quatre membres à coups de bâton ; Alexandre Lamothe, présenté comme une forte tête, avait été torturé au chalumeau sur les parties génitales ; Louis Manigat avait eu les yeux crevés avant d'avouer qu'il dirigeait, à Delmas, une cellule du Parti unifié des communistes haïtiens. Et le reste à l'avenant !

Il ne s'en était pas ouvert à sa femme, mais quelque chose en lui avait brutalement changé. Il n'était plus tout à fait la même personne, le brillant reporter, bien nourri, en excellente santé et doté d'un épais carnet de traveller-chèques, qui traversait les conflits du monde, la fleur non au fusil mais entre les dents. Certes, il avait eu maintes fois l'occasion d'assister à des tueries par de prétendues « armées nationales », des déchaînements de foules fanatisées, des incendies volontaires de villages entiers et autres exactions du même acabit, mais jamais il n'avait pénétré dans leur organisation même. Dans les méandres de la turpitude et de la folie mêlées. Dans l'insondable du cœur humain.

Douze longues journées s'écoulèrent. Puis, trois semaines. Emmeline crevait d'inquiétude. Elle proposa qu'ils rallient de nuit la République dominicaine par le biais de ces passeurs qui y faisaient pénétrer clandestinement les coupeurs de canne haïtiens. Xavier tergiversait. Il était en proie à un désemparement total. Un beau matin, cinq Jeeps transportant des miliciens lourdement armés firent voler en éclats la barrière d'entrée de leur villa. Certains se mirent à tirer en l'air et à vociférer. À la vue du couple, leur chef ricana et fit une espèce de salut militaire avant de les abattre d'une rafale de mitraillette.

13

Les cellules de Fort-Dimanche étaient vidées de leurs occupants, nettoyées à l'eau de Javel et parfois repeintes dès qu'une visite de Madame Adolphe était dans l'air. C'est que la directrice en chef de l'établissement pénitentiaire ne prévenait jamais son adjoint, un obscur commandant du nom de Frébeau. Par chance, ce dernier disposait non seulement d'antennes au sein des Volontaires de la Sécurité nationale, et cela bien qu'une concurrence féroce opposât ceux-ci aux militaires, mais avait aussi un flair pour reconnaître les prisonniers importants, ceux que la cheftaine en chef (comme certains, jaloux de son pouvoir, l'avaient surnommée) tiendrait à interroger en personne.

Assez curieusement, cette Négresse de taille moyenne, qui portait nuit et jour des lunettes fumées, n'impressionnait pas par sa prestance, elle qui pourtant prenait grand soin que son habit bleu de chauffe, décoré de l'écusson de la Milice, la pintade et le lambi, fût repassé à l'équerre et qui jetait des regards lourds de méprisation à l'uniforme plus souvent que rarement défraîchi des soldats cantonnés à Fort-Dimanche. Elle ne pouvait non plus se prévaloir de descendre d'une lignée prestigieuse, de celles qui avaient conduit le pays à l'indépendance ou qui, suite à cette dernière, avaient toujours côtoyé les cercles du pouvoir. De plus, elle n'était ni belle ni laide. Madame Adolphe était une femme quelconque dont le visage ne s'éclairait que pour laisser filtrer un de ces rictus énigmatiques qui pouvait signifier tantôt qu'elle était satisfaite des explications qu'on venait de lui fournir, tantôt qu'elle bouillait de colère et que, d'un instant à l'autre, elle s'emploierait à faire trembler le monde autour d'elle. Là résidait sa vraie force. Dans sa voix ! Sa seule voix. Voix à laquelle elle savait donner toutes les inflexions possibles et imaginables : douceur de chatte énamourée, raucité masculine, accent du Nord ou de l'extrême-Sud, intonation mulâtre, lourdeur de bourgeoise installée que guettait le poids des ans. Si bien qu'on la surnommait Madame Cent-Voix en frissonnant. Il faut ajouter qu'elle possédait aussi le don d'imiter à la quasi-perfection la voix d'autrui. La nasillarde du Président à vie, l'efféminée du secrétaire général du Palais national, la pompeuse du général Frébeau ou la vulgaire de Clément Barbot, l'inamovible ministre de l'Intérieur, n'avaient aucun secret pour elle. Par jeu, il lui arrivait de débarquer à l'improviste à Fort-Dimanche et d'emprunter celle du premier nommé, chose qui terrorisait les prisonniers qui jusque-là ne l'avaient entendue qu'à la radio. Elle traversait alors les couloirs au pas de charge, peu reconnaissable de prime abord, à cause de son chapeau de brousse qui lui cachait les cheveux, criant :

— Cellule 12, au poteau ! Cellule 23, au poteau !... Cellule 36, électricité !...

Chaque fois, elle frappait violemment de sa badine les grilles de la cellule désignée en s'esclaffant. Ses gardes du corps se saisissaient du trousseau de clés du commandant Frébeau pour haler dehors les infortunés sur lesquels son ire venait de s'abattre. Aucun de ceux-ci ne réagissait. Ni protestations, ni supplications, ni gémissements ou pleurs n'émanaient d'eux, pas seulement parce que des semaines, voire des mois de traitement inhumain les avaient affaiblis, mais parce que tous ou presque se trouvaient être des caractères bien trempés. Fort-Dimanche ne renfermait jamais de seconds couteaux ou de militants à la petite semaine. Nul n'y était jeté si le pouvoir n'était pas convaincu que vous étiez le leader d'un mouvement contre-révolutionnaire ou que vous aviez participé à quelque énième tentative de débarquement. Madame Adolphe éprouvait une haïssance particulière à l'endroit de cette deuxième catégorie, ceux qu'elle désignait sous le sobriquet de « *barbudos* couleur charbon », parce qu'elle les tenait pour responsables de la vilaine balafre qui lui zigzaguait le ventre et qui, la première fois, coupait les moyens de ses jeunes amants. En effet, un commando avait réussi à établir un maquis dans la région de Jérémie pendant près de trois mois, sans que ni l'armée nationale (ces incapables dépourvus de graines entre les jambes !) ni la gendarmerie nationale parviennent à le réduire. N'eût été l'intervention d'une poignée de miliciens placés sous sa houlette, la colonne Charlemagne Péralte eût continué à sévir et sans doute à provoquer des jacqueries parmi les paysans du sud du pays, déjà naturellement rebelles.

La seconde dame de la République, son titre officieux, avait exigé que les deux chefs présumés de l'opération fussent incarcérés dans la partie la plus secrète de ce que la presse internationale qualifiait de « Bastille tropicale ». On y accédait par un escalier en colimaçon dont les marches étaient couvertes d'une mousse verdâtre et malodorante à cause des infiltrations d'eau qui minaient les fondations du bâtiment. Le commandant y précédait Madame Adolphe, muni d'une lampe-torche, à la fois inquiet des sautes d'humeur de celle-ci et courroucé qu'une simple citoyenne, dépourvue de la moindre formation militaire, s'autorisât à lui bailler des ordres comme à un vulgaire portefaix du Bord-de-mer. Les cinq cellules du cul-de-basse-fosse où, jadis, avant l'arrivée de Papa Doc au pouvoir, étaient entreposées des munitions, demeuraient rarement vides. Plus exactement, elles ne le demeuraient que durant le bref intervalle de temps séparant l'exécution de ceux qui s'y trouvaient et l'arrivée de nouveaux locataires. Madame Adolphe, **Adolph**ine pour les ricaneurs, avait une antienne :

— Faut que ça tourne, messieurs ! Faites tourner !...

197

Par là, elle voulait signifier que lorsqu'au-dehors le calme était revenu, lorsqu'aucun mouvement séditieux n'était signalé en quelque point isolé du territoire, lorsqu'aucun petit avion de tourisme volant à basse altitude sur Port-au-Prince n'avait semaillé des tracts appelant à la révolte, il convenait alors de s'occuper des prisonniers du rez-de-chaussée et du premier étage, le deuxième et dernier étant entièrement dévolus aux interrogatoires et disposant pour ce faire d'un matériel ultrasophistiqué généreusement fourni par les alliés indéfectibles d'Haïti, à savoir Taïpeh et Tel-Aviv. Dans les périodes d'accalmie donc, le commandant était tenu de choisir cinq prisonniers qu'il faisait descendre dans le souterrain.

— Madame Adolphe a horreur que les cellules du bas demeurent inoccupées, messieurs-dames, se justifiait-il auprès de son adjoint, un jeune lieutenant qui avait fait ses études à Saint-Cyr et avec lequel il employait un français un peu désuet, à la fois par respect et pour éviter que les simples soldats ne comprennent ses propos, n'importe lequel d'entre eux pouvant avoir été chargé d'espionner ses faits et gestes.

Ce jour de novembre où la cheftaine en chef des Volontaires de la Sécurité nationale fit son apparition, le commandant sursauta si fort qu'il en eut le hoquet. La « grande dame » le salua à peine et se mit à arpenter les couloirs, s'arrêtant devant certaines cellules et ordonnant, comme à son habitude :

— Cellule 6... Cellule 13...

Le commandant, qui lui avait emboîté le pas, une pile de dossiers sur les bras, lisait d'une voix à la fois monocorde et mal assurée :

— Cellule 6 : Clémentin Durose, trente-neuf ans, né à Grande-Rivière-du-Nord, charpentier de profession, père de trois enfants, arrêté le 12 juillet 1963 à Saint-Marc pour distribution de journaux subversifs... Cellule 13 : Isambert Mauduit, cinquante-quatre ans, né à Jérémie, se prétend commerçant en bétail, soupçonné d'être prêteur sur gages, arrêté le 27 octobre 1965 à Côtes-de-Fer pour avoir critiqué, à bord d'un autobus, les orientations de la Révolution nationale...

Madame Adolphe n'accordait qu'un bref regard de mépris aux prisonniers mulâtres ou grimauds, n'entrevisageant que leurs camarades nègres qu'elle accablait de sa vindicte :

— Vous n'êtes qu'un ramassis de traîtres à la race ! Des *souflantchou* ! Comment avez-vous pu suivre ces fils de colons qui n'ont qu'une idée en tête : rétablir l'esclavage ? Rabaisser le Nègre à l'état de bête de somme ! Vous êtes pires que des chiens ! Oui, pires !

Ce jour-là, elle descendit directement dans le souterrain et, voyant que la cinquième cellule était vide, exigea que le détenu numéro 18 y fût enfermé, sans doute parce que son dossier lui avait particulièrement déplu. Celui qui avait refusé de décliner son identité, en dépit des coups de coco-macaque et de quelques décharges électriques aux parties sensibles, cette forte tête qui se faisait appeler simplement Ti Jérôme, elle allait lui démontrer qu'on ne se gausse pas impunément des principes sur lesquels reposait l'ordre duvaliériste. Madame Adolphe ne s'abaissait toutefois pas à se salir les mains, toujours manucurées depuis la lointaine époque où, jeune fille en fleur, son député de père l'avait envoyée dans un célèbre lycée parisien d'où elle était sortie brillamment, les deux bachots en poche, pour enchaîner des études à la Sorbonne, où elle occupa un temps un poste de bibliothécaire remplaçante. La cheftaine en chef nourrissait un tropisme français, au contraire de la nouvelle bourgeoisie qui lorgnait plutôt vers Miami. Lorsqu'elle consentait à quitter son uniforme bleu de chauffe, c'était pour des tenues Christian Dior, des chaussures Pierre Cardin et des foulards Hermès dernier cri.

L'unique fois où elle eut fait le coup de feu, elle n'avait pas hésité à se jeter dans la bataille, à la tête du commando qui débusqua les rebelles du morne où ils s'étaient réfugiés et n'avait pas fait de quartier. Le bruit de ses exploits était remonté jusqu'au Palais national et, de ce jour, elle avait connu une ascension fulgurante, elle que des langues vipérines, doutant de la véracité de son séjour dans la Ville-lumière, traitaient rien moins que de péripatéticienne ou de putain parvenue. Certains mâles, imprudents, s'aventuraient même à prétendre l'avoir bibliquement connue – encore que l'expression fût fort peu appropriée – dans un célèbre bordel de la périphérie de Port-au-Prince, dénommé Le Sorbonne, où au finissement des années 1940 une certaine Roseline Bousquet, qui ressemblait à l'actuelle Madame Adolphe comme sa sœur-marassa, s'était taillé une réputation à la hauteur des acrobaties fornicatrices qu'elle y déployait.

La cheftaine des macoutes au féminin, les Fillettes-Laleau, avait gagné en respectabilité depuis qu'elle avait épousé un inamovible ministre et préférait confier à ses subordonnés le soin de faire parler ceux qu'elle désignait comme « nos clients ». Chacun de ces tortionnaires s'était bâti au fil du temps une spécialité : Ti Bolo, le plus redoutable, vous saisissait les génitoires entre ses doigts de géant hilare et les purgeait jusqu'à les faire éclater ; Gros Lamarre était plus raffiné car, ancien aide-électricien, il savait placer les électrodes aux bons endroits, contraignant les plus aguerris d'entre les détenus, non seulement à avouer leurs forfaits, mais aussi à dénoncer leurs complices, réels ou imaginaires ; Charles Oscar, lui, était un original qui, fort d'une maîtresse taïwanaise, attachée commerciale à l'ambassade de son pays (Haïti faisait partie des rares membres qui, à l'ONU, soutenaient l'île contre son grand voisin pékinois et recevaient de ce fait toutes sortes d'aides de celle-ci), pratiquait « l'interrogatoire asiatique », qui consistait à faire couler goutte à goutte une boquitte d'eau glacée sur le front des suspects, tout en leur enfonçant dans la plante des pieds de fines bûchettes de bambou ; le sieur Boss Peinte ne s'embarrassait pas, pour sa part, de tant de subtilités, se contentant de cogner-cogner-cogner et encore cogner !

Ce jour-là donc, Madame Adolphe mit Ti Jérôme à la question par le truchement de Gros Lamarre. Elle avait besoin de tout savoir d'un certain Estéban Jacques, médecin de profession et écrivain par passion, notoirement affilié à l'Internationale communiste selon ce qu'avaient révélé les documents que la police secrète avait découverts dans la maison basse qu'il avait quittée précipitamment, ruelle Nazon, deux mois plus tôt.

— Forte personnalité ! ronchonna la cheftaine des Fillettes-Laleau. Quel dommage ! Notre révolution a un ardent besoin d'esprits de cette envergure. Le monde – et quand je dis le monde, je veux parler du monde blanc, bien sûr – nous observe et nous juge. Ces Nègres sont incapables de gouverner un pays, voilà le fond de leur pensée !

— Je procède comment ? demanda le tortionnaire en créole. Il ne m'a pas l'air en très bon état, ce bougre-là. Si je lui place tout de suite du 250 volts, il risque de...

— M'en fous ! Quand il s'agit de comploter contre nous, ces gredins n'y regardent pas à deux fois... Bon-bon, tu as peut-être raison. Il faut qu'il crache ce qu'il sait, cette ordure, c'est indispensable ! Vas-y progressivement alors...

Ti Jérôme fut extrait du souterrain et porté à bout de bras jusqu'au deuxième étage de Fort-Dimanche, d'où l'on distinguait par d'imposantes fenêtres l'alignement presque circulaire des hauts mornes qui semblaient monter une garde séculaire autour de la ville et, plus loin, le gris bleuté de la mer. L'homme était en piteux état. Plusieurs décharges électriques aux endroits sensibles l'avaient comme désarticulé. Ses bras pendouillaient le long de son corps dont l'épiderme avait pris une vilaine teinte violacée. Son regard était perdu dans une sorte de vide. Madame Adolphe le fit asseoir sans ménagements sur une chaise et exigea d'être seule avec lui. Elle alluma une Gauloise filtre, en aspira une bouffée et recracha la fumée dans le visage de Ti Jérôme.

— *Ou konnen pouki m-bézwen palé ba ou ?* (Tu sais pourquoi j'ai à te causer ?) fit-elle.

Le cordonnier n'eut aucune réaction. À l'évidence, il ne jouait pas la comédie. Le traitement que lui avait infligé Gros Lamarre l'avait sonné. La cheftaine des

Fillettes-Laleau, agacée, lui versa le contenu d'une carafe d'eau sur l'en-haut du crâne avant de le calotter.

— Tu es le bon zigue du dénommé Mark Estienne à ce qu'il paraît, pas vrai ?

— Mon... mon fils est à l'école chez lui...

— Bien ! Monsieur sait parler, à ce que je constate... Et ton fils, il s'appelle comment ? Quel âge il a ?

— Lucien... Il a onze ans...

— Je suppose que tu l'aimes, hein ? Que tu tiens à lui ?... Alors, compère, si tu veux le revoir un jour, tu as intérêt à me dire tout ce que tu sais sur Estienne. Tout !

Hélas pour lui, Ti Jérôme n'avait rencontré ce dernier que le jour où il avait inscrit Lucien à l'école privée que l'écrivain tenait au quartier Bel-Air. Il avait reçu un accueil chaleureux du grimaud, mais sans plus. Du reste, les parents s'y bousculaient tellement que les deux hommes n'avaient brocanté que quelques propos de convenance. Estienne avait accepté que le cordonnier lui réglât les frais d'écolage tous les trois mois, une faveur exceptionnelle tant la conjoncture était difficile. Plusieurs factoreries américaines venaient de licencier leur personnel, parmi lequel Ti Jérôme, cordonnier de son état, comptait pas mal de clients réguliers. Désormais chaque gourde était précieusement conservée en prévision du lendemain. La faim rôdait dans les cours-à-fourmis, pas la famine, mais la faim, celle que ne parvient pas à apaiser un bout de cassave ou une portion de riz cuite à l'eau. Celle qui trouble l'esprit, l'accapare en fait, devient une obsession dès le réveil et ne vous lâche pas de la journée.

Le Port-au-Prince des bas-quartiers vivait donc dans l'hébétude permanente, transformé en hordes de zombies qui erraient de-ci de-là dans l'espoir souvent vain de trouver une embellie. C'est-à-dire un camion de marchandises à décharger. Le jardin d'un bourgeois à désherber. Un touriste compatissant ou une ma-sœur généreuse, encore que depuis quelque temps elles sortaient peu de leurs couvents. Beaucoup rêvaient d'émigrer en Amérique ou, plus raisonnablement, d'être embauchés comme coupeurs de canne en Dominicanie. Mais même pour ce job-là, il fallait avoir des connaissances. Être dans les bonnes grâces du chef-macoute de son quartier. C'était lui qui, chaque année, établissait la liste de ceux qui, à compter de la mi-janvier, seraient autorisés à monter à bord de ces énormes camions-dix-roues qui transportaient la force de travail d'Haïti vers la république voisine. On pouvait certes acheter sa place, mais il convenait pour ce faire de disposer d'économies ; et même dans ce cas, il s'agissait d'un pari risqué car personne n'était sûr de pouvoir rentrer au pays, en juin, avec de quoi vivre, les *braceros* étant rackettés par les douaniers haïtiens lorsqu'ils repassaient la frontière.

Madame Adolphe adopta soudain une attitude moins agressive et ôta de son sac un livre, une Bible reliée de cuir noir, dont elle caressa respectueusement la couverture.

— C'est Mgr Ligondé en personne qui me l'a offerte... Je vais vous lire la dédicace qu'il m'a faite : « À la plus vaillante femme de notre pays, digne héritière des amazones du Dahomey royal, fierté de notre race et symbole de notre renouveau. » J'en lis un passage tous les jours. Et vous, vous êtes chrétien ? fit-elle.

— Oui...

— Vous assistez à la messe régulièrement ? Pas la peine de mentir !

— De temps en temps... Je n'ai pas toujours le temps. Mais je suis croyant...

— Alors, si tu l'es, jure sur cette Bible que tu n'as jamais rencontré Estéban Jacques !

— Qui ?

— Fais pas l'idiot ! Es-té-ban Jacques ! T'es sourd ou quoi ?

— *M-pa konnen-l, madanm...* (Je ne le connais pas, madame...)

La cheftaine-macoute esquissa un sourire. Elle se plongea dans la lecture d'un passage au hasard. Tourna ensuite quelques pages et continua à mi-voix. Gros Lamarre, qui attendait derrière la porte et qui, n'entendant aucun bruit à l'intérieur, avait dû s'inquiéter, entra sans frapper. Madame Adolphe le renvoya sur-le-champ en le rabrouant. Elle avait horreur qu'on la prît pour une faible femme. C'est que les gens, surtout les hommes, avaient la mémoire courte. Ils avaient oublié qu'une décennie plus tôt elle était montée à l'assaut d'un groupe de rebelles qui tenait le maquis depuis des mois, dans le Sud, et s'était placée en tête d'une colonne de soldats que le découragement avait gagnés. Elle les avait harangués, traités de pédérastes, de fainéants. Avait exigé qu'ils avancent de nuit comme de jour, ne leur autorisant de courtes haltes que lorsqu'ils devaient faire leurs besoins. La troupe avait escaladé un morne à pic, couvert d'une épaisse forêt, sans cartes ni boussole. S'était égarée. Avait plusieurs fois rebroussé chemin avant, enfin, de tomber sur le campement des rebelles. Ces derniers dormaient à ce moment-là, harassés eux aussi. L'avant-jour commençait à peine à se lever. Sans réfléchir, elle avait foncé dans la petite clairière où ils avaient fait un feu de camp et s'était mise à tirer en tous sens, abattant plusieurs d'entre eux. Leur sentinelle, cachée à l'en-haut d'un arbre, avait riposté et l'avait touchée au ventre. Éraflée seulement. Les soldats achevèrent le travail : en moins d'un quart d'heure, dix-sept corps étaient allongés côte à côte. Parmi eux, une majorité de Mulâtres. Elle les avait examinés l'un après l'autre, malgré sa blessure qui saignait abondamment, et avait craché au visage des quelques Nègres rebelles. Qu'un sang-mêlé s'opposât à la Révolution nationale et cherchât à renverser le régime du docteur François Duvalier, quoi de plus normal au fond ? Mais qu'un Nègre lui emboîtât le pas représentait à ses yeux rien moins qu'une abomination. Comme Gérard Daumec, le confident du Président à vie, elle se vantait de connaître par cœur des extraits d'Aimé Césaire et de Léopold Sédar Senghor, mais au contraire de lui, elle se gardait de les déclamer en public. La négritude ostentatoire du premier l'agaçait. Le fait aussi qu'il s'employât à toujours garder les mains propres. Ce n'est pas Daumec qu'on pouvait accuser d'avoir torturé ou abattu qui que ce fût ! À la vérité, elle le considérait, lui et tous ceux de son entourage, comme des dandys et des profiteurs. Des tièdes qui, au premier changement de régime, retourneraient leur veste illico presto. Dix fois, elle avait tenté de s'en ouvrir à Luckner Cambronne, dont elle savait qu'il en toucherait deux mots au Doc, mais elle avait renoncé car il était clair que le ministre de l'Intérieur craignait Daumec, quoique ce dernier n'occupât aucun poste officiel. Cambronne avait une antienne : « Un homme qui peut téléphoner dix fois par jour à notre président et à qui notre président téléphone tout autant, il est prudent d'avoir les meilleures relations avec lui. »

La cheftaine des macoutes féminins héla un Gros Lamarre stupéfait, lui demandant de quitter les lieux sur-le-champ, et appela les gardes. C'était l'heure de la distribution des repas, un bien grand mot pour l'assiette en fer-blanc à moitié remplie de maïs bouilli qui était servie aux détenus, accompagnée d'une timbale d'eau à peine fraîche. Personne n'entendit l'ordre de Madame Adolphe.

— Pays de bons à rien ! maugréa-t-elle. Doivent tous jouer aux cartes, je suppose !

Elle détacha Ti Jérôme, l'aida à se mettre sur ses jambes.

— *Ou kab rantré lakay ou ?* (Tu peux rentrer chez toi ?)

L'homme acquiesça de la tête, toujours groggy, mais il semblait effaré. Il remonta son pantalon et rattacha sa ceinture.

— Je ne parle pas pour ne rien dire, fit Madame Adolphe, qui avait deviné que Ti Jérôme croyait à un piège. Tu peux t'en aller. Il y a déjà tellement de salopards bien nourris qui complotent contre nous que je ne vais pas perdre mon temps avec un pauvre bougre de ton espèce. Suis-moi !

14

Elle avait senti le moment exact où le nordet, ce vent traîtreux venu des montagnes, tomberait. Depuis quatre jours, ils attendaient, recroquevillés au fond du canot, transis de freidure à cause des vagues qui n'avaient eu de cesse de se fracasser contre sa coque, ce qu'Estéban Jacques, le seul d'entre eux à n'avoir pas cédé au découragement, appelait une embellie. Alors que leur réserve d'eau s'épuisait (deux jerricans cabossés), que la cassave avait durci au point de devenir presque immangeable, il avait soutenu leur moral en leur récitant des poèmes sibyllins, certains dus à sa propre plume, d'autres émanant d'auteurs qu'il disait affectionner comme Goethe ou Federico García Lorca. Sa voix se faisait ample, incantatoire, toujours belle en tout cas, couvrant parfois les grondements de l'océan.

Marylise savait désormais qu'elle l'aimait, bien qu'après une dizaine d'années passées à faire la bousin à l'Hôtel Choucoune pour des touristes américains curieux de renifler la chair noire, elle fût persuadée d'avoir définitivement perdu le sens de ce mot. Elle l'avait aperçu à diverses reprises accoudé au bar, perdu dans ses pensées, tournant et retournant son verre de *mojito*, dans l'attente d'un journaliste étranger de passage, d'un écrivain comme lui, souvent québécois ou français, ou bien, plus rarement, d'une affriolante Mulâtresse que l'on disait rentière ou héritière d'une des grandes familles du Bord-de-mer. Son élégance vestimentaire l'avait surprise. Il savait allier sobriété et fantaisie, mariant veste en lin et pantalon en flanelle, affectionnant les teintes discrètes telles que le beige ou le vert bouteille. Il n'avait jamais eu une seule miette de regard pour elle. Pas plus que pour la nuée de donzelles de petite vertu qui, sur le coup de huit heures du soir, investissaient l'hôtel, baragouinant deux-trois mots d'anglais afin d'appâter le client. Celles-ci le lui rendaient bien : elles n'avaient que faire de ce jeune Nègre, fût-il bel et imposant par la taille, qui n'étalait pas, comme les barons du régime habitués des lieux, gourmettes et montres en or, cravates extravagantes achetées lors d'un séjour à Disneyland-Miami et liasses de gourdes attachées par des élastiques. En fait, ces messieurs préféraient les Dominicaines à peau claire qui composaient l'essentiel de ce que le directeur de l'hôtel appelait, par euphémisme, « mon personnel féminin non ménager ». L'amour tarifé entre Haïtiens et Haïtiennes n'avait pas cours au Choucoune. Grande fut donc la surprise de Marylise lorsqu'un soir, au moment où le barman annonça la fermeture, elle vit une ombre s'approcher dans son dos, lui tapoter doucement l'épaule et lui glisser, avant de s'éclipser :

— *M-bouzwen palé ba ou !* (Je voudrais te parler !)

La mer s'étalait maintenant en une vaste toile cirée. Calme plat. L'ingénieur Ernest Levasseur, un Mulâtre d'ordinaire taciturne, se dressa sur ses jambes, ce qui fit vaciller l'embarcation, et remercia le ciel. Il ne cachait pas sa foi protestante et pendant la traversée, depuis les côtes de Cuba, il avait profité de ses moments de repos, le petit groupe se relayant aux rames, pour se plonger dans la lecture des Psaumes. Parfois, il lui arrivait de lire à mi-voix, chose qui faisait sourire Estéban Jacques et agaçait Marylise. Cette dernière nourrissait, en effet, un vif ressentiment à l'endroit de ce dieu caché, catholique ou évangéliste, qui depuis le jour de sa naissance, une trentaine d'années plus tôt, à Jérémie, n'avait jamais daigné s'intéresser à son sort. Pourtant, sa mère, revendeuse de maïs grillé, l'avait élevée dans le respect du Seigneur et de la Vierge Marie, se saignant aux quatre veines pour lui payer l'école des sœurs. Pas un soir, pas un matin, sans qu'au sortir de la paillasse qui leur servait de lit, elle obligeât sa fille à réciter le « Notre Père » et le « Je vous salue Marie ». Hélas, une épidémie de variole s'était abattue sur la région et avait emporté bon nombre d'adultes, affaiblis par la dénutrition, laissant Marylise et des centaines d'autres marmailles orphelines. En ce temps-là, quand il n'y avait qu'une banane verte à manger ou un demi-bol d'acassan, il revenait d'autorité aux plus petits, les parents se privant jusqu'au lendemain ou au surlendemain. Un vieux curé chenu de Port-au-Prince en visite à Jérémie, dont Marylise avait été chargée de faire la chambre, s'enticha d'elle et obtint l'autorisation de l'emmener avec lui. Elle devint servante au presbytère de la paroisse de Delmas où elle donna entière satisfaction à son employeur et à son successeur, un Breton qui se montra très actif dans la lutte contre le vaudou.

— Grâce à Dieu, nous voilà à bon port ! s'écria Levasseur.

Quatre d'entre eux s'étaient déjà installés aux rames et souquaient ferme en direction du rivage qui, les flots s'étant calmés, leur parut soudain étonnamment proche. Ti Jérôme, assis à la proue du canot, sortit une bouteille de clairin de l'espèce de sac informe dans lequel il avait rangé ses affaires et, versant quelques gouttes par-dessus bord, rétorqua, l'air rigolard :

— Non, c'est grâce à Erzulie-Fréda ! N'oublions pas qu'elle passe la moitié de sa vie sous l'eau, mes amis !

Redoutant une énième querelle religieuse entre l'ingénieur et celui qui s'était présenté comme cordonnier, Estéban Jacques le fusilla du regard tout en s'activant sur sa rame. Des paquets d'écume lui couvraient à intervalles réguliers le visage, ce qui en renforçait l'étrange juvénilité, lui qui approchait de la quarantaine et ne s'en cachait pas. C'est ce que Marylise avait apprécié dès le départ chez l'écrivain. « Ce bougre-là ne triche pas, lui, au moins ! », avait-elle lancé à certaines de ses congénères de l'Hôtel Choucoune qui la plaignaient de s'être amarrée à un Nègre désargenté, alors qu'avec sa belleté elle aurait pu faire tourner la tête à n'importe quel Yankee aux poches débordants de dollars. Si ces derniers n'épousaient jamais – ce qui arrivait parfois aux touristes européens –, ils savaient faire preuve de reconnaissance envers celles qui avaient su réveiller leurs sens de sexagénaires avachis. Certains revenaient d'une année sur l'autre, s'installant pendant un mois au Choucoune et comblant leur dulcinée de cadeaux et d'espèces sonnantes et trébuchantes. Marylise avait tenu bon, quoiqu'elle s'interrogeât sur le fait qu'Estéban Jacques ne l'eût jamais touchée. Il préférait lui faire la conversation, dans la chambre aux tentures en velours cramoisi où elle recevait ses clients. Il évoquait Jacmel au crépuscule ou la sauvage grandeur des Montagnes noires, la majesté du fleuve Artibonite en période d'hivernage ou l'atmosphère mystérieuse de l'île de la Gonave, au large de Port-au-Prince. Quand elle avait raconté à Ti Jérôme, le cordonnier de son quartier, à quel point l'écrivain se montrait « gentleman » avec elle, celui-ci avait coquillé les yeux. « T'es sûre que t'as pas affaire à un massissi, ma chérie ? fit-il un jour. Avec tous ces jeunots qui vont et viennent à l'étranger, y en a qui adoptent les mœurs malpropres des Blancs, oui. » La catin le rassura : l'homme était marié et avait un enfant. Rien n'indiquait qu'il eût entre-temps tourné casaque et qu'il en fût venu à préférer la gent masculine.

— Parfois, il me caresse les cheveux, rétorqua Marylise. Et une fois, il m'a même embrassée.

— Alors, c'est de l'amour, ma chérie ! Le grand amour ! Tu en as de la chance. Il fait quoi dans la vie, hein ? Avocat, fonctionnaire, pharmacien, docteur ?... Docteur ! Et aussi écrivain ! Eh ben, t'as tiré le gros lot !

Marylise entendait encore la voix éraillée du cordonnier la féliciter. Ce dernier avait souhaité faire la connaissance de cet être d'exception, mais Estéban Jacques s'était d'abord méfié. « Mon homme déborde de franchise et de générosité, avait-elle répondu à Ti Jérôme, mais il n'accorde pas sa confiance au premier venu. Qui lui dit que tu ne roules pas pour les Tontons ?» Final de compte, le médecin-écrivain avait demandé l'adresse du cordonnier et s'était présenté à son domicile sous le prétexte de faire réparer ses mocassins. Il avait tenu à rester à l'intérieur du minuscule atelier pendant la réparation, alors que Ti Jérôme préférait que ses clients repassent le lendemain, ayant horreur d'être bousculé. Un billet de cent gourdes l'avait dissuadé de mettre à la porte ce client si inhabituel qui n'avait cesse d'observer ses faits et gestes et écoutait sans vergogne ses conversations avec les gens du quartier, qui s'arrêtaient à son étal pour faire un brin de causette. Il avait fini par se présenter comme « l'ami de notre bonne amie », esquissant un sourire complice. Ti Jérôme lui était presque tombé dans les bras. Il avait aussitôt fermé son atelier et les deux hommes avaient discuté une journée entière autour d'une bouteille de Barbancourt et quelques morceaux de tasseau qui constituaient le déjeuner du cordonnier. Leurs palabres avaient continué une bonne partie de la soirée et quand la nuit noire fut venue, Ti Jérôme lui déclara tout bonnement :

— Je suis votre homme !

L'étudiant fut le tout premier à mettre pied à terre. Mettre pied à l'eau eût été une expression plus appropriée car, à cet endroit de la côte, les fonds commençaient à quelques mètres de la rive. Il but la tasse, ce qui fit éclater de rire ses compagnons, mais il eut la présence d'esprit de tenir son fusil à bout de bras. Dès le départ, il avait déclaré que son nom importait peu, pas plus que la province dont il était originaire. « Je ne serai vraiment un homme, un être humain, je veux dire, que le lendemain du jour où nous aurons accompli notre deuxième révolution. L'an 1804 fut la date glorieuse de notre émancipation en tant qu'État, reste à libérer notre peuple lui-même des chaînes que lui ont passées les successeurs des colons. » Après enquête, Estéban Jacques avait toutefois appris qu'il fréquentait la faculté de droit en auditeur libre car il ne possédait que la première partie du baccalauréat. À son insu, l'écrivain s'était glissé dans la petite foule d'assidus qui, chaque mardi soir, venait écouter les intellectuels du régime ou les opposants désignés et acceptés par lui disserter sur « la régénération de la race nègre », « la nouvelle lutte des classes » (qui se résumait à l'élimination de la minorité mulâtre par la majorité noire) ou « les coutumes ancestrales conservées par les sublimes va-nu-pieds de l'arrière-pays, dignes héritiers du royaume du Dahomey ». Ce fatras idéologique, au sein duquel le mot « révolution », perverti à souhait, revenait à tout bout de champ, avait le don d'exaspérer l'écrivain, mais il tint bon dans l'unique but d'observer sa future recrue.

Il ne fut point déçu. L'étudiant semblait trempé dans du bois-gayac, réputé imputrescible. Seul, il ferraillait sans relâche avec les sommités pontifiantes de la faculté, leur portant la contradiction, mettant en évidence la faiblesse de leurs analyses ou de leurs présupposés, ce qui lui attirait les rieurs mais, un jour ou l'autre, lui coûterait la vie. Les macoutes préposés à la surveillance de ce genre de réunions finiraient par comprendre, tout ignares qu'ils fussent pour la plupart, qu'ils n'assistaient pas à une banale joute sans conséquence entre grands-grecs et autres gens bardés de diplômes, mais à une contestation en règle de tous les principes sur lesquels reposait la Révolution nationale. Estéban Jacques sauva probablement la vie à l'étudiant car, le mardi qui suivit celui où il se décida à l'aborder et à le convaincre de rejoindre son groupe, une rafle interrompit la conférence hebdomadaire de la faculté. Dans *Le Nouvelliste* du lendemain, une dizaine de noms figuraient en première page, photos à l'appui, parmi lesquels des personnes connues et jusque-là hors de soupçon et d'autres dont nul n'avait jamais entendu parler. Tous étaient présentés par le rédacteur de l'article comme « une énième phalange d'apatrides et de communistes athées qui profitait de l'hospitalité de la faculté de droit pour diffuser leur message criminel ».

— Ce dont nous aurions besoin, fit l'étudiant en guise de commentaire devant un Estéban Jacques ravi, c'est d'une faculté de philosophie. Les rituels vaudous, les contes créoles, les chansons de carnaval, la matrimonialité indigène, tout ça, on connaît !

S'il fut le premier à poser le pied dans l'eau, l'écrivain tint à être le premier à baiser le sol d'Haïti, son Haïti chérie qu'il n'avait pas revue depuis des lustres. Certes, le paysage de l'anse déserte n'avait rien d'idyllique. Tout au contraire. Ce n'était que mornes érodés où s'élevaient des buissons d'épineux et de rares manguiers. Pas un gazouillis d'oiseau, pas le moindre signe de présence humaine. Mais n'était-il pas venu justement pour changer tout cela ? Pour redonner vie à cette terre que des siècles d'abominations de toutes sortes avaient défigurée ?

Ses compagnons ne donnaient pas dans l'exaltation. René, tenancier d'une banque de borlette et joueur invétéré lui-même, se prit la tête entre les mains et s'écria, un brin emphatique :

— Mon Dieu, pourquoi nous as-tu jetés dans cette géhenne ?

L'homme avait longtemps été un vendeur d'eau famélique qui courait les rues, un seau et trois timbales en ferblanc à la main, pour accoster les taptaps, sans cesse à l'arrêt à cause des embouteillages qui engorgeaient la ville basse entre six heures et quatorze heures. Il négociait la timbale dix ou vingt gourdes, à la tête du client. Aux jeunes filles pimpantes, il lui arrivait de les offrir gratuitement. Cette eau, au demeurant croupie, il allait la recueillir, aux aurores, à l'unique fontaine de la section de Cité Soleil où il avait élu domicile, endroit où les caniveaux remplis de fatras et de cadavres d'animaux le disputaient aux bicoques en carton, en parpaing ou en tôle ondulée. Ici-là régnaient toutes les plaies d'Égypte : tuberculose, pian, malaria, malingres de toute nature, et surtout cette faim qui vous jetait hors de votre case comme un chien sans maître à la recherche du moindre morceau de nourriture, fût-il avarié. N'aimant pas se disputer, il arrivait à la fontaine bien avant les femmes, s'y baignait bien que ce fût formellement interdit par la loi, remplissait son seau qu'il juchait sur son crâne et, d'un pas chaloupé, destiné à rendre supportable le poids de l'ustensile, il se faufilait par les corridors menant à la grand-rue avant de ralentir la cadence. À cette heure-là, les premiers autobus descendus des Gonaïves et de Saint-Marc avec leurs encombrantes cargaisons de fruits et légumes faisaient une halte en bordure de Cité Soleil où certaines vendeuses avaient leurs pratiques. René écoulait, tout guilleret, ses premières timbales, récoltant des nouvelles fraîches des provinces ou de la frontière où, affirmait le télé-gueule, les bruits de bottes des militaires dominicains se faisaient de plus en plus menaçants. Son job ne devenait une vraie torture qu'au moment où le soleil commençait son ascension et où l'air se raréfiait, à cause des gaz d'échappement et de cette poussière qui envahissait l'En-Ville, charroyée par les vents venus des mornes environnants. Le fer-blanc du seau se mettait alors à chauffer, presque à lui brûler le front et la peau du crâne, et quant au précieux liquide, il atteignait, certains jours, la température d'ébullition. Mais René devait tenir bon, serrer les dents, même s'il n'avait rien sur l'estomac depuis la veille au soir, et continuer à crier à tue-tête :

— *Dlo ! Bon dlo ki sòti nan péyi mériken !* (De l'eau ! De la bonne eau en provenance des États-Unis !)

Il profitait du fait que certains vendeurs, un peu moins désargentés que lui, achetaient des gallons d'eau minérale *made in USA* dans les stations-service, eau que parfois ils agrémentaient d'un morceau de glace en barre. Comme tout le monde écoulait sa marchandise dans des seaux, les clients, plus souvent que rarement, n'y voyaient que du feu. Mais René savait que s'il ne trouvait pas rapidement un moyen d'échapper à sa triste condition, il finirait à l'exact de ces vieux-corps édentés, abandonnés de leurs proches, qui erraient de-ci de-là, sur les quais, autour de la statue de Christophe Colomb ou aux abords du Champ-de-Mars, une sébile à la main, quémandant « *one dollar, sir ! one dollar, please !* » aux touristes étasuniens ou canadiens. Comme il n'avait pas l'âme d'un gangster ni d'un bakoulou, il résista à la tentation de rejoindre la section de miliciens qui s'était créée dans son quartier, chose qui lui eût été facile car la nature l'avait doté d'une solide membrature. Dans ces cas-là, terminée la vie de galère ! Oubliés les petits matins où l'on se grattait la tête pour savoir ce qu'on trouverait à manger dans la journée ! L'État vous fournissait un bel uniforme bleu et trois cents gourdes par mois pour accomplir un travail pas trop forçant, lequel consistait à avoir l'œil sur ses voisins, à épier leurs conversations et leurs faits et gestes pour les rapporter le soir au chef de section. Avec son chapeau de cow-boy et son coco-macaque, gourdin taillé dans le bois le plus dur, le milicien était un homme craint et respecté. Souvent, il n'avait même pas à demander pour se servir aux maigres étals des marchandes et les jeunes filles peu regardantes s'offraient à lui dans l'espoir qu'il leur ferait un enfant. Mais René ne voulait pas de cette existence-là. Il abhorrait la profitation, l'injustice, les exactions commises à l'endroit des plus faibles que soi, la méchanceté gratuite et le cynisme, toutes « qualités » propres à ceux qui tenaient à être appelés Volontaires de la Révolution nationale, mais que tout un chacun désignait, derrière leur dos, par le sobriquet de Tontons macoutes.

Le vendeur d'eau commençait à désespérer de l'avenir lorsque, plusieurs jours d'affilée, il fit un rêve incompréhensible : sa mère, décédée depuis l'époque du président Estimé, lui apparut toute souriante, ce qu'elle était peu de son vivant, et lui chantonnait des comptines du temps de l'antan. Sa voix était pure mélodie, mais les paroles étaient comme étouffées, indéchiffrables même. La troisième nuit, il se prêta à une consultation auprès d'un devineur qui empocha son argent, le renvoya en le rudoyant et se permit même de le traiter de fieffé couillon. Accablé, il redoutait à présent la nuit et, bien qu'écrasé par la fatigue, il luttait contre le sommeil, pied à pied, refusant de s'allonger sur son grabat, ce qui n'empêcha pas ledit rêve de réapparaître.

En fin de compte, sa délivrance vint d'une sienne voisine, solide bougresse qui luttait avec la vie pour élever ses douze enfants et qui en était venue à le considérer comme son fils parce qu'un jour où la marmaille criait famine, il n'avait pas hésité à débourser trente gourdes pour leur acheter du maïs pilé.

— Tu rêves de ta mère tout le temps ? grommela-t-elle en écarquillant les yeux. Mais tu en as de la chance, toi !

— Qu'est-ce qu'elle veut me dire ? C'est vrai que je ne me suis plus occupé de sa tombe depuis des années...

— Imbécile, va ! Quand on rêve de sa mère, il faut jouer le chiffre 33. Tout le monde sait ça, sauf toi apparemment.

René ne se le fit pas dire deux fois : il courut à la plus proche banque de borlette et acheta un ticket sur lequel il fit inscrire le chiffre indiqué. Le soir, il rejoignit le petit groupe d'hommes qui se rassemblait autour de l'unique transistor du quartier pour écouter les résultats du Loto de New York. On le regarda avec des yeux ronds car il avait été jusque-là l'une des très rares personnes à ne porter aucun intérêt à la loterie clandestine sur laquelle reposaient tant d'espoirs, le plus souvent déçus. Quand un vendeur lui proposait un ticket, René avait coutume de hausser les épaules et de lâcher un « *Chan spa-m, li pati lot bô, wi !* » (Ma chance est partie à l'étranger !) pour le moins énigmatique. Les parieurs commencèrent à se moquer de lui, qui lui demandant s'il s'ennuyait, qui s'il cherchait à oublier quelque déception amoureuse. Personne n'imaginait qu'il eût pu miser le moindre centime.

Soudain, une voix crachotante se mit à parler anglais, langue que nul parmi eux ne comprenait. Un silence de plomb s'installa. Pour les chiffres, aucun problème ! Chacun avait fini par apprendre *one, two, three..., ten..., twenty-four.* René fit mine d'avoir l'esprit ailleurs et tendit l'oreille. Des exclamations désespérées s'élevèrent de la nuit. J'aurais dû jouer ça ! Je savais que ce fichu chiffre allait sortir un beau jour ! Tonnerre du sort ! Mon Dieu, quand vas-tu te décider à me bailler un brin de lumière pour éclairer ce chemin de croix qu'est ma vie ? Un vieil homme sentencieux apaisa les parieurs :

— Respectez l'âge du Christ, messieurs !

René comprit qu'il était devenu subitement riche. Non pas en dizaines de dollars, ce qui eût été fort bien, puisqu'il n'avait misé que cinq gourdes. Non pas en centaines de dollars, gain dont il se serait parfaitement contenté. Mais bien en milliers de dollars ! Quinze mille, calcula le vieil homme, patron de la banque de borlette où le vendeur d'eau avait pris son pari. Pour fêter l'événement, René courut s'acheter des vêtements neufs chez le dernier Syrien encore ouvert, des souliers en cuir et une bouteille d'eau de Cologne, le tout à crédit, son ticket de borlette attestant de sa bonne foi. Il s'octroya ensuite un repas au restaurant de l'Hôtel Choucoune, véritable palace où jamais de toute sa vie il n'avait espéré pouvoir un jour mettre les pieds, mais où il savait de source sûre qu'on trouvait les plus belles Dominicaines de tout Haïti. Son commerce d'eau l'avait poussé de temps à autre de ce côté et il avait pu admirer ces demoiselles qui prenaient le frais aux balcons, en tenue légère. Ayant longtemps salivé sur elles, il avait hâte d'assouvir ses désirs, mais une sorte de miracle devait le détourner de ces créatures féeriques : la vue, la seule vue d'une Négresse tout ce qu'il y avait de plus haïtienne. Peau noire de jais, presque scintillante, pommettes hautes, seins en forme d'avocats, hanches étroites qui surmontaient un fessier phénoménal. René tomba d'amour pour Marylise au premier regard, oui !

Estéban Jacques entraîna le groupe à l'ombre d'un mapou solitaire. Il était midi et le soleil faisait son scélérat. Il recompta ses troupes par acquit de conscience : Ti Jérôme, le cordonnier, l'étudiant, l'ingénieur Ernest Levasseur, le seul Mulâtre parmi eux, Marylise, la seule femme, René, le vendeur d'eau à la criée et Théodore Pasquin, qu'il avait longtemps hésité à enrôler dans cette équipée, laquelle ne visait rien moins qu'à établir un maquis dans le Nord-Ouest, région déshéritée où les hordes macoutes étaient assez peu présentes. Le fait que Théodore fût un temps désigné « poète national » par le ministère de la Culture, ses textes tantôt calqués sur la poésie classique française, tantôt exotisants, sa dégaine peu franche et son parler précieux, tout cela avait indisposé Estéban Jacques, jusqu'au jour où Pasquin tomba de son piédestal et fut accusé de comploter contre le Président à vie. Pour dire la franche vérité, cet événement survenu, affirmait le télé-gueule, deux jours ou deux mois après son intronisation comme prince des poètes, se résumait au seul fait qu'il avait forniqué avec l'épouse d'un commissaire de police du quartier Bel-Air, une après-midi où ce dernier fêtait une promotion (l'affaire s'était conclue debout, dans les toilettes faisant face aux cellules) et qu'il avait été dénoncé par des prisonniers croyant obtenir ainsi une remise de peine. Ils furent tout bonnement exécutés dès le lendemain, sans autre forme de procès. Alors, le poète béni des dieux s'était mis à boissonner plus que de raison. On le ramassait saoul comme un vieux macaque au fond du bar de l'Hôtel Choucoune où Marylise, décidément bonne fée, le prit en pitié. Ils furent amants. Pas très longtemps. Les économies de Théodore Pasquin avaient fondu en six-quatre-deux depuis que le quotidien dans lequel il rédigeait des chroniques hebdomadaires avait choisi de se passer de ses services.

Estéban Jacques l'avait jugé peu fiable, mais Pasquin avait au moins une qualité : il connaissait le système de l'intérieur. Il en avait même été l'un des rouages et les arcanes du Palais national n'avaient pas de secrets pour lui. Tout le monde savait qu'il entretenait des liens plus qu'étroits avec le secrétaire général de la présidence et le dénommé Gérard Daumec, qui se prétendait féru de belles-lettres. Théodore avait, de son côté, longuement tergiversé. Il avait attendu un signe, un appel de son protecteur, persuadé de pouvoir rentrer en grâce une fois que d'autres scandales auraient fait oublier son forfait, au demeurant bien modeste. Mais en vain. Au contraire, chaque jour, le ciel se couvrait de menaces sur sa tête : Untel, bien placé, ne lui rendait plus son salut ; Unetelle, pour le mariage de laquelle il avait troussé un joli rondeau et obtenu un franc succès, refusa de le recevoir chez elle à l'occasion d'une soirée poétique ; tel autre encore lui glissait des sous-entendus au Chat perché, son bar de prédilection. « Fais attention à tes fesses, compère ! On t'a à l'œil. As-tu pensé à demander un visa au consulat américain ? On ne sait jamais. Moi, à ta place, je partirais en province. Il y a d'excellents collèges au Cap ou à Jacmel, tu pourrais y trouver une place de professeur. » Théodore prit peur et accepta la proposition d'Estéban Jacques. À demi convaincu par ses diatribes enflammées contre ce qu'il appelait « la dictature obscurantiste de Papa Doc » et par son idée de créer un foyer révolutionnaire composé de sept combattants. Oui, sept ! Mais l'écrivain s'en était expliqué :

— Haïti est peuplée de 80 % de paysans, camarades, or aucun d'entre nous ne l'est, même si la plupart de nos parents proviennent des campagnes. La révolution ne se fera qu'avec eux ! Nous en recruterons au fur et à mesure de notre progression.

L'écrivain parlait haut et clair. Sa voix possédait une force de conviction à nulle autre pareille. René et Pasquin n'avaient donc pas hésité à lui confier ce qui leur restait de leurs magots respectifs. Il leur avait proposé de se retrouver à Nassau, aux Bahamas, et avait alloué à chacun une somme lui permettant de s'acheter des billets d'avion et de passer deux jours à l'hôtel. Levasseur et René iraient en Dominicanie, Marylise et l'ex-poète national à Puerto Rico, l'étudiant et Ti Jérôme en Jamaïque. Lui seul prendrait le risque de rallier directement leur point de rencontre car là-bas, il devait tout organiser : trouver un canot, acheter des vivres et des armes. Dès que tout serait fin prêt, il leur donnerait le feu vert pour pouvoir le rejoindre. À part l'ingénieur, qui avait déjà voyagé en Europe et au Canada, les futurs maquisards avaient un peu tiqué. René craignait d'être refoulé à l'aéroport de Santo Domingo. Marylise assurait que la police des frontières de Puerto Rico était réputée pour son flair quant aux drôlesses qui venaient y faire le commerce de leurs charmes. Plusieurs de ses consœurs dominicaines de l'Hôtel Choucoune avaient été ainsi expulsées deux ou trois jours après leur arrivée. Ti Jérôme n'aimait pas, quant à lui, les « Nègres anglais » qu'il trouvait arrogants et brutaux. Il avait pu les observer lorsque leurs bateaux de pêche venaient écouler du poisson sur les docks. L'écrivain rassura son monde. Il se moqua gentiment de chacun, mais en fin de compte il se montra sévère :

— Chers camarades, un des dirigeants majeurs du tiers-monde a dit un jour que la révolution n'est pas un dîner de gala. Je veux parler du président Mao Tsé-toung.

La nuit tomba avec sa brusquerie habituelle. Une nuit sans lune, très fraiche. Remplie de caquètements de criquets et de coassements de grenouilles, ainsi que d'autres bruits non identifiables. Le pays semblait respirer. Revivre même. L'âme d'Haïti, de l'Haïti profonde, celle des mornes reculés et des savanes semi-désertiques, ne se libérait qu'à la faveur des ténèbres. Cela mit du baume au cœur des maquisards. L'écrivain avait eu l'occasion de célébrer devant eux ce phénomène inconnu des Port-au-Princiens dont la ville ne s'apaisait jamais, à cause des simples bobèches à huile, des lampions, des torches électriques ou de l'électricité publique, en dépit des black-out à répétition. Des phares des voitures qui circulaient sans arrêt également. Souvent aussi des camionnettes de miliciens ou des convois militaires, lorsqu'on approchait du mitan de la nuit. Port-au-Prince ne dort que d'un œil, disait-on.

— Demain, nous entamerons les choses sérieuses, chers camarades, conclut Estéban Jacques en s'enroulant dans la couverture qu'il avait étalée sur une feuille de cocotier sèche, à même le sable encore tiède...

15

Parmi tous les piliers de la Révolution nationale, parmi tous ceux qui consacraient leur vie à la défense de la patrie et à son bien-aimé dirigeant, le docteur François Duvalier, le Grand Électrificateur des âmes comme il s'autodésignait, il en est un dont la plus éminente des qualités était d'être indéracinable, indéplaçable, indéchouquable, inintimidable. Ce poteau-mitan, ce bois-gayac s'appelait Luckner Cambronne, le seul Haïtien autorisé à pénétrer dans le Palais national à toute heure du jour et de la nuit sans se faire annoncer. Le seul, avec Gérard Daumec, à détenir le numéro de téléphone secret du bureau présidentiel. À connaître non seulement chacune des résidences de Manman Simone, la Mère de la nation, et de ses quatre rejetons, en particulier le petit dernier Jean-Claude, l'héritier putatif, mais aussi les soirs où ils y passaient la nuit, contraints qu'ils étaient de se déplacer constamment, à cause des tentatives d'enlèvement dont ils avaient été l'objet.

Luckner Cambronne est l'ombre du Doc, le double du Doc, l'alter ego du Doc, l'interprète de ses pensées, le devancier de ses désirs, le calmeur de ses rages subites contre les mensonges distillés par la presse internationale et les pressions injustifiées des grandes puissances qui n'ont que le mot « démocratie » à la bouche. Il est surtout l'œil du Président à vie dans les provinces où ce dernier se déplace peu, en fait depuis l'époque où le feu président Estimé l'avait nommé ministre de la Santé.

— Duvalier qui a couru par monts et par vaux, mon cher Cambronne ! faisait-il. Cinq longues années durant lesquelles il a fallu éradiquer l'épidémie de pian, eh bien ! le voilà devenu sédentaire. Le Grand Sédentaire du Palais national. Ha-ha-ha !...

Le président, quand il se trouvait seul avec Cambronne, aimait à ressasser ses souvenirs du temps glorieux au cours duquel il avait gagné ses galons de « Doc de la nation ». Il avait parcouru à pied, quelquefois à dos de cheval ou de mulet, la plaine de l'Artibonite, le Plateau central, les régions semi-désertiques de la côte face à Cuba, dormant à la dure, se nourrissant de cassave et de maïs grillé, insensible à la fatigue, à la chaleur, aux ondées scélérates de juin, voire à ces bandits de grand chemin, ces *zinglins* qui, au détour d'un chemin isolé, fondaient sur l'équipe médicale dont il était le responsable adjoint. À maintes reprises, quelques bonnes rafales de fusil-mitrailleur, tirées en l'air par les fusiliers marins de l'US Navy qui les escortaient, avaient suffi pour mettre en déroute ces bandes de déguenillés.

— Duvalier a appris au moins une chose, mon cher Cambronne, au cours de cet interminable périple... Oui, au moins une... À savoir que dans ce pays le marronnage, l'irrédentisme si vous préférez, n'a jamais cessé. Et quand nous disons jamais, nous voulons dire depuis l'époque coloniale, depuis l'esclavage. Quand les Français tenaient nos pères sous le joug, nombre d'entre ces derniers, parmi lesquels Makandal et Boukman, surent trouver refuge dans nos mornes inexpugnables... Désirez-vous davantage de café ?... Au fait, quelles sont les dernières nouvelles de ces messieurs les porteurs de soutane ? Enfin, messieurs-messieurs, cela reste à vérifier !...

— Le Saint-Siège n'a toujours pas répondu à notre dernier courrier, monsieur le président.

— Ah ! Trois lettres rédigées dans les termes diplomatiques les plus soignés et l'homme du Vatican fait le mort ?

Fort bien ! Vous me préparerez donc une cérémonie de libations à Ogoun pour mercredi matin sur le Champ-de-Mars. Non, pas Ogoun, Baron-Samedi plutôt ! Comme ça, les observateurs internationaux auront de quoi observationner. Ha-ha-ha !...

— Ce sera fait, monsieur le président... Est-ce que je fais appel au hougan Méthylène ? C'est lui qui connaît le mieux Baron-Samedi, mais, comme vous le savez, il habite assez loin. La route du nord entre le Cap et Saint-Marc n'est pas très praticable ces jours-ci, monsieur le président.

— Débrouillez-vous, Cambronne ! C'est votre problème !... Duvalier vous disait donc que nos campagnes ont toujours été agitées par toutes sortes de mouvements obsidionaux de rébellion face au pouvoir central. Quand notre vénéré Toussaint a pris les rênes de Saint-Domingue, il lui a fallu composer avec elles et quand Dessalines, notre guerrier fondamental, notre immense Dessalines, nous a conduits à l'indépendance, il lui a bien fallu suivre la même politique. Bon, vous remarquerez qu'une fois au pouvoir, il s'est empressé de faire exécuter ces anarchistes, à commencer par Ti Pierre. Toujours est-il qu'aucun des rois, empereurs, généraux ou présidents qui se sont succédé depuis 1804 n'est jamais parvenu à circonscrire ce phénomène. Jamais, vous m'entendez, Cambronne ! Duvalier sait pertinemment que vous avez déployé une énergie remarquable pour installer des chefs de bouquement partout et il vous en sait gré, mais, cher ami, n'allez surtout pas vous imaginer que vous pouvez dormir sur vos deux oreilles. L'irrédentisme est une donnée fondamentale de ce pays, d'où l'extrême difficulté de le gouverner. Voici ce que les donneurs de leçons et les bonnes âmes d'Europe et d'Amérique du Nord ne comprendront jamais !

Luckner Cambronne appréciait énormément ces apartés avec François Duvalier, qui se déroulaient tantôt après le Conseil des ministres, tantôt en fin d'après-midi, quand il le convoquait pour régler quelque problème urgent. En tête à tête, le Doc était un autre homme qu'en public. Un tout autre homme. Cela épatait beaucoup l'inamovible ministre de l'Intérieur et responsable des finances personnelles du Doc qu'il était devenu après l'éviction de Clément Barbot, d'autant qu'il était loin, très loin de posséder le savoir livresque du Père de la nation. Selon lui, ce dernier devait avoir lu tout ce qui s'était écrit à propos d'Haïti depuis un siècle et demi, tant sous la plume de natifs-natals que d'étrangers.

— Quand Duvalier pérégrinait à travers nos montagnes, cher Cambronne, soliloquait-il, son seul compagnon était le livre. À l'époque, la radio n'était diffusée que dans la capitale et ses environs. Son mulet transportait toujours deux malles métalliques, l'une comportant son matériel médical, l'autre sa petite bibliothèque personnelle. Ah ! Captain Erickson, le responsable de l'US Medical Aid, trouvait que cette malle occupait trop de place et s'en agaçait. Nous l'entendons encore maugréer : « *You and your damned books !* » Vous et vos foutus livres !... Luckner, il faudra vous mettre sérieusement à l'anglais, cher ami, depuis le temps que vous le promettez à Duvalier !

Quand le Président à vie appelait son ministre de l'Intérieur par son prénom, c'est qu'il entendait manifester son mécontentement. En temps ordinaire, le Grand Électrificateur des âmes avait horreur des familiarités et il était de notoriété publique qu'il vouvoyait Manman Simone, la Mère de la nation, encore que personne ne l'eût jamais entendu s'adresser à elle en public. Pour ses rejetons, il usait du « elle » s'agissant de ses trois filles et du « il » pour ce gros bébé joufflu de Jean-Claude dont l'unique passion, depuis l'âge de seize ans, était la conduite de voitures de sport. Luckner Cambronne redoutait que le destin ne place trop tôt ce dernier à la tête de l'État, ce qui n'était pas impossible étant donné la santé chancelante du Doc. Ce dernier refusait de se laisser examiner par un médecin, arguant du fait qu'il en était un lui-même et savait mieux que quiconque de quoi il souffrait. « Le diabète, ça se soigne ! », clamait-il. Comme il sortait peu, le peuple ignorait que, de temps à autre, il tombait en syncope ou était la proie d'une paralysie faciale inexplicable qui l'empêchait de prononcer la moindre parole et mettait des heures à se dissiper. Le Palais national bruissait toutefois de rumeurs : le Doc souffre d'hypertension, le Doc est atteint d'une maladie cardiaque grave, le Doc est devenu diabétique, le Doc souffre d'épilepsie ou, pire encore, le Doc est atteint d'un cancer au cerveau. Et ceci et cela ! Mais on ajoutait aussitôt :

— Heureusement, les esprits-rada veillent sur lui ! Ce n'est pas demain qu'il partira pour le Pays sans chapeaux.

En réalité, Luckner Cambronne était persuadé que les problèmes de santé du Président à vie tenaient beaucoup à ses sautes d'humeur et surtout aux colères froides qui l'assaillaient, souvent au mitan de quelque causement anodin. Comme lorsqu'il avait demandé à Cambronne si la rumeur selon laquelle des émeutes de la faim s'étaient produites à la cour-à-fourmis de La Saline était fondée, ce qu'avait nié le ministre de l'Intérieur avec la plus extrême vigueur, assurant que le peuple s'en sortait grâce aux paris de borlette ; le Président à vie avait tambouriné sur son bureau avec une frénésie incontrôlable, faisant vaciller le crâne de Clément Jumelle :

— La borlette ! la borlette ! Duvalier en a assez d'entendre parler de cette invention stupide. Luckner, vous avez la charge de la Loterie nationale, comment se fait-il que ce système de paris marrons puisse la concurrencer ? Expliquez-lui !

— Mon... monsieur le président, permettez-moi de vous rappeler que nous avons dû fermer la Loterie nationale il y a bientôt dix-huit mois...

— Quoi ? Et personne ne nous en a rien dit ? Personne n'a cherché à obtenir notre assentiment ? Le laisser-aller règne dans ce pays, si Duvalier comprend bien !

Le Président à vie s'était dressé sur son fauteuil. Ses yeux voltigeaient des sortes de minuscules flammèches derrière ses grosses lunettes. Chacun des coups de poing qu'il infligeait à la pile de dossiers qui lui faisait face provoquait l'envol de deux-trois feuilles que Cambronne s'empressait de ramasser, s'appliquant à conserver les yeux baissés. Et puis, comme à son habitude, le Doc se calma d'un seul coup. Il se rassit, réfléchit longuement en caressant le crâne de Clément Jumelle, son vieil ennemi des élections de 1957, et, avec un rictus qui ne présageait rien de bon, déclara :

— Donc, si nous ne nous abusons, la République d'Haïti ne dispose plus de Loterie nationale ?...

— C'est bien cela, monsieur le président. D'année en année, la vente des tickets baissait, jusqu'au jour où elle n'a plus été en mesure de payer les gagnants. Continuer eût été dangereux...

Le président eut un rictus et se mit à caresser le cross de son Colt 45.

— Vous prenez Duvalier pour un imbécile, Luckner ? continua-t-il d'une voix sèche. Un parfait imbécile ! Sachez, petit monsieur, qu'il est l'œil de ce pays, l'âme de ce pays ! Sachez qu'il est partout, qu'il voit tout, qu'il entend tout ! Il lui est donc revenu que le peuple s'est détourné de notre Loterie parce qu'elle n'était devenue que manipulations et tricheries. Oui, Luckner, n'essayez pas de défendre l'indéfendable ! Tricheries, avons-nous dit. C'est le mot ! Sinon comment expliquez-vous que la fille de Madame Adolphe ait gagné trois fois le gros lot en moins d'une année ? Notre peuple ne sait pas encore lire et il ne parle pas le français, mais il n'est pas couillon pour autant. Et ne prenez pas Duvalier pour ce qu'il n'est pas ! Il sait très bien que lorsque cette Dulcinette Castor, sortie de nulle part, ou plutôt d'une cahute délabrée de Carrefour-Feuille, ci-devant revendeuse au Marché en fer, a fait la une de la presse parce que la roue de la fortune s'était arrêtée sur son insignifiante personne, Duvalier sait, Luckner, qu'il s'agissait d'un coup monté par vous !

— Mais, monsieur le président...

— Pas de mais, Luckner ! Nous avons nos sources et elles sont plus que fiables. Cette Dulcinette était l'une de vos innombrables maîtresses et, comme par hasard, au lendemain de l'heureux événement qui aurait dû combler sa vie, voici qu'elle a disparu ! Vous ne trouvez pas cela bizarre ?

Une sueur mauvaise perla au front du ministre de l'Intérieur. Ses doigts tapotaient nerveusement ses cuisses.

— Elle a dû partir en Dominicanie ou... ou alors à Miami, monsieur le président...

— Balivernes, Luckner ! Balivernes ! Il n'y a que les miséreux, les dénantis, les crève-la-faim qui quittent Haïti. Les riches ou les enrichis comme vous, jamais vous ne vous exilerez. Sauf contraints et forcés, évidemment !... Cette pauvre Dulcinette Castor, vous l'avez fait disparaître ni plus ni moins et vous avez empoché l'argent de son gros lot.

— Vous vous trompez, monsieur le...

— Et ceci, expliquez-nous donc ce que c'est, je vous prie ?

Et le Doc de sortir du premier tiroir de son bureau deux documents : l'un qui était le bordereau d'un versement à mamzelle Castor, estampillé « Loterie nationale d'Haïti », en date du 12 décembre 1963, portant le montant de deux millions six cent sept mille gourdes, et l'autre un relevé de compte de Luckner Cambronne à la Royal Bank of Canada, en date du lendemain, qui indiquait un virement du même montant. Le ministre de l'Intérieur, celui que tout un chacun considérait tant en Haïti qu'à l'étranger comme l'homme fort du régime, son meilleur rempart, « l'âme damnée de Duvalier » comme disaient les tracts révolutionnaires, prit un visage de gamin fautif, surpris le doigt dans le bocal de confiture. Le président l'aurait-il frappé à coups de badine qu'il n'eût pas bougé. Cet homme-là est protégé par de puissants loas, songeait-il, des loas-Guédé probablement, les plus redoutables. Il disposait de pouvoirs inconnus du commun des mortels. Invisibilité. Ubiquité. Inébranlabilité. Invulnérabilité aussi, puisqu'il avait déjà échappé à quatre ou cinq attentats depuis son élection. La vie d'aucun Haïtien n'avait de secret pour le Président à vie. Il venait d'en bailler une nouvelle preuve à Cambronne, qui pourtant avait la haute main sur la police secrète. Corps spécialement formé par les Israéliens qui ne figurait sur aucun document officiel et donc la police nationale, la gendarmerie et le corps des Volontaires de la Sécurité nationale ignoraient de qui elle était composée et où elle avait ses quartiers. Cent cinquante hommes et vingt-huit femmes triés sur le volet, experts en contre-espionnage, polyglottes, détenteurs de plusieurs passeports à des noms différents. Seul le Doc et son ministre de l'Intérieur possédaient la liste exacte de ces créatures de l'ombre, liste qui variait assez fréquemment, soit qu'Untel eût fait défection lors d'un voyage à l'étranger visant à éliminer un opposant politique, soit qu'Unetelle fût tombée enceinte, chose formellement interdite et qui conduisait à son exclusion immédiate. Luckner Cambronne se demanda lequel d'entre eux ou elles travaillait spécialement pour le Président à vie, à ses yeux la seule explication aux bordereaux que ce dernier venait de lui mettre sous le nez. Il n'eut pas le temps de se perdre en conjectures. Le Doc lui fit un signe de la main et déclara, retrouvant sa voix monocorde aux intonations caverneuses :

— Hors de notre vue, Luckner ! Nous vous avons assez supporté pour aujourd'hui. Demandez au secrétaire général de passer à mon bureau d'ici une petite heure !

LE SORT TRAGI-COMIQUE DE DULCINETTE CASTOR

Aux dires donc du télé-gueule, le numéro deux de la Révolution nationale possédait des femmes-dehors dans presque tous les milieux sociaux, y compris parmi les revendeuses du Marché en fer, femelles pourtant peu attrayantes, non tant à cause de leurs hardes négligées que parce qu'en procès avec la vie et avec Dieu, selon leurs propres dires, elles ne craignaient personne. Quel que fût le régime en place, libéral ou autoritaire, nègre ou mulâtre, chrétien ou plutôt vaudou, elles n'en avaient cure pour la simple et bonne raison que cela ne changeait rien, strictement rien à leur existence. Cette dernière était implacablement rythmée : arrivée sur le marché avant quatre heures du matin afin de réceptionner les marchandises dont elles avaient passé commande, c'est-à-dire grappes de mangues et de cocos nains, statuettes en bois verni et tableaux d'art naïf, ou encore tapis en sisal ou flacons de parfum à bon marché et sandalettes en plastique entrées clandestinement par la frontière dominicaine ; installation de leurs étals jusqu'à huit heures, moment de l'ouverture, quand déjà se pressaient des touristes ; déjeuner sur le pouce, vers midi : banane pesée ou épi de maïs grillé ; retour aux étals jusqu'à six heures du soir. Au final, entre ce qu'elles avaient dépensé pour acquérir leurs marchandises et la dîme qu'elles reversaient à la municipalité pour le propretage des lieux, il ne leur restait qu'une poignée de piastres. Juste de quoi permettre à leur progéniture de ne pas crever de malefaim.

Mais n'allez pas croire qu'elles s'en plaignaient ! Personne n'était responsable de leur état et il y avait plus malheureux qu'elles. Ce qui explique qu'elles ne prenaient pas part aux mouvements d'humeur sporadiques qui secouaient la capitale. Si bien que le jour où Luckner Cambronne, après un énième attentat, décida de se montrer dans les principaux lieux publics, entouré de sa garde rapprochée de macoutes, pour faire savoir à l'ennemi qu'il était inaccessible à la peur et traversa au pas de charge l'allée centrale du Marché en fer, aucune revendeuse ne prit sa hauteur. À toutes ses questions, elles répondaient invariablement :

— *M-pa konnen, mouché...* (Sais pas, monsieur...)

Sauf une jeunesse, quelque peu délurée, du nom de Dulcinette Castor, qui, mains sur les hanches, se dandina en riant à belles dents avant de lâcher sur un ton canaille :

— Si tu me laisses te faire ça, je vais te révéler quelque chose que tu ne connais pas, tonton !

Le ministre de l'Intérieur hésita. Inconscience ou provocation ? Naïveté ou stupidité ? Il se contenta de sourire à Dulcinette et continua son inspection, calmant ses sbires prêts à réduire l'impudente en bouillie.

— J'aime les Négresses qui gardent la tête haute, leur expliqua-t-il.

Comment, par la suite, la revendeuse devint l'une des maîtresses favorites de Cambronne, même le télé-gueule fut impuissant à le deviner. Simplement, chaque vendredi après-midi, une auto noire s'arrêtait devant l'une des portes latérales du marché et cornait deux-trois fois discrètement. Lotionnée et coiffée à la bourgeoise, habillée de neuf, Dulcinette traversait l'allée centrale d'un pas majestueux, trémoussant son phénoménal popotin de gauche à droite et de bas en haut, tout en saluant ses consœurs d'un geste désinvolte. Au bout de quelques mois, elle se vit attribuer trois étals et commença à farauder, ne répondant qu'en français – lorsqu'elle daignait répondre – à celles qui lui adressaient la parole. Elle fit d'ailleurs courir le bruit qu'elle serait bientôt une madame, installée dans une villa de Bois-Verna, et qu'elle n'aurait plus à supporter le brouhaha et la puanteur du Marché en fer.

Des mois s'écoulèrent pourtant et rien n'indiquait que son rêve se réaliserait un jour. L'auto noire raréfia ses allées et venues. On se mit à ricaner dans son dos. S'enhardissant, certaines revendeuses l'apostrophaient, l'affublant même du titre de « madame ex-Cambronne ».

— Vous allez voir qu'il ne m'a pas abandonnée ! ripostait-elle. Il est très occupé ces temps-ci à cause de la situation, mais il m'a promis un gros cadeau.

Des jalouses la surnommèrent aussitôt « madame Pas-de-cadeau », mais un vendredi, l'auto noire s'arrêta devant la porte principale du marché. Le chauffeur en descendit avec un bouquet de roses et une enveloppe qu'il remit cérémonieusement à Dulcinette. Dans un mouvement spontané, l'ensemble des personnes présentes, marchandes, clients et même quelques touristes applaudirent la jeune femme, laquelle ne bouda point son plaisir. Après avoir installé les fleurs au sommet de ses étals, elle ouvrit l'enveloppe avec délicatesse et en ôta un petit rectangle de papier. Un billet de loterie ! Un peu stupéfaite, elle le remit à sa place et, sans mot dire, se remit à ranger ses marchandises.

— Hé ! il est pingre, ton homme, Dulcinette ! fit une voix railleuse. Il compte sur le hasard pour te cadeauter ?

La princesse s'effondra une nouvelle fois. Tomba de son piédestal plus exactement. Des ricanements et des réflexions désobligeantes se mirent à fuser de partout. Subir une telle humiliation publique, c'en était trop pour elle. Alors, se ressaisissant, elle déclara *urbi et orbi* :

— J'ai les chiffres 12, 37, 9, 43, 33 et 54. Attendez donc demain et vous verrez !

Dulcinette Castor savait qu'elle venait de jouer sa réputation sur une pirouette. Depuis tant d'années qu'elle jouait à la loterie, elle ne se souvenait pas d'avoir gagné une seule misérable fois. Elle songea alors à s'enfuir en province, chez une cousine qui vivait à Hinche. Ce soir-là, elle fut la dernière à quitter le marché, emportant les quelques objets de valeur, surtout des tableaux d'art naïf, qui lui permettraient de tenir la brise jusqu'à ce qu'elle soit en mesure de commencer une nouvelle vie. Elle embrassa le préposé à la fermeture, homme taciturne avec lequel elle n'avait jamais échangé plus de deux mots depuis qu'elle exerçait au Marché en fer. Le bougre en fut tout ahuri.

L'histoire de la maîtresse de Luckner Cambronne ne devait pas s'arrêter là. On débagoula toutes qualités de racontages à ce sujet dans les audiences qui se tenaient le dimanche après-midi sur les places publiques et le soir dans les cours-à-fourmis. Dès le lendemain, la presse débarqua au marché. Dulcinette, qui était revenue à son étal, faute d'avoir eu le cœur à s'enfuir en province, fut photographiée sous toutes les coutures, interviewée, félicitée. Chacun comprit qu'elle avait gagné le gros lot au tirage de la loterie. Oui, le 12, le 37, le 9, le 43, le 33 et le 54 étaient bel et bien sortis ! La princesse remonta triomphalement sur son piédestal. Même celles qui avaient toujours ressenti pour elle de l'inamicalité multiplièrent les macaqueries. On ne cessa de la bassiner :

— Tu ne m'oublieras pas, petite chérie, hein ?

Mais la tragi-comédie n'était point terminée. Accompagné de deux macoutes armés jusqu'aux dents, Luckner Cambronne débarqua au marché sur le coup de midi et exigea que Dulcinette lui rende le billet de loterie. Il venait de lui ouvrir un compte à la Banque nationale d'Haïti et se chargerait lui-même d'y déposer la somme qu'elle avait gagnée. Après l'avoir embrassée sur les deux joues, il se retira non sans avoir serré quelques mains. Dulcinette était aux anges. Le reste de la journée, elle le passa comme sur un nuage. À chacune, elle promettait tantôt dix mille gourdes, tantôt le montant de l'écolage annuel de ses enfants. Ou le paiement de l'opération urgente d'un fibrome. On loua sa générosité et on la serra sur son cœur.

Or, le lendemain arriva. Le surlendemain aussi. Et le lendemain du surlendemain. Et les jours d'après, sans que la jeune femme montrât le bout du nez. Les plus méchantes d'entre les marchandes vociférèrent :

— On vous l'avait bien dit ! Elle n'est qu'une égoïste.

Final de compte, au bout de deux semaines, Dulcinette regagna ses étals comme si de rien n'était. Elle n'avait point changé. Ni vêture élégante, ni bijoux, ni escarpins. Exactement la même Dulcinette qu'on avait toujours connue. Celle qui halait le diable par la queue, comme tout le monde. On ne sut pas le fin mot de l'affaire car jamais plus elle n'ouvrit la bouche, même pour dire bonjour ou bonsoir. Et puis, un beau jour, Dulcinette Castor déserta définitivement le marché...

Luckner Cambronne se livrait toutefois à un commerce beaucoup plus juteux que la loterie clandestine. Le système qu'il avait mis au point avait fonctionné sans anicroche pendant au moins trois ans. Tôt le matin, deux camions-corbillards, décorés de noir et de mauve, aux carrosseries impeccablement astiquées, pénétraient dans les corridors défoncés des principaux bidonvilles de la capitale. Leurs conducteurs, en costume noir et gants blancs, casquette vissée sur le crâne, s'arrêtaient aux deux seuls endroits où, à cette heure matinale, ils étaient sûrs de pouvoir trouver du monde : les tumulus d'ordures et les fontaines publiques. Dans les premiers, réceptacles de tout ce qui était journellement ramassé ou chapardé à travers la ville, les plus misérables d'entre les misérables trouvaient toujours de quoi couillonner leur faim – une aiguillette de viande avariée ou un bout de morue séchée –, quitte à être la proie de violentes coliques ou parfois de maladies inconnues qui les clouaient sur leur grabat pendant des semaines. Aux points d'eau, l'atmosphère était moins lugubre. Femmes et fillettes se disputaient à coups de boîtes en fer-blanc et de seaux en plastique les maigres filets d'eau qui sortaient de robinets rouillés. Ce moment constituait cependant leur unique distraction de la journée, d'autant que s'y tenaient des audiences au cours desquelles se racontaient des histoires qui moquaient les puissants sans en avoir l'air et dont le télé-gueule, source inépuisable de nouvelles fraîches, se baillait à cœur joie. Les chauffeurs s'arrêtaient aux abords de ces deux points stratégiques et se contentaient d'attendre. Les

consignes étaient strictes : n'interpeller personne, ne solliciter quiconque. Aucun habitant des lieux n'était en mesure de déchiffrer l'inscription en lettres blanches qui occupait toute la longueur des véhicules, « Haitian-American Funeral Services », mais l'allure de ces derniers ne laissait planer aucun doute sur leur identité. Cette méthode avait pour but d'éviter qu'on ne leur fourgue des cadavres de vieillards ou des corps en décomposition. En effet, chacun vivant dans sa chacunière, en dépit du surpeuplement des lieux, il arrivait fort souvent que le décès d'un proche voisin passât inaperçu, jusqu'à ce que l'odeur caractéristique de la putréfaction mette les vivants en émoi. Dans ces cas-là, il fallait faire appel à la compagnie des pompes funèbres de Delmas, laquelle pouvait mettre deux ou trois jours avant d'intervenir, chose qui obligeait les gens à s'amarrer un bout de toile sur le nez. Mais personne ne se plaignait vraiment. La mort rôdait en permanence à La Saline, au Bel-Air, à Carrefour et même à Cité Simone, ce lotissement pourtant neuf qui avait jailli de terre grâce à l'infinie magnanimité de la première dame de la nation. Elle happait tout sur son passage, cette mort. Des vies déjà esquintées, démantibulées. Celles de poitrinaires, de diarrhéiques, de frappés de congestion, de femmes mal relevées de leurs couches, de vieux-corps terrassés par le grand-goût, ce nom cynique que le créole donne à la faim. Seuls le décès de nourrissons, le plus souvent à cause de vers scélérats, déclenchait encore larmes et lamentations. Si bien que chacun finit par savoir quel corps revenait, quasiment de droit, à la compagnie haïtiano-américaine de pompes funèbres et quels autres à son alter ego local. On voyait alors une ombre s'approcher de l'un ou l'autre des camions-corbillards, l'air de rien, et lancer au chauffeur :
— *Ou ba-m konben, konpè ?* (Tu me donnes combien, l'ami ?)
— *Trant goud* (30 gourdes).
— *Trant selman ! Ou t-a kab ba-m tibwen plis, non ?* (Seulement trente ! Tu ne pourrais pas m'en donner un peu plus, des fois ?)

— *M di-w trant !* (Trente, j'ai dit !)

L'informateur, résigné, était alors introduit à l'arrière du véhicule où trois croque-morts en habit de cérémonie lui faisaient place entre des cercueils en zinc dans lesquels étaient placées des barres de glace. Le chauffeur démarrait en trombe. Quand, par la vitre arrière, le premier estimait qu'il n'était plus possible d'avancer à cause de l'étroitesse des ruelles ou de la boue, il faisait un signe de tête à l'un des croque-morts, lequel tapait contre la cabine du conducteur jusqu'à ce qu'il comprenne qu'il était temps de s'arrêter. Muni d'un brancard, ce petit monde se faufilait, guidé par l'habitant, jusqu'à la bicoque du fraîchement décédé et l'embarquait, non sans avoir pris soin d'emporter les rares biens qui en valaient la peine et de détruire toute trace de son existence terrestre. L'abri de fortune était pulvérisé en quelques minutes, ce qui faisait la joie des nombreux campagnards qui campaient en pleine ruelle depuis des semaines dans l'attente d'un emplacement. L'intrusion des employés de la Haitian-American Funeral Services était, en général, suivie d'une bagarre en règle dont ceux-ci n'avaient cure. Le chauffeur descendait de son camion et venait examiner le cadavre afin de vérifier que l'informateur ne leur avait pas raconté des couillonnades, autrement dit qu'il s'agissait bien d'un corps utilisable par la médecine, avant de lui lâcher trente gourdes d'un geste dédaigneux. La tournée se poursuivait jusqu'aux premières heures du jour, lorsqu'enfin le soleil parvenait à se hisser par-delà les crêtes de la chaîne des Matheux et du Morne La Selle. Une fois le quota journalier atteint (pas moins de dix corps par camion), les chauffeurs se ruaient jusqu'à l'aéroport de Maïs-Gâté où, dans un hangar qui ne payait pas de mine, des Américains en blouse blanche prenaient le relais. Ceux-ci lavaient les corps à l'aide de tuyaux, leur rasaient le crâne et leur coupaient les ongles des mains et des pieds avant de les langer dans de grands draps isothermes. Ensuite, un à un, les corps étaient allongés dans des cercueils frigorifiques et convoyés jusqu'à un avion, stationné en bout de piste, moteurs déjà en marche, sur la carlingue duquel on distinguait, en lettres discrètes, Joseph Goldenstein Inc., Dade County, Miami (Fla).

Il arrivait que l'appareil accomplisse plusieurs rotations dans la journée entre Haïti et la Floride. Parfois, un deuxième venait à la rescousse lorsqu'une énième inondation avait noyé une portion de La Saline ou de Carrefour et que la société de Luckner Cambronne avait pu récupérer les corps qui n'avaient pas encore eu le temps de gonfler. Ce commerce lucratif était né de l'amicalité qu'entretenaient depuis un certain temps le ministre de l'Intérieur et le businessman Goldenstein. Les deux hommes avaient lié connaissance à l'occasion du vernissage d'une exposition de peinture naïve dans le salon d'honneur de l'hôtel Oloffson. À l'époque, bien que Luckner Cambronne ne s'intéressât pas du tout à l'art – il lui préférait de loin les gaguères où il lui arrivait de parier mille dollars sur un coq de combat espagnol –, il avait accepté l'invitation du directeur de l'établissement afin d'essayer de comprendre pourquoi ces imbéciles d'Américains, richissimes pour la plupart, étaient prêts à dépenser des fortunes pour ce qu'il considérait comme de vulgaires barbouillages. Dans son bureau du Palais national, il avait, quant à lui, fait accrocher aux murs des reproductions de vrais tableaux : *L'Angelus* de Millet et *La Joconde*. Au cours de la soirée, Goldenstein l'avait approché, un verre de champagne à la main, le flattant sans vergogne :

— Vous êtes un homme très *important*, m'a-t-on dit.

Il avait prononcé l'adjectif à l'américaine, en appuyant lourdement sur le *t* final, ce qui fit sourire le ministre de l'Intérieur. Autant la fréquentation des Européens l'impressionnait (quoique à son corps défendant), autant celle de ces gros balourds de Yankees, contre lesquels, gamin, il avait lancé des cailloux à l'époque de l'occupation, le laissait froid. D'ailleurs, le Président à vie était formel à ce sujet :

— Américain égale dollar, mon cher Cambronne, retenez cela ! Dollar et rien d'autre. La culture n'est pas leur fort. Du moins, soyons justes, chez ceux qui fréquentent nos riantes contrées. Ha-ha-ha !…

Après un bref échange de banalités à propos d'une toile de Préfète Duffaut et quelques commentaires évasifs sur la situation internationale, Goldenstein l'emmena sur la terrasse de l'hôtel au motif de profiter de la brise du soir, très fraîche à cause de l'altitude où se trouvait juché l'Oloffson. Visiblement, l'homme était un habitué des lieux, ce qui agaça le ministre de l'Intérieur, vexé que sa police secrète ne lui eût jamais signalé ses allées et venues dans le pays.

— On dit moi que quand beau temps, on voit île Gonave, vrai ?

— *We can speak English*, fit Luckner Cambronne, de plus en plus sur les nerfs.

Coupant court à ses ronds de jambe, le Yankee, sans doute rassuré de pouvoir s'exprimer dans sa langue maternelle, lui fit alors tout de go :

— J'ai un gros, un très gros business à vous proposer, mon général.

— Je ne suis pas général. Simplement ministre de l'Intérieur.

La suite de leur conversation incita Luckner Cambronne à se décider en un battement d'yeux. Le dénommé Joseph Goldenstein était le patron d'une société de transport chargée de fournir en cadavres frais pas moins de cinq facultés de médecine en Nouvelle-Angleterre. Hélas, aux *States*, les gens vivaient de plus en plus vieux et lorsqu'un jeune décédait, c'était à la suite d'un accident de voiture ou d'une rixe dans un ghetto, ce qui rendait souvent son corps inutilisable. Il avait entendu dire qu'en Haïti l'espérance-vie était de quarante-deux ans, donnée fort attristante mais contre laquelle il savait que l'US Medical Aid déployait d'immenses efforts. Pour l'heure, il savait aussi de source sûre que tous ces décédés posaient un problème quasi insoluble aux pompes funèbres haïtiennes. La presse internationale ne prétendait-elle pas que certains d'entre eux n'étaient même pas enlevés et pourrissaient, puis se desséchaient dans leurs cases ? N'ajoutait-elle pas que certaines fois, pour éviter les épidémies de typhus, les autorités faisaient empiler les cadavres dans les cours des bidonvilles où ils étaient incinérés ? Luckner Cambronne se mordilla les lèvres pour ne pas laisser éclater sa rage. De quoi se mêlait-il, ce Yankee arrogant et presque obèse ? Il se livrait rien moins qu'à une critique en règle du régime avec une feinte naïveté qui hérissait le ministre de l'Intérieur.

— Trois cents dollars par tête ! attaqua Goldenstein, qui sans doute avait senti venir l'orage.

Cambronne se raidit, visiblement perplexe.

— Cinq cents, monsieur le ministre !... Aux USA, nous payons généralement trois cents, mais ici, je suis prêt à faire un petit effort. Prenez-le comme un geste de solidarité venant d'un citoyen honnête du pays que vous appelez votre Grand Voisin du Nord !

L'homme semblait au courant des moindres habitudes du pays. Il savait que dans l'élite, contrairement au peuple qui ne jurait que par Miami, Boston ou New York, on répugnait à prononcer le nom des États-Unis. Il se souvenait de Gérard de Catalogne, l'idéologue du régime, qui s'était livré à une admonestation en règle de l'ambassadeur étasunien venu déposer au Palais national une note de protestation contre « les violations répétées des droits de l'homme ».

— Les États-Unis ? Mais ce mot ne signifie rien du tout, monsieur ! Pourquoi pas les Pays-Associés pendant que vous y êtes ?... Ah, je vous vois venir ! Les États-Unis d'A-mé-ri-que ! Mais l'Amérique, si je ne m'abuse, s'étend de l'Alaska à la Terre de Feu, et puis la Colombie et le Venezuela ne sont-ils pas, eux aussi, constitués d'États unis ?

L'interprète du diplomate n'avait pas dû (ou pas su) traduire ces propos virulents car ce dernier ne broncha pas. Il se retira même le sourire aux lèvres, saluant bien bas le Président à vie et son ministre de l'Intérieur. Mais, dans les jours qui suivirent, la sanction tomba : l'US Aid réduisit de moitié ses livraisons de maïs, cinquante mille tonnes annuelles sur lesquelles le régime prélevait une bonne partie qu'il faisait revendre au marché noir et au prix fort. Une perte sèche qu'il lui avait fallu combler par d'autres moyens. Tout cela à cause d'une banale rebuffade !

Surmontant son ire, Luckner Cambronne ne mit pas très longtemps à accepter le *deal* que lui proposait Joseph Goldenstein. Aucun document ne fut signé. Ni à cette occasion ni plus tard. Le Yankee lui avait précisé qu'il avait un infini respect pour cette coutume locale qui voulait que la parole donnée fût plus importante que n'importe quel papier administratif.

— Chez vous, ajouta-t-il, le célèbre dicton latin devrait être inversé : *scripta volent, verba manent*. Ha-ha-ha !

Luckner Cambronne ne lui demanda pas ce que signifiaient ces mots car il avait déjà l'esprit ailleurs. Un rapide calcul lui démontra qu'en fournissant la centaine de cadavres hebdomadaires que ses services lui signalaient à La Saline, Carrefour et autres cours-à-fourmis, il pouvait espérer récolter entre 400 et 500 000 dollars par mois. De quoi s'offrir cet appartement parisien sur l'avenue Foch dont il n'avait cessé de rêver depuis qu'il y avait été reçu, lors d'une visite officielle à Paris, par un ancien ambassadeur français en Haïti tombé amoureux du pays au point d'écrire plusieurs ouvrages sur le culte vaudou, et qui se morfondait d'avoir été mis à la retraite suite à un changement de gouvernement. L'homme, un célibataire endurci, n'avait plus aucun parent dans l'Hexagone et avait déclaré à Cambronne avoir reçu maintes propositions d'achat pour son appartement, mais il tenait à ce qu'un Haïtien en fît l'acquisition. « Un authentique Haïtien, un Grand Nègre comme vous, ajoutait-il, un brin emphatique. J'attendrai le temps qu'il faudra. Et puis, j'ai déjà une place qui m'attend dans une excellente maison de retraite des Alpes-Maritimes. Le moment venu, mon cher Cambronne, faites-moi signe ! »

Dans les premiers temps, pour ne pas éveiller l'appétit de ses pairs, Luckner Cambronne déguisa la vente des cadavres en évacuations sanitaires. Des ambulances se

pressaient au petit matin aux portes des quartiers plébéiens de la capitale, conduites par de pseudo-infirmiers
empressés, qui demandaient à la ronde s'il n'y avait personne d'alité et qui emportaient les personnes désignées
sans autre forme de procès, déclarant qu'à Miami un charitable hôpital presbytérien s'occuperait de les soigner.
Durant le trajet jusqu'à l'aéroport François-Duvalier, les
infirmiers se chargeaient de faire passer leurs proies de
vie à trépas en les étouffant à l'aide d'oreillers. Toutefois,
Cambronne était loin du compte. Loin de pouvoir espérer
« caler ouest », c'est-à-dire prendre ses aises sur la célèbre
avenue parisienne. Ses faux ambulanciers ne pouvaient,
en effet, transporter guère plus que deux ou trois corps à
la fois. Il lui fallait voir grand, plus grand, et là, il lui devenait impossible de continuer à maquiller son business. Il
serait bel et bien obligé de l'élargir au-delà du cercle des
quatre membres de la police secrète en qui il avait entière
confiance. Et surtout en parler au président !

Luckner Cambronne n'avait aucune idée de la manière
dont ce dernier prendrait la chose, s'il accepterait que des
corps noirs fussent livrés à des mains blanches pour être
dépecés comme des cobayes, lui qui défendait une si
haute conception de la race. Le ministre de l'Intérieur lui
vouait une admiration certaine, lui enviait sa culture, ses
connaissances historiques et s'était toujours étonné qu'il
menât une existence aussi spartiate. On ne lui connaissait
pas de maîtresse et seuls Cambronne et Daumec étaient au
courant de sa relation amoureuse avec la secrétaire particulière de Clément Barbot, la Mulâtresse France Saint-Victor
(encore que le confident de Papa Doc ignorât complètement que Cambronne fût au courant). De plus, il se montrait modéré sur l'alcool et les petits plats lors des banquets
et, s'il possédait de somptueuses résidences en dehors de
la capitale, force était de reconnaître qu'il n'en profitait
guère. Pour dire la franche vérité, le Doc vivait en quasi-
reclus. Cambronne ne se souvenait plus de l'avoir vu rire
à belles dents depuis des lustres. Sans doute la dernière
fois où cet événement rarissime s'était produit fut-elle le

soir de son élection en 1957. Ou alors le jour de la naissance de son fils, alors qu'après trois filles il désespérait
d'avoir un jour une descendance masculine, ce gros Bébé
Cadum de Jean-Claude dont les frasques à répétition donnaient du souci à la police secrète. Ou peut-être le jour où
le Vatican se résigna enfin à mettre genou à terre et
accepta de modifier le concordat qui, depuis 1860, le liait
à Haïti, le Président à vie disposant désormais du droit de
nommer des évêques indigènes. Le Doc aimait beaucoup
employer ce dernier terme qu'il préférait, semblait-il, à
« nègre » ou à « noir ». Dans son jeune temps, il avait, il est
vrai, participé au fameux Mouvement indigéniste lancé
par celui qu'il qualifiait de « plus éminent esprit haïtien de
tous les temps », à savoir le docteur Jean-Price Mars.

— Duvalier n'avait, hélas, ni l'âge ni l'expérience pour
pouvoir écrire sous notre seul nom dans sa revue, cher
Cambronne. Nous avons dû y cosigner des articles avec
l'illustre Lorimer Denis... Je vous en conseille vivement la
lecture. Si la Bibliothèque nationale en a conservé des
exemplaires ! *Les Griots*, tel était son nom !... Des esprits
superficiels y ont vu simplement la célébration de
l'Afrique perdue et du vaudou. Or il y a davantage dans
l'œuvre de Mars. Elle affirme d'abord notre légitimité sur
cette terre d'Haïti et dans les Amériques. Par notre sueur
et notre sang, nous en sommes devenus les nouveaux
autochtones, des indigènes en quelque sorte, puisque les
conquistadors ont massacré le peuple taino, lui arrivait-il
de soliloquer, oubliant qu'il avait déjà prononcé ces
mêmes phrases à diverses reprises devant son ministre de
l'Intérieur qui, à ces moments-là, avait la désagréable
impression de se trouver comme un élève peu studieux
devant son maître.

En fait, Luckner Cambronne réagissait rarement aux
discours du Doc. D'abord parce qu'il lui aurait fallu posséder sa culture, ensuite parce que des préoccupations
plus terre à terre occupaient son esprit, notamment l'état
d'approvisionnement de ses quinze comptes en banque,
dont deux à Miami et un en Suisse. Chacun d'eux était

directement abondé par un pourcentage qu'il s'octroyait sur différentes activités comme le commerce du café et l'extraction de la bauxite, sans compter ce qu'il prélevait sur les taxes douanières, les apports financiers occultes que lui faisaient tenir certains gros négociants levantins du Bord-de-mer, le bakchich que lui offrait son homologue dominicain quand ils se réunissaient à Dajabon afin de négocier les contrats de travail de ces dizaines de milliers de coupeurs de canne haïtiens indispensables à la bonne marche de la *zafra*, sans compter de multiples autres sources de revenus de moindre importance. Les articles de presse vipérins des opposants réfugiés à Montréal, qui l'accusaient d'être plus riche que Papa Doc, avaient le don de le mettre dans une enrageaison sans nom, mais ne reflétaient, il le savait pertinemment, que l'exacte réalité.

Or, avec le commerce de cadavres mis en place avec Joseph Goldenstein, il passait à une tout autre échelle. Il sortirait du modeste clan des millionnaires haïtiens pour entrer dans le vaste club des milliardaires internationaux et cette seule idée l'épouvantait. Il suffirait, en effet, que le magazine *Forbes* le classe dans la liste des cent personnes les plus fortunées de la planète, même à l'avant-dernière ou à la dernière place, pour que tous les barons du régime, déjà envieux de sa position et jugeant son inamovibilité à la fois suspecte et insupportable, se liguent pour le faire tomber. Jusqu'à présent, et cela grâce à leurs rivalités intestines, ils avaient agi en ordre dispersé et Cambronne avait toujours réussi à les mater ou à les évincer lorsque tel ou tel devenait trop dangereux ; mais parfois il eût suffi de peu pour qu'ils obtiennent sa tête. Ainsi n'avait-il jamais pu identifier avec certitude lequel d'entre les ministres avait révélé au Président à vie qu'il continuait à s'entretenir en secret, « en dessous d'un châle » selon l'expression créole, avec Samuelson, le chargé d'affaires des États-Unis, bien qu'officiellement les relations diplomatiques entre les deux pays fussent rompues. Luckner Cambronne s'était défendu en arguant du fait qu'au poste où il se trouvait placé, il lui était nécessaire, voire indispensable, de « connaître les intentions de l'ennemi déclaré de la première république noire du monde moderne », mais il avait eu chaud, très chaud !

Prenant donc son courage à deux mains, il révéla au Doc l'existence de son tout nouveau business, minimisant sa portée autant que faire se pouvait. Il évoqua d'abord les multiples avantages que le pays en retirerait. Le soulagement des pompes funèbres, habituellement débordées. Puis, il insista sur l'aide médicale apportée dans les bidonvilles par Goldenstein, sous la forme d'une campagne de vaccination contre la poliomyélite et le tétanos, et surtout, intérêt plus noble, l'avancement de la science. Peut-être bien qu'un jour le monde entier apprendrait que le mystère du cancer avait été enfin résolu grâce aux études effectuées sur des corps d'Haïtiens dans l'un ou l'autre des centres de recherches les plus renommés du Grand Voisin du Nord. Le Président à vie demeura muet durant près d'un quart d'heure, comme chaque fois qu'il s'apprêtait à prendre une décision grave. Sur son bureau, la Bible était ouverte à la page de l'Apocalypse. Juste à côté, la crosse nacrée du Colt 45 présidentiel, qui impressionnait tant les journalistes étrangers venus l'interviewer, brillait étrangement.

— Que faites-vous de l'honneur national, Luckner ? demanda-t-il enfin, le fixant de son regard de chouette frisée.

— Il... il s'agit de défunts, monsieur le président...

— Et alors ? Nos défunts n'auraient-ils pas droit à une sépulture honorable ? Doivent-ils finir charcutés dans les arrière-salles des laboratoires de médecine des Grands Blancs ?

Le ministre de l'Intérieur ne sut que dire. Il se sentait écrasé, vaincu même. Les yeux du Doc ne cillaient pas depuis le début de leur entretien, chose qui le rendait encore plus inquiétant. Était-il vraiment le hougan, l'invocateur des esprits du vaudou qu'il se prétendait, celui que Méthylène en personne, le terrible Méthylène avait adoubé deux ans après son arrivée au pouvoir ? La plupart du temps, Cambronne en doutait, connaissant la rouerie et surtout la cupidité des soi-disant « papa-loas », qui prétendaient pouvoir entrer en contact direct avec les divinités de l'Afrique-Guinée. Mais, dans certaines circonstances, il se devait d'admettre que le Doc pouvait se métamorphoser en vrai Baron-Samedi, d'autant qu'il gardait les rideaux de son bureau à moitié tirés la plupart du temps et que ses interlocuteurs devaient faire un effort pour distinguer ses traits.

— Et cette jolie combine vous rapportera combien, Luckner ? reprit-il, apparemment rasséréné. Car Duvalier suppose que la Banque nationale d'Haïti ne verra pas l'ombre d'un dollar et...

— Pardon de vous interrompre, monsieur le président, tout dépendra de nos envois. Disons entre 400 et 500 000 dollars l'an selon mes premiers calculs...

Le Doc se leva brusquement de son fauteuil et fit quelques pas en long et en large, sans que son visage impassible permît de connaître le fond de sa pensée. Écartant l'un des rideaux, il observa la placette qui faisait face à l'entrée Nord du palais, endroit où il avait fait ériger une superbe statue du Nègre marron inconnu, créature aux muscles bandés qui soufflait, les yeux rivés au ciel, dans une conque de lambi.

— Pourquoi la rue est-elle déserte, Luckner ?

— Mais, monsieur le président, nous l'avons interdite aux passants et à la circulation depuis trois semaines déjà...

— Et pourquoi donc ?

— Par mesure de sécurité, monsieur le président... Nous avons procédé à l'arrestation de deux individus qui s'apprêtaient à pénétrer dans les cuisines du palais, déguisés en livreurs... Je vous rappelle que c'est par cette porte que sort la voiture de votre fils lorsqu'il se rend à l'université...

— Bon-bon, terminons-en, voulez-vous ! Pour votre histoire de business avec ce... comment déjà ?

— Goldenstein, monsieur le président, Joseph Goldenstein...

— Peu importe son nom, en fait ! Agissez comme il vous semblera le plus utile à notre pays et surtout évitez que notre drapeau ne s'en retrouve sali, monsieur ! Duvalier ne veut plus entendre parler de ça, d'accord ?

Luckner Cambronne décrypta à la perfection les propos du Doc. Il savait qu'il lui faudrait dorénavant verser au moins la moitié des recettes de son business sur l'un des comptes que Manman Simone, la Mère de la nation, possédait à la Royal Bank of Canada...

QUATRIÈME SPIRALE

Il y a des peuples qui, choqués par l'Histoire, peu à peu s'enfoncent dans la déréliction et le désespoir et dont les rites ne sont plus que vaines parades à la chatoyance suspecte. Leurs invocations – au soleil, à la lune, à l'invisible – s'épuisent dans un langage exténué.

Alors, les vieux-corps, les très vieux, les derniers à conserver des bribes du Temps d'Avant, se dépêchent de fabriquer de beaux mythes qui raviront les savants accourus des quatre coins de l'univers.

Seul le peuple d'Haïti-Thomas perdure dans son être, irréfragable, éclat de basalte voltigé par-delà les continents.

Il demeure là, oui...

16

Or donc, il se raconte sous-le-châle que le sosie de Papa Doc ne fut point assassiné deux mois à peine après son entrée en fonction, lors d'un attentat commis en la ville des Gonaïves à l'occasion de la fête du Drapeau. Certes, une forte explosion s'était produite aux abords de la tribune officielle lorsque l'orchestre militaire avait entamé les premières notes de l'hymne national, mais dans les minutes qui suivirent, une nuée de soldats, de membres de la police secrète, de la Garde nationale et des Volontaires de la Révolution nationale avait encerclé les lieux, chassant la foule sans ménagements. Personne, dans le peuple en tout cas, ne pouvait affirmer avec certitude avoir vu de ses yeux vu le cadavre du Doc, lequel d'ailleurs réapparut dès le lendemain, ou plutôt se manifesta par le moyen d'une allocution radiophonique au ton martial. Seuls quelques-uns parmi les rares journalistes étrangers, d'ailleurs triés sur le volet par les services de Luckner Cambronne, témoignèrent de l'événement. Le *Miami Herald* publia tout de même une photo sur laquelle on distinguait, au mitan d'un amas de chaises et de banderoles, des corps fracassés parmi lesquels, assurait la légende, celui du locataire à vie du Palais national, mais elle était bien trop floue pour pouvoir émettre un jugement valide sur la question.

En fait, ce fameux jour, ni le Président à vie ni son sosie ne se trouvaient sur les lieux. Le premier, qui se vantait pourtant d'avoir changé les couleurs de l'emblème national – passé du rouge et bleu au noir et rouge –, acte ô combien délicat quand on sait que les premières couleurs avaient été choisies un siècle et demi plus tôt par le fondateur de la nation lui-même, le généralissime Dessalines, avait, l'âge montant, une sainte horreur des manifestations publiques. Quant à sa doublure, le premier cercle des barons du régime avait finalement décidé de ne pas l'exposer dans cette ville traditionnellement frondeuse. Pour peu que le prix de la marmite de maïs eût augmenté de quelques cobs ou que la gendarmerie se fût montrée un peu trop rude envers ceux qui, dans les campagnes environnantes, grignotaient le Domaine national pour y installer leurs jardins créoles, des incendies se déclaraient ici et là, des barrages de roches étaient installés sur les rails de la Hasco et les wagons de canne à sucre pillés. La vérité est que seuls des seconds couteaux avaient été blessés ou tués lors de cet énième attentat, la meilleure preuve étant qu'aucun d'entre eux ne bénéficia de funérailles nationales.

L'autre raison, prépondérante, qui avait poussé les dignitaires du régime à ne pas utiliser le sosie du Doc était que l'homme, s'il apprenait plutôt vite, si son français s'était considérablement amélioré grâce aux leçons particulières que lui baillait chaque après-midi le poète Gérard Daumec, commençait à sentir son nez se gonfler. Il jouait à l'important quand il s'adressait aux serviteurs du Palais national et s'autorisait même des plaisanteries d'un goût douteux avec la gent féminine, se permettant par exemple de faire remarquer à Madame Adolphe que ses lunettes la vieillissaient.

— Il fallait modifier son apparence, messieurs, s'était-elle énervée. Pas son caractère ! Bientôt, vous verrez que l'énergumène deviendra incontrôlable.

Luckner Cambronne et le secrétaire de la présidence, qui ne portaient pas l'égérie macoute dans leur cœur, avaient serré les dents. Pour une fois, elle disait vrai, cette pavaneuse qui vivait encore sur les restes d'une ancienne gloire acquise dans son jeune temps, à l'époque où elle était montée à l'assaut, dans les montagnes de Jérémie, de

ce commando de treize jeunes Mulâtres qui s'étaient imaginés pouvoir refaire le coup du Christ et de ses douze apôtres auprès des paysans analphabètes de l'endroit. Le problème était que le sosie, l'Autre-même, était devenu entre-temps l'ami du fils de Papa Doc, Jean-Claude, depuis qu'il lui avait révélé où se cachait la fameuse Idanise qui lui avait tapé dans l'œil. Cette jeune Mulâtresse, fruit sans aucun doute de l'union fortuite entre un marin étranger et une lavandière du quartier Bourdon, faisait l'admiration de son voisinage, non point tant pour sa belleté, laquelle était incontestable, que pour son côté donnant. Ouvrière dans une factorerie qui fabriquait des balles de golf à Duvalierville, elle utilisait une bonne part de sa solde à soulager la misère autour d'elle. Chaque soir, elle s'en revenait avec des boîtes de corned-beef et de lait Nestlé, des paquets de biscuits salés, parfois des cachets d'aspirine qu'elle distribuait aux plus nécessiteux sans rien réclamer en retour. Ne lui connaissant aucune liaison masculine, tout Bourdon en était venu à la considérer comme une sorte de ma-sœur laïque qu'il était hors de question de dérespecter. De temps à autre cependant, une femme âgée ou un vieux-corps lui lançait gentiment :
— Idanise, avec ta peau couleur de miel et tes grands cheveux-soie, tu pourrais te trouver facilement un grand monsieur, tu sais…
La jeune femme se contentait de sourire ou faisait mine de n'avoir rien entendu. Elle avait toujours une parole d'encouragement pour les plus dénantis et, quand un décès se produisait, elle n'hésitait pas à se retrousser les manches et à s'improviser laveuse de morts. Et si personne ne pouvait se vanter de l'avoir jamais entendue prononcer la moindre critique contre le régime, elle répétait tout le temps, à voix très douce :
— Nous sommes une nation héroïque. Personne d'autre que nous n'aurait pu subir tant de mauvaisetés à la fois. Personne !
Bien malin celui qui aurait pu deviner si elle employait ce beau mot de « nation » au sens créole ou au

sens français. Dans le peuple, on savait que dans la bouche des gens importants et des riches il renvoyait au peuple dans son entier. N'était-il pas constamment martelé à la radio ? C'était un mot abstrait et donc vide de sens, qui n'entretenait aucun rapport en tout cas avec les sociétés secrètes qui, nées au temps jadis dans le Pays en dehors, avaient peu à peu investi la capitale : nation-Congo, nation-Dahomey, nation-Arada et tant d'autres. Dans les cérémonies vaudoues, les gens s'unissaient en nations et chacune avait ses loas favoris. C'est qu'Idanise se tenait à l'écart de cette frénésie qui s'emparait de Bourdon quand, à la fin du carême, presque chaque nuit, les tambours-rada appelaient au rassemblement sous les péristyles de ces cases qui ne payaient pas de mine en plein jour, mais qui, une fois décorées, se transformaient à la lueur des flambeaux en haut lieu des divinités africaines et créoles. Toutefois lorsque Mgr Ligondé lançait quelque campagne antisuperstitieuse et que des hordes de Tontons macoutes assiégeaient le quartier dont ils détruisaient au petit bonheur la chance tout baraquement susceptible de ressembler, de près ou de loin, à un lieu de culte, Idanise était la première à remonter le moral des fidèles et à les aider à reconstruire. Elle était donc une personne énigmatique et on avait fini par l'accepter comme telle.

Selon une première version, le sosie du Doc fut donc celui qui conduisit Jean-Claude jusqu'à elle. Ce qui, apparemment, ne lui porta pas chance car, de ce jour, il disparut à tout jamais du Palais national. Selon une tout autre version, à tout prendre plus crédible, ce furent le destin et son incorrigible ironie qui mirent la main à la pâte. Le racontage affirme ceci : la vie d'Idanise bascula du jour où, au volant d'un de ses bolides italiens, Jean-Claude fonçait, en klaxonnant à tout va, en direction du Portail Saint-Joseph, indifférent aux cris d'effroi des passants qu'il manquait de percuter. La mamzelle, qui sortait de la factorerie où elle avait passé pourtant près d'une dizaine d'heures à coudre des balles de golf, avançait de son habituel pas guilleret, faisant signe aux chauffeurs de taptaps

250

qu'elle n'avait pas l'intention de s'y embarquer. Elle aimait marcher. Pourtant, la distance qu'elle devait parcourir pour regagner son chez elle était considérable. Des kilomètres et des kilomètres pour tout dire. C'est que sur le chemin elle s'était fait des connaissances. Ici, un vendeur de fresco qui lui offrait gratuitement un cornet de glace pilée agrémentée de sirop de grenadine et de menthe ; là, une vieille impotente qui se tenait constamment assise sur une chaise décatie à la devanture de sa case et qui était tout heureuse que quelqu'un lui fît la conversation ; plus loin, un cordonnier ou un menuisier qui lui contait des galantises tout en essayant de lui fourguer contre des dollars le fruit de son travail. Idanise avait un mot gentil pour chacun. Comme elle savait lire et écrire – la factorerie américaine, dans un geste de folle générosité, avait embauché un maître d'école qui, deux fois par semaine, prenait sous son aile les ouvrières désireuses de s'instruire –, on lui demandait de rédiger des lettres, qui à des parents émigrés à l'étranger, qui à l'administration, qui à quelque institution scolaire où l'on espérait pourvoir inscrire ses rejetons. Elle ne répondait jamais non. Si bien que, terminant son travail à seize heures, elle n'arrivait à sa case que sur le coup de dix ou onze heures du soir, l'air aucunement épuisé.

Bébé Doc faillit emboutir un camion qui transportait des balles de sisal lorsqu'il aperçut sa silhouette aérienne se profiler au Portail Saint-Joseph. Il crut à une apparition. Qu'une telle merveille se trouvât parmi les guenilleux qui se bousculaient à cet endroit lui coupa la respiration ! Il gara son bolide comme il put, empiétant sur un trottoir défoncé et, sans prendre la peine de le fermer, fonça en direction de la ruelle que venait d'emprunter la jeune femme. Très vite essoufflé à cause de son embonpoint, le visage dégoulinant de sueur, il jetait des regards de plus en plus agacés en tous sens, dans l'espoir d'apercevoir Idanise. Au bout d'un moment, il crut avoir rêvé et rebroussa chemin pour se perdre dans le labyrinthe de cours et de corridors du Portail Saint-Joseph. Au début,

251

personne ne prêta attention à sa personne. C'était l'heure vespérale où chacun rentrait dans sa chacunière, réfléchissant une ultime fois à quelque possibilité de se mettre un morceau de manger sous la dent. Certains avaient le ventre vide depuis le matin, parfois la veille ou l'avant-veille et leurs yeux ardaient d'une fièvre irrépressible. On scrutait le moindre bout de papier, le plus banal objet traînant par terre – boîte en fer-blanc, carton, n'importe quelle chose informe – dans le fol espoir d'y dénicher un restant de pain ou d'épi de maïs grillé. Une hostilité sourde régnait et n'importe quelle parole de travers pouvait déclencher une bagarre générale. Bientôt une multitude de curieux emboîta le pas à Bébé Doc, lui demandant, sur un ton de lamentation :

— *Bos, ba-m gnou dola ! Sé pou-m manjé, wi...* (Patron, donne-moi un dollar ! C'est pour manger...)

Le fils du Président à vie, qui se déplaçait toujours sans argent puisque tout lui était gratuit, c'est-à-dire bars, hôtels, restaurants et night-clubs, pressa le pas. Il n'essayait même plus d'éviter les amas de fatras et autres cochonneries qui obstruaient les ruelles dans lesquelles il se rendit compte qu'il était en train de tourner en rond. L'odeur pestilentielle qui en émanait l'incommoda au point qu'il dut se couvrir le nez à l'aide du foulard en soie qu'il portait en toute circonstance. Cela n'empêcha pas un bougre dégingandé, imbibé de clairin et titubant, de le reconnaître. Stupéfait, il se mit à cabrioler en hurlant :

— *Ala gason Papa Dok, mézanmi ! Ki bagay li vin chèché isit ? Eskè a pa révé m-ap révé, non ?* (C'est le fils de Papa Doc, mes amis ! Qu'est-ce qu'il est venu chercher ici ? Est-ce que je ne rêve pas, des fois ?)

L'instant d'après des dizaines de voix fort excitées confirmaient ses dires. Une véritable muraille humaine cerna Bébé Doc qui fut bien obligé de s'arrêter. De toute façon, il s'était définitivement égaré dans ce bidonville où les cahutes s'empilaient dans un fouillis indescriptible. Les matériaux les plus improbables avaient concouru à l'érection de ces abris de fortune d'où surgissaient peu à peu

des êtres fantomatiques : bâches plastifiées, tôles ondu-
lées, bois de caisse, feuilles de coco sèches parfois, le tout
arrimé maladroitement à l'aide de grosse ficelle ou de cor-
dages. Des enfants, plus téméraires que leurs parents,
s'approchèrent de Bébé Doc et se mirent à le toucher, à
lui caresser les mains, chacun à tour de rôle, indifférents
aux remontrances. Puis, une femme âgée, qui se déplaçait
courbée en deux, une pipe-cachimbo à moitié allumée à
la bouche, se planta devant Jean-Claude :

— Mon cher, tu es foutrement gras. Dis-moi comment
tu as fait ?

— Il doit manger dix-sept fois par jour ! lança une voix
farcesque dans le faire-noir.

— Mais son papa n'est pas comme ça ! renchérit quelqu'un. Ni sa manman non plus. Il doit être un goinfre,
ce petit !

— Respectez le fils du Président à vie ! s'indigna une
voix masculine.

Des rires timides caquetèrent ici et là. De plus en plus
mal à l'aise et surtout indécis, Jean-Claude s'épongeait le
front sans discontinuer. L'absence d'hostilité chez ces affa-
més, cette lie humaine à laquelle il manquait parfois une
rangée entière de dents ou dont on voyait saillir les côtes,
le rassura quelque peu. Il se résolut à avouer qu'il s'était
perdu en cherchant quelqu'un.

— Quel quelqu'un ? demanda une femme, ironique.

— Je... je ne connais pas son nom. Elle a la peau
jaune...

Au Portail Saint-Joseph, un nombre conséquent de
Dominicaines avaient ce teint-là. Elles officiaient dans des
chambrettes sordides pour la modique somme de dix
gourdes.

— C'est une Haïtienne, s'empressa de préciser Bébé
Doc.

— Une natif-natal, président ? demanda un homme sur
un ton plein de respect. Tu es bien sûr ?... Eh bien, si tu
l'es, cette personne ne peut être qu'Idanise. C'est une
Vierge Marie, notre Vierge Marie descendue sur terre,

cette grimelle. Elle n'a jamais ouvert les jambes pour personne, non. Personne !

La vieille à la pipe se carra devant le rejeton du Président à vie et le considéra de la tête aux pieds.

— Tu dois avoir suffisamment de belles chairs fraîches au Palais national. Pourquoi venir perdre ton temps ici, mon garçon ?... Notre Idanise est à nous ! Si tu l'emmènes-aller, tu nous plonges dans une misère encore plus bleue, oui.

Comme accablé, Bébé Doc demanda qu'on le reconduise jusqu'à la grand-route. Une lente procession s'étira à travers les corridors, conduite par des grappes d'enfants qui chantonnaient sur un air mi-carnavalesque mi-vaudouisant :

> *Bébé Dok, li pèdi chémen-l,*
> *Mézanmi O !*
> *Louvri bariè pou li,*
> *Mézanmi O !*

> (Bébé Doc a perdu son chemin,
> Ho là là !
> Qu'on lui ouvre la barrière,
> Ho là là !)

La grande taille de l'intéressé, ses formes plus que pleines, en faisaient une sorte de géant égaré au mitan d'une assemblée de lutins. Pourtant, il n'en menait pas large. Cela se voyait. Se sentait. Il comprit vite que la foule tenait à lui faire arpenter les tours et détours de la cour-à-fourmis avant de lui accorder sa délivrance. Il eût été périlleux d'émettre ne fût-ce qu'un semblant de protestation. Une sorte de lassitude s'était emparée de lui. Le spectacle de tant de misère l'avait saisi à la gorge, ébranlant d'un seul coup sa proverbiale insouciance d'héritier du trône, selon l'expression en usage, parmi les envieux en tout cas, au sein de la jeunesse dorée de Port-au-Prince qui constituait l'essentiel de ses fréquentations.

Au terme d'une bonne heure de pérégrination, les habitants consentirent enfin à le reconduire jusqu'à l'endroit où il avait garé son bolide. Le véhicule était, ô miracle, intact ! Personne n'y avait touché. Seuls quelques jeunes gens admiraient à distance. Quand Bébé Doc ouvrit la portière, il ne put réprimer un sursaut : à la place du passager, les cheveux attachés par un fichu vert clair, se trouvait la créature qui l'avait frappé au cœur et pour laquelle il avait pris l'insigne risque de s'aventurer dans le chaos de Portail Saint-Joseph. Visage fermé, elle lui fit, sans même l'entrevisager et dans un français parfait :

— Vous m'avez fait attendre, monsieur. Je suis à bout !

Bébé Doc prit le volant comme un automate. Autour du bolide, la foule s'était mise à brailler :

— *Ou kab tounen lè ou vlé, prézidan !* (Tu peux revenir quand tu veux, président !)

Ou encore :

— *Pwochen fwa-a, pòté dola ban ou, prézidan !* (La prochaine fois, apporte-nous des dollars, président !)

La nuit venait d'envelopper la ville. Une nuit épaisse que peinaient à atténuer quelques rares lampadaires.

17

Les camions-dix-roues envahissaient les ruelles défoncées de Cité Soleil au petit jour, soulevant de vastes gerbes d'eau boueuse emplie de toutes qualités de déchets, des plus immondes excréments humains aux plus innocentes poupées en chiffons, vendues trois fois rien, qui ne faisaient pas long feu entre les mains des petites filles qui se les disputaient toute la sainte journée. Leurs chauffeurs, vêtus de tricots sur lesquels étaient inscrits des mots en espagnol, parmi lesquels seul *zafra* était compréhensible, klaxonnaient à tout va pour réveiller les plus durs d'oreille. Ils hurlaient, s'accoudant négligemment à la portière de leur véhicule :

— *Sa ki gen papié ak matrikil, monté !* (Que ceux qui ont des papiers et un numéro matricule montent !)

Cet événement se produisait chaque année, dans la descente de janvier, début de la saison sèche, pour ne s'arrêter qu'aux approchants de juin, quand la plupart des champs de canne de la Dominicanie ressemblaient à des crânes éclaircis au tesson de bouteille. René détestait ce qu'il considérait rien moins que comme une invasion, d'autant que les milliers de départs qu'elle entraînait lui faisaient perdre autant de clients. Désormais, ses banques de borlette (il avait fini par s'établir dans le métier, oui !) ne seraient plus guère fréquentées que par des femmes, qui misaient beaucoup moins que leurs hommes, ou par des vieux-corps passés maîtres dans la *tchala*, cet art divinatoire de la loterie, et qui gagnaient quasiment à tout coup. Dès que les résultats du loto de New York étaient tombés, René les voyait claudiquer jusqu'à sa banque, une lueur rieuse dans les yeux, brandissant leur ticket et clamant en guise de rigoladerie :

— *Bos, m-vin chèché ti kob-mwen !* (Patron, je suis venu chercher ma récompense !)

Dissimulant son agacement, René arguait qu'il lui fallait tout vérifier avant de payer quoi que ce soit, ce qui du reste était la règle. Simplement, il se hâtait lentement dans l'espoir, souvent vain, que l'un ou l'autre de ces vieux débris se fatiguât d'attendre et décidât de revenir le lendemain. D'ici là, un lot de choses pouvaient se passer. La goutte, une pleurésie vicieuse, une crise tuberculeuse ou l'une ou l'autre des cinq cents maladies qui prospéraient dans le bidonville pouvaient les clouer sur leur grabat plusieurs jours d'affilée. La mort également pouvait frapper à la porte branlante de leur case pour les conduire au Pays sans chapeaux. Ou bien quelque voleur pouvait les assommer à la faveur de l'obscurité, dans le dédale des corridors, afin de s'emparer du précieux sésame permettant d'accéder au bonheur absolu. Telle était d'ailleurs l'enseigne de la banque de borlette qu'avait ouverte René, Au Bonheur absolu, quelques mois après avoir rêvé de sa mère quatre nuits de suite et avoir joué les deux chiffres, 33, correspondant à cette apparition. Quand on lui avait remis les 50 000 dollars américains correspondant à son gain – le gros lot du tirage du jour, en fait –, il n'avait prononcé une seule parole, ni bondi de joie, ni invité ses plus proches voisins à bambocher et boissonner, comme c'était l'usage. Au contraire, il avait été pris d'une tremblade irrépressible car il se savait désormais une cible, toute désignée pour les malandrins, assassineurs et autres *zobop* qui hantaient Cité Soleil et y faisaient régner, en concurrence avec les macoutes censés représenter l'ordre public, une manière de terreur. Le nombre d'heureux gagnants qu'on avait retrouvés, un couteau fiché dans le dos ou une balle dans la tête, abandonnés sur le gigantesque tas d'immondices qui barraient l'entrée ouest du quartier, était pour le moins incalculable.

René prit donc la discampette, sachant que partout où croupissait la plèbe, il courrait un grand danger, que ce fût La Saline, Fort National ou Carrefour. Puis il eut une idée folle. Plus que folle même, délirante. À savoir rallier les hauteurs de la capitale, non pas Pétionville ou Kenscoff, hauts lieux de la bourgeoisie mulâtre et des Grands Nègres, mais à la frontière entre les deux mondes. À l'endroit exact où finissaient les cases déglinguées et où commençaient les villas en béton armé munies de murs épais surmontés de fil barbelé. En réalité, il n'avait pas idée précise de l'endroit où il élirait domicile. Canapé-Vert ? Delmas ? Il se mit à errer. Le baluchon dans lequel il tenait son trésor jeté sur l'épaule ne payait pas de mine. La plupart des gens se déplaçaient qui avec un sachet en plastique, qui avec une boîte en carton ramassée aux abords des entrepôts du Bord-de-mer, qui avec un sac, parce que tout est bon à ramasser lorsqu'on vit dans la pauvreté absolue : chaussure orpheline, paire de lunettes de soleil aux verres égratignés, boîte de médicaments périmés, quignon de pain ou banane à moitié pourrie. René était d'ailleurs passé maître dans l'art de la récupération sur la voie publique, puisque son job de vendeur d'eau le conduisait à abattre kilomètre sur kilomètre au cours d'une journée. Jamais il ne regagnait sa case les mains vides. Dans son seau, il empilait tout ce qui lui semblait pouvoir lui servir un jour ou qu'il croyait pouvoir négocier un bon prix. Du coup, sa case était devenue trop exiguë pour accueillir son hétéroclite butin et il dut s'emmancher avec un voisin infirme des deux jambes qui lui faisait office de revendeur. L'homme s'installait à la devanture de sa bicoque tôt le matin et y attendait le chaland jusqu'au retour de René, au moment où s'installait le serein. Ils se partageaient la recette, aussi maigrelette fût-elle, selon un principe clair : deux tiers pour le vendeur d'eau, un tiers pour le bougre paralysé. Ce négoce parallèle avait bien des fois sauvé le premier, l'empêchant d'aller dormir le ventre vide. Il arrivait en effet, certains jours de malheur, que personne n'eût soif dans cette bonne ville de Port-au-Prince ou que ses rares clients trouvassent que sa timbale d'eau coûtait trop cher. Parfois, un accident pouvait venir ruiner sa journée. Ce que René appelait « la déveine qui pèse sur ma tête depuis le jour où ma mère m'a mis au monde ». Un mouvement de foule subit, provoqué par l'arrivée d'un convoi de Tontons macoutes ou par une distribution de tracts d'opposants au régime, le projetait sur le sol, lui, son seau, ses timbales et son précieux liquide. À ces moments-là, il lui était impossible de se réapprovisionner à la fontaine publique la plus proche, soit que celle-ci fût accaparée par une grappe de Négresses jacassantes qui la considéraient comme leur bien personnel, soit plus fréquemment que l'alimentation en eau fût coupée. René regagnait alors sa case, aigri, mais point du tout désespéré car il savait qu'il pourrait récupérer quelques gourdes d'entre les mains de l'infirme, lesquelles permettraient de tenir la brise jusqu'au lendemain, c'est-à-dire s'acheter une portion de tasseau ou un plat de maïs pilé.

Sans s'en rendre compte, il déboucha face à l'entrée monumentale de l'Hôtel Choucoune. Cet endroit l'avait toujours fasciné. Il faisait, il est vrai, figure de paradis terrestre dans l'imaginaire du petit peuple, qui grossissait à plaisir les descriptions déjà extraordinaires qu'en faisaient ceux qui avaient la chance d'y occuper un poste de femme de chambre, de cuisinière ou de jardinier. Des arbres d'âge vénérable étalaient leurs vastes frondaisons dans un parc où fleurissaient des choublacks de toutes les couleurs et des massifs de bougainvillées artistement taillés. En son mitan, on pouvait distinguer, depuis la rue, le bleu tendre d'une piscine au bord de laquelle des créatures à la peau blanche, quoique rougie par le soleil, se prélassaient. Tout autour de l'hôtel, des vigiles en armes patrouillaient, l'air peu amène, chassant du regard les rares passants. C'est qu'on n'accédait au Choucoune qu'en voiture, que l'on fût du pays ou étranger, et, à l'heure où la drive de René le conduisit devant l'entrée, un ballet incessant de Mercedes, de BMW et de Jeeps américaines s'y jouait. Ballet fascinant tant par la rutilance des carrosseries que par la vêture des personnages qui s'en extrayaient. Surtout les femmes, pour la plupart créoles, en tenue de soirée, portant des grappes de bijoux au cou et au bras. René comprit qu'il eût été dangereux pour lui de s'attarder là. Il suffisait qu'un vigile le confondît avec un maraudeur et voici que la belle vie qui s'annonçait devant lui partirait en fumée ! Peut-être même celui qui le tabasserait ne se rendrait-il pas compte que son baluchon cachait une somme équivalant au salaire d'une vie entière au poste, pourtant envié par la négraille, que le sbire occupait. Que disait-il ? Deux vies ! Le vendeur d'eau redescendit prestement vers la ville basse, les idées désormais éclaircies.

— Je vais prendre une chambre au Choucoune. C'est ça la solution ! Mais avant, il faut que je m'achète des vêtements neufs. Je me ferai passer pour un émigré de Miami et je vais débarquer à l'hôtel en taxi, se répétait-il à mi-voix en surveillant du coin de l'œil ceux qu'il croisait, bien que personne ne prêtât la moindre attention à sa plus que modeste personne.

❧

DANS LES BRAS VOLUPTUEUX DE MARYLISE

Elle se déplaçait entre les tables débordant de bouteilles d'alcool de toutes marques où de Grands Nègres avachis et quelques Mulâtres collet monté tentaient d'engager la conversation, malgré le bruit assourdissant de l'orchestre. Merengues et compas alternaient sur un rythme de métronome et la piste n'était jamais désertée très longtemps. Au fond de la salle, juchées sur des chaises à trépied, des Dominicaines court vêtues et violemment fardées attendaient, cigarette mentholée au bec, qu'un client se décidât à les inviter. René fut tout bonnement stupéfié par la gamme de leurs complexions, qui allait du pur albâtre au noir d'encre en passant par le jaune, le beige, le marron et le rougeâtre, toutes arborant des queues de cheval qui leur descendaient jusqu'à la raie des fesses. Quelques rares

Haïtiennes à l'air emprunté tentaient de tirer leur épingle du jeu, mais, à l'évidence, elles ne se montraient pas assez entreprenantes. C'est que les « Espagnoles » vous voltigeaient des œillades assassines, croisaient et décroisaient leurs jambes fuselées ou caressaient leur coupe de champagne de leurs lèvres tentatrices. L'heureux gagnant à la loterie en ressentit une sorte de paralysie. Il s'était installé à une table discrète et Marylise avait mis du temps à venir prendre sa commande.

— Barbancourt, s'il vous plaît, avait-il lâché.

— Barbancourt comment ? Sec ou allongé ?

— Sec...

Elle l'avait servi avec désinvolture, le visage fermé, ne se déridant qu'au moment où elle passait à côté d'une tablée de négociants levantins aux mains et au poitrail velus qui lui glissaient de temps à autre un billet de cinq dollars dans le creux de sa poitrine généreusement offerte. René l'observa un siècle de temps. Il était tout bonnement hypnotisé par cette jeune Négresse altière, qui semblait infatigable en dépit de ses talons aiguilles. Parfois, elle s'arrêtait à hauteur des catins hispaniques et leur lançait dans leur langue :

— Alors, ça roule pour vous ce soir, *muchachitas* ?

Et celles-ci de l'entourer, de la câliner, de la couvrir de paroles sucrées dans leur espagnol pétaradant ou de lui tendre leur verre qu'elle repoussait d'un geste ferme. Marylise ne buvait jamais au travail. Ce fut la toute première chose qu'elle révéla à René lorsque, à la fermeture du bar de l'Hôtel Choucoune, sur le coup des deux heures du matin, elle le convia à sa chambre. Comme s'il s'agissait d'un ordre, elle lui avait dit :

— Garçon, tu ne vas pas rentrer chez toi. Plus de taxis à cette heure ! J'ai une chambre dans le bâtiment qui se trouve derrière la piscine, allez, je t'invite !

Marylise noya René dans un océan de volupté. Il se dit que jusque-là il n'avait fait que forniquer à la va-vite, à même le plancher de sa banque de borlette, avec des drôlesses qui espéraient vaguement qu'il les mette en case ou qui, idiotes qu'elles étaient, cherchaient à lui soutirer les numéros qui sortiraient au tirage du lendemain, beaucoup de joueurs restant persuadés qu'il ne pouvait qu'être de mèche avec les organisateurs de la loterie. Ces créatures dégageaient, plus souvent que rarement, une odeur de sueur et leurs sous-vêtements étaient d'une propreté douteuse. Si bien que ces joutes charnelles ne duraient guère plus de dix minutes, au grand maximum un quart d'heure. C'est pourquoi il fut surpris des façons de Marylise, du temps qu'elle mit à se doucher, à se brosser les dents, à se passer de la crème parfumée sur le corps et surtout à s'occuper de lui. Oui, lui, René. Il se laissa guider comme un gamin, même si le shampoing, le tout premier de sa vie, qu'elle lui imposa, lui brûla les yeux.

Marylise s'allongea ensuite sur le dos, cuisses largement ouvertes et l'attira contre elle avec une doucereuseté stupéfiante. Elle se mit à frotter ses joues contre sa poitrine très lentement, lui mordillant parfois les tétons, ce qui le fit tressaillir, tandis que ses doigts aux ongles fins lui empoignaient les fesses. Il était sa chose, son jouet. Un bien-être inouï l'envahit. Comme s'il chavirait dans un songe sans fin, que des tentacules de lumière colorée l'enlaçaient, que des musiques douces tintaient à ses oreilles. Il ne prit même pas conscience du moment où son braquemart pénétra dans l'en-dedans voluptueux de Marylise. Il se sentait aller et venir en elle, comme s'il s'était soudain dédoublé, interminablement mais sans brutalité ni éructations salaces.

Lorsqu'il se réveilla, elle était assise au bord du lit, habillée depuis longtemps. Elle l'observait d'un air charmeur qui l'émut.

— Combien... je te dois ? fit-il en créole.

Elle se leva et disparut dans la pièce voisine d'où elle revint avec un bol de café fumant.

— *Anyen, monchè... Si ou gen kob, fo sèvi-l oun lot manniè... Ou gen ?* (Rien du tout, mon cher... Si tu as de l'argent, faut l'utiliser autrement... T'en as ?)

René secoua la tête affirmativement. Il avait emmené avec lui deux liasses de cent dollars qu'il eut la stupéfaction de retrouver intouchées dans les poches de son pantalon.

— Si tu as vraiment de l'argent, mon Nègre, reprit-elle à voix basse comme si quelqu'un pouvait l'entendre, j'ai quelque chose à te proposer. Tu peux t'en aller de suite si tu n'es pas intéressé. Je ne t'oblige à rien...

René venait de comprendre que, désormais, il ne pourrait rien refuser à cette femme étrange et extraordinaire qui officiait comme barmaid à l'Hôtel Choucoune, mais dont il comprit vite que ce job lui servait de paravent...

Après avoir joui de la vie pendant un bon paquet de jours à l'Hôtel Choucoune, René, sur les conseils de sa dulcinée, jugea qu'il valait mieux pour lui changer de lieu de résidence. Si les vêtements un peu voyants qu'il avait achetés au Bord-de-mer, chez le Syrien Mounir Hassan, l'un des commerçants de toilerie les plus réputés de la ville basse, l'avaient aidé à amblouser sans la moindre difficulté le personnel de l'hôtel, si les pourboires généreux dont il le gratifiait, parsemant ses phrases de mots d'anglais enseignés par la catin afin de crédibiliser son statut de riche émigré revenu en vacances au pays, donnaient le change, nul doute que les espions du régime qui grouillaient dans l'hôtel l'avaient repéré. À diverses reprises, il avait été trop poliment entrepris, au bar ou dans la discothèque, par quelque individu à lunettes noires, foulard rouge noué au cou, qui lui demandait si cela valait le coup de partir en Floride et surtout comment il y avait fait fortune. René demeurait toujours évasif, n'ayant pas la moindre idée de ce à quoi ressemblait le pays des Yankees, mais il réussissait à s'en tirer par une pirouette :

— Les Haïtiens ne sont pas des Nègres fainéants, compère. L'Amérique, tu le sais aussi bien que moi, est un pays où l'on peut débarquer sans un sou vaillant et devenir millionnaire en quelques années à condition, et là, j'insiste, mon cher, à condition de travailler comme une bourrique.

Sans compter qu'à Cité Soleil sa bicoque devait être occupée depuis belle lurette par un des bougres à gros orteils qui, tous les jours que le Bondieu fait, orage ou soleil, débarquaient de leur lointaine province, attirés qu'ils étaient par les mirages de la capitale. On devenait vite un parfait inconnu pour ceux dont on avait été les voisins, parfois durant des années, parce que, le dicton ne mentait point, « la misère rend aveugle ». Et puis, tant de visages nouveaux arrivaient et repartaient sans crier gare ! Tant de morts subites dans la fleur de l'âge, tant d'enfants abandonnés à un âge nubile, tant de crises de désespoir ou de folie furieuse, sans compter les avalasses qui charroyaient

des rangées de cases en pleine nuit, les combats au revolver entre gangs pourvoyeurs de balles perdues et souvent
meurtrières ! Cité Soleil, c'était la vie sens dessus dessous.
La non-vie plutôt. On avait déjà assez à faire pour protéger sa propre personne sans avoir à se préoccuper encore
de celle d'autrui, fût-il une ancienne connaissance.

— Tu vas louer une maisonnette à l'entrée de Carrefour, lui conseilla Marylise. J'ai un client qui est dans ce
genre de business. Est-ce que tu veux que je lui en parle ?

— Et je vais passer mes journées à faire quoi ? s'agaça
René, qui rêvait d'émigrer pour de bon.

Avec la somme qu'il avait gagnée, rien n'aurait été plus
facile que de leur acheter deux billets d'avion pour San
Juan de Puerto Rico, où l'on se montrait relativement
accueillant envers les riches touristes haïtiens. De là, ils
feraient une demande de visa pour les États-Unis et atten-
draient sans risque tout le temps qu'il faudrait. René avait
son plan : ils se marieraient juste avant de quitter Haïti,
non pas dans la capitale, mais dans quelque municipalité
de province où les fonctionnaires, pourvu qu'on leur
graissât suffisamment la patte, ne prêteraient aucune
attention aux faux papiers d'identité que le futur couple
leur présenterait.

— Si on prend un nom anglais, fit-il à une Marylise un
brin moqueuse, ça nous facilitera la tâche. Un Robert
Johnson attirera moins l'attention des contrôleurs d'immigration qu'un René Latortue tel que moi ! Qu'en dis-tu ?

— Je n'ai pas trop envie de partir, tu sais... J'ai déjà un
frère et trois cousines qui vivent aux États-Unis et je sais
que leur vie n'est pas du tout rose.

— Mais nous, on a ça ! rétorqua René en tapotant la
petite mallette en cuir dans laquelle il cachait désormais
ses liasses de dollars.

— Naïf ! Tu es un vrai naïf. Cinquante mille dollars est
une fortune en Haïti tandis que là-bas, c'est pas grand-
chose. Rien que pour y louer un appartement, on devra
débourser au minimum mille dollars par mois ! Et puis,
nous ne parlons pas anglais. Ne rigole pas, s'il te plaît. Je

fais illusion parce que j'ai appris quelques phrases toutes faites auprès de mes clients, c'est tout. Sans compter que tout est cher à Miami. La nourriture, les médicaments, les taxes. Surtout les taxes ! Ma famille m'a dit qu'on paye des taxes sur tout. Mon frère travaille juste pour manger, c'est d'ailleurs pourquoi il ne m'envoie de mandat que deux fois l'an. Le jour de l'an et celui de mon anniversaire.

— Au fait, tu es née quand ?

— Ça ne te regarde pas, compère ! fit Marylise, soudain moins posée.

Elle avait raison. Quelques mois après qu'il eut emménagé dans la maison à trois pièces de Carrefour, les radios ne parlaient que des expulsions répétées d'une toute nouvelle catégorie d'immigrants. Des fous ou des désespérés qui s'embarquaient sur de simples canots à voile, quand ce n'était pas des radeaux composés de chambres à air ficelées sur des tronçons d'arbre et qui voguaient vers l'archipel des Bahamas ou, pour les plus téméraires, en direction de Key West, à l'extrême pointe de la Floride. Le nom attribué à ces aventuriers d'un nouveau genre devint vite familier à la population, bien qu'il s'agît d'un mot anglais : *boat-people*. Désormais, les autorités américaines avaient les Haïtiens à l'œil et il se disait qu'à l'aéroport de Miami les contrôles se faisaient sévères, y compris pour les Mulâtres argentés et les Grands Nègres en costume-cravate. René et Marylise n'auraient aucune chance d'obtenir un visa d'immigration. Seuls les professionnels, c'est-à-dire les infirmières, les médecins ou les ingénieurs, trouvaient encore grâce aux yeux du Grand Voisin du Nord, mais pour combien de temps ?

— J'ai mieux pour nous, fit à René celle qui progressivement avait commencé à espacer ses virées nocturnes à l'Hôtel Choucoune, prétextant auprès de la direction une vieille mère agonisante.

Comme elle n'en disait pas plus, l'ancien vendeur d'eau, qui connaissait bien à présent son petit caractère, n'exigea aucune précision. En fait, il avait l'esprit ailleurs. Au début, paresser dans son lit, faire l'amour, manger son compte de manger à n'importe quelle heure du jour, s'offrir une séance au Rex ou flâner sur le Champ-de-Mars, tout cela l'avait comblé, mais l'inactivité commençait à lui peser. Non point qu'il eût l'idée saugrenue de reprendre un quelconque métier manuel, mais il se voyait bien en patron. En boss, comme on disait de plus en plus. Acheter un commerce eût toutefois été risqué car, dans la semaine qui suivrait, il se serait fait rançonner par les macoutes du quartier. Un temps, il songea à faire l'acquisition d'un taptap, voire de deux, mais sa vie antérieure l'avait parfaitement renseigné sur leurs chauffeurs. Des filous, voilà ce qu'ils étaient ! Alors même qu'ils charroyaient, à chaque voyage, un nombre de passagers déraisonnable, quand ils rendaient des comptes le soir aux propriétaires des véhicules ils pleuraient misère, mentant effrontément et leur tendant à peine le quart de la recette. Plus discret, jugea René, était de s'établir en tant que loueur de brouettes et de charrettes à bras. C'est ainsi qu'il racheta une banque de borlette, puis, coup sur coup, deux autres. De toute évidence, Marylise n'approuva pas sa nouvelle activité, mais ne lui adressa aucun reproche. Simplement, elle souriait en le voyant, chaque soir, se perdre dans le décompte des billets, surtout les gagnants. Quoique ces derniers ne rapportassent à leurs heureux acheteurs que des sommes modestes, René avait la désagréable impression de ne pas tirer son épingle du jeu. Habitué toute sa vie à épargner la moindre piastre, il réglait d'assez mauvais gré les parieurs à qui la chance avait souri.

Un soir, Marylise mit fin à ses cogitations : cet argent, celui qu'il avait miraculeusement gagné à la mairie, servirait à aider un groupe de jeunes gens vaillants qui projetaient de renverser le régime. Pas moins ! René la crut folle. Il éclata de rire. Il redevint peu à peu sérieux lorsqu'elle lui expliqua la chose en détail. Pour la première fois, il entendit parler d'un certain Estéban Jacques, écrivain de son état, non point mulâtre comme c'était souvent le cas, mais nègre tout ce qu'il y avait de plus authentique. Un Nègre qui dénonçait dans des écrits fulgurants le régime satanique – telle était l'expression employée par Marylise – du bon docteur François Duvalier et de son mentor, le sinistre hougan Méthylène. Il fallait l'aider ! Coûte que coûte.

— *Ou ap rakonté-m blag, mafi ?* (Tu me racontes des blagues, très chère ?) fit René, complètement désarroyé.

Mais la belle maraboue était sérieuse et se chargea de le lui faire comprendre…

18

Le grand jour était donc arrivé pour Théodore Pasquin, où il se verrait remettre le titre si convoité de « Premier Poète de la nation » par le Président à vie lui-même. La chose avait été révélée par Gérard Daumec, le confesseur-ami-mentor intellectuel de celui-ci, l'homme qui vingt fois par jour téléphonait directement au Doc pour lui faire part des dernières nouvelles qui couraient tant parmi la bourgeoisie qu'au sein du petit peuple, tant parmi les correspondants de la presse étrangère et le corps diplomatique qu'au sein de la turbulente émigration haïtienne aux États-Unis et au Canada. Disposant de relais sans faille au sein de tous les milieux, il avait pu ainsi faire arrêter préventivement certains esprits tièdes qui projetaient de s'asiler. Ce curieux néologisme désignait la première étape de toute dissidence : avant l'exil, on choisissait d'abord l'asile dans quelque ambassade étrangère. Mais il avait aussi pu sauver, *in extremis*, la vie d'Eugène Levasseur, un Mulâtre qui ne s'adonnait à aucune activité politique, mais qui avait le tort de porter le même patronyme qu'un opposant qui avait été arrêté alors qu'il distribuait des tracts aux abords de la faculté de médecine. Dans la journée même, une quarantaine de Levasseur avaient reçu la visite, à leur domicile ou sur leur lieu de travail, de la police secrète, et une bonne partie d'entre eux avaient été purement et simplement emmenés. Depuis, c'est-à-dire quelque trois bons mois, on était sans aucune nouvelle d'eux. L'épouse d'un Levasseur, négociant de son état, n'avait cessé de harceler le régime en écrivant à la presse internationale, surtout étasunienne, pour exiger l'élargissement de celui qu'elle présentait comme « un honnête citoyen haïtien ». Comme le régime était en pleine négociation avec la Banque mondiale pour obtenir un prêt afin de rétablir le réseau d'électricité de la plaine du Nord, dévastée par un cyclone, il était impossible de la faire taire. Le cas de son mari avait fait la couverture de quotidiens nord-américains et européens et une pétition, signée par Jean-Paul Sartre en personne, avait été mise en circulation à l'initiative d'un groupe de réfugiés politiques installés sur les bords de la Seine.

Théodore Pasquin, qui connaissait bien Eugène Levasseur et disputait parfois des parties de poker avec lui au Chat perché, était dans ses petits souliers pour la deuxième fois. Il savait que personne, personne d'important en tout cas, n'avait oublié l'épisode graveleux de l'épouse du commissaire de Bel-Air, bien qu'aucune preuve sérieuse de ce que Luckner Cambronne qualifia de « fornication éhontée » n'eût jamais pu être apportée. Il n'ignorait pas que des soupçons pesaient sur sa personne et que certains envieux, plumitifs sans talent ou sans entregent, n'attendaient qu'une occasion pour lui foutre un croche-patte. Aussi lorsque l'épouse du disparu vint frapper à sa porte afin de lui demander son aide, il s'enferma, capon qu'il était, dans son appartement dont il ne sortit pas pendant près d'une semaine. En prévision des coups durs, il accumulait suffisamment de boîtes de conserve et de bouteilles d'eau minérale pour pouvoir soutenir un siège. Par les persiennes, il aperçut le visage ravagé de Marie-Céline Levasseur qui, vêtue à la va-vite, coiffée d'un chignon qui la vieillissait, tambourinait contre sa porte en hurlant, ce qui rameuta les passants :

— Mon mari n'est coupable de rien du tout. Tu le sais, Théodore. Ouvre-moi, s'il te plaît ! J'ai à te parler.

Une nouvelle fois le doute avait commencé à s'insinuer en lui. Un doute affreux, qui remettait en cause tout ce en quoi il avait cru jusque-là, tout ce à quoi il avait aspiré. Mais cette fois, au doute s'ajouta la honte. Une honte si profonde qu'elle lui coupa l'appétit pendant des jours et troubla son sommeil. Si les listes de disparus, que publiait de temps à autre la presse étrangère, l'avaient laissé indifférent, probablement parce qu'il ne connaissait pas les individus concernés, cette fois il en allait tout autrement. Eugène Levasseur était un bon ami. Un homme cordial avec lequel il se plaisait à refaire le monde. Un technicien de valeur qui avait de grandes idées sur la manière de sortir le pays du sous-développement, sans jamais pour autant émettre le plus petit début de commencement de critique à l'égard du régime et du Président à vie. Plusieurs fois, Théodore avait tenté de le titiller, de le faire sortir de ses retranchements, mais l'homme lui répondait toujours, sur un ton placide :

— Mon cher, ce pays est difficile, il a toujours été difficile. Nos gouvernants depuis l'indépendance ont eu à porter un lourd fardeau et les puissances occidentales ne leur ont jamais fait de cadeaux... Pourtant, il n'y a pas de quoi désespérer. Haïti a touché le fond, elle ne peut pas descendre plus bas. À nous de retrousser nos manches et de la faire remonter à la surface !

Puis, il changeait brusquement de conversation, soit qu'il fît un commentaire élogieux sur la croupe d'une serveuse du Chat perché, soit qu'il interrogeât Théodore sur ses dernières productions littéraires. Il avouait, par sa formation, ne pas être très au fait de la poésie, mais il disait respecter ceux qui s'adonnaient à cette activité car « tout acte de valorisation de notre culture ne peut que nous être bénéfique à tous ». Pourtant, Gérard Daumec avait demandé à Théodore de raréfier ses parties de cartes avec l'ingénieur que la police secrète soupçonnait, sous ses dehors de citoyen ordinaire, d'être le relais de certains opposants de Montréal. Elle avait trouvé suspect qu'il fût abonné à pas moins de trois journaux québécois, ainsi qu'au quotidien *Le Monde* ; qu'à son travail, il s'arrangeât souvent pour ne pas prendre part aux cocktails que donnait le ministre des Travaux publics, cocktails au cours desquels se resserraient les liens entre les membres de la grande et la petite élite du pays. « Eugène Levasseur est un tiède, voilà ! » Cette phrase définitive et lourde de menaces avait été prononcée en l'une de ces occasions par Mme Adolphe elle-même, la cheftaine des macoutes de sexe féminin. Or, la tiédeur était assimilée à un début d'opposition. L'ingénieur était donc sous haute surveillance et il n'était pas très judicieux pour le poète national de continuer à le fréquenter, même pour disputer d'anodines parties de cartes autour d'un verre de Barbancourt.

Il en avait eu la confirmation le jour où, ayant perdu tout contrôle de sa personne, l'épouse du disparu (lequel n'entretenait aucun lien de parenté avec Eugène, bien qu'ils eussent le même patronyme), vêtue comme une femme du peuple pour bailler le change, avait brutalement interrompu l'inauguration d'un tronçon de route, financé par Taïwan, du côté de Croix-des-Bouquets, s'était approchée à quelques mètres du Père de la nation médusé et lui avait jeté à la figure, au moment même où il coupait le cordon ouvrant la nouvelle voie, à la barbe de la police secrète :

— Duvalier, tu es un chien ! Un tyran ! Un satrape ! Messieurs les diplomates étrangers, vous serrez la main d'un homme qui a du sang sur la conscience, d'un homme qui a personnellement exécuté des opposants à Fort-Dimanche !

Les gardes du corps du Doc l'avaient attrapée sans ménagements et l'avait conduite dans un fourgon où elle fut tabassée par une dizaine d'hommes ivres de rage. Plus tard, son corps couvert d'hématomes fut jeté au rond-point du Bicentenaire, en plein mitan de Port-au-Prince, où elle fut recueillie par des sœurs d'une congrégation chrétienne. Quelque temps après, *Le Nouvelliste* annonça que Marie-Céline Levasseur, atteinte de folie furieuse, avait dû être internée. Ses enfants, adolescents, furent mis dans un avion et expédiés à Miami, sa maison réquisitionnée et transformée en annexe d'un poste de police.

Selon le télé-gueule, le nom des Levasseur venait d'être rayé à tout jamais de l'histoire d'Haïti. L'ingénieur se volatilisa à son tour. Dans les audiences, on décréta qu'il avait été arrêté dans son bureau même, à l'usine centrale d'électricité, avant d'être transporté à Fort-Dimanche. D'aucuns frissonnaient à l'idée des supplices auxquels, sans nul doute, il avait été soumis. Or, celui que tout un chacun croyait mort et enterré par la police secrète dans un cul-de-basse-fosse avait simplement quitté le pays sous une fausse identité et gagné les Bahamas. C'est beaucoup plus tard qu'on en vint à apprendre qu'il avait rejoint le groupe mené par l'écrivain Estéban Jacques et participé au fameux débarquement du Môle Saint-Nicolas. Le destin, comble de l'ironie, y avait donc organisé les retrouvailles de Théodore Pasquin et d'Eugène Levasseur.

Pour en revenir à la cérémonie en l'honneur du premier, elle fut rien moins que grandiose. La salle d'honneur du Palais national avait été réquisitionnée et tout ce que le pays comptait d'hommes importants, de préfets, de chefs de l'armée et de responsables des Volontaires de la Révolution nationale, ainsi qu'un nombre conséquent de littérateurs, y avaient été conviés. Le Président à vie en personne ouvrit les festivités qui commencèrent par un discours dithyrambique de Gérard Daumec à l'endroit du poète national. Une heure et demie durant, le confident du Doc fit l'éloge de « ce jeune et brillant Nègre sorti de nos provinces profondes, dont la mère n'était qu'une pauvresse, une madame-sarah qui passa la moitié de sa vie à transporter de lourds paniers de légumes et de fruits sur la tête, abattant des kilomètres à pied qu'il grêle ou qu'il vente ». L'orateur présenta Pasquin comme le flambeau de l'intellectualité haïtienne, la preuve vivante que la race noire pouvait parvenir aux plus hautes marches des disciplines de l'esprit, à condition qu'on ne la laissât point croupir dans l'indignité et la misère. « Né dans la roture, conclut-il, notre éminent poète, quoique encore dans la jeunesse de son âge, s'est élevé lui-même à la plus enviable des noblesses, celle de l'âme. »

Chacun attendit la réaction du Doc qui observait Pasquin à la dérobée, comme s'il cherchait à le jauger. Comme s'il se demandait s'il était vraiment digne de l'honneur qui lui était fait. Le Président à vie était réputé pour sonder les êtres les plus énigmatiques ou les plus sournois. Il possédait la faculté extraordinaire de deviner le traître qui sommeillait en chacun de ceux qui l'approchaient. Ainsi avait-il mis à nu la vanité et la mégalomanie de Clément Barbot, celui qui, un temps, fut considéré comme son bras droit. Ce dernier croupissait aujourd'hui dans un cachot, à moins qu'il ne fût devenu citoyen du pays où l'on ne porte pas de chapeau. Bien d'autres, réputés fidèles d'entre les fidèles, s'étaient ainsi vu démasquer, et bien que certains se fussent confondus en excuses, eussent imploré à genoux sa clémence, le maître du Palais national s'était toujours montré inflexible.

— Ma devise, qu'on se garde de l'oublier, est *Koupé tet, boulé kay !* (Coupez les têtes, brûlez les maisons !) répétait-il à son entourage, y compris sa propre famille.

Le Doc applaudit le discours de Daumec, mais sans faire montre d'un enthousiasme particulier. Les invités, perplexes, l'imitèrent. Le repas commença dans un silence cathédralesque. Pourtant, on y servit du saumon importé de Norvège, du bœuf du Brésil et du chevreuil du Canada. On y but le meilleur champagne et toutes qualités de vins. Pasquin, troublé, mangeait peu, répondant par des monosyllabes au préfet de Port-au-Prince, assis à sa droite, qui, légèrement gris, lui racontait comment il troussait les petites paysannes débarquées de l'Arcahaie ou de l'Artibonite sans connaître quiconque dans la capitale et qui finissaient par être ramassées par la police. Totalement inculte, il parlait la bouche pleine, s'empiffrànt de viande et de riz en même temps.

— Alors, mon cher, expliquez-moi, la poésie, c'est quoi ? J'ai jamais compris à quoi ça sert… Les chaises, ça sert à s'asseoir, les voitures, ça sert à se déplacer, les poteaux électriques, ça sert à éclairer les rues, les tribunaux, ça sert à condamner les voleurs, les geôles à les y enfermer, mais la poésie, alors là ! Mystère total pour moi !... Vous écrivez un poème chaque jour ?

— Oui... enfin, ça dépend.

— Et quand l'inspiration n'est pas au rendez-vous, vous faites quoi ? Vous avez un métier à côté ? Enseignant ? Employé de banque ? Je ne sais pas moi... Vous faites seulement poète ?

— Oui... seulement.

— Joli métier, mon cher ! Au moins, vous n'avez pas à vous embêter avec tous ces gens qui s'acharnent à détruire notre révolution. Moi, par contre, je ne dors guère. Nuit et jour, je dois être vigilant. Si l'on s'oublie ou si l'on permet à ces salopards de diffuser leur propagande mensongère, ils sont capables d'embobiner les gens. Vous savez à quel point le peuple est crédule.

Théodore Pasquin fut sauvé de cette conversation niaise par Gérard Daumec qui se leva et déclara d'une voix solennelle :

— Et maintenant, si notre vénéré Président à vie le permet, nous allons entendre un poème récité par notre cher poète national lui-même. À vous, mon ami !

Cette fois la centaine d'invités se crut autorisée à applaudir. Certains lui firent même une *standing ovation*. Le visage du Doc semblait moins fermé à présent. Le secrétaire général à la présidence était venu par deux fois lui chuchoter quelque chose à l'oreille et, visiblement, il s'agissait de bonnes nouvelles. Il fit un geste en direction de Pasquin comme pour l'encourager. Bien qu'il eût prévu la chose et concocté un sonnet de circonstance, pris d'une inspiration subite, il s'éclaircit la voix et se mit à déclamer un texte d'Albert Samain, le poète favori du Doc :

Quand la nuit verse sa tristesse au firmament,
Et que, pâle au balcon, de ton calme visage
Le signe essentiel hors du temps se dégage,
Ce qui t'adore en moi s'émeut profondément.
C'est l'heure de pensée où s'allument les lampes.
La ville, où peu à peu toute rumeur s'éteint,

Déserte, se recule en un vague lointain
Et prend cette douceur des anciennes estampes.

Même Daumec fut pris de court, mais il apprécia l'à-propos de son jeune protégé. Les convives aussi qui, pour la plupart, avaient étudié l'œuvre de Samain au cours de leur scolarité. Le Doc était aux anges. Il n'attendit pas que Pasquin eût fini pour se lever, chose rarissime, et venir lui serrer les deux mains. Il lui fit même une accolade maladroite à la manière cubaine sous un tonnerre d'applaudissements. Puis, il fit venir le chambellan du Palais national, qui, sur un coussin doré, apporta les insignes du grade auquel le jeune poète allait être élevé : un collier en or serti de lauriers artistement sculptés et une écharpe en soie aux armoiries de la République.

— Chers compagnons, commença le Président à vie après avoir regagné sa place, Duvalier ne s'éternisera pas à célébrer les mérites d'un jeune homme dont nous connaissons tous la valeur. Que notre chère Haïti continue à donner naissance à des esprits aussi précoces et lumineux que le sien ! Grâce à la reconnaissance de notre négritude, nous avons patiemment franchi les obstacles que le monde blanc s'est toujours complu à semer sur notre parcours et nous continuerons à aller de l'avant. Personne ne nous arrêtera !

Et, d'un signe de tête, il céda la parole à Daumec qui entreprit de réciter un extrait d'Aimé Césaire :

J'accepte... j'accepte... entièrement, sans réserve...
ma race qu'aucune ablution d'hysope et de lys
mêlés ne pourrait purifier
ma race rongée de macules
ma race raisin mûr pour pieds ivres
ma reine des crachats et des lèpres
ma reine des fouets et des scrofules
ma reine des squames et des chloasmes

Le banquet dura jusqu'à tard dans la nuit. Le Doc fut le premier à se retirer, avec son épouse et ses trois filles. Il s'inquiéta de savoir si l'on avait bien remis la valise au

276

prince des muses. Luckner Cambronne venait de s'acquitter de cette tâche, ayant pris le poète national à part, peu avant que le Tropical Band ne se mette à jouer.

— Il y a là trente mille dollars, poète ! Félicitations… Au fait, je sais que les gens de lettres ne sont pas très au fait des questions financières. Si tu veux, passe me voir demain matin au ministère, je te donnerai quelques conseils…

Une fois le Doc parti, tous, y compris Daumec, se désintéressèrent de Théodore Pasquin. Des cercles de bons compères s'étaient formés dans les jardins du palais et des discussions enflammées opposaient les tenants de la ligne dure envers les Américains à ceux qui voulaient temporiser et amadouer le Grand Voisin du Nord. Le poète national remarqua qu'il était l'objet de l'attention appuyée de plusieurs jeunes demoiselles. Certaines s'enhardissaient à lui faire des yeux doux. En bonne logique, il aurait dû les inviter à danser à tour de rôle, en particulier celles dont le père occupait un poste ministériel. Daumec avait d'ailleurs insisté sur ce point. Profitant d'une coupure de courant, le poète national gagna les grilles du palais et les franchit à l'instant même où le groupe électrogène se mit en marche. Pressant le pas, il rallia le Champ-de-Mars où il savait que traînaient quelques taxis en quête de touristes en goguette.

— À l'aéroport François-Duvalier, s'il vous plaît ! fit-il au premier qu'il rencontra, serrant sa valise contre lui comme s'il craignait qu'elle ne s'envole.

19

Ils marchaient depuis l'avant-jour, en silence, derrière Estéban Jacques, lequel avançait de son pas nerveux en dépit du barda qu'il portait sur les épaules. De temps à autre, il s'arrêtait brusquement et consultait une carte à la lueur d'une lampe-torche, chuchotant tantôt « par ici ! » ou « à gauche ! ». Le chemin n'était qu'une vague trace encombrée par endroits d'anciens éboulis ou entravée de bayahondes qu'il fallait couper à la machette. En fait, ils ne mirent pas longtemps à se rendre compte qu'il s'agissait du lit d'une rivière asséchée. Elle portait, selon la carte, le joli nom de rivière des Lucioles.

— Cette appellation doit dater de l'époque coloniale, commenta l'écrivain, seul autorisé à ouvrir la bouche. Je parie que nos paysans préfèrent la nommer rivière des Coucouyes !

Marylise émit un petit rire de gorge. D'un geste, le chef de la troupe lui intima l'ordre de faire silence. Le faire-noir se dissipant peu à peu, chacun remarqua qu'il avait le front soucieux, barré même par dix mille plis. Il avait promis qu'au bout de deux petites heures de marche, ils atteindraient un plateau d'où ils pourraient jouir d'un vaste panorama. Arrivé à cet endroit, le groupe, comme convenu dès les préparatifs de l'opération, deux mois plus tôt, à Port-au-Prince, dans la cahute qui servait d'atelier à Ti Jérôme, devait se partager en deux. Le but de cette manœuvre était d'éviter qu'ils ne tombent sur quelque patrouille de la gendarmerie, laquelle bénéficiait de l'aide de conseillers militaires étrangers. L'écrivain redoutait davantage ces derniers que la maréchaussée du Président à vie, mal payée et peu considérée, au sein de laquelle la désertion était d'ailleurs monnaie courante. Dans les faubourgs pouilleux de la capitale, on rencontrait fréquemment des bougres en dérade qui affirmaient être d'anciens gendarmes et qui, en guise de preuve, cherchaient à vous revendre un ceinturon ou quelque paire de grosses bottes noires dont la qualité stupéfiait le cordonnier émérite qu'était Ti Jérôme.

— Fichues cartes ! lâcha Estéban Jacques au moment où les premiers rayons du soleil se hissaient par-dessus les crêtes d'une chaîne de montagnes si éloignée qu'elle avait l'air d'un mirage.

— Laissez-moi voir, fit l'ingénieur Levasseur, qui vouvoyait l'écrivain.

Il avait un temps occupé le poste de sous-directeur de l'usine d'électricité de la capitale, sa complexion de Mulâtre l'empêchant d'en arriver aux commandes, détenues par un macoute quasi illettré qui profitait des réunions de travail pour faire un petit cabicha. Dès ses premiers ronflements, Levasseur s'empressait de contredire ses avis et de remettre les choses sur de bons rails, ce à quoi le premier ne trouvait rien à redire quand il émergeait de sa somnolence. La première fois où les sept membres du commando s'étaient réunis, l'ingénieur, pourtant peu loquace, avait fait rire tout le monde en le désignant du sobriquet de « monsieur Kilowattmètre ». Chaque fois que le milicien voulait parler de kilowatts, il disait en effet « kilomètres », si bien que le personnel de l'usine avait fini par le dérisionner de la sorte, dans son dos évidemment.

— Cette carte date de quand ? fit Levasseur.

— De l'occupation américaine, je suppose... Beaucoup de noms de localités sont mal orthographiés et les distances sont établies en miles.

La voix de l'écrivain paraissait moins assurée que d'habitude. Lui qui avait préparé le débarquement dans ses moindres détails, s'arrangeant pour obtenir par un ami américain les bulletins de prévision météo du *Miami Hurricane Center*, prévoyant deux boîtes de médicaments pour chaque maladie susceptible de les frapper, vidant le compte qu'il avait ouvert à la Banque nationale des Bahamas et sur lequel il avait fait verser la totalité de ses économies car « l'argent est le nerf de la guerre », il redoutait l'incident minuscule qui, à la dernière minute, pouvait tout faire capoter. « Chaque détail compte, camarades ! », n'avait-il cessé de leur ressasser. Veillant à ce que Marylise convainque le directeur de l'Hôtel Choucoune qu'elle partait se faire soigner un fibrome à San Juan de Puerto Rico et serait de retour dans deux mois. Relisant plusieurs fois la lettre de démission de l'ingénieur Levasseur qui prétextait avoir obtenu un stage de perfectionnement dans une usine d'électricité espagnole, ce qui pouvait expliquer qu'il dût transiter par la Dominicanie. Exigeant de René qu'il revende toutes les concessions de borlette qu'il possédait à Cité Soleil au motif qu'il avait décidé de reprendre la ferme de ses grands-parents du côté de Miragoâve. Pour Ti Jérôme, le cordonnier, l'alibi fut plus simple : un panneau indiquant « Fermeture pour cause de décès » avait fait l'affaire. Il était fréquent, en effet, qu'on s'absentât pendant des mois pour assister à des funérailles dans le « Pays en dehors », ces lointaines provinces qui, aux yeux des Port-au-Princiens, qu'ils fussent riches ou misérables, faisaient souvent figure de bout du monde. Quant à l'étudiant, nul besoin d'alibi : Duvalier avait fait fermer l'université pour une période indéterminée à cause des tracts séditieux qui y circulaient.

Oui, Estéban Jacques avait tout vérifié et revérifié. Tout sauf la carte du nord du pays, héritée de son père, que ce dernier avait donc achetée plus de trente ans auparavant. Depuis, l'organisme haïtien chargé d'établir la cartographie du territoire s'était contenté de couvrir les agglomérations importantes : Port-au-Prince bien sûr, Jacmel,

Saint-Marc, le Cap, Jérémie, les Cayes. Là où l'État avait une réelle présence. Dans le fin fond du Pays en dehors, il n'était qu'une coquille vide, un zombie qui déléguait ses prérogatives à des chefs-bouquement, sortes de roitelets indigènes illettrés qui pour la plupart n'avaient jamais quitté leur morne ou leur fin fond de campagne.

— L'efficacité yankee, hon ! maugréa Estéban Jacques. Même moi, je constate que j'ai été dupe de cette propagande. Je l'avoue volontiers...

— Pourtant, les cacos ont dû être nombreux par ici, fit Théodore Pasquin, émergeant de la semi-hébétude où il était plongé depuis que leur frêle esquif, après avoir fait nuitamment escale sur les côtes septentrionales de Cuba, s'était mis à voguer vers Haïti.

— Certes, intervint Levasseur, mais n'oubliez pas que les rebelles pratiquaient la politique de la terre brûlée... Il leur arrivait d'empoisonner les sources, de barrer les routes avec des blocs de pierre, d'incendier les champs. Il est fort probable que l'armée américaine n'ait jamais mis les pieds dans cette région. Cette carte, si vous voulez mon avis, a dû être établie au jugé...

— On ne va pas s'embêter pour une simple carte, maugréa l'étudiant.

Au bout de quatre heures de marche, entrecoupée de brèves haltes pour se désaltérer (Estéban Jacques avait décidé de rationner l'eau des deux jerricans), ils constatèrent qu'ils s'étaient égarés. Et même qu'ils tournaient en rond. Bien que le paysage désolé ne présentât rien qui pût accrocher le regard, Ti Jérôme affirma que le groupe était déjà passé non loin d'une coulée où l'air était un peu moins étouffant. Ils s'installèrent dans l'étroit défilé à l'en-haut duquel les deux mornes qui le bornaient semblaient découper dans le ciel un rectangle d'un bleu implacable.

— Nos poétaillons affectionnent l'azur, fit l'écrivain-médecin pour détendre l'atmosphère en s'asseyant lourdement. Zéphyr, alcyon, azur et, pour faire local, colibri, voilà à quoi se résume leur conception de la littérature...

— Je n'ai jamais employé ces mots ! se braqua Théodore Pasquin qui avait pris la remarque pour lui.

— Moi, le bleu, j'aime pas ça du tout du tout du tout ! fit Ti Jérôme. Ma grand-mère disait que le bleu est pire que le noir. Elle appelait cette couleur « le noir hypocrite ».

Le groupe s'affala sur le dos et se perdit dans la contemplation muette du rectangle de ciel. Seul l'écrivain s'était adossé à un rocher et traçait machinalement sur le sol caillouteux des figures géométriques. Ce premier jour du débarquement s'était mal passé. Il devait bien le reconnaître, il avait cru qu'ils seraient accueillis en libérateurs par une population excédée par ce dictateur calfeutré au Palais national, n'en sortant qu'à la nuit tombée pour de rares visites à la périphérie de la capitale. Ici, pas une âme qui vive ! Pas un chrétien-vivant. Uniquement des roches, des étendues chauves écrasées par un soleil tout droit sorti des enfers. Peu ou pas du tout de vie animale non plus. Aucun merle en prière. Juste deux-trois lézards apeurés dont la peau avait adopté la couleur sale de la terre. Ce désastre avait un nom. Un nom que tous les militants et révolutionnaires haïtiens prononçaient quel que fût le sujet abordé : déforestation.

Une vague de colère monta dans la poitrine d'Estéban Jacques et le saisit à la gorge. Comme s'il ne s'adressait à personne en particulier (Ti Jérôme et Marylise avaient d'ailleurs sombré dans un profond sommeil), il se mit à haranguer une foule imaginaire :

— Si Haïti est devenue presque un désert, chose incroyable quand on pense qu'elle se trouve au mitan d'un archipel tropical où il suffit de planter en terre le moindre bout de bois pour qu'il y prenne racine, ce n'est aucunement la faute de notre peuple. Ils nous ont étranglés dès le départ ! Et quand je dis « ils », je veux parler de cette France qui n'a accepté de reconnaître notre indépendance que contre le versement d'une rançon d'un million de francs-or, alors que nous sortions d'une guerre de douze ans qui avait ravagé notre pays. En 1804, plus rien ne tenait debout ! Plantations incendiées, routes détruites, distilleries et sucreries démantibulées, hôpitaux et écoles en poudre. Il a fallu que nos ancêtres, sitôt émancipés, reconstruisent tout. L'Espagne, la scélérate, nous menaçait sur notre frontière orientale, tandis qu'au sud, à la Jamaïque, les navires de Sa Majesté britannique arraisonnaient les nôtres ou les coulaient sans sommation... Mais le plus scélérat, le plus ignoble dans l'affaire fut notre Grand Voisin du Nord, ces treize colonies pour la liberté desquelles nombre de nos compatriotes sont tombés sur le champ de bataille. Ah, l'« Amérique aux Américains », la doctrine Monroe, de belles paroles que tout ça ! Pour eux, nous ne faisions nullement partie de ce monde neuf. Nous n'étions qu'une bande d'Africains sauvages qui avait provisoirement réussi à s'affranchir de ses maîtres français, mais à qui il ne fallait surtout pas permettre d'ériger un État digne de ce nom. Ce monde-là nous a placé un lasso autour du cou et interdit tout commerce avec nous, à moins que nous n'acceptions leurs contrats léonins. Aucune livraison de charbon de terre pendant un siècle ou si peu ! Qu'ils se débrouillent avec leurs forêts, ces *nigger bastards* ! Le charbon de bois, rien que le charbon de bois, voici ce qu'il leur faut !... Hon ! On parle sans arrêt du blocus qu'ils ont imposé à Cuba à partir de 1960, mais on oublie qu'ils ont fait de même avec Haïti dès 1804...

Comme Théodore Pasquin ricanait doucement, Estéban se braqua :

— Je peux savoir ce qui t'arrive, compère ?

— Ha-ha-ha ! Tu causes exactement comme ce vieux radoteur de Papa Doc, mon cher. Daumec m'a toujours dit qu'il passe son temps à philosopher à haute voix sur le destin d'Haïti...

— Hon ! Ce qu'il y a de plus attristant avec Duvalier, c'est qu'il est loin d'être un ignorant...

— Ce bon docteur est sûrement un grand savant, intervint l'étudiant, mais qui a dû sombrer dans la folie. Et puis, zut ! vous m'emmerdez tous. Haïti est un pays trop littéraire. Voilà encore un autre de nos gros défauts !

Un bruit de voix dans le lointain interrompit leur échange. Une sorte de ronronnement lancinant qui provenait de la sortie ouest de la coulée. René, le patron de loterie, fut le premier sur ses jambes. Il semblait soudain ragaillardi. Secouant sans ménagements Marylise qui sommeillait à côté de lui, il s'écria :

— Cours voir ce que c'est ! Ils ne se méfieront pas si c'est toi qu'ils voient en premier.

En cela, il ne faisait que suivre les instructions du chef de commando, cet Estéban Jacques qui n'avait pas bougé comme s'il doutait de ce qu'entendaient ses oreilles. Tous firent cercle autour de sa personne, comme mus par une sorte d'instinct, attendant qu'il confirme l'ordre donné par René. Les voix se rapprochaient dangereusement, toujours avec leur bruit de houle.

— Une patrouille ? demanda l'étudiant à voix basse.

— Non, je ne crois pas, fit Estéban en sortant brusquement de sa léthargie. On ne dirait pas un chant militaire. Qu'en penses-tu, Pasquin ?

— Tu as raison. J'ai comme l'impression qu'il s'agit de voix de femmes. Si nous restons plantés là, elles vont nous tomber droit dessus. On fait quoi ?

Le groupe se réfugia derrière un amas de rochers où il s'accroupit, sauf René qui était de si petite taille que cette précaution lui était inutile. La procession se profila au bout du défilé. Des femmes, toutes vêtues de blanc, qui chantaient et dansaient avec une énergie incroyable, en dépit de la chaleur suffocante de l'après-midi. Elles étaient conduites par un homme, portant lui aussi une longue tunique immaculée, qui tenait un livre grand ouvert devant lui et psalmodiait des refrains que reprenaient en chœur les processionnaires. À l'arrière, trois hommes, jeunes mais barbus, soufflaient dans des vaccines dont les sons lugubres étaient répercutés en écho par les parois du défilé. Arrivé presque à hauteur des rochers, le groupe s'arrêta. Le commando retint son souffle. Seul Estéban Jacques était en droit de prendre une initiative, comme il avait été convenu. Lui seul savait s'il pouvait être dangereux de se dévoiler. Le chef de la procession tourna les pages de son livre dont les rebelles comprirent qu'il s'agissait d'une Bible et, fronçant les sourcils, affectant un air d'intense concentration, se mit à déclamer quelque chose qui ressemblait à du latin :

— *Semper dominus vobiscum pater noster maria gracia plena rosarum qui est in caelis et filius et spiricti sancti ! Aaaa-men !...*

— *Aaa-men !* firent les processionnaires en se dandinant sur place, très belles pour certaines dans leurs robes de servantes du culte vaudou, ces fameuses hounsis que l'on disait, au moment de la transe, entrer en contact médiumnique avec les divinités de l'Afrique-Guinée.

Passant au créole mâtiné de mauvais français, le prêtre-savane, car il s'agissait d'un de ces hommes qui feignaient avoir été ordonnés et qui pourtant n'avaient jamais fréquenté ni le catéchisme ni l'école, leur fit une harangue avec une éloquence qui stupéfia les rebelles :

— Mes chers paroissiens, la sécheresse qui entrave nos existences depuis des lustres n'est que le fruit de notre inconstance envers notre Seigneur Jésus-Christ. Nous n'avons cessé de pécher depuis le jour de notre naissance et jamais une seule fois le repentir ne nous a effleurés, malgré nos démonstrations de piété. Nous ne sommes que de faux croyants ! Des êtres inconstants et hypocrites qui se vautrent à longueur de temps dans le stupre, la fornication, la débauche, la ribauderie, le luxe tapageur, les plaisirs futiles. Repentons-nous, mes frères, car la fin est proche ! La fin du monde. S'il est dit dans les Saintes Écritures que les premiers seront les derniers et que les derniers seront les premiers, sachez, vous qui avez été, votre vie durant, les derniers, que seuls seront vraiment récompensés ceux d'entre vous qui auront fait la preuve de leur foi inébranlable en Dieu le Père ! Demandez donc pardon pour vos innombrables péchés !

— Seigneur Dieu, nous te demandons pardon !

— Agenouillez-vous les bras en croix et implorez la clémence de Dieu le Père !

— Sois clément envers les pauvres pécheurs que nous sommes, Seigneur Dieu !

Une femme d'un certain âge entra subitement en convulsion et se mit à se contorsionner sur le sol, les yeux tournés à l'envers, une légère bave lui coulant au creux des lèvres. Aussitôt, le père-savane brandit une badine, qu'il portait dans la poche de sa tunique, et se mit à la rouer de coups jusqu'au sang en hurlant :

— Satan, sors de la carapace de cette pauvresse ! Sors immédiatement, je te l'ordonne ! *Dominus maria gratia et spiricti sancti kyrie elëison Jésus-Christi corporem nativus vobiscum ! Alléluia !*

— *Alléluia !*

Estéban Jacques jugea que le moment était propice pour tenter une approche. Se délestant de son fusil, il s'approcha à pas comptés du faux ecclésiastique qui lui tournait le dos, chose qui provoqua un « Oooh ! » d'effroi parmi les fidèles, lesquels s'escampèrent en désordre par où ils étaient venus.

— Mon père… je ne vous veux aucun mal, fit l'écrivain.

Le père-savane le regardait, bouche bée, comme s'il était l'incarnation du diable en personne. Il tremblait de tout son corps et supplia l'apparition de ne lui faire aucun mal. Se jetant front contre terre, il bredouilla des phrases incohérentes dans lesquelles n'émergeaient de manière distincte que deux-trois mots :

— Je suis aussi ton serviteur !… Je te sers depuis toujours ! Ô Satan, épargne-moi !

Les rebelles éclatèrent de rire. Estéban Jacques paraissait interloqué. Il releva le prêtre-savane et lui dit :

— Je ne suis ni le Diable ni le Bondieu, mon compère. Je suis un chrétien-vivant comme toi-même. N'aie crainte !

20

Mark Estienne, qui souffrait d'insomnie depuis qu'il était entré dans la trentième année de son âge, pour des raisons qu'aucun médecin n'avait pu identifier, partageait ses nuits entre l'écriture et la peinture. Dès qu'il avait fermé les portes de son école privée de Bel-Air, il se rendait dans l'espèce de débarras situé au sous-sol de sa maison où les toiles achevées ou en cours disputaient l'espace à des cartons de livres contenant l'essentiel de ses œuvres, qu'il était obligé de publier à compte d'auteur, aucun éditeur de la place n'étant assez téméraire pour prendre le risque d'inscrire à son catalogue celui que Luckner Cambronne qualifiait de « fils bâtard de Yankee ».

L'écrivain n'avait jamais fait mystère de son ascendance : Clémencia, sa mère, une pauvre paysanne descendue des mornes du Pays en dehors, avait échoué dans la cour-à-fourmis de La Saline où elle avait connu la misère bleue avant d'être remarquée, le hasard aidant, par un riche commerçant du Bord-de-mer, d'origine allemande. L'homme l'avait intégrée à sa valetaille, d'abord comme reste-avec, ce qui signifie qu'elle devait laver-repasser-brosser-récurer sans le moindre salaire, à ceci près qu'elle bénéficiait du gîte (un cagibi) et du couvert (les restes de repas de la maisonnée). Puis, au fil des ans, la jeune fille était montée en grade, grâce à l'énergie qu'elle déployait à la tâche et surtout à sa belleté pour le moins extraordinaire. Même coiffée à la diable et vêtue de hardes, elle avait un port de princesse que rehaussait l'éclat de caïmite de sa peau et l'ivoire de ses dents. Portefaix, cuisiniers, chauffeurs, jardiniers et autres hommes à tout faire du commerçant allemand avaient tous tenté de goûter à sa mandoline, que d'aucuns imaginaient sucrée, mais elle les avait repoussés si fermement qu'on en était venu à la considérer comme une sauvagesse.

— Pas étonnant qu'elle se comporte de la sorte ! ne cessait de maugréer le chauffeur de la Dodge rutilante du maître de maison. Mamzelle est une bondieuseuse acharnée. À ce qu'il paraît, elle communie chaque matin à l'église...

Mais il y eut plus stupéfiant : elle refusa les avances de celui qui l'avait sauvée du dénantissement. Dès que son épouse, une Mulâtresse acariâtre qui estimait avoir réussi sa vie parce qu'un membre de la race supérieure lui avait passé la bague au doigt, s'en allait rejoindre ses amies de la bonne société pour prendre le thé ou s'adonner à des parties de rami, l'homme coursait la jeune femme à travers les innombrables pièces de la villa perchée sur les hauteurs de Pétionville, d'où l'on avait une vue imprenable sur la baie de Port-au-Prince. Une villa de dix-sept pièces, flanquée de deux bâtiments annexes où logeaient les serviteurs, d'un garage où stationnaient trois grosses automobiles américaines, d'une piscine tout en longueur au beau mitan d'un grand parc ombragé par des flamboyants et des manguiers. Ces courses poursuites amusaient beaucoup le personnel car le patron, presque obèse, avait le pas lourd et qu'il suait et soufflait comme un mulet trop chargé. Les veines de son cou et sa pomme d'Adam proéminente se mettaient à tressauter, rendant plus comique encore son visage cramoisi qu'éclairaient la seule chose qu'il eût d'admirable, ses yeux. Des yeux d'un bleu si pâle qu'ils exprimaient une sorte de tendresse incongrue, désarmant ceux qui, fatigués de ployer sous son joug, étaient parfois tentés de lui sauter dessus et de lui flanquer une bastonnade à coups de coco-macaque. L'Allemand était craint en effet. Son accent rauque en français, son mauvais créole parsemé de mots incompréhensibles – sans doute des injures dans sa langue maternelle – avaient le don de tétaniser les plus vaillants. Sans compter qu'on le savait protégé en haut lieu. Il faisait partie de ces Blancs auxquels le pouvoir se gardait bien de chercher noise, parce que chaque premier du mois il se faisait déposer devant les grilles du Palais national, une énorme sacoche à la main, et demandait ostensiblement aux gardes à être reçu par le Président à vie. Le télé-gueule affirmait qu'il apportait à ce dernier pas moins du quart des recettes provenant de la demi-douzaine de commerces d'import-export qu'il possédait au Bord-de-mer.

— *Vini isit, Klémansia !* (Viens par ici, Clémencia !) hurlait-il quand la jeune fille échappait à ses pattes velues. *Sakré ti bouzen ki ou yé ! M-a kenbé ou ak fo pa ou pléré !* (Espèce de petite salope ! Je vais t'attraper et faudra pas que tu pleures !)

Pas moins de trois ans, le négociant s'épuisa à traquer la jeune fille, mais en vain. Il est vrai que les autres servantes faisaient moins les difficiles et qu'il avait largement de quoi satisfaire ses désirs vénériens. Il faut dire aussi que son épouse avait Clémencia à l'œil et l'avait prévenue que si jamais son ventre s'arrondissait, elle lui ferait prendre la porte en cinq sec. En fait, la Mulâtresse lui vouait une haïssance débornée et n'hésitait pas à la corriger pour des peccadilles. Un torchon de pied oublié dans un coin, une assiette mal lavée, un lit mal fait ou encore un regard trop fier. Car Clémencia était une reine, une véritable reine. Jamais elle ne baissait les yeux devant ses maîtres, comme le faisaient les autres serviteurs. Ni ne quémandait le moindre petit cadeau, même le jour de l'an, quand monsieur et madame rassemblaient la valetaille pour lui offrir des « étrennes », ainsi qu'ils disaient. Robes passées de mode ou abîmées, flacons de parfum à deux sous, chapeaux importés d'Europe et invendables parce qu'inadaptés à la chaleur tropicale, shorts en kaki provenant des surplus de l'armée américaine et datant de l'occupation constituaient l'essentiel de cette démonstrative libéralité. Chaque récipiendaire se confondait en remerciements devant monsieur ou madame, presque à s'agenouiller devant eux, entretenant la légende selon laquelle « les Schmidt sont les meilleurs patrons de la capitale », ce qui, chaque beau matin, provoquait une manière de cohue devant l'entrée de la villa, Untel se prétendant jardinier émérite ou Unetelle cuisinière hors pair. Clémencia était la seule à ne pas participer à cette macaquerie et Mme Schmidt ne pouvait supporter une telle hautaineté chez une petite analphabète « noire comme hier soir ». Inévitablement, dans l'après-midi du jour de l'an, Clémencia avait droit à une réprimande pour une faute imaginaire et Madame la cravachait au vu et au su de tout le monde, braillant qu'elle ne savait pas quoi faire d'une telle inutile et exigeant de son mari, lequel faisait la sourde oreille, qu'il la renvoie séance tenante. Mais Clémencia tenait bon. Jusqu'au jour où le patron de la compagnie de chemin de fer haïtiano-américaine, un Blanc du Middle West, fut convié à dîner chez les Schmidt et qu'il tomba d'amour fou pour Clémencia au premier regard, chose qu'il dissimula, mais qui le poussa, dès le lendemain, à demander à ses hôtes de lui céder leur servante. Ce que Mme Schmidt accepta de bon gré et M. Schmidt de mauvais. Toujours est-il que, peu de temps après, Clémencia enfanta d'un petit grimaud aux yeux bleus.

Or donc, Mark Estienne écrivait ses poèmes fulgurants entre huit heures du soir et deux heures du matin et peignait ensuite jusqu'aux premiers tapages de la rue annonçant le lever du jour, ne s'accordant que de brefs répits au cours desquels il observait le ciel étoilé. Sans être un passionné d'astronomie, il en était venu peu à peu à repérer les principales constellations auxquelles il adressait des invocations muettes, se demandant à chaque fois si les loas que vénérait tant sa mère y avaient leur domicile. Bien qu'il ne partageât pas la frénésie vaudouisante du régime, en quoi il voyait une dénaturation du culte, en particulier ces grotesques libations publiques que celui-ci organisait sur le Champ-de-Mars, il n'en respectait pas moins les esprits de l'Afrique-Guinée ancestrale. Parfois, Legba ou Ogoun le chevauchaient sans qu'il les eût invoqués et s'emparaient de ses mains qu'ils faisaient courir sur le papier ou sur la toile à une vitesse proprement démentielle. À ces moments-là, Mark Estienne avait l'impression que son corps, son cadavre-corps plus exactement, se dédoublait : il se contemplait comme dans un miroir, le front ruisselant de sueur, les yeux exorbités, qui traçait des lettres ou des formes qu'il était incapable de distinguer. Son double travaillait à sa place, devant son chevalet ou à son bureau. Dans sa position favorite, c'est-à-dire légèrement penché sur le côté gauche, la langue à moitié sortie de la bouche. Quand le loa se retirait, il en éprouvait une immense fatigue et son épouse le retrouvait endormi au petit jour. Elle s'émerveillait qu'il eût pu noircir autant de pages en une seule nuit ou peint deux ou trois tableaux, tous magnifiques.

— Si je n'étais pas une bonne chrétienne, plaisantait-elle, je dirais que c'est le Belzébuth en personne qui t'a aidé, mon cher...

Ce soir-là, elle venait de poser la tête sur l'oreiller lorsque les miliciens cognèrent sans ménagements contre la porte de sa maison. Ils avaient l'air ivres, à moins qu'ils eussent fumé cette herbe hallucinogène qui commençait à arriver clandestinement de la Jamaïque. Mark Estienne les observa depuis les persiennes de son salon, très calme. Il savait que son tour viendrait. Depuis toujours, cela avait été une certitude. Il avait déjà tout préparé, lui, le rebelle de l'intérieur. Un petit paquetage, deux-trois crayons noirs et du papier ainsi qu'une boîte de cachets d'aspirine. Il alla poser un tendre baiser sur le front de son épouse, la contempla une dernière fois, arrangea son oreiller qui avait glissé et sortit de la chambre sur la pointe des pieds. Les coups redoublaient à l'entrée. Il ouvrit, toujours impassible, la porte qui menaçait de céder et fit aux miliciens :

— *Pa lapenn fè kolè ! M p-ap chapé...* (Inutile de vous fâcher ! Je ne vais pas m'enfuir...)

L'un des macoutes ouvrit une bouche édentée qui puait le tafia et lui cria :

— *Hé Grimo, sé Palé nasional ki voyé nou !* (Hé, métis, c'est le Palais national qui nous envoie !)

Cinq individus vêtus de l'habituelle tunique bleu de chauffe et du chapeau de broussard de même couleur s'engouffrèrent dans la maison en braillant. Ils manipulaient dangereusement de vieux fusils de chasse, les portant tantôt en bandoulière, tantôt sur l'épaule. Une femme les accompagnait, une milicienne elle aussi, tout aussi saoule, dépenaillée et les cheveux en débandade. Elle se mit à se dandiner dans la courette où la femme de l'écrivain avait disposé des pots contenant des géraniums, essayant de les renverser à coups de pied tout en chantonnant :

— *Ezili, m-sé sèvant ou ! Ezili O, pwotéjé-m !* (Erzulie, je suis ta servante ! Ô Erzulie, protège-moi !)

Le premier macoute intima l'ordre à Mark Estienne de s'asseoir sur un banc en le poussant du canon de son fusil. L'homme regardait en tous sens, très nerveux, comme s'il craignait quelque chose.

— *Koté kamoken-yo yé ?* (Où sont les communistes ?) finit-il par aboyer.

— *M-pa gen moun sa-yo nan kay-mwen...* (Je n'en ai pas chez moi...), répondit l'écrivain sans laisser transparaître le moindre émoi.

— Tu me prends pour un couillon, hein ? J'ai beau être noir comme un pneu Michelin, sur mon front n'est pas marqué « Bèbè » ! La police nous a signalé que tu en cachais et elle sait ce qu'elle dit. Allez, ne nous fais pas perdre notre temps, grimaud !

Anne-Aimée parut sur le pas de la porte, en chemise de nuit, encore à demi endormie. D'abord interloqués, les miliciens se ruèrent sur elle, l'obligeant à s'asseoir à côté de son mari. La Fillette-Laleau, se calmant net, parut très intéressée par le collier en or qu'elle portait. Elle s'approcha d'Anne-Aimée et se mit à palper le bijou en poussant des sifflements d'admiration. Le chef des macoutes la rappela brutalement à l'ordre. Il avait quelque peu retrouvé ses esprits et c'est d'une voix presque normale qu'il fit à Mark Estienne :

— Nous sommes en mission, nous représentons le Président à vie, je vous somme une dernière fois de nous dire où se cachent vos amis !

— Il n'y a personne d'autre que ma femme et moi ici. Vous pouvez vérifier !

— Estéban Jacques, vous le connaissez ?

— Bien sûr ! Un médecin hors pair. Un très grand écrivain aussi. Un homme qui fait honneur à notre pays.

— Pff ! Couillonnades que tout ça ! s'énerva de nouveau le chef des macoutes. Un vrai Haïtien ne trahirait pas l'image de son pays devant les étrangers et surtout ne chercherait pas à renverser notre bien-aimé Père de la nation !

❧

LETTRE D'ESTÉBAN JACQUES
AU DOCTEUR FRANÇOIS DUVALIER (SUITE)

Si les faits se révélaient exacts, je suis assez au fait des classiques méthodes policières pour savoir que cela s'appelle une manœuvre d'intimidation. En effet, j'habite Pétionville, à proximité du domicile de monsieur le préfet Chauvet. On sait donc vraisemblablement où me trouver, si besoin réel en était. Aussi si cette manœuvre d'intimidation — j'ai coutume d'appeler un chat un chat — n'était que le fait de la police subalterne, il n'est pas inutile que vous soyez informé de certains de ses procédés. Il est enseigné à l'université Svorolovak, dans les cours de technique antipolicière, que lorsque les polices des pays bourgeois sont surchargées ou inquiètes, elles frappent au hasard, alors qu'en période ordinaire elles choisissent les objets de leurs coups. Peut-être, dans cette affaire, ce principe classique s'applique-t-il, mais police inquiète ou non, débordée ou non, je dois chercher à comprendre l'objectif réel de cette manœuvre d'intimidation.

Je me suis d'abord demandé si l'on visait à me faire quitter le pays en créant autour de moi une atmosphère d'insécurité. Je ne me suis pas arrêté à cette interprétation car peut-être sait-on que je ne suis pas accessible à ce sentiment qui s'appelle la peur, ayant sans sourciller plusieurs fois regardé la mort en face. Je n'ai pas non plus retenu l'hypothèse que le mobile de la manœuvre policière en question est de me porter à me mettre à couvert. J'ai, en effet, également appris dans quelles conditions prendre le maquis est une entreprise rentable pour celui qui le décide ou pour ceux qui le portent à le faire. Il ne restait plus à retenir comme explication que l'intimidation visant à m'amener à restreindre moi-même ma liberté de mouvement. Dans ce cas encore, ce serait mal me connaître.

Tout le monde sait que, pour qu'une plante produise à plein rendement, il lui faut les sèves de son terroir natif. Un romancier qui respecte son art ne peut être un homme de nulle part ; une véritable création ne peut non plus se concevoir en cabinet, mais en plongeant dans les tréfonds de la vie de son peuple. L'écrivain authentique ne peut se passer du contact journalier des gens aux mains dures, les seuls qui valent d'ailleurs la peine qu'on se donne ; c'est de cet univers que procède le grand œuvre, univers sordide peut-être mais si lumineux et humain que lui seul permet de transcender les humanités ordinaires. Cette connaissance intime des pulsations de la vie quotidienne de notre peuple ne peut s'acquérir sans la plongée directe dans les couches profondes des masses. C'est la leçon première de la vie et de l'œuvre de Frédéric Marcellin, de Hibbert, de Lhérisson ou de Roumain. Chez eux, les gens simples avaient accès à toute heure, comme des amis, de même que ces vrais mainteneurs de l'haïtianité étaient chez eux les moindres locatis des quartiers de la plèbe. Mes nombreux amis de par le vaste monde ont beau s'inquiéter des conditions de travail qui me sont faites en Haïti, je ne peux renoncer à ce terroir. Également, en tant que médecin de la douleur, je ne peux renoncer à la clientèle populaire, celle des faubourgs et des campagnes, la seule payante au fait, dans ce pays qu'abandonnent presque tous nos bons spécialistes. Enfin, en tant qu'homme et en tant que citoyen, il m'est indispensable de sentir la marche inexorable de la terrible maladie, cette mort lente qui, chaque jour, conduit notre peuple au cimetière des nations, comme les pachydermes blessés à la nécropole des éléphants.

Je connais mon devoir envers la jeunesse de mon pays et envers notre peuple travailleur. Là non plus, je n'abdiquerai pas. Goebbels a dit qu'en entendant le mot « culture », il tirait son revolver ; nous savons où cela a conduit l'Allemagne et l'exode mémorable des hommes de culture du pays des Nibelungen.

Mais nous sommes dans la deuxième moitié du XXe siècle qui sera, quoi qu'on fasse, le siècle du peuple-roi. Je ne peux m'empêcher de rappeler cette parole fameuse du grand patriote qui s'appelle le sultan Sidi Mahmoud Ben Youssef, parole qui illumine les combats libérateurs de ce siècle des nationalités malheureuses. « Nous sommes les enfants de l'avenir ! », dit-il de retour d'exil, en relevant son pitoyable ennemi, le pacha de Marrakech, effondré à ses pieds. Je crois avoir prouvé que je suis un enfant de l'avenir.

La limitation de mes mouvements, de mes travaux, de mes occupations, de mes démarches ou de mes relations en ville ou à la campagne n'est pas pour moi une perspective acceptable. Je tenais à le dire. C'est ce qui vaut encore cette lettre. J'en ai pris mon parti car la police, si elle veut, peut très bien se rendre compte que la politique des candidats ne m'intéresse pas. La désolante et pitoyable vie politicienne, qui maintient ce pays dans l'arriération et le conduit à la faillite depuis cent cinquante ans, n'est pas mon fait. J'en ai le plus profond dégoût, ainsi que je l'écrivais il y a déjà près de trois ans.

Sans attendre que leur chef les y invite, les macoutes investirent les quatre pièces de la maison, fracassant tout sur leur passage. Renversant la bibliothèque, brisant vases et statuettes, lacérant les tableaux, réduisant la vaisselle en poudre, tout cela accompagné d'éclats de rire hystériques. Ni Mark Estienne ni son épouse ne protestèrent. Ils se tenaient immobiles sur le banc, aucunement intimidés, l'écrivain n'ayant jamais cessé de regarder le chef des macoutes dans le mitan des yeux. Le vacarme attira l'attention du voisinage qui s'approcha de la barrière d'entrée en fer forgé, mais battit très vite en retraite lorsque deux des soudards déchargèrent leurs armes dans leur direction, sans toutefois les viser.

Une fois les lieux saccagés, il fut évident qu'ils ne cachaient aucun individu suspect. La meute se calma et attendit les ordres. Leur chef semblait quelque peu indécis quant à la suite à donner à l'opération, voire embarrassé.

D'ordinaire, dans ce genre de situation, les gens se jetaient à ses pieds, le suppliaient d'épargner leurs enfants, lui promettaient d'aller dare-dare retirer telle ou telle somme à la plus proche agence bancaire ou, plus rarement, tentaient quelque manœuvre désespérée qui l'obligeait à leur ôter la vie. Mark Estienne et son épouse donnaient l'impression d'être suprêmement indifférents au sort qui les attendait. Mieux : ils n'étaient même pas en proie à la tremblade. Mais on ne pouvait pas dire non plus qu'ils le défiaient. Il n'y avait ni mépris ni haine dans leur regard. Simplement une sorte de lassitude, d'immense lassitude, que trahissait leur posture légèrement courbée.

— Monsieur Estienne ! aboya le chef des miliciens. Tout le monde sait que vous êtes un opposant à la Révolution nationale. Qu'avez-vous à dire pour votre défense ?

Surpris par la qualité du français de celui qui s'adressait pour la première fois à lui dans cette langue, l'écrivain écarquilla les yeux, le dévisagea avec attention avant de s'exclamer :

— *Men sé ou ki la, Ti Albè ! Kouman nou yé ? Gen onpil tan nou pa vwè nou, monchè.* (Mais c'est P'tit Albert ! Comment ça va ? Il y a longtemps qu'on ne s'est vus.)

— Je ne suis pas votre P'tit Albert ! Je suis monsieur Albert Valquin, chef de la section de Delmas des Volontaires de la Révolution nationale.

— Tu étais mon meilleur élève de troisième en... laisse-moi me souvenir... en 1959 ou 60, n'est-ce pas ?

— Ne me tutoyez pas ! Vous avez trahi notre patrie en aidant ses ennemis à comploter contre elle.

Mark Estienne ne put s'empêcher de sourire. Il reconnaissait là les phrases toutes faites qu'on faisait apprendre par cœur aux semi-alphabétisés que le régime plaçait à des postes de responsabilité, phrases extraites du fameux *Catéchisme duvaliériste* ou, en tout cas, inspirées par lui. Cela dans le but, affirmait la presse aux ordres, de « promouvoir l'homme noir et la négritude ». Estienne avait longuement discuté de ce dernier concept avec ses amis du Chat perché pour conclure que tout mouvement d'idées, fatalement, finit par être dévoyé. Dénaturé, même, comme c'était présentement le cas. De même que Staline avait détourné le marxisme de ses nobles idéaux, François Duvalier et ses sbires avaient rendu méconnaissable le mouvement qu'Aimé Césaire, Léopold Sédar Senghor et Léon-Gontran Damas avaient porté sur les fonts baptismaux. Fatalité de l'Histoire ? Allez savoir ! concluait le peintre-romancier. Toujours est-il qu'il se trouvait face à l'un de ceux qu'il avait tenté d'arracher à la misère dans son école du quartier Bel-Air, un jeune Nègre à l'esprit vif mais au ventre trop souvent vide à qui il était obligé de glisser de temps à autre vingt cobs pour qu'il ne tombe pas d'inanition en plein cours, car un sac vide ne peut tenir debout. Il avait bien connu sa mère, lavandière publique qui, du matin au soir, quelque temps qu'il fît, nettoyait d'énormes ballots de linge à la fontaine de Bourdon, seule à fonctionner en un lieu où vivaient pas moins d'une dizaine de milliers de gens. Quand elle venait régler l'écolage de son fils, elle recommandait toujours à Estienne et aux autres maîtres de corriger ce dernier si jamais il tentait de jouer à la forte tête. Elle croyait dur comme fer que seule l'éducation le sauverait de la charognerie dans laquelle elle croupissait depuis le tout premier jour de sa naissance. Et pour de bon, Ti Albè était un garçon sérieux, travailleur. Poli surtout. Qui ne se gourmait jamais avec ses camarades, même quand certains se gaussaient de ses chemises fabriquées avec des sacs de farine de blé. Il avait finalement quitté l'école juste avant la classe de rhétorique, sans doute parce que sa mère, prise à la gorge, l'avait pressé de se chercher un job. C'était là chose tellement courante que Mark Estienne, qui le regrettait pourtant comme élève, ne s'en préoccupa pas outre mesure. Il savait qu'un jour ou l'autre il le croiserait près du Marché en fer à traficoter des tableaux d'art naïf hâtivement fabriqués ou peut-être bœuf-chaîne sur un autobus quelconque, occupé à y charger et décharger les paniers des vendeuses de légumes. Jamais, toutefois, il n'avait pensé que ce garçon au tempérament plutôt réservé échouerait dans les rangs de la Milice. À l'évidence, son nouveau statut l'avait changé. Il parlait haut et dissimulait mal son agressivité. Il en avait fait du chemin, l'Albert Valquin ! Chef de section des Tontons macoutes, ce n'était pas rien.

— Puisque vous refusez de répondre, reprit-il, je me vois obligé d'employer la manière forte.

Il répéta la phrase en créole à ses acolytes qui d'un même geste armèrent leurs fusils de contrebande, des carabines Winchester sans doute achetées à des marins américains. Le groupe encercla l'écrivain, repoussant sa femme sans égards vers le jardin. Des larmes glissèrent doucement sur ses joues couleur de sapotille, mais Anne-Aimée conserva sa dignité. Irrité par son attitude, qu'il prit sans doute pour du défi, Valquin lui cria :

— Dès que j'aurai réglé le compte de ton grimaud de mari, je m'occuperai de toi !

S'approchant de l'écrivain, il posa le canon de son pistolet sur sa tempe en le regardant droit dans les yeux. Les miliciens reculèrent de trois pas. Leur chef réglerait son compte à celui qu'on leur avait décrit à de nombreuses reprises, dans les réunions organisées par Mme Adolphe au quartier général de la Milice, comme le plus dangereux des opposants. Le plus difficile à coincer. Un homme qui ne se cachait pas, qui ne manifestait, publiquement en tout cas, aucune réserve face au régime, mais qui avait eu l'audace de décliner, poliment, toutes les propositions mirifiques qui lui avaient été faites : attaché d'ambassade à Paris, secrétaire d'État à la culture, directeur du Théâtre national, député de telle ou telle province où il n'avait jamais mis les pieds. Luckner Cambronne en personne l'avait approché, mais, intraitable, Mark Estienne l'avait éconduit, sans jamais cesser d'être courtois, félicitant même le ministre de l'Intérieur sur sa bonne mine et s'enquérant de sa famille. Régulièrement lui étaient aussi envoyées des invitations à des réceptions organisées en l'honneur des diplomates de pays amis ou à ces gargantuesques banquets patriotiques où n'étaient conviés que les plus solides partisans de Papa Doc, les durs de durs, ceux qui au moindre problème étaient partisans de la politique dite du « caleçon de fer ». Mark Estienne s'arrangeait toujours pour fournir une excuse vérifiable à ses absences, n'oubliant jamais dans les jours qui suivaient de faire tenir à ceux qui l'avaient invité une missive de remerciement. Manman Simone avait même déclaré un jour que le rebelle de l'intérieur était peut-être mille fois plus dangereux que ces groupuscules qui tentaient d'implanter des maquis dans les régions peu habitées du pays. Elle le soupçonnait d'avoir un réseau, de tenir en secret des réunions avec des personnes de même acabit que lui, mais la police secrète n'en avait jamais pu avoir la confirmation. Au Chat perché, des espions l'avaient certes entendu se moquer une fois des filles Duvalier, mais en termes beaucoup moins acides que la populace, qui ne voyait en elles que des gourgandines et avait fait des gorges chaudes lorsque la nouvelle avait filtré selon laquelle le capitaine Max Dominique, un homme marié, avait engrossé l'aînée d'entre elles. Bref, il était clair qu'il n'était pas dans le bon camp, qu'il refusait même d'en devenir membre, mais bien malin qui aurait pu démontrer qu'il appartenait au mauvais. On le sentait, on le savait, mais sans plus.

Mark Estienne sourit à celui qui s'apprêtait à lui loger une balle dans la tempe et lança à la cantonade :

— Messieurs, je veux mourir exactement comme ma mère m'a mis au monde. Je suis né nu, je veux mourir nu !

Joignant le geste à la parole, il commença à déboutonner sa chemise qu'il enleva sans gestes brusques, toujours incroyablement calme. Puis, il détacha sa ceinture et son pantalon lui tomba sur les chevilles. Le chef des macoutes, interloqué, abaissa son arme. Ses sbires, quant à eux, ne bougèrent pas. Ils semblaient hypnotisés. Quand l'écrivain fit descendre son caleçon et qu'ils virent son braquemart tout blanc, le premier sans doute de leur vie, ils s'agitèrent, interpellant Valquin du regard. Ce dernier perdit tous ses moyens. Ses mains tremblaient sans

301

discontinuer. Soudain, l'écrivain s'ébroua comme un cheval fou, poussant un hennissement effrayant avant de vocaliser un chanter vaudou :

> *Si nou wè koulev*
> *Ou wè Aida-Wédo,*
> *Si ou wè koulev*
> *Ou wè Danmballah*
> *Aida-Wédo sé gnou koulev O !*

(Si vous voyez une couleuvre
Vous voyez Aïda-Wédo,
Si vous voyez une couleuvre
Vous voyez Danmballah
Aïda-Wédo est une couleuvre !)

La voix puissante de Mark Estienne portait si loin que d'autres voix lui répondirent en écho à travers tout le quartier, crevant la nuit comme un vulgaire ballon.

— *Li sé gnou vlanbendeng !* (Ce type est un sorcier !) s'écria l'un des macoutes, les traits déformés par la terreur.

Valquin s'écarta de ce corps blanchâtre qu'agitaient à présent des mouvements de reptile. Le redoutable chef de section du quartier Delmas, qui traquait l'ennemi sans relâche, avait à son tour perdu tous ses moyens. Que pouvait-il faire contre les esprits ? S'ils se manifestaient là, en ce moment précis, dans la personne même de celui qu'il était venu accuser de cacher des communistes, c'est probablement qu'ils voulaient lui transmettre quelque message. À lui de le déchiffrer ! Il n'eut pas le temps de lancer le moindre ordre à ses sbires. Ceux-ci s'étaient enfuis, se bousculant même pour passer le premier la barrière d'entrée de la modeste villa. Après avoir tenté vainement de se ressaisir, il battit lui aussi en retraite.

@

CINQUIÈME SPIRALE

Temps de l'Éternel retour.
Les mêmes voix affaissées dans l'implacable bleuité du
jour. Les ventres qui dégobillent toutes qualités de glaires.
Les pieds qui soubresautent, animés par d'insoutenables
frénésies. Seul le regard, qui jamais ne couarde, témoigne
du vivant.
À la nuit close, Legba ouvre la barrière qui mène au
Temps retrouvé et l'on s'incline, le temps d'un danser autour
du poteau-mitan, devant l'entrelacement des vèvès qui des-
sinent à même le sol leurs énigmes féeriques, un semblant
d'heureuseté. Ils sont là : Ogoun qui ferraille contre l'en-
nemi, Danmballah drapé d'arc-en-ciel, Loko le taciturne
qui parle du nez et tous ceux-là qui attendent qu'on les
honore. Elle est là : Erzulie-Fréda, la Mère primordiale.
Tout cela fait mentir la parole qui affirme que le Nègre
a trahi le Nègre depuis la Guinée !
Mâchures de rêves, oui...

21

Théodore Pasquin était le seul convive à ne pas porter de smoking. Engoncé dans ce qu'il considérait comme son vêtement le plus présentable, un costume de drill blanc acheté lors d'un voyage en Dominicanie, il avait le sentiment de faire tache parmi cet aréopage de barons du régime et de Grands Nègres qui, outre leurs hauts-de-forme, arboraient des montres ou des gourmettes en or massif. Leurs épouses ou concubines, déguisées en marquises du Second Empire, papotaient à voix basse, se couvrant la bouche avec leur éventail. Tout ce beau monde était aligné de part et d'autre du couloir conduisant à la salle des Héros de la nation, dans l'attente du couple présidentiel et de ses enfants. Un chambellan arpentait les lieux avec nervosité, l'air inquisiteur. De temps à autre, il jetait un œil à la grande horloge murale et adressait un sourire de connivence aux habitués du Palais national. Le souper était prévu à huit heures tapantes et la porte des appartements du Président à vie demeurait hermétiquement close, lui pourtant fort à cheval sur la ponctualité.

Le seul parfaitement à l'aise était Gérard Daumec. Celui-là même qui avait invité Pasquin en omettant de lui préciser que, ce soir-là, chacun se devait d'être sur son trente et un. Entre poètes, ça ne se fait pas ! pensa le second qui, à la vérité, n'avait pas souhaité venir. Daumec avait dû lui forcer la main en lui faisant comprendre à demi-mot que son absence, par ces temps troublés, ne manquerait pas d'être perçue comme une marque de défiance envers le régime.

— Il nous faut serrer les rangs, mon camarade ! lui avait-il lancé avec son inaltérable jovialité.

— J'ai payé plus que mon dû ! s'énerva Pasquin à qui l'on avait promis qu'aucun mal ne serait fait à Estéban Jacques et à son commando, et qui n'avait pas digéré le fait qu'ils fussent tous portés disparus, après qu'il eut donné l'alerte ou, en termes crus, « trahi ses frères de combat » (selon les termes d'un tract récent de l'opposition clandestine).

Daumec avait-il deviné que son cher ami Pasquin commençait peu à peu à s'éloigner de lui ? Certes, tous deux continuaient à se retrouver dans l'appartement du favori du Doc, sur le coup des quatre heures de l'après-midi, en compagnie d'un petit cercle d'amoureux des lettres et de courtisans, où tout le monde prenait plaisir à bavarder tout en éclusant moult verres de bourbon ou de rhum sec. Daumec tenait salon. Monsieur syllogisait ! Tout ce que Port-au-Prince comptait de beaux esprits, de Rastignac descendus de leurs lointaines provinces, voire parfois d'aventuriers blancs de passage ou, plus simplement, de gens venus lui demander d'intervenir auprès de l'instance suprême, se pressait à son domicile, applaudissant aux lectures qu'il faisait de ses derniers textes tout en cherchant à capter, au fil des conversations, telle ou telle information importante à laquelle le *vulgum pecus* n'aurait jamais accès.

Pasquin fusilla son ami du regard, mais celui-ci n'en eut cure. Son heure de gloire était enfin arrivée : il présenterait au Président à vie, à la fin du souper, les premiers chapitres du *Bréviaire d'un leader du tiers-monde*. Évidemment, il ne se présenterait pas comme l'auteur de cette œuvre, couronnement de sept années de révolution duvaliériste, mais comme un simple « rewriter », encore que personne ne serait dupe. Chacun savait que ce pavaneur de Daumec tenait la plume de Papa Doc et que les discours imagés (« ronflants », ricanait la presse internationale) qu'il arrivait à Duvalier de prononcer lors des fêtes patriotiques émanaient du confident. Le Président à vie aimait d'ailleurs se présenter comme un simple médecin de campagne, ce qu'il n'était pas car il avait parachevé sa formation aux États-Unis, lesquels ne lui auraient jamais confié la responsabilité de la campagne d'éradication du pian, à l'époque de l'occupation, trois décennies plus tôt, si l'homme était vraiment celui qu'il voulait paraître. Mais, tout introduit qu'il fût dans les affaires les plus secrètes de l'État, Daumec, ce soir-là, finit, lui aussi, par être gagné par la nervosité. Il arrêta le chambellan.

— Le président serait-il souffrant ?

— Non, monsieur... Il attend un invité spécial.

— Un invité spécial ? Mais qui donc ?

Le chambellan esquissa une moue indiquant qu'il ne disposait pas de plus d'informations à ce sujet. Le dénommé Clémart Jean Charles, qui avait obtenu l'évincement de Luckner Cambronne en tant que responsable des finances personnelles du Doc et qui n'appréciait guère la personnalité de Daumec ni surtout le rôle qu'il jouait auprès de ce dernier, s'approcha de lui, dévoilant une dentition récemment refaite, qui le rendait encore plus hideux :

— Nous mettons en œuvre la nouvelle politique économique, mon cher Daumec. La poésie, c'est bien joli, mais le peuple a besoin aussi de travail. Comme vous le savez, n'est-ce pas, nous avons lancé un appel aux investisseurs étrangers et ce soir, nous en recevons un de la plus haute qualité.

Daumec resta bec coué. Il n'avait guère pris ce soudain virage du régime au sérieux dans la mesure où faire appel au capital étranger revenait *de facto* à diminuer la part du gâteau de ceux que les miséreux nommaient les Grands Mangeurs. Déjà qu'il avait fallu faire d'énormes pressions sur les gros négociants du Bord-de-mer, la plupart d'origine levantine ou germanique, pour leur rappeler qu'ils devaient payer leur dîme au régime s'ils entendaient continuer à remplir leurs coffres en paix, eux qui multipliaient les ruses pour s'y soustraire... Convier en plus des étrangers, sans doute américains, à s'installer dans le pays, lui semblait peu réaliste. Le poète y avait vu un geste de bonne volonté envers le Grand Voisin du Nord. Un geste gratuit, qui ne serait suivi d'aucune traduction concrète. Or le souper de ce soir-là promettait de lui donner tort.

— M. Goldenstein a d'autres projets pour notre cher pays ? tenta-t-il d'ironiser.

— Je vois que vous écoutez Radio Vonvon et que vous donnez foi à leurs balivernes, mon cher. Sachez pour votre gouverne que Goldenstein rend un fieffé service à Haïti en la débarrassant de cadavres dont nos services publics ne sauraient que faire. Et puis, il travaille à l'avancement de la science ! Mon cher prédécesseur, Cambronne, au moins une fois dans sa vie, a eu le nez fin.

— Je ne parlais pas de cela, mais de la vente de sang...

— Quel mal y a-t-il à ce que nos concitoyens monnayent ce qu'ils ont de plus précieux ? Ha-ha-ha !... Aux États-Unis, le plasma revient très cher, comme vous le savez. Et puis, ne peut-on voir là une sorte de revanche de l'Histoire ? Des Nègres, des *niggers*, comme ils disent, voient leur sang transfusé à des malades blancs, à des Caucasiens souvent blonds aux yeux bleus. Ha-ha-ha !

— À ce rythme-là, ils se métamorphoseront tous en Nègres, se força à plaisanter Daumec, de plus en plus mal à l'aise.

Soudain, la voix du chambellan couvrit le ronronnement des conversations. Les invités se mirent d'instinct au garde-à-vous.

— Le Président à vie et la première dame de la République !

Vêtu de sa tenue présidentielle la plus rutilante, portant un nœud papillon noir et coiffé d'un haut-de-forme, François Duvalier, raide comme un bâton-balai, s'avança dans la salle des banquets, suivi de sa smala. Son épouse, toujours aussi empruntée, ses trois filles habillées en premières communiantes, ce qui accentuait leur air de saintes nitouches. Un homme de type levantin, plutôt joufflu, l'œil pétillant, les suivait, entouré par quatre officiers de la Garde présidentielle, eux aussi en tenue d'apparat.

— Son Excellence Mahmoud Al-Mansour, prince d'Arabie ! hurla presque le chambellan.

Une bonne cinquantaine de paires d'yeux convergèrent sur l'inconnu qui adressa à chacun un salut de la tête accompagné d'une courbette. D'un seul mouvement, les invités se mirent debout et applaudirent à tout rompre. Al-Mansour fut placé entre le Doc et sa fille aînée, Marie-Denise, Clémart Jean Charles se retrouvant, lui, de l'autre côté du Président à vie. Chacun comprit qu'un énième froid devait s'être abattu sur le couple présidentiel. Depuis quelque temps, en effet, des rumeurs de disputes filtraient au dehors du palais, soit qu'elles fussent rapportées par des serviteurs, soit que certains quidams bien en cour, mais qui jugeaient que leurs petites affaires stagnaient, les distillassent à des journalistes sous couvert d'anonymat. En tout cas, il y était question de tout et du contraire de tout : séparation, divorce, départ pour l'Europe de la première dame et de ses filles, complot ourdi par l'un ou l'autre des prétendants de ces dernières et tutti quanti. Même Gérard Daumec, plus proche du Doc que de sa propre chemise, comme ironisaient les jaloux, ne parvenait à se faire une idée précise de la situation. En tout cas, il était sûr d'une chose : ces querelles familiales n'avaient aucun rapport avec la liaison ultrasecrète qu'entretenait le Doc avec la secrétaire particulière de Cambronne, la Mulâtresse France Saint-Victor, devenue entre-temps celle de Clémart Jean Charles. Cette femme, en effet, était une tombe.

Le prince arabe, qui se révéla être égyptien, mangeait et buvait comme un goinfre, tout en plaisantant avec Marie-Denise et d'autres convives dans un mélange plaisant d'anglais et de français. Sa bonne humeur devait être contagieuse puisque, assez rapidement, l'atmosphère se débrida. Seul le Président à vie demeurait, comme à son ordinaire, muré dans ses pensées. De temps à autre, il adressait à son éminent convive quelque banalité, faisant montre d'une politesse incoutumière, avant de se refermer comme une huître. Quant à la Mère de la nation, après avoir jaugé Mahmoud Al-Mansour sous toutes les coutures, elle abandonna son air renfrogné et encouragea, par des clins d'œil, son aînée à deviser avec lui. Nul n'ignorait qu'elle déployait des trésors d'imagination à seule fin de dénicher les meilleurs partis pour ses filles et qu'elle avait, à diverses reprises, rembarré certains audacieux qu'elle jugeait indignes de devenir ses beaux-fils. Visiblement le prince lui plaisait, elle qui pourtant rangeait les négociants levantins du Bord-de-mer dans la même catégorie que les Mulâtres, à savoir celle des suceurs de sang du peuple et des traîtres en puissance. Mais cet Al-Mansour n'était pas un Haïtien d'origine orientale et ne pouvait donc être confondu avec eux !

Les invités guettaient le moment, juste avant le plat de résistance, peut-être entre le dessert et le café, où soit le Doc, soit Clémart Jean Charles prendrait la parole et expliquerait les motifs de la présence de l'Égyptien au banquet. Mais le temps passait et l'heure du concert rituel, donné par l'orchestre philharmonique attaché au palais, arriva sans qu'aucun discours fût prononcé. On se mit donc à faire toutes qualités de supputations. Le Doc s'apprêtait à signer un traité d'alliance militaire avec le plus puissant pays du monde arabe, pays dirigé par un homme, Gamal Abdel Nasser, dont on savait qu'il tenait tête à l'Occident en général et aux Américains en particulier. Le Doc ceci, le Doc cela ! Le concert dura jusqu'à onze heures du soir sans que la curiosité des convives trouvât à se satisfaire. Marie-Denise, en tout cas, fut placée sur le même canapé de velours brodé de fil d'or que le prince arabe, dans la salle de musique trop exiguë pour contenir tout le monde. Un orchestre de chambre y joua du Rimski-Korsakov. On en conclut que le Président à vie et la première dame de la République voulaient signifier au monde qu'ils avaient enfin trouvé un gendre à leur goût. Et quel gendre, s'il vous plaît !

❧

VIE DE PACHA SOUS LES TROPIQUES

Le secrétaire de la présidence se rangea à l'idée du ministre de l'Intérieur quant au lieu où loger le dignitaire arabe. Il avait d'abord pensé à la chambre des hôtes, vaste pièce décorée de meubles Louis XV où les chefs d'État étrangers en visite passaient la nuit. Ces derniers étaient si rares qu'elle pouvait demeurer close pendant des mois, à tel point que le personnel finissait par oublier jusqu'à son existence. Un couillon de balayeur avait même affirmé y avoir vu un zombie un jour où il lui avait été demandé d'aérer les lieux. Il était pourtant aux alentours de midi ! On vit l'homme courir comme un dératé à travers les couloirs du palais, les yeux exorbités, hurlant qu'il venait de buter sur une créature écorchée vive dont le crâne était scalpé. Fidélio reprit rapidement la situation en main en expliquant que ledit balayeur non seulement fréquentait trop le cinéma Le Rio où ne passaient que des films d'horreur, mais qu'il avait la fâcheuse tendance de forcer sur le clairin de mauvaise qualité. En réalité, l'apparition qui avait tant effrayé ce dernier n'en était pas une. Il n'y avait là rien de mystérieux. Absolument rien. Il s'agissait tout bonnement du frère du lieutenant François Benoît, officier qui avait épaté ses formateurs étasuniens lors d'un stage organisé à l'école de guerre de Panamá. L'homme en était revenu champion de tir. Depuis, il dominait toutes les compétitions organisées dans cette discipline en Haïti. Or, ceux qui, quelques mois auparavant, avaient tenté de kidnapper les enfants Duvalier ajustèrent des frappes si-tellement précises que les deux gardes du corps et le chauffeur des rejetons du Doc furent tués sur le coup, d'une unique balle au mitan du front, alors que leur véhicule roulait à vive allure. Seul un tireur d'élite pouvait avoir fait le coup ! décréta le Président à vie. Ordre fut donné de massacrer tous ceux qui portaient le patronyme désormais maudit de Benoît, le François en question ayant eu le temps de s'asiler à l'ambassade dominicaine. Gros Lamarre et Boss Peinte s'étaient donc relayés pour faire parler le frère du coupable et, n'obtenant aucun résultat, l'avaient patiemment dépiauté comme on le fait aux cochons à Noël.

Clémart Jean Charles était d'avis qu'on logeât Mahmoud Al-Mansour en ville. Un prince arabe avait forcément besoin d'un harem et s'il n'y avait aucune difficulté à lui trouver des hétaïres à Cabane Choucoune ou dans quelque lupanar de Bizoton, il eût été délicat de les faire venir au Palais national. Al-Mansour fut donc installé dans une superbe résidence à Debussy et l'on mit même à sa disposition, pour veiller à sa sécurité, l'un des officiers les plus dévoués de la Garde présidentielle. Tout cela aux frais de la République. Le bougre ne se gêna point pour y mener une vie de bombance en compagnie de la jeunesse dorée de Port-au-Prince qui s'enticha des sonorités étranges de la musique orientale. En effet, un électrophone y diffusait nuit et jour les chants d'une seule et même cantatrice, Oum Kalsoum, dont nul ne comprenait les mots, mais dont les trémolos donnaient à rêver. De la sorte, on quittait les mornes pelés d'Haïti pour gagner les dunes, oueds et oasis de l'Arabie heureuse. Certains en vinrent même à se vêtir à l'orientale, arborant turbans et babouches. D'autres devinrent des adeptes du narguilé. L'unique pipe à eau d'Al-Mansour fut très sollicitée.

Entre-temps, la Négresse Myrna et la Chabine-cannelle Claire-Denise furent affectées à la résidence Debussy. Toutes deux travaillaient pour la police secrète depuis des lustres et avaient fait leurs preuves. Grâce à leur immense talent, le régime avait pu ainsi sonder les intentions de l'ambassadeur de Taïwan au moment où les États-Unis avaient fait pression sur ce pays pour qu'il rompe ses relations diplomatiques avec la première république noire du monde. Ou encore celles de Joseph Goldenstein lorsque ce dernier avait proposé d'ajouter au commerce des cadavres celui du plasma sanguin. Myrna et Claire-Denise étaient donc des professionnelles très fiables sur lesquelles le temps ne semblait pas avoir de prise. Elles étaient aussi resplendissantes qu'au premier jour où elles avaient pris leurs fonctions. Mahmoud Al-Mansour en devint littéralement fou. À n'importe quel moment, il pénétrait sans frapper dans la pièce réservée au secrétariat de son pharaonique projet (les deux espionnes tapaient à la machine à une vitesse stupéfiante) et lançait, rigolard :

— *Myrna, come here, my darling ! I need you to brush my hair...* (Myrna, viens donc, ma petite chérie ! J'ai besoin que tu m'aides à me coiffer...)

Les deux hétaïres apprirent vite à décrypter les métaphores du prince égyptien : « aider à se coiffer » signifiait lui procurer une gâterie buccale, « apporter des fruits frais » placer son braquemart entre leurs seins et y aller-venir jusqu'à l'extase, « servir un café au lait » les monter à la hussarde sur un coin de meuble ou un canapé, et le reste à l'avenant. Le problème, c'est qu'en contre-partie de ces culbutes à répétition, l'homme ne lâchait rien. Aucune information qui eût pu permettre de savoir si son projet de reprise des ports haïtiens n'était pas une blague ou si les investisseurs internationaux dont il se prévalait à tout bout de champ existaient vraiment. Je ne cause des choses sérieuses qu'avec les hommes, mes chéries ! leur susurrait-il en leur mor-dillant l'oreille. Nous avons bien mieux à faire que de nous occuper de chiffres et de plans.

Clémart Jean Charles, le nouveau ministre de l'Intérieur, bouillait d'impatience. En vieux renard qu'il était, il pressentait que quelque chose de trouble se tramait. Mais quoi ? Impossible de le savoir. Jusqu'au jour où les deux femmes débarquèrent, affolées, à son bureau du ministère. Cheveux défaits, visage non maquillé, elles avaient sauté dans le premier taxi venu. Elles refusaient tout simplement de continuer à officier à la rési-dence Debussy. C'était la première fois en dix-sept années de bons et loyaux services à la patrie qu'elles se voyaient contraintes d'abandonner une mission.

— Votre prince est fou ! attaqua Claire-Denise, la Chabine-cannelle.

— Plus que fou, cinglé ! renchérit Myrna, la Négresse.

Abasourdi, Cambronne ne leur posa aucune question. Escroc, truand, gangster ou maffioso, ça oui, il soupçonnait Al-Mansour de l'être, mais dérangé mental, il peinait à le croire. Il l'avait à maintes reprises jaugé, soupesé, et rien ne lui avait laissé penser que quelque chose clochait dans l'esprit du pro-videntiel businessman.

— Il veut s'occuper de nous… de l'autre petite fente ! s'ex-clamèrent comiquement les deux femmes d'une seule voix.

Le projet de l'Égyptien était rien moins que pharao-nique. Il s'agissait pour sa société de reprendre en main le wharf de Port-au-Prince et, dans un second temps, les principaux ports du pays dont l'état de délabrement fai-sait peine à voir. Volubile, chaleureux et attentionné tout à la fois, le prince savait allier bonne chère et réunions de travail, parties de poker et montages financiers, sans compter qu'à l'inverse des hommes d'affaires étrangers qui séjournaient dans le pays, il n'exigeait pas des belles de nuit au teint clair et savait apprécier la chair noire. Chose qu'il expliquait ainsi :

— Vous savez, mes amis, en Égypte aussi nous avons une forte population d'origine négro-africaine. On les appelle les Nubiens. Ma nounou appartenait à ce peuple, figurez-vous...

En bras de chemise, avec force gestes démonstratifs, il étalait devant Clémart Jean Charles et le ministre des Travaux publics des cartes tellement précises qu'elles indiquaient des localités dont les deux Haïtiens n'avaient jamais entendu parler. Al-Mansour disait les avoir obtenues auprès du World Geographic Institute, à Londres. Son plan était limpide : métamorphoser le wharf de la capitale pour en faire, en moins de deux ans affirmait-il, le point de passage obligé de tous les cargos qui transportaient des marchandises canadiennes et étasuniennes vers l'Amérique du Sud. Ce serait, de toute façon, le plus grand centre de carénage de tout l'archipel des Antilles. Outre ces activités techniques, Al-Mansour misait aussi sur le tourisme et pensait pouvoir attirer une partie des centaines de bateaux de croisière qui naviguaient quasiment toute l'année dans la région.

— Il n'est pas normal qu'Haïti, la perle des Antilles, soit ainsi ignorée, s'enflammait-il. Des journalistes et des écrivains mal intentionnés, comme ce *zimmel* de Graham Greene, ont bâti une image fausse et dégradante de votre pays – de notre pays veuillé-je dire, eh bien ! nous pouvons la changer. Je ferai construire une vaste marina sur le quai ouest. À côté, on installera des dizaines de boutiques *duty free*. Dès lors, il sera impossible aux agences de voyage de faire l'impasse sur notre pays, vous verrez !

L'Égyptien employait à tout bout de champ ce mot de *zimmel*, sans doute arabe, dont personne n'osait lui demander la signification, mais dont on se doutait bien, vu qu'il ne l'employait que pour désigner des gens détestables, qu'il entretenait un rapport avec « salaud », « vermine » ou « pédéraste ». Davantage ce dernier, d'ailleurs, puisqu'il levait toujours l'index à ces moments-là, faisant mine de l'enfoncer dans quelque chose. Al-Mansour était un bon compagnon. Il était comique, fraternisait avec le premier venu. Mais sa principale qualité, aux yeux de Clémart Jean Charles, était l'amour profond qu'il affirmait éprouver pour Haïti. Au point que lorsqu'il en réclama la nationalité, il obtint un passeport dans la journée, alors qu'il n'avait pas résidé suffisamment dans le pays pour en faire la demande. Lorsque se précisa la possibilité d'une union avec Marie-Denise, l'une des filles du Président à vie, Al-Mansour se vit gratifier d'un passeport diplomatique grâce auquel il multiplia les escapades en Europe et aux États-Unis. Son projet était colossal, tellement colossal qu'il l'avait chiffré à cinquante-trois millions de dollars. Et s'il était prêt à y investir une partie de sa fortune, il n'en demeurait pas moins qu'il devait aussi trouver des partenaires dans la haute finance internationale.

— Tout le monde sera gagnant dans cette affaire ! répétait-il à longueur de journée. Haïti, notre chère Haïti d'abord, ensuite les investisseurs étrangers et, enfin, les investisseurs locaux tels que vous et moi, bien sûr !

Le prince était reçu à déjeuner au palais chaque vendredi. Pour l'occasion, seul le Doc, son épouse, Manman Simone et leur fille Marie-Denise y assistaient. Clémart Jean Charles, pour sa part, enrageait de n'y être pas convié et se demandait si Papa Doc n'avait pas commencé à se méfier de lui depuis qu'il l'avait convaincu de se séparer de l'inamovible Luckner Cambronne. Il avait accumulé tant de haine contre sa personne, surtout dans les premiers cercles du pouvoir qui enviaient sa position de bras droit, de numéro deux, d'ombre portée, d'alter ego parfois, que quelqu'un avait fort bien pu manigancer son éviction de ces « agapes prénuptiales » comme les qualifiait Gérard Daumec, avec son ironie mordante. Par Fidélio, le valet personnel du Doc, devenu fin connaisseur de

315

l'être humain à force d'en côtoyer journellement l'un des spécimens les plus bizarroïdes, il réussit à apprendre que l'Égyptien jouait à l'amoureux transi.

— Il rigole trop avec Marie-Denise, avait déclaré Fidélio au ministre de l'Intérieur.

— Qu'est-ce que tu en sais ? Peut-être que c'est comme ça qu'agissent les Arabes...

— Je veux bien, mais alors pourquoi se moque-t-il d'elle en douce, hein ?... Tenez, la dernière fois, il a regardé ses chaussures et lui a dit que des pieds aussi fins ne devaient pas être emprisonnés. Il lui a promis de lui ramener des... comment il a dit déjà ?... des barbouches à son prochain retour d'Égypte.

— *Ba*bouches ! Tu as mal entendu, Fidélio !

— Toujours est-il que Marie-Denise n'a pas les pieds fins. Tout le monde le sait ! Aucune des filles du président n'en a. Elles ont toutes hérité des gros os de Mme Simone-Ovide.

Clémart Jean Charles ne put s'empêcher de sourire. Seul le fidèle valet du Doc pouvait se permettre ce genre d'appréciation qui aurait valu à tout autre, y compris lui, d'achever son existence dans un cul-de-basse-fosse.

Le comportement de l'Égyptien commençait donc à lui causer du souci. Il n'en dormait plus de la nuit. Seulement, impossible de s'en ouvrir à quiconque, puisque tout le monde était tombé sous son charme, y compris l'irascible Mme Adolphe, la cheftaine des miliciennes, que le bougre couvrait aussi de compliments, très exagérés, et de cadeaux luxueux. Il ne revenait d'ailleurs jamais de l'étranger les mains vides et même le Doc, pourtant peu sensible à ce genre de choses, s'extasia devant la rutilante Rolex qu'il lui offrit. Le ministre de l'Intérieur s'en ouvrit à Daumec, quoique avec la plus extrême prudence, pour se voir répondre :

— Vous vous faites des idées, cher ami. Le tempérament oriental n'a rien à voir avec le nôtre. Il est ouvert, généreux, expansif, un peu trop au goût créole, j'en conviens... Mais, qu'est-ce qu'un prince arabe aurait à gagner à s'occuper des ports d'une insignifiante république des Caraïbes ? Dites-le-moi ! Mahmoud Al-Mansour est déjà un homme riche, richissime même, et il n'a pas besoin des quelques petits millions supplémentaires que lui rapporteront nos ports.

Le ministre de l'Intérieur fut incapable d'opposer quoi que ce soit à cette implacable démonstration. La police secrète lui rapporta, toutefois, que l'Égyptien et le confident du Doc se réunissaient souvent dans l'appartement du second où ils s'adonnaient à des fiestas qui pouvaient durer de midi jusqu'au lendemain, fiestas où se pressaient courtisans, écrivains confirmés ou en herbe, journalistes et femelles à la cuisse légère. Il dut ravaler ses doutes lorsque l'homme d'affaires annonça qu'il avait finalisé le montage financier de son gigantesque projet. Vingt-deux millions de dollars avaient été trouvés à New York pour la réfection du wharf de Port-au-Prince ainsi qu'une dizaine d'autres sur les places financières européennes et en Arabie Saoudite, pour chacun des ports de Saint-Marc, du Cap, de Jacmel, des Gonaïves, de Jérémie et des Cayes. Al-Mansour fut spécialement invité au Conseil des ministres afin d'exposer l'affaire et hormis Lafleur, sceptique de nature, on l'applaudit sans réserve. Clémart Jean Charles nota que le Président à vie lui donna par deux fois du « mon cher fils », ce qui pouvait laisser supposer que les déjeuners du vendredi avaient porté leurs fruits et que Marie-Denise avait enfin trouvé un prétendant à la hauteur de ses ambitions.

— Qui sait si demain cet homme ne sera pas nommé à ma place ? se demandait le ministre de l'Intérieur, rongé par une appréhension grandissante.

Après moult cogitations et tergiversations, il décida de faire tomber Al-Mansour. Sa résidence de Debussy était une passoire. On y entrait et sortait à sa guise, pour peu qu'on eût trinqué deux fois avec l'Égyptien à l'hôtel Oloffson ou qu'on lui eût fourgué une donzelle bien roulée. L'homme se flattait de n'avoir pas d'ennemis. Il était plein de largesses envers le premier venu, n'hésitant pas à vous emplir les poches de liasses de dollars en rigolant.

317

— C'est une manière pour moi de vous remercier de m'accepter comme l'un des vôtres, insistait-il. Il n'y a pas beaucoup de pays où l'on fait un tel accueil à un simple étranger.

Quand Annuncia se présenta aux portes de sa villa et déclara qu'elle était la meilleure cuisinière de la capitale, qu'elle connaissait même certaines recettes levantines apprises chez un négociant syrien du Bord-de-mer, Al-Mansour ne se méfia point, lui qui, chose étonnante, gardait ses distances avec les Haïtiens d'origine arabe, dont il savait qu'une bonne partie n'était pas bien en cour auprès du Doc, non pas pour des raisons politiques, mais parce qu'ils rechignaient à verser l'espèce de gabelle que le régime avait imposée aux importateurs d'origine allemande, syro-libanaise et bien entendu mulâtres. L'homme d'affaires l'embaucha sur-le-champ. Annuncia accomplit de véritables merveilles. Banquets et beuveries se multiplièrent dans la résidence de Debussy. Le plan imaginé par Clémart Jean Charles n'était pas compliqué : la cuisinière dissimulerait dans la chambre du futur beau-fils du Doc des documents de propagande antiduvaliériste saisis sur certains opposants récemment arrêtés, notamment l'un qui détaillait les avoirs de chaque membre de la famille au pouvoir et indiquait les banques, locales ou étrangères, où ils étaient entreposés. La cuisinière hors pair s'exécuta la veille du jour où le Doc devait signer un chèque d'un demi-million de dollars à Al-Mansour qui, aux dires de ce dernier, servirait de garantie auprès des investisseurs étrangers. Il n'y avait là rien que de très normal et aucun ministre n'émit la moindre réserve. Chacun imaginait déjà la pluie de dollars, de livres sterling, de marks et de francs qui s'abattrait bientôt sur le pays, c'est-à-dire, plus concrètement, dans leurs poches à eux.

Quand la police secrète pénétra dans la villa qu'occupait l'Égyptien, quelques heures après qu'il eut reçu le chèque, elle la trouva vide. Vide en tout cas de tout effet personnel appartenant à celui-ci. Mis au courant, Clémart Jean Charles se rua chez Daumec qui se pomponnait avant son habituelle virée nocturne. Le confident de Papa Doc ignorait où se trouvait son cher ami oriental, mais ne s'en inquiéta point. Al-Mansour, en bon Arabe, était, déclara-t-il en riant, très porté sur le commerce charnel et, quoiqu'il fût à peine six heures du soir, il y avait gros à parier qu'il gigotait entre les cuisses de quelque putaine de Bizoton. L'air sérieux de Clémart Jean Charles l'intrigua :

— J'ai dit une bêtise ?

— Hon ! Votre Al-Mansour est un sacré malin.

— Qu'est-ce que vous voulez dire ?

Le successeur de Luckner Cambronne ne perdit pas de temps à lui répondre. Il était persuadé que l'Égyptien était en route vers l'aéroport, à moins qu'il ne s'y trouvât déjà. Le téléphone fonctionnant mal, il n'avait pu transmettre aucun ordre précis à l'imbécile de douanier en chef qu'il avait eu au bout du fil. Il calcula qu'il lui faudrait pas moins d'une quarantaine de minutes pour s'y rendre, moitié moins avec sa voiture à gyrophare et sirène. Toujours prudent à l'extrême, il renonça à l'utiliser. Et s'il s'était finalement trompé ? Si l'Égyptien, loin de chercher à s'enfuir du pays, avait, sur proposition du Doc, déménagé dans la résidence de fin de semaine de ce dernier, située à Croix-des-Bouquets ? Il roula donc normalement, l'esprit agité par mille pensées contradictoires. À la vérité, il se rendait compte qu'il était le seul baron du régime à n'être pas devenu le familier d'Al-Mansour. Il s'était contenté de lui fournir deux catins haïtiennes qu'il avait dû changer suite à ses exigences pour le moins étranges, mais il n'avait répondu que rarement à ses invitations. Bombancer jusqu'aux petites heures du jour n'était plus de son âge. Sans être atteint d'une maladie précise, comme c'était le cas du Doc, il lui arrivait de se sentir épuisé à n'importe quel moment de la journée. Fatigue psychologique, avait diagnostiqué son médecin. Ceux qui enviaient son poste de numéro deux du régime ne pouvaient pas savoir à quel point c'était une tâche exténuante que de surveiller les innombrables ennemis de celui-ci. Vraiment pas une sinécure. Ses prédécesseurs

Clément Barbot et Luckner Cambronne auraient pu en témoigner !

À l'aéroport, il se précipita vers la file d'attente d'American Airlines. Pas d'Al-Mansour ! Air Canada, pour sa part, n'avait pas commencé les formalités d'embarquement. Il scruta les passagers, un peu ahuris à cause de ses grosses lunettes fumées et du Colt qu'il portait ostensiblement à la ceinture, quoiqu'il ne fût pas en uniforme. Policiers et douaniers se mettaient au garde-à-vous sur son passage, tremblant, de toute évidence, dans leur culotte. Le douanier en chef se précipita, s'empêtrant dans toutes sortes d'excuses.

— Le prochain vol, c'est quelle compagnie ? éructa le ministre en l'interrompant.

— Dans... dans quinze minutes, Air Canada. Et dans une heure, Air France, mon... monsieur...

Par la baie vitrée, Cambronne vit un passager grimper quatre à quatre l'échelle de coupée d'un avion de tourisme. L'appareil ne portait aucune inscription sur sa carlingue. Le temps que le ministre de l'Intérieur bouscule le douanier en chef et fonce sur la piste, il roulait déjà sur le tarmac. Par réflexe, il prit son Colt et se mit à tirer, aussitôt imité par les soldats qui gardaient les lieux, du moins ceux qui n'étaient pas affalés contre la barrière de protection de la piste, seule pourvoyeuse d'ombre en cette journée d'écrasante chaleur. L'appareil continua sa route tranquillement avant de prendre son envol tel un énorme papillon qui peu à peu devint mouche, puis moustique avant de se métamorphoser en minuscule point luminescent dans le bleu fade du ciel.

Mahmoud Al-Mansour, le flamboyant prince arabe, qui avait promis de moderniser l'ensemble des ports d'Haïti et d'y amener la prospérité économique, venait de s'envoler à tout jamais avec une valise contenant un demi-million de dollars prélevés sur la cassette personnelle de Papa Doc...

22

Le colonel Désinor sentit une vague de découragement l'assaillir au moment où, deux heures trente du matin sonnant à la cathédrale, il regagna sa chambre. Plus encore, il avait le sentiment qu'une sorte de fatalité gouvernait désormais chacun de ses actes. Ce plan, il l'avait pensé, mûri, peaufiné, amendé plus de cent fois avant d'oser le soumettre au seul officier de la caserne Dessalines en qui il eût entière confiance, le capitaine Malveaux, jeune homme austère qui s'en revenait d'une formation à Fort Worth, auréolé des félicitations des gradés américains et d'un diplôme que la presse avait reproduit des semaines durant afin de prouver au peuple que l'on pouvait fort bien, « à force d'abnégation et de travail, sortir de la plèbe la plus miséreuse et atteindre les sommets de la République ». Désinor avait tout d'abord étudié avec le plus grand soin le parcours de ce soldat d'exception qui ne cillait jamais devant ses supérieurs, se gardant dans le même temps de toute obséquiosité. Son dossier disait que sa famille, originaire des environs de Miragoâne, vivotait sur une minuscule plantation de café et qu'elle s'était saigné les veines pour que le plus doué d'entre ses rejetons pût fréquenter l'école des Pères. Par la suite, Malveaux avait pu obtenir une bourse d'État qui lui avait permis de s'inscrire au collège Saint-Martial de Port-au-Prince où il avait continué à combler d'aise ses professeurs, passant plus de

321

temps dans la bibliothèque de l'établissement, y compris pendant le carnaval, qu'à drivailler dans les ruelles douteuses de la ville basse où toutes espèces de tentations guettaient les jeunes âmes. Final de compte, il avait stupéfié tout le monde en ne choisissant pas le droit ou la médecine, mais bien l'École militaire, lors même que rien dans sa constitution ne le prédisposait à porter les armes. Le capitaine Malveaux était d'ailleurs resté un homme plutôt fluet, auquel ni son uniforme ni ses épaulettes ne donnaient la moindre prestance et dont la voix, toujours un peu hésitante, prêtait à sourire. Mais il compensait ce que d'aucuns considéraient comme une sorte d'infériorité physique par un français si-tellement académique qu'il coupait la parole à ses interlocuteurs et surtout par des « analyses de la situation », comme disait le Président à vie, qui en imposaient à ses aînés. Le Doc avait un temps été tenté d'en faire son aide de camp, mais il avait jugé que Malveaux serait plus utile aux casernes Dessalines où l'armée grognait à cause du rôle de plus en plus important dévolu aux Volontaires de la Révolution nationale. Il serait l'œil du Palais national dans ce foyer potentiel de factieux qui ne comprenait pas que les miliciens, lesquels, bien que ne sachant ni marcher au pas, ni lire une carte d'état-major, ni manier une mitrailleuse, étaient désormais les plus solides remparts du régime.

Avant de regagner son lit, le colonel Désinor voulut éprouver la fraîcheur de la nuit sur son visage. Il avait toujours aimé ces heures creuses où, passé minuit, tout s'apaisait sur la ville, même les hurlements des bandes de chiens qui se battaient dans ces décharges improvisées que l'on trouvait désormais à tous les coins de rue, tout ce fatras à l'odeur pestilentielle qui révulsait le visiteur étranger, mais dont chacun avait fini par s'accommoder. Tout un chacun sauf lui ! Il ne reconnaissait plus le Port-au-Prince de son adolescence. Cette ville altière, hautaine même, à l'admirable architecture créole, ombragée de tamariniers centenaires et de flamboyants, était devenue rien moins qu'un cloaque. Tout s'y était déglingué au fil des ans : l'asphalte, les canalisations, les jardins publics, les somptueuses façades de l'avenue Jean-Jacques-Dessalines. Seul le Palais national conservait sa blancheur immaculée, joyau quelque peu incongru au mitan d'un monde où dominaient le gris, le noirâtre, le jaunâtre, le sale, l'immonde. Il songeait même, dans ses moments de rage froide, qu'il faudrait le raser au lendemain de sa prise de pouvoir, afin de construire à sa place quelque chose de moins monumental, moins scandaleusement rutilant. Un palais du peuple qui n'aurait plus rien de ressemblant avec cet énorme bâtiment aux allures de temple grec mâtiné de casino monégasque. Quand il s'en était ouvert au capitaine Malveaux, ce dernier avait esquissé un sourire :

— Mais, mon colonel, tous nos chefs d'État, présidents ou rois ont toujours désiré des demeures qui fassent honneur à notre nation. Si je vous suivais, il faudrait également détruire la citadelle du roi Christophe...

Désinor, arrivé à l'âge de cinquante et un ans, croyait avoir enfin compris le mal qui rongeait les élites haïtiennes, qu'elles fussent sincèrement dévouées au bien public ou au contraire simplement prédatrices, comme c'était le plus souvent le cas : le recours permanent au glorieux passé du pays. Dès les plus petites classes, les leçons d'histoire prévalaient sur le français, la géographie, les sciences naturelles ou les mathématiques. Sans doute n'y avait-il aucun pays au monde où les hauts faits d'armes des pères de la nation fussent aussi régulièrement célébrés et martelés. Un écolier français, songeait-il, connaît moins bien l'épopée napoléonienne que son alter ego haïtien celle de Toussaint-Louverture ou de Dessalines. Et le peuple n'était pas épargné par cette fièvre patriotique permanente, bien qu'il fût analphabète, car Désinor se souvenait bien, durant son enfance à Saint-Marc, des récits héroïques que sa grand-mère ressassait à la marmaille, récits qu'il avait retrouvés à l'école, quoique sous une forme moins enjolivée.

— C'est que notre Histoire est extraordinaire, mon colonel ! lui avait un jour rétorqué le capitaine Malveaux.

Tout bonnement extraordinaire ! Nous sommes le deuxième peuple de tout le continent à nous être libéré du joug européen ! Nous sommes le premier peuple d'esclaves à avoir constitué un État ! Nous sommes...

Désinor avait dû interrompre sèchement le jeune officier, agacé de constater que lui non plus n'échappait point à ce qu'il considérait comme l'entrave majeure à toute prise de conscience sérieuse de la réalité haïtienne, avant d'ironiser :

— Devons-nous donc nous contenter éternellement de vivre d'Histoire et d'eau fraîche ?

— Nos héros...

— Tttt ! Pas avec moi, Malveaux ! Laisse nos héros reposer en paix, s'il te plaît ! Toutes les nations en ont eu, me semble-t-il. À commencer par la Grèce, hein ? Crois-tu que les Grecs d'aujourd'hui ont les yeux tournés vers Alexandre ? Et les ruines du Parthénon sont très belles, certes, mais elles ne peuvent rien pour l'ouvrier athénien ou le paysan du Péloponnèse.

Cette nuit n'était point belle. Ce qui était rare, mais elle dispensait une fraîcheur apaisante. « Ce pays est devenu si délabré, soliloqua-t-il, que les nuits y sont plus agréables que les jours. Au moins n'y distingue-t-on pas toute cette lèpre qui ravage le pays. » Par routine, il se rendit dans la chambre de ses deux garçons qu'il savait pourtant vide. Tout comme la sienne. Il avait pris la précaution d'envoyer femme et enfants à Ouanaminthe, dans sa belle-famille, au motif qu'un changement d'air leur ferait du bien, ce qui déplut à la première, Élise, qui s'imagina que son mari entretenait quelque liaison avec l'une de ces donzelles qui papillonnaient autour de lui lors des banquets patriotiques. Elle le trouvait bien mystérieux depuis quelques mois, renfermé même, mais, habituée à obéir (son père était lui aussi un haut gradé), elle obtempéra. Toutefois, son cœur se mit à chamader lorsqu'il lui confia une bourse contenant vingt mille gourdes. Tant d'argent pour un séjour censé durer une semaine et demie ! En réalité, le colonel Désinor espérait qu'en cas d'échec du coup d'État qu'il préparait, sa femme eût suffisamment de présence d'esprit pour se mettre à l'abri, les enfants et elle, en République dominicaine, le poste-frontière de Ouanaminthe se trouvant à quelques lieues de là. Il avait longtemps hésité pour savoir s'il devait la mettre au courant avant de décider de garder le secret. Car c'en était bel et bien un ! Seules trois personnes connaissaient la véritable destination du régiment qui, au matin du 14 mars 1966, sortirait au petit jour des casernes Dessalines à bord d'une dizaine de camions en vue de gagner, officiellement, la région de Cayes où des exercices militaires de grande envergure avaient été prévus.

Prévus par le colonel Désinor, évidemment !

LES ÉPOUSAILLES D'ÉLISE SAINT-LAMBERT

Bien qu'elle fût loin d'être sans charme et qu'elle sût se montrer avenante, voire enjouée avec tout un chacun, on s'inquiétait beaucoup du devenir de la fille aînée du général Saint-Lambert, d'autant que sa cadette et sa benjamine avaient déjà convolé avec ce que l'on considérait comme de beaux partis. Élise, en effet, préférait les livres aux sorties et surtout aux bals organisés au Palais national, ces fameux bals pour lesquels certains auraient payé une fortune dans le seul but d'y être invités. Obéissante, elle y accompagnait son père et faisait trois-quatre danses avec lui avant de prétexter quelque douleur aux chevilles ou une migraine et gagner la pièce où les femmes d'un certain âge s'empiffraient jusqu'à l'aube, tout en échangeant les derniers ragots.

Ce qui devait arriver arriva. Le Président à vie convoqua le général Saint-Lambert et lui demanda ce qu'il comptait faire de sa fille. Nombre de jeunes officiers célibataires ne demandaient qu'à lui passer la bague au doigt. Était-elle quelqu'un de difficile ? Rêvait-elle peut-être d'épouser un riche et prestancieux Mulâtre ? Le père d'Élise fut, au fond, soulagé que l'affaire soit prise en main au plus haut niveau de l'État, car sa femme et lui s'étaient épuisés, depuis bientôt trois ans, à tenter de convaincre la jeune mamzelle qu'elle devait fonder une famille.

Ils lui avaient présenté des prétendants potentiels qu'elle avait dédaignés en les traitant de têtes de calebasse vide. Le général s'était, de guerre lasse, abandonné au découragement.

— Duvalier croit avoir quelqu'un qui lui convient, fit le Doc.

Et d'évoquer un certain capitaine Désinor qu'il songeait à faire passer très bientôt au grade de colonel. Saint-Lambert réprima un rictus de désappointement et hocha la tête, dubitatif. Il avait entendu parler de ce jeune ambitieux, féru d'histoire et de son plan fumeux d'attaque préventive de la République dominicaine, mais ne s'était jamais entretenu avec lui. Tout juste l'avait-il aperçu à quelques réunions d'état-major où, d'ailleurs, il s'ennuyait ferme. L'armée était désormais mise sur la sellette, concurrencée par les Volontaires de la Révolution nationale, une bande de gueux sans formation militaire ni éducation d'aucune sorte. Personne, parmi les haut gradés, ne savait comment réagir à cet affront, d'autant que suite à l'accord passé, peu de temps après, avec Rafael Trujillo, les troupes des deux pays s'étaient retirées de la frontière, les dominicaines d'une petite cinquantaine de kilomètres, les haïtiennes complètement ! Ces dernières se virent dès lors confier mission de traquer ce que le régime désignait sous l'appellation d'ennemi intérieur. Bref, l'armée haïtienne se trouvait en pleine déliquescence.

— Si vous voulez, général, Duvalier peut s'occuper de cette affaire, reprit le Président à vie. Nous n'aimons pas que nos ministres et nos officiers demeurent célibataires. Une famille, ça occupe, ça stabilise ! Duvalier ne vous apprend rien, n'est-ce pas. Alors, ce Désinor, il vous convient ou pas ?

Le général Saint-Lambert détesta à l'avance son futur gendre, mais n'osa pas s'opposer à la proposition de celui qui pouvait le faire révoquer d'un trait de plume. Il se sentit lâche, veule même, mais ravala son humiliation. Après tout, cette entêtée d'Élise n'aurait qu'à s'en prendre à elle-même ! Si elle avait accepté l'un de ces fringants jeunes gens que sa femme invitait à prendre de thé, on n'en serait pas arrivé là. Mme Saint-Lambert, elle, était aux anges. Elle prit le premier avion pour Miami d'où elle revint avec un trousseau de mariage digne d'une princesse monégasque. Sa fille chérie monterait les marches de la cathédrale de Port-au-Prince dans une robe immaculée dont la traîne ferait pas moins de deux mètres de long ! Elle non plus ne connaissait pas Désinor, mais le seul fait qu'il eût été choisi par le Président à vie en personne constituait la meilleure des références.

Il fallut d'abord entamer la période des fiançailles, longues semaines qui furent pénibles au général. Son futur beau-fils se présentait sur le coup de quatre heures de l'après-midi et était reçu sous la galerie, où les deux hommes devaient se faire la conversation sans avoir rien à se dire. Élise venait saluer brièvement le jeune homme, n'échangeant que de brèves banalités avec lui avant de se retirer, tandis que sa mère faisait le service avec un empressement qui, à l'évidence, gênait Désinor. Comme ce dernier ne faisait aucune allusion à sa famille, les Saint-Lambert en déduisirent soit que celle-ci était de médiocre extraction, soit qu'il n'en avait plus. Au fond, l'idée qu'il pût être orphelin soulageait le général. Il ne se voyait pas, en effet, supporter des jours durant sous son toit tout un bataclan de campagnards sans-gêne et braillards. En fait, une seule chose le taraudait : cette union avait-elle été décidée par Papa Doc tout seul ou était-ce Désinor qui avait sollicité son intervention ? Le lieutenant esquivait adroitement les questions de son futur beau-père sur le sujet. Il avait l'air radieux. Tout à fait radieux. Au fil du temps, son sérieux, sa politesse, l'étendue de sa culture et son allure déterminée firent tomber les préventions du vieux général Saint-Lambert. Après tout, ce jeune homme était peut-être promis à un brillant avenir ? Le Président à vie lui-même n'était-il pas issu du peuple ? N'avait-il pas passé son enfance au quartier Bas-peu-de-chose ?

Le moment arriva de passer aux choses sérieuses. D'un commun accord, le vieux général et le jeune lieutenant tombèrent sur une date. Les épousailles seraient célébrées à la fin du mois de juin. À compter de ce moment, Désinor put s'entretenir avec sa promise, mais toujours sous la véranda, au vu et au su de tous. Par miracle, les deux jeunes gens furent sous le charme l'un de l'autre. L'amour des livres les rapprocha d'emblée. Ils partaient dans des discussions qui duraient au-delà du raisonnable. Selon Mme Saint-Lambert, en effet, une jeune fille rangée ne devait pas bavarder avec un représentant de la gent masculine passé sept heures du soir. Jusqu'au jour où Élise, un pli au front, ne répondit que par des « oui » et des « non » très secs à son futur époux. Le vermouth auquel elle avait droit pour l'occasion demeura intact tout au long de leur conversation. Final de compte, elle lui révéla ce qu'elle avait sur le cœur, dès que les oreilles de ses parents furent hors de portée :

— C'est... c'est le président qui vous a obligé à... m'épouser ?

Désinor fut tellement décontenancé qu'il convainquit Élise du contraire sans même lui bailler d'explications. Leurs épousailles, aux dires des plus jaloux, méritèrent le qualificatif de grandioses.

ॐ

La prise de Radio Haïti se révéla un jeu d'enfant. Les quelques macoutes qui en gardaient l'entrée furent rapidement désarmés et le journaliste préposé aux nouvelles matinales ainsi que les deux techniciens qui le secondaient ligotés en bonne et due forme. Le colonel Désinor confia à un lieutenant, spécialiste en transmissions, le soin d'assurer la diffusion, mais sans lui donner d'instructions précises. Il y reviendrait faire un discours à la nation une fois les casernes Dessalines et le Palais national placés sous contrôle. Presque par réflexe, le lieutenant choisit de passer de la musique classique sans interruption. Il était à peine trois heures et demie du matin, personne n'y ferait attention. Dehors, il faisait frisquet. Les soldats, dont la plupart n'étaient pas au courant du complot, commençaient à s'impatienter. Le colonel Désinor avait longuement hésité avant d'accepter qu'ils emportent quelques-unes de ces bouteilles de rhum médiocre que l'on trouvait à profusion dans le magasin de la caserne Pétion. Déjà certains, au prétexte de se réchauffer, en avaient débouché et se les passaient, buvant au goulot avec des raclements de gorge. Il fallait gagner au plus vite le principal centre de commandement de l'armée, les casernes Dessalines, à quelques encablures du Palais national. Le colonel n'eut aucun mal à y faire arrêter les sentinelles qui s'étaient d'ailleurs mises au garde-à-vous en l'apercevant. Ensuite, les quelque deux cents soldats qui s'y trouvaient stationnés, encore endormis, furent à leur tour bouclés dans les chambrées et leurs armes saisies. Avec une vingtaine de courageux, Désinor venait de mettre le régime à genoux !

Restait à investir le Palais national et à capturer le tyran. Le capitaine Malveaux, qui s'était rangé au projet du colonel moins par conviction qu'à cause de l'ascendant que ce dernier avait sur lui, proposa de téléphoner au Doc afin d'éviter un inévitable bain de sang.

— À cette heure-là, il doit déjà se trouver à son bureau, fit-il. J'ai cru comprendre qu'il souffre d'insomnie...

— Il est insomniaque ou bien il traficote des choses malsaines avec son fameux hougan ? Comment s'appelle-t-il déjà, celui-là ?

— Méthylène, je crois...

— Ha-ha-ha ! Celui qui aurait permis au Doc d'acquérir les dons d'invisibilité et d'ubiquité, n'est-ce pas ?

— C'est ce qui se dit, mon colonel...

— Nous sommes dirigés par des hurluberlus. C'est pas croyable ! Des hurluberlus et des assassins.

Le colonel Désinor était extrêmement serein. La première partie de son plan venait de se dérouler sans la moindre anicroche. La Radio nationale était sous contrôle et les casernes Dessalines étaient désarmées. Comme il était en avance sur le *timing* (quatre heures trente du matin venaient de sonner à la cathédrale), il estima qu'il pouvait prendre son temps et réfléchir à la proposition du capitaine Malveaux. Pourquoi, en effet, commencer son régime par une effusion de sang ? Ce régime qu'il avait pensé, concocté dans les moindres détails. Ce régime qu'il désirait le plus démocratique non seulement de tout l'archipel des Antilles, mais aussi de l'Amérique du Sud. Il supprimerait cette institution inutile, voire parasitaire, qu'était le Sénat et accorderait des pouvoirs étendus au Parlement, sans toutefois empiéter sur les plates-bandes présidentielles. Il avait préparé une allocution d'inspiration gaullienne qu'il lirait en fin de matinée sur les ondes, allocution dans laquelle il était question de la fin de la tyrannie abjecte et obscurantiste d'un clan de prédateurs usant du noirisme pour justifier ses abominations ainsi

329

que du relèvement de la vaillante nation haïtienne, exemple pour tous les peuples colonisés du monde. Il relut rapidement son texte et gomma les envolées trop grandiloquentes, résistant aussi à l'envie d'y introduire les noms des pères de la nation. Ces références n'avaient déjà que trop servi à tous les satrapes qui s'étaient succédé à la tête d'Haïti. Le colonel Désinor voulait faire sobre. D'autant plus sobre qu'il espérait une reconnaissance rapide du nouveau régime par les États-Unis, le Canada, la France et le Mexique.

— Bien… qui appelle Papa Doc, Malveaux ? Vous ou moi ?

— Vous serez bien plus crédible que moi, colonel. Je ne l'ai rencontré qu'une fois et, en plus, je ne suis qu'un simple officier…

— Vous me prenez de court. Je n'avais pas prévu ça. Je comptais foncer aussi sec sur le Palais national… Nous en avons encore le temps, d'ailleurs. Les rues sont vides pour l'instant… Êtes-vous certain que nous faisons le bon choix ?

— Sûr et certain, mon colonel.

Le colonel Désinor empoigna lentement le téléphone, tout en dévisageant son subordonné. Un soupçon, absurde sans doute, venait de lui traverser l'esprit : et si le bougre était un forfaiteur ? S'il était de mèche avec le ministre de l'Intérieur et Mme Adolphe ? Malveaux ne cilla point. Lui aussi avait l'air tout à fait calme.

— Mais je n'ai que le numéro du secrétariat de Papa Doc, Malveaux ! À cette heure-là, aucun employé n'a encore pris son service…

— Je me suis procuré le numéro privé du président, mon colonel…

— Comment ça ?

— J'ai une amie qui est dans les bonnes grâces de Gérard Daumec et…

— Qui couche avec lui, vous voulez dire, Malveaux !

— Oui, mon colonel… Eh ben, Daumec, comme vous le savez, est sans cesse en communication avec le président… Elle a réussi à lui soutirer le numéro…

Le colonel Désinor était de plus en plus perplexe. D'abord, il n'avait jamais apprécié ce Daumec qu'il considérait comme un intrigant et un jouisseur invétéré, mais en outre, jamais Malveaux, au cours des longues heures de préparation du coup d'État, n'avait exprimé qu'il lui semblait préférable d'éviter un bain de sang. Il n'avait pas non plus révélé qu'il possédait le numéro privé du dictateur. En fait, il avait approuvé les yeux fermés le plan de son supérieur, n'émettant que de très légères réserves sur des points de détail.

Un vacarme dérangea soudain les deux hommes. Il provenait du deuxième étage des casernes. Par la fenêtre du premier où ils discutaient, ils aperçurent quelques-uns de leurs hommes qui vociféraient et bientôt apparut un individu en short et tricot, hirsute et l'air effaré, qui tentait de se débattre. Désinor et Malveaux reconnurent immédiatement, malgré la pénombre, la gueule torve du général Dumanoir, le responsable en second des casernes Dessalines.

— On a de la chance, Malveaux ! Normalement, ce macaque ne dort presque jamais ici. Il a une villa de quinze pièces près de la plage de Thorland. Là-bas, c'est ripailles, bacchanales et compagnie !

Dumanoir fut conduit, menotté, aux deux officiers. Comme il ne cessait de gesticuler, on le ligota à une chaise. L'homme injuriait, postillonnait, traitait ses ravisseurs de tous les noms : traîtres à la patrie, vagabonds, pédérastes, fils de catin, ordures et autres. Final de compte, on dut se résoudre à le bâillonner. Désinor eut alors le sentiment que le temps pressait. Il se saisit du téléphone et fit signe à Malveaux de prendre le cornet. Au bout de quatre sonneries, une voix nasillarde demanda :

— Gérard, c'est vous ?... Vous êtes bien matinal, cher ami ! Cela ne vous ressemble pas.

— ...

— Allô ?... Allô ?... Qui nous parle ? Vous êtes sur la ligne personnelle du Président à vie, raccrochez tout de suite !

— Monsieur Duvalier, commença le colonel Désinor, je suis au regret de vous apprendre que vous avez été déposé ce matin. Trois compagnies de l'armée nationale se sont emparées des ministères, de la radio, de l'aéroport et des casernes Dessalines. Nous vous demandons de vous rendre, vous et votre famille. Toute tentative de résistance serait vouée à l'échec. Vous m'entendez ?

— ...

— N'espérez rien de la Garde présidentielle, monsieur. Nous l'avons désarmée hier, en fin d'après-midi.

— Qui... qui nous parle ?

— Colonel Désinor, monsieur.

— Désinor, c'est toi ?... C'est bien toi ? Mais qu'est-ce qui t'est passé par la tête ? Duvalier comptait te nommer général d'ici un mois !

Un fracas à la fenêtre sur la rue contraignit Désinor à raccrocher brusquement. Malveaux s'était précipité, mais le général Dumanoir, dans un effort surhumain, s'était projeté contre la vitre que brisa en mille morceaux le dossier de la chaise à laquelle il était attaché. Les deux officiers le virent se relever avec difficulté sur le bitume, qu'une pluie-fifine venait d'arroser, et claudiquer sous le regard ahuri des rares passants. L'ombre avait enfin cédé la place à la lumière, mais la ville s'éveillait à peine.

— Pas grave ! fit Désinor. Dans cinq minutes, nous donnons l'assaut au palais. Je rappelle Duvalier.

Le Président à vie, d'une voix blanche, annonça qu'il avait demandé asile à l'ambassade de Colombie et qu'elle avait accepté de le recevoir. Il s'inquiétait toutefois pour sa femme et ses filles qui se trouvaient dans leur résidence d'agrément de Croix-des-Bouquets. Désinor le rassura : aucun mal ne leur serait fait. Quant à Jean-Claude, *alias* Bébé Doc, dont son père ignorait où il avait passé la nuit, un sauf-conduit lui serait attribué.

— Duvalier vous en remercie beaucoup. Faites que notre pays garde toujours la tête haute ! dit-il d'une voix rassérénée.

— Nous y veillerons, monsieur, fit Désinor, la gorge un peu nouée.

Au moment où les putschistes s'apprêtaient à quitter les casernes Dessalines à la tête de leur petite vingtaine de soldats, une clameur s'éleva qui les cloua sur place. Au-dehors, des centaines, puis, en l'espace de dix minutes, des milliers d'hommes et de femmes, vêtus de bleus de chauffe, gesticulaient et braillaient, munis de bâtons, de machettes, de pistolets, de fusils de chasse. Les Tontons macoutes ! Ils comprirent que le général Dumanoir venait d'informer le Doc que ceux qui cherchaient à le renverser n'étaient qu'une poignée. Par téléphone probablement, le tyran avait rameuté ses principaux acolytes, lesquels avaient sonné l'alarme à travers les quartiers populaires où des escouades de miliciens étaient préparées, de jour comme de nuit, à toute éventualité. Désinor donna l'accolade à ses hommes sans mot dire. Malveaux, qui semblait regretter à présent de s'être laissé entraîner dans cet acte de sédition, pleurait en silence.

— À la vie comme à la mort ! lui lança le colonel Désinor dans une ultime bravade.

Il ne fut pas fait de quartiers. Les comploteurs furent découpés en trente-douze mille morceaux et le reste de leurs carcasses livré à la vindicte publique. On les traîna, trophées de chair et de sang, au bout de cordes, à travers les principales artères jusqu'à tard dans la matinée, au mitan des hurlements de victoire.

23

Père Gaston les conduisit jusqu'au hameau de Bois-Fouillé, petit assemblage d'une douzaine de cases déla-brées qui s'étageaient sur le flanc d'un morne dont le sommet était perdu dans les nuages. Une tiaulée d'enfants dépenaillés vint à leur rencontre, courant en tous sens, émerveillés et effrayés tout à la fois. Les femmes se tenaient sur leur seuil, un nourrisson sur le bras, arborant un sourire timide, certaines demandant à leur marmaille de laisser tranquilles les « Blancs », ce qui dans leur par-lure signifiait les étrangers. Estéban Jacques s'étonna de ne voir aucune présence masculine.

— *Yo monté nan jaden... pi ho...* (Ils travaillent à leur jardin... plus haut...) fit le père-savane.

— *Gaston, moun sa-yo, sa yo yé ?* (Gaston, qui sont ces gens ?) demanda un vieillard recroquevillé dans une dodine, à l'ombre du seul vrai arbre de l'endroit, un manguier.

Il paraissait avoir cent ans, voire davantage, mais sa peau n'était point parcheminée et il conservait quelques touffes de cheveux ici et là, noir de jais. Le père-savane, qui jusque-là s'était conduit en chef, fit soudain montre d'une grande humilité. Il amena le groupe jusqu'au vieux-corps qu'il salua avec un respect démonstratif :

— Ancêtre, ces gens sont venus de la capitale exprès pour nous voir. Il y a un docteur parmi eux, il peut regar-der comment va ton cœur si tu veux...

À la stupéfaction d'Estéban Jacques et de ses compagnons, l'homme jaillit de sa dodine, tituba quelques secondes mais parvint à tenir sur ses jambes, si frêles qu'on aurait juré des bûchettes de feuilles de coco. D'évidence, il était aveugle car il tournait et virait la tête tout en adressant des fulminations aux nouveaux venus, agitant devant lui une canne sculptée de manière frénétique. Dans un créole puissant, riche de mots inconnus, porté par un phrasé qui vous baillait le frisson, un créole que les rebelles n'avaient jamais entendu de leur vie (« la langue des Nègres marrons », songea Estéban Jacques), il déclara que Bois-Fouillé n'avait que faire des « Blancs », qu'ici on était libre et fier, que l'État n'y avait jamais construit ni route, ni école, ni dispensaire, ni rien et que c'était fort bien comme ça, que le hameau se suffisait à lui-même car le travail de chacun profitait à tous et inversement. Il ajouta qu'il était natif-natal des Gonaïves, la ville où Jean-Jacques Dessalines avait proclamé l'indépendance, et que sa naissance datait de l'arrivée au pouvoir du président Geffrard (Estéban Jacques calcula rapidement qu'il s'agissait des années 60 du XIXe siècle). En ce temps-là, le pays avait commencé à remonter la pente, oui. Le café se vendait très bien et ça, jusqu'en Allemagne ! La canne à sucre avait repris du terrain après avoir failli disparaître. Le peuple ne vivait pas dans l'aisance, mais au moins mangeait-il à sa faim et de plus en plus d'enfants étaient accueillis dans les écoles communales.

— Savez-vous pourquoi cet élan a été brisé ? demanda le vieux-corps en pointant un doigt accusateur dans le vide. Oui, pourquoi ?

Il demeura immobile un long moment, attendant une réponse qui ne venait pas, puis il porta la main à hauteur de son cœur et se mit à suffoquer. Estéban Jacques se précipita pour l'aider à se rasseoir et sortit un stéthoscope de son barda. Les villageois grouillaient à présent autour des rebelles. Le geste de l'écrivain-médecin les avait rassurés.

— Son rythme cardiaque est lent, fit-il au Père Gaston, qui faisait figure de second dans la hiérarchie de la minuscule communauté.

336

— Il va nous quitter ? demanda le père-savane.

— Je ne crois pas… Il vaut mieux, à cet âge, un cœur sage qu'un cœur qui bat trop vite. Est-ce que je peux lui donner un remède ?

— Faites donc !

Le cachet fourni par Estéban Jacques revigora le vieux-corps en un rien de temps. Il ouvrit ses yeux morts dont les pupilles avaient viré au bleu-mauve et, pour la première fois, sourit. Il refusait de lâcher le poignet de l'écrivain-médecin auquel il s'était accroché quand ce dernier l'avait aidé à se rasseoir. De son autre main, aux doigts effilés et aux ongles plus longs que la normale, il caressa le visage de son sauveur, s'arrêtant sur l'arête de son nez et sur ses cheveux.

— *Sé bon neg Ayiti-Toma ou yé, gason !* (Tu es un vrai Haïtien, mon garçon !) lâcha-t-il avec satisfaction avant de sombrer dans la somnolence.

Le père-savane expliqua qu'au temps-longtemps, le vieillard avait occupé les hautes fonctions de juge de paix dans sa ville natale. Il y avait gagné le respect de la population en n'acceptant pas de bakchich et en refusant de céder aux pressions des puissants, seulement préoccupé de faire appliquer la loi et rien que la loi. Son attitude avait fatalement déplu aux autorités, lesquelles l'avaient muté plus au nord, avant de le limoger. Sous l'occupation américaine, il avait dirigé une légion de Cacos qui avait donné du fil à retordre aux fusiliers marins. Quelques années plus tard, la paix retrouvée, il avait pris la tête d'un groupe de paysans que l'État s'employait à expulser des terres domaniales. Des affrontements violents avec la gendarmerie, puis l'armée, s'étaient ensuivis, jusqu'à ce qu'il trouvât refuge à Bois-Fouillé.

૭

LA CASCADE DE SAUT MARIE-REINE

Marylise demanda où elle pouvait se laver. Depuis leur débarquement, l'eau avait été chichement utilisée et elle se sentait une

337

vraie marie-souillon, elle qui, du temps de l'Hôtel Choucoune, prenait trois ou quatre bains par jour. Les femmes s'étaient approchées respectueusement et examinaient avec curiosité sa chevelure défrisée qui lui tombait sur les épaules. Elles étaient toutes coiffées de nattes très courtes, certaines papillotées avec du fil de sisal.

Les femmes de Bois-Fouillé possédaient un lieu à elles, un lieu où leurs hommes ne pénétraient jamais. Pour y accéder, il fallait enjamber deux mornes, peu élevés mais abrupts, et s'enfoncer dans un restant de massif forestier. Là s'élevaient des arbres majestueux, si hauts pour certains que leur faîte tutoyait les nuages. Une lumière verte descendait du ciel, baignant un sentier qui zigzaguait comme à plaisir. Marylise fut évidemment la seule parmi les membres du commando à recevoir l'autorisation d'y accompagner les femmes. Ces dernières portaient, en équilibre sur la tête, des paniers remplis de linge et de munitions de bouche. Elles étaient guillerettes, chantonnaient ou esquissaient des pas de danse. Libérées enfin de leur marmaille, laquelle avait été laissée à la garde des hommes, elles en profitaient pour échanger des cochoncetés. Les prouesses sexuelles d'Untel étaient vantées tandis que l'incapacité de tel autre était dérisionnée. La pensionnaire de Cabane Choucoune comprit qu'aucune n'appartenait à aucun en particulier, qu'elles brocantaient de partenaire à volonté.

Trépignant de curiosité, Marylise voulut savoir ce que cet endroit avait de si extraordinaire. Les femmes se contentèrent de sourire. Pendant l'assez long et pénible trajet, aucune ne laissa transparaître le moindre signe de faiblesse. Bien qu'elle fût la seule à ne pas porter de charge, la jolie madame de Port-au-Prince peinait à les suivre, ce dont elles se moquaient :

— *Si ou rété dèyè, mafi, Zaka kab baré'w, wi !* (Si tu traînes trop, petite chérie, Zaka peut te barrer le chemin !)

Final de compte, les arbres s'espacèrent. Le sentier se fit plus large. Après la traversée d'une clairière écrasée de soleil, elles débouchèrent sur une manière de miracle : un mur de roche d'une centaine de mètres, du haut duquel tombait une cascade diaphane, et, au pied de cette dernière, une immense vasque naturelle, comme creusée par une main divine. Sans attendre ni même ôter leurs vêtements, les villageoises s'y jetèrent en poussant des cris de gamines car la température de l'eau, à cette altitude, devait être particulièrement froide.

338

Marylise fut statufiée. Tant de belleté l'écrasait. Alors, lentement, elle se débarrassa de sa robe, de son soutien-gorge et, après une courte hésitation, de sa culotte. La voyant nue, les femmes s'esclaffèrent :

— Tu es fichtrement maigre, chérie ! Eh ben, en voilà une qui n'a pas peur d'exposer ses affaires. Eh ben ! Eh ben !

La catin pénétra dans le bassin, hiératique, insensible aux agaceries des ses compagnes. L'eau, effectivement glaciale, la saisit, mais se retenant de frissonner elle continua à avancer jusqu'à atteindre l'en-bas même de la cascade, où l'eau se fracassait avec un vacarme épouvantable. Aucune des villageoises ne s'y était aventurée. Elle y demeura un siècle de temps. Insensible au tambourinage de l'eau sur son crâne et ses épaules. Droite. Inflexible. Une à une, les femmes avaient regagné la berge et, assises sur l'herbe grasse, contemplèrent sa silhouette fantomatique, enveloppée d'écume. À présent, elles ne disaient plus rien.

Ce jour-là, Marylise se sentie lavée, définitivement lavée, de toutes les impuretés, de toutes les salissures, de la bave, du crachat, du sperme, de la sueur fétide qui jusque-là avaient marqué sa vie. Au bord de la vasque, son regard fut attiré par une pierre polie d'un beau vert qu'elle s'empressa de ramasser. Les femmes de Bois-Fouillé lui apprirent qu'on en trouvait souvent à cet endroit. De retour au village, l'étudiant examina la pierre :

— C'est une hachette amérindienne. En créole, les gens l'appellent pierre à tonnerre ou pierre à foudre, mais cela n'a rien à voir avec l'orage. Ce sont les anciens Tainos qui l'ont taillée. On dit qu'elle porte chance à ceux qui les trouvent...

Si les femmes de Bois-Fouillé s'étaient montrées relativement accueillantes avec les rebelles, leurs hommes, de retour des hauts où ils avaient leurs jardins, leur opposèrent une franche hostilité. Ils déchargèrent leurs sacs de racines vivrières aux abords d'une hutte qui servait de dépôt et se mirent à les laver avec des calebasses remplies d'une eau cristalline. Choux caraïbes, ignames, âmes-véritables, bananes plantain et bottes de simples furent séparés avec soin, puis comptés avant d'être mis à l'abri. Chacun paraissait connaître son rôle à la perfection. Aucun propos oiseux, aucune rigoladerie ne vint troubler cette tâche qui dura une bonne heure. De temps à autre, ils jetaient un regard suspicionneux en direction du groupe d'Estéban Jacques, mais reprenaient vite une attitude indifférente.

— Nous venons de loin, fit l'écrivain, s'approchant d'eux.

Personne ne lui répondit.

— *Konpè, sé pasé selman n-ap pasé. Es nou kab rété dòmi isit dé-twa jou ?* (Les amis, nous ne faisons que passer. Est-ce qu'on peut rester dormir ici quelques jours ?) intervint Ti Jérôme.

L'un des paysans, s'appuyant sur sa fourche, le foudroya du regard, puis cracha sur le sol, lui tournant le dos dans le même mouvement. Au final, le père-savane se dévoua. Il expliqua longuement que ces gens étaient des Haïtiens, de vrais natifs-natals, en dépit de leur aspect étrange. Des Haïtiens qui étaient venus soigner d'autres Haïtiens dans le besoin et qu'il fallait leur faire bon accueil. Il leur rappela qu'il avait prévu leur venue et que si nul ne s'en souvenait, c'est parce qu'on n'était pas assez attentif à la parole de Dieu dont il était l'intercesseur sur cette terre de misère.

— *Sé pa gouvènman ki voyé yo !* (Ils ne sont pas envoyés par le gouvernement !) conclut-il.

Au terme d'une longue période d'observation, marquée par un silence total, un à un, les paysans, après s'être propreté les mains, les tendirent à chaque membre du groupe en déclarant d'un ton mal assuré :

— Honneur ! Mon nom est Aurélien...

— Honneur ! Mon nom est Gaston...

— Honneur ! Mon nom est Jean-Albert...

Et Levasseur, Marylise, Estéban Jacques, Ti Jérôme, l'étudiant, Théodore Pasquin et René de répondre, intimidés :

— Respect !... Respect !...

Il apparut que le nommé Gaston était l'un des chefs du village de Bois-Fouillé. L'autorité dont il disposait semblait

égale à celle du père-savane et du vieillard plus que centenaire. Mais, une fois qu'on eut bu du clairin au goulot,
qu'Estéban Jacques eut distribué des médicaments ici et
là, que certains eurent fait des clins d'œil non équivoques
à Marylise et qu'une atmosphère d'amicalité se fut installée, l'homme, prenant une pose solennelle, déclara :

— Si vous avez parcouru tant de chemin, je suppose
que c'est pour rencontrer Erzulie...

Comme aucun membre du commando ne répondait, il
ajouta, pointant du doigt la montagne :

— Elle vit là-haut, tout en haut. C'est notre mère ! Elle
fait tomber la pluie, elle aide nos légumes à pousser, elle
baille de la chair à nos fruits, elle nous protège du
Diable... La Vierge Marie veille sur nous aussi, c'est vrai,
mais on ne la voit jamais, alors qu'Erzulie sait montrer sa
belle figure quand nous avons besoin d'elle...

Il s'étonna ensuite que les étrangers portassent des
armes, s'ils affirmaient n'être point de mèche avec « le
monde de là-bas ». Par cette expression, il désignait, comprit le commando, les gens des bourgs ou des villes environnantes. Peut-être même ceux de la capitale. Estéban
Jacques réfléchit, hésitant à répondre. Devinant qu'il avait
perdu son assurance coutumière, Marylise se proposa
d'expliquer leur présence. Il l'arrêta d'un geste sec.

— Compères, un monde meilleur est possible, com-
mença-t-il dans un créole chahuté. Il existe des pays à travers le monde où les prolétaires se sont révoltés et ont
renversé ceux qui les opprimaient. De grands pays dont
vous n'avez peut-être jamais entendu parler. La Russie, la
Chine !... Mais pas la peine de regarder si loin, car il y a
aussi Cuba. Cuba est tout à côté d'Haïti et là, un homme,
un homme indomptable, Fidel Castro, a réussi à réveiller les
consciences et à abattre l'ordre injuste établi par les gros
propriétaires terriens. Que ce soit en Chine, en Russie, au
Viêtnam ou à Cuba, le communisme a été établi. Il n'existe
plus de propriété privée. Plus d'exploiteurs et d'exploités.
Le peuple y est désormais au pouvoir !

Puis, se sentant de nouveau en confiance, il clama :

— *Isit, nan péyi-nou, sé sa n-bézwen, wi !* (C'est ce dont nous avons besoin ici, dans notre pays !)

Les femmes, qui s'étaient entre-temps attelées à la préparation des repas, s'agglutinèrent près de la case à vivres, se poussant du coude, brocantant à mi-voix des propos qui les faisaient pouffer de rire. Elles veillaient cependant à se tenir à distance respectable de leurs hommes, certaines visiblement avides qu'on leur déchiffre le discours sibyllin du docteur. Gaston se concerta avec le père-savane, puis avec quelques-uns de ses compagnons. Cherchant ses mots, il déclara d'un ton soudain chaleureux :

— Nous n'avons pas bien compris ce que vous voulez ni ce que vous recherchez, mais sachez que vous êtes les bienvenus ! Vous pouvez rester aussi longtemps qu'il vous plaira... Au fait, la jolie madame, elle appartient à l'un d'entre vous ?

Un éclat de rire général scella l'accordaille entre les paysans de Bois-Fouillé et le commando. Seul Levasseur semblait agacé, nerveux même. En français, pour éviter de se faire comprendre des premiers, il proposa de reprendre la route dès le lendemain matin. À trop s'éterniser dans cet endroit perdu, le déroulement de leur opération prendrait du retard, alors qu'au départ il avait été convenu d'agir vite et fort.

— Ces gens n'ont pas besoin de nous, ajouta-t-il. Ils vivent déjà à la manière communiste, non ?

— Tu confonds communautaire et communiste ! s'énerva Estéban Jacques.

Le groupe passa la nuit entière à discuter. Ti Jérôme et René se sentaient comblés par l'accueil que leur avaient réservé les habitants de Bois-Fouillé ; ils n'avaient guère envie d'arpenter les étendues désolées que l'on apercevait au-delà du village. L'étudiant s'était enfermé dans un mutisme morose. Marylise était plutôt d'accord avec l'ingénieur mulâtre, tandis que Théodore Pasquin, indifférent à leurs conciliabules, l'air enfiévré, ne cessait de griffonner des poèmes sur un carnet. Pour détendre un peu l'atmosphère, il en lut certains à haute voix, ne recueillant que des félicitations un peu forcées.

— Ne me dites pas que vous êtes aussi obtus, aussi insensibles au lyrisme que ce gros cochon de préfet de Port-au-Prince à côté duquel je fus assis le jour où l'on me remettait le titre de poète officiel ? Il me demandait sans arrêt, la bouche pleine : « La poésie, ça sert à quoi ? c'est pour faire quoi ?... » Ha-ha-ha !...

Estéban Jacques écoutait beaucoup. À l'évidence, il répugnait à imposer son point de vue. Si tous l'avaient naturellement admis comme chef de leur expédition, aucun n'avait prévu que les choses fussent, non pas compliquées, mais aussi déroutantes. Sans doute s'étaient-ils attendus à être accueillis à bras ouverts par des gens qui ne rêvaient que d'en découdre avec le pouvoir central et qui n'auraient pas hésité une seule seconde à venir grossir leur petite troupe d'insurgés.

— Camarades, fit l'écrivain, solennel. Nous avons peut-être oublié une chose que nous savons pourtant. Oui, nous le savons, notre pays n'a rien à voir avec la Chine ou la Russie. Ni même avec Cuba ! Chez nous, il n'y a plus de grandes propriétés depuis des lustres, sauf dans la plaine de l'Artibonite. Notre pays a été morcelé année après année en minuscules lopins. Chacun ou presque dispose de quatre ou cinq carreaux de terre grâce auxquels il survit. Certes difficilement, très difficilement, mais il n'a au-dessus de lui aucun seigneur, aucun latifundiaire pour exploiter sa force de travail.

— Tu veux dire qu'on repart, alors ? demanda Marylise, que les phrases interminables et les explications sophistiquées de l'écrivain fatiguaient parfois.

— Oui, c'est cela... Nous repartons, camarades ! Le plus vite possible...

24

SOLILOQUE DE PAPA DOC

— De tous côtés, Duvalier est assailli par un flot de reproches. Pas un jour sans qu'un ambassadeur sollicite une entrevue et ne vienne, en grande pompe, lui remettre au Palais national quelque note de protestation. Certes, en termes le plus souvent choisis. « Votre Excellence » par-ci, « Honorable président » par-là. Il y est question de « perplexité », mot ô combien hypocrite dont use et abuse le charabia diplomatique. Déjà, lorsque nous nous étions fait nommer Président à vie, un tollé avait retenti dans la plupart des chancelleries occidentales. Elles avaient crié à la dictature ! Duvalier se transforme en tyran, en Nabuchodonosor, en roitelet nègre et que savons-nous encore, à l'heure où l'homme s'apprête à conquérir l'espace. Un sociologue français, si nos souvenirs sont exacts, avait même parlé de « fascisme créole ». Ces donneurs de leçons feignent, cher Daumec, d'oublier que durant tout le XIXe siècle Haïti fut en proie à des coups d'État incessants qui mirent au pouvoir, puis déchouquèrent, pas moins d'une soixantaine de monarques ou de présidents. Hormis le général Boyer, qui vingt-cinq ans durant gouverna notre pays et parvint même à unifier toute l'île d'Hispaniola, boutant l'Espagnol, nous n'avons connu qu'instabilité, frondes, complots, révoltes urbaines, jacqueries paysannes.

345

Et pourquoi tout cela ? pourquoi cette bacchanale permanente ? Eh bien, tu le sais, Daumec, parce que dès le départ, dès la fondation de notre cher État, nous avons été en butte à deux défis majeurs, colossaux même : un défi extérieur, le plus terrible, à savoir le refus du monde blanc d'accepter que des Noirs puissent s'autogouverner ; un défi intérieur lié à l'historique affrontement entre la classe des Nègres et celle des Mulâtres. Oui, défis colossaux s'il en fut !

À l'aube de 1804, quand nos ancêtres parvinrent glorieusement à briser leurs chaînes séculaires, à une époque où le Mexique, la Colombie, le Venezuela, le Brésil ou l'Argentine ne savaient même pas s'ils deviendraient jamais indépendants, nous avons été mis au ban des nations civilisées. À leurs yeux, nous n'étions qu'un ramassis de gueux qui avaient provisoirement réussi à s'affranchir de leur condition, mais auxquels il convenait de rabaisser la caquetoire le plus vite possible. Mais il y a davantage : il y a surtout l'humiliation subie par l'une des plus grandes puissances de l'Occident triomphant, la France de Napoléon Bonaparte, face à des Nègres esclaves dépourvus, selon eux, de toute éducation et même de toute humanité. Première défaite du monde blanc face à une peuplade de couleur ! Toute première défaite. Tu diras que Duvalier radote, Daumec, mais il y a des circonstances où il est bon de rappeler la vérité. Car il a fallu attendre un bon siècle, 1901 très exactement, pour que cela se reproduise une seconde fois, quand l'armée japonaise humilia les troupes du tsar de toutes les Russies.

Nous avons donc été cernés, étranglés dès le premier jour de notre indépendance, si chèrement acquise. Qui fera le compte des centaines de milliers de morts dans notre camp ? Qui ? Les historiens, y compris les nôtres, insistent lourdement sur le fait que les vingt mille soldats dépêchés par le nabot corse furent réduits à environ quatre mille au moment où ils durent plier armes et bagages, la queue entre les jambes. Mais qui comptabilisera nos pertes ? Duvalier, pour sa part, estime qu'entre cent soixante-dix mille et deux cent trente mille des nôtres sont tombés sur le champ de bataille au cours des douze années de guerre. Combattants anonymes, sans visage, sans sépulture. Combattants habités par une détermination sans faille dont le sang s'est marié à celui des autochtones Tainos massacrés par Christophe Colomb et les siens. Et c'est pourquoi, au contraire des Européens installés aux Amériques qui baptisèrent les territoires conquis de noms tels que « Nouvelle-Espagne », « Nouvelle-Angleterre » ou « Nouvelle-France », nos ancêtres résistèrent à l'idée de remplacer « Saint-Domingue » par quelque « Nouveau-Dahomey » ou « Nouveau-Congo ». Personne, à notre connaissance en tout cas, cher ami, n'a encore souligné ce geste inouï qui consista pour notre premier président, le généralissime Dessalines, à rebaptiser cette terre du nom que lui avaient donné les Tainos, « Haïti », pays de hautes montagnes dans leur langue. En reprenant ce vocable millénaire, ce vocable oublié, que chacun croyait perdu à jamais dans les limbes de l'Histoire, nos ancêtres nègres voulurent signifier par là qu'ils signaient un pacte d'alliance symbolique avec les premiers occupants, légitimes, de l'île. Ce faisant, ils déclarèrent : nous sommes désormais des Américains, même si nos pères ont été arrachés à l'Afrique. Ils fondèrent donc l'union sacrée du Rouge et du Noir. Et cela, le Blanc ne l'a jamais accepté.

Ah ! Duvalier sait, il sait. Autour de lui, il n'y a que bruits et rumeurs. Le Président à vie se fait vieux, il est rongé par la maladie, il ne possède pas l'entièreté de ses facultés intellectuelles, et ceci et cela. Vous avez beau tous baisser la voix ou vous taire quand il apparaît, Duvalier n'ignore point ce qui se passe dans vos têtes enfiévrées par l'ambition. Qui sera son successeur ? Voilà la question, l'importantissime question qui vous taraude, y compris toi, Daumec. Sois franc pour une fois !

Et pourtant, cette petite nation, si insolite, tellement incongrue aux yeux du reste du monde n'a cessé de porter assistance aux peuples opprimés. Déjà, quelques années avant notre indépendance, certains des nôtres se distinguèrent à la bataille de Savannah qui consacra la victoire des futurs Américains sur les Anglais. Ensuite, Simón Bolívar trouva un temps refuge auprès de Pétion, dans le sud de notre pays, où il reçut le gîte et le couvert, argent et armes. Et que dire, beaucoup plus tard, de la Libye, dont l'accession à l'indépendance dépendit de notre vote ? Qui s'en souvient ? Qui rappelle que notre gouvernement de l'époque, en 1951 – oui, je sais, Duvalier a la manie des dates ! –, fut l'objet de pressions extraordinaires pour voter « non », que l'intégrité physique de notre ambassadeur auprès des Nations unies fut menacée par des nervis non identifiés ? Pourtant, la minuscule Haïti, la misérable Haïti, fièrement, garda la tête haute, conserva sa dignité et vota en faveur de la libération de ce pays africain ! Et Duvalier ne parle même pas de la réunion de La Paz, en Bolivie, au cours de laquelle fut créée l'Organisation des États américains et décidé que les langues officielles de celle-ci seraient l'anglais, l'espagnol et le portugais. Nous avons bataillé ferme et réussi à faire ajouter à cette liste le français ! À cette époque, ces Québécois qui, aujourd'hui, nous donnent au moindre prétexte des leçons de démocratie ne savaient même pas qu'ils constituaient un peuple. Leur langue était considérée comme un patois par leurs compatriotes anglophones. Quant à la France, elle ne nous a jamais remerciés, elle qui se targue aujourd'hui d'être le maître d'œuvre de la francophonie...

Oui, Duvalier radote ! Mais sa parole est vérité.

Nous avons aidé tout le monde, et pourtant le monde nous a fermé ses portes. Voilà ce qui, au premier jour de notre indépendance, et jusqu'à ce mitan du xxᵉ siècle, a miné nos efforts pour devenir un État à part entière ! Refus de commercer avec nous, imposition de contrats léonins à nos gouvernements sous la menace de la canonnière, lourdes taxes infligées à nos rares productions agricoles qui trouvaient grâce aux yeux du monde blanc. Qui rappelle tout cela ? Et pour parler du deuxième fléau qui nous a minés et nous mine encore, le conflit de couleur entre Noirs et Mulâtres, oublie-t-on qu'il est d'abord le fruit de la violence coloniale ? du viol permanent de la Négresse esclave par le maître européen ? Car si nous n'étions pas des hommes, si notre race était jugée plus proche de l'animalité que de l'humanité, si nous n'étions que des bêtes de somme, un immonde troupeau tout juste bon à couper la canne à sucre douze heures par jour, pourquoi s'accoupler avec nos femmes ? N'était-ce pas de la zoophilie ? Ah, on dira, Daumec, que Duvalier exagère ! Mais non, point du tout ! Les colons blancs en avaient une claire conscience, eux qui n'hésitèrent pas à désigner leurs rejetons adultérins à l'aide de vocables relevant de l'animalité : « Mulâtre » ne vient-il pas de « mulet », et « Chabin » ne désigne-t-il pas une variété de moutons à poil roux de Normandie ? Ils savaient donc bel et bien qu'en forniquant avec leurs Négresses, ils commettaient le péché suprême qu'est la zoophilie. Ils le savaient !

Alors, à qui la faute si Nègres et Mulâtres ne sont jamais vraiment parvenus à s'entendre ? Est-ce la nôtre ou celle des descendants des Négresses violées ? Certes, nous avons aussi des torts, les deux camps sont aussi fautifs l'un que l'autre. Il ne s'agit pas de tout mettre sur le dos des sang-mêlé. Mais là encore, il convient de mesurer les choses à leur juste valeur. Les Mulâtres, qui ont bénéficié pour beaucoup de certains droits, bien avant l'abolition, auraient dû être les premiers à comprendre la soif de justice et d'égalité qui étreignaient les Nègres. Oui, les premiers ! Comment ont-ils pu un seul instant s'imaginer qu'étant si peu nombreux, ils s'installeraient tranquillement dans les demeures de leurs pères et continueraient à pressurer les nôtres ? Pourquoi n'ont-ils cessé de nous couvrir d'humiliations ?

Tiens, savez-vous au fond ce qui a poussé le colonel Désinor à faire ce coup de folie ?... Duvalier y a beaucoup réfléchi. Voilà un jeune Nègre intelligent, travailleur, complètement dévoué à son pays, que nous faisons passer du grade de lieutenant à celui de colonel en moins d'une décennie et qui, loin de nous en être reconnaissant, trouve le moyen de prendre la tête d'une mutinerie contre

notre personne. Était-il mû par l'ambition, comme beaucoup le croient ? Avait-il perdu la tête ? S'était-il au
contraire laissé soudoyer par nos ennemis intérieurs et
extérieurs ? Duvalier a lu, dans il ne sait quel journal, que
Désinor se targuait d'avoir l'appui secret de Washington et
d'Ottawa. Figurez-vous, Daumec, que Duvalier ne le croit
pas une seule seconde. Nous avons mis du temps à comprendre ce qui s'est passé dans la tête du colonel Désinor.
Beaucoup de temps. Mais quand, finalement, Duvalier a
appris qu'il était allé arrêter les Levasseur, à Kenscoff, et
que les Miliciens l'y avaient devancé, qu'une altercation
avait même éclaté entre Boss Peinte et lui, il a relié cela à
l'humiliation que lui avait fait subir en public cette pimbêche d'Élodie Levasseur.

On s'imagine que Duvalier est perpétuellement perdu
dans son monde. Rien n'est plus faux et vous êtes bien
placé pour le savoir, Daumec. Nous avions bien noté le
refus que mamzelle avait opposé à cette main, sans doute
trop noire à son goût, qui l'invitait à danser une mazurka
lors du bal annuel des officiers, ici même, au Palais national. Vous n'y étiez pas, cela s'est passé en 1961, mai 1961.
À l'époque, vous vous trouviez à Miami, si nos souvenirs
sont exacts. Eh bien ! cette Élodie, Mulâtresse grand teint,
issue d'une famille qui roule sur l'or depuis au moins dix
générations, a dédaigné un jeune Nègre méritant sorti des
bas-quartiers et arrivé là où il se trouvait par la force du
poignet. Or, Duvalier vous le demande, Daumec, qu'est-
ce qu'une danse ? Une simple danse ? Ne pouvait-elle
donc pas supporter l'odeur du Nègre, comme dit sa caste,
ne serait-ce que cinq petites minutes ? L'exemple que
nous prenons peut sembler anecdotique, mais, ajoutez
grain de riz après grain de riz et vous remplissez le sac !
Multipliez les humiliations jour après jour, mois après
mois, année après année, et vous obtenez cette colère
sourde qui étreint notre race à l'encontre de celle des
Mulâtres ! Nous sommes prêt à parier que si Désinor
n'avait pas été victime de cette véritable gifle, s'il n'en
avait pas souffert au plus profond de lui-même, il n'aurait

pas éprouvé le besoin de prouver à l'univers qu'il était capable d'occuper les plus hautes fonctions dans ce pays. Vous savez, Duvalier a longuement étudié l'Histoire. Souvent des faits minuscules y sont à l'origine d'effroyables catastrophes.

On nous décrit comme un anti-Mulâtre forcené. Point du tout ! Ce que Duvalier demande à cette caste, c'est de faire amende honorable, c'est d'expier ses fautes passées et présentes et surtout de comprendre qu'une minorité ne peut diriger éternellement une majorité. Ce n'est pas possible ! La réconciliation entre Nègres et Mulâtres est à ce prix, Daumec... Et puis, un point historique, cher ami : n'oubliez jamais que notre vénéré Dessalines, au lendemain de l'indépendance, leur tendit une perche en proposant au général Pétion, ce hobereau sang-mêlé, d'épouser sa fille. Oui, sa propre fille ! Et comment ce dernier réagit-il ? En refusant avec dédain et en fomentant l'attentat de Pont-Rouge qui coûta la vie à notre empereur !

Tenez, d'aucuns nous reprochent d'avoir supprimé le bleu du drapeau national et de l'avoir remplacé par le noir. Des intellectuels inféodés à l'idéologie communiste ont caricaturé notre décision, la qualifiant de « noiriste ». Néologisme grotesque, s'il en est ! Connaissez-vous le poème intitulé « La Légende du premier drapeau » ? Oh, son auteur, Luc Grimard, est bien oublié de nos jours. Écoutez donc !

Pour bien montrer qu'un peuple neuf venait d'éclore,
Dessalines avait pris le drapeau tricolore
Et, déchirant au cœur le sublime oripeau,
D'un geste, il arrachait le blanc de ce drapeau.
C'était pour lui, dans la naissante République,
Un gage d'union, un drapeau symbolique ;
C'était, ce sombre bleu, c'était, ce rouge clair,
Le Mulâtre et le Noir, contre tous les Leclerc !

À entendre ce cher amoureux des muses, le bleu foncé de notre emblème national représenterait donc les Noirs et le rouge, les Mulâtres. Ridicule ! Pour le bleu, en tout cas. Tous ces écrivaillons, frappés de bovarysme collectif, comme l'a si bien dit Jean-Price Mars, oublient que dans notre culture profonde le bleu est la couleur du deuil, de la souffrance, de la misère, du désespoir pour tout dire. Je veux parler du bleu azur, bien sûr. Pas du bleu marine. Jamais Duvalier n'a vu sa mère porter une robe d'une telle couleur ! La conserver par conséquent sur ce qui nous est le plus cher revenait à condamner le Nègre à croupir dans une perpétuelle indignité. Il fallait absolument remplacer ce bleu honni par le noir altier et cela, cher Daumec, c'est François Duvalier qui a eu le génie et l'audace de le faire !

25

Étouffant sous le polo de laine qui le serrait un peu trop à la taille, Bébé Doc tentait de suivre les instructions de son professeur de golf, Mr. Greason, vieil original natif du Lancashire qui s'était établi dans les Caraïbes, plus précisément en l'île de la Barbade, à la suite de péripéties rocambolesques qu'il prenait plaisir à détailler entre deux trous. Auréolé d'un titre de champion acquis dans son jeune âge et Dieu sait où (il parlait tantôt des Bermudes, tantôt de Madras où il avait été officier de l'armée des Indes de Sa Gracieuse Majesté), il était mandé par les plus grandes fortunes des îles et par les dirigeants de ces dernières, lesquels, pour la plupart membres du Commonwealth, vouaient un culte au cricket, au golf et à la tasse de thé sur le coup de cinq heures de l'après-midi.

— Tenez-vous bien droit, *president ! Don't look at your feet, please !* Toujours regarder la balle ! s'écriait-il avec son épouvantable accent britannique.

Déjà essoufflé alors qu'ils n'étaient même pas au quart du parcours, l'héritier du Président à vie arborait un air si maussade que les trois lads qui l'accompagnaient brocantaient des regards craintifs, n'ignorant pas qu'un mois plus tôt leurs prédécesseurs, jugés trop paresseux, avaient été embarqués par la police secrète. Toutefois, le télé-gueule assurait que ce motif était tout ce qu'il y avait de plus fallacieux et qu'en réalité on avait découvert qu'ils étaient partie prenante du complot permanent tramé contre celui que le peuple, toujours plein de débonnaireté malgré la misère dans laquelle il était plongé, appelait « Ti Jean-Claude ». C'est que le Doc, ne sortant pratiquement pas de son palais où le téléphone lui servait de seul et unique instrument de commandement et disposant de sosies, paraissait inatteignable à ceux qui cherchaient à le renverser et, quoiqu'ils ne fussent guère très nombreux, ils ne lui avaient laissé aucun répit depuis qu'il avait été élu, pourtant fort démocratiquement, « un beau jour de septembre de l'an de grâce 1957, un 22 septembre », le 22 étant devenu désormais son chiffre fétiche, comme il aimait à le répéter dans ses allocutions radiophoniques. D'une année sur l'autre, un complot était découvert à Port-au-Prince, le plus souvent tramé par la bourgeoisie mulâtre de Pétionville ou du sud du pays, ou alors un commando d'une poignée d'énergumènes débarquait dans un coin isolé du pays pour tenter d'y établir un foyer de guérilla. Sans compter tous ces étudiants excités par la propagande du Parti communiste haïtien qui ne cessaient de distribuer des journaux clandestins ; ces pilotes fous qui, aux commandes d'avionnettes, passaient en rase-mottes au-dessus de la capitale pour y lâcher des tracts appelant au soulèvement populaire. Comme le martelait Papa Doc à chaque anniversaire de la fête nationale :

— Le monde s'emploie à abattre notre révolution parce qu'une nation de Nègres dignes et fiers est un défi permanent aux théories immondes qui font de notre race la lie de l'humanité. Oui, je le dis bien : le monde entier ! Mes chers compatriotes, notre Haïti chérie ne possède que deux amis, deux seuls vrais amis. Il faut vous garder de l'oublier. Il s'agit de la république de Taïwan et d'Israël !

Le Doc étant invisible ou doté de cette faculté d'ubiquité acquise auprès des plus grands prêtres du vaudou, on se rabattait sur sa progéniture. Ses trois filles ne sortant guère elles non plus, la cible toute désignée était son fils, Jean-Claude, étudiant à la faculté de droit de

Port-au-Prince, connu pour son goût prononcé pour les belles jeunes filles et les voitures de course italiennes. Lorsque l'envie lui prenait de se mettre aux commandes d'un de ses cinq bolides, le ministre de l'Intérieur faisait immédiatement dégager les abords du Palais national, l'avenue Jean-Jacques-Dessalines et les artères adjacentes. Policiers et Volontaires de la Sécurité nationale jaillissaient de leurs casernements et dispersaient la foule à coups de crosse, tirant parfois en l'air pour dissuader les plus curieux. Tout véhicule était sommé de s'arrêter et de se ranger sur le bas-côté, les occupants devant s'aplatir sur les sièges de façon à ce qu'aucune tête ne fût visible, sous peine d'être mise en joue et froidement explosée. Baby Doc atteignait les 180 km/h en quelques secondes et traversait la ville à la vitesse d'une mèche. Cette interruption de la vie publique, plutôt brève, ne représentait pas une gêne considérable. Elle faisait même sourire les fatalistes.

— Avec cette Ferrari, commentaient les connaisseurs, on pourrait nourrir les trois quarts de La Saline pendant des mois...

Bébé Doc détestait le golf, mais ce jour-là il était en proie à une haine dévastatrice à l'endroit de ce vieil Anglais à la pomme d'Adam proéminente qui lui prodiguait ses conseils sur le ton d'un professeur d'école primaire et ne s'offusquait jamais de ses erreurs, fussent-elles délibérées. Clémart Jean Charles, qui l'avait déniché lors d'un séjour d'agrément dans les îles Vierges britanniques, sur les conseils du ténébreux O. J. Brandt, affairiste jamaïcano-britannique qui avait traversé tous les régimes depuis bientôt vingt ans, s'était fait fort de l'introduire auprès du Président à vie. Il avait employé une expression rare, restée gravée dans l'esprit de l'Héritier :

— Mister Greason a la patience chevillée au corps !

En réalité, tout un chacun savait qu'un salaire de 10 000 dollars par mois plus un hébergement gratuit dans l'un des derniers hôtels en bon état du pays, Cabane Choucoune, tout cela pour deux cours par semaine, aurait calmé le plus irascible des hommes. Le ministre de l'Intérieur avait fait comprendre au président que c'était là le prix à payer pour que celui qui lui succéderait un jour pût tenir son rang parmi les grands de ce monde.

— À votre époque, déclara le ministre de l'Intérieur, il était important qu'un chef d'État soit cultivé, qu'il lise le grec et le latin, matières dans lesquelles personne n'ignore que vous avez jadis excellé, monsieur le président. D'ailleurs, y a-t-il de par le vaste monde beaucoup de pays qui peuvent se vanter d'avoir à leur tête un docteur en médecine tel que vous ? Regardez le continent de nos pères, cette Afrique dont le destin nous déchire tant le cœur ! La plupart de ses dirigeants ne sont que des caporaux ou des adjudants de l'ancienne armée coloniale française. Quant à vos chers collègues de l'Amérique hispanique, vous savez mieux que moi à quel point ils sont ignares, à commencer par ce Trujillo... Mais, voyez-vous, le monde a changé, le monde d'aujourd'hui est devenu plus... comment dire ?... terre à terre, oui, c'est le mot ! Un président doit pouvoir briller, parler de tout et de rien, conduire des voitures de sport, fréquenter des actrices célèbres, jouer au golf...

— De Gaulle pourtant est un éminent lettré. J'ai lu ses *Mémoires de guerre*. Quel style ! Quelle hauteur de vue !

— Monsieur le président, sauf votre respect, le sauveur de la nation française est un homme du passé. Aussi héroïque fût-il, aussi bon gouvernant se soit-il montré par la suite, il n'en reste pas moins que le général de Gaulle est – pardonnez-moi l'expression – une espèce en voie de disparition.

Clémart Jean Charles était trop familier du Doc pour s'imaginer l'avoir totalement convaincu, mais tous deux, d'un commun accord et sans que cela soit dit explicitement, préféraient savoir l'Héritier rivé à un terrain de golf qu'en train de courir la gueuse Dieu sait où. Au départ, il avait été convenu que Mr. Greason dispenserait son savoir chaque matin à la saison sèche et deux fois par semaine pendant l'hivernage, mais Bébé Doc avait tellement rué dans les brancards qu'il avait bien fallu accepter le second emploi du temps en toute saison. Consigne avait été toutefois donnée au Britannique de retenir l'Héritier le plus longtemps possible sur le terrain, quitte à faire des pauses interminables, toujours à la demande de ce dernier il est vrai. Pour l'aider à supporter ce que le jeune homme considérait ouvertement comme un calvaire, le président avait accepté qu'il fût accompagné d'une sorte de chaperon, son confident et poète à ses heures Gérard Daumec, lequel avait renoncé à le sensibiliser aux subtilités du sonnet parnassien, mais avait gagné sa confiance en lui procurant régulièrement de la chair fraîche. Certaines après-midi, l'appartement, bourré de livres, servait de culbutoir à Jean-Claude, qui n'en demandait pas tant, gêné qu'il se trouvait devant la gent féminine à cause d'un embonpoint résultant d'une consommation exagérée de sucreries et de colas dès sa prime enfance.

— Monsieur, vous avez l'esprit ailleurs ce matin, fit le Britannique, luttant de toutes ses forces contre un sentiment d'exaspération.

— L'esprit ailleurs, dites-vous ? grommela l'Héritier, dont le visage ruisselait d'une sueur qui trempait tout l'enhaut de son tricot. Depuis quand faut-il avoir de l'esprit pour placer une petite balle dans un petit trou à l'aide d'un petit bâton ? Laissez-moi rire !

— *Shocking !* Ce que vous venez de dire est choquant, monsieur le président. Très choquant !... Le golf n'est pas du tout ce que vous vous imaginez. Sachez qu'il sert à réfléchir, à se concentrer, à oublier les contraintes de l'existence. C'est une façon de se rafraîchir l'esprit.

— Tiens, en parlant de se rafraîchir... *Ti Manno, bam on kola, monchè ! Blan-saa ap bouké-m ak lo pawol-li a.* (Ti Mano, donne-moi un cola, ce Blanc me fatigue avec son charabia.)

Autour de la savane pelée, hâtivement transformée en parcours de golf quelques mois plus tôt, veillait une garnison de Tontons macoutes armés jusqu'aux dents. L'endroit, dans les environs de Croix-des-Bouquets, pourtant isolé, ou plus exactement devenu tel parce qu'on avait chassé ses habitants en une nuit, rasant au bulldozer leurs cases misérables et leurs jardins vivriers, n'était connu que de quelques hauts responsables du régime qui, de temps à autre, s'offraient eux aussi les services du professeur Greason. Presque tous préféraient le football à ce sport idiot – qu'ils ne considéraient d'ailleurs pas comme un sport ! –, mais ils savaient qu'il y allait de leur survie de coller aux basques de celui qui, du fait de la santé déclinante du Doc, risquait à tout moment de le remplacer. Certains, cyniques à souhait, murmuraient qu'il s'agirait là d'un événement dans la longue histoire agitée de la première république noire du monde, qui jamais n'avait été dirigée par un jeune homme d'une vingtaine d'années. Bien malin, au fait, celui qui pouvait se vanter de connaître l'âge exact de Jean-Claude. Secret d'État ! Quand il avait fallu l'inscrire à la faculté de droit, après qu'il eut usé plusieurs précepteurs et obtenu son baccalauréat à l'arraché (par décret, ricanaient les mauvaises langues), on l'avait officiellement rajeuni de trois ou quatre ans, sans réussir à lui bailler l'apparence d'un étudiant de première année.

❧

L'ÉTUDIANT SANS NOM

Il n'aimait pas donner son nom, ce qui pouvait se comprendre par ces temps troublés. Mais qu'il refusât aussi de dire son prénom en intriguait plus d'un, à commencer par ses camarades de chambrée. On mettait cette étrange attitude sur le compte tantôt de la modestie, tantôt de son origine provinciale (il était originaire de Vieux Bourg d'Aquin, un trou perdu quelque part dans le Sud). Si bien que ses condisciples le surnommaient « l'étudiant », sans autre précision et quoique tous fussent, comme lui, voués à devenir les serviteurs de Thémis. Cette expression ampoulée, dont usaient sans arrêt leurs professeurs, faisait sourire le jeune homme. Sommé parfois de s'expliquer, il lâchait :

— Il y a beau temps que madame ou mamzelle Thémis a déserté les rivages de notre chère Haïti, si tant est qu'elle les ait jamais abordés !

Il n'y avait ni aigreur ni rage froide dans sa voix, au contraire de quelques communistes qui, d'une année sur l'autre, se faisaient repérer et disparaissaient, en général avant la fin du trimestre. Peuplée par les rejetons de la bourgeoisie, toutes complexions confondues, la faculté de droit était nettement plus calme que celle de médecine et surtout d'ethnologie, lesquelles recevaient un public plus diversifié. À la vérité, l'étudiant n'avait rien à y faire dans la mesure où il n'aurait jamais les moyens de s'acheter une charge d'huissier ou de notaire, encore moins d'ouvrir un cabinet d'avocat. Tout au plus pouvait-il présenter quelque obscur concours de commis d'administration, à moins que, par miracle, il ne dénichât un poste de gratte-papier dans une entreprise étrangère. Les condisciples de l'étudiant le regardaient donc de haut, de très haut même, à cause de son veston élimé et des mêmes chaussures à talon usé qu'il portait d'octobre à juillet. Jusqu'au jour où le fils du Président à vie débarqua sur les bancs de ladite faculté. L'étudiant devint son plus proche ami. Il est vrai que l'année universitaire était déjà largement entamée et que le bonhomme, mafflu et pansu, qu'escortaient quatre gardes du corps, le doigt en permanence sur la détente, peinait à prendre des notes. Un banc entier de l'amphithéâtre lui était réservé, aux extrémités duquel s'installaient ses protecteurs, qui scrutaient les étudiants d'un air farouche, lesquels n'en menaient pas large.

En fait, tout le monde avait la queue entre les jambes. Les conversations animées, les plaisanteries grivoises et les tapes démonstratives dans le dos s'arrêtaient net dès que l'on percevait, dans l'escalier, le bruit de bottes de cette soldatesque. Les professeurs eux-mêmes étaient dans leurs petits souliers, ne fixant qu'un seul et unique étudiant, dans une enceinte qui en contenait près de deux cents : monsieur l'Héritier. Celui-ci prenait laborieusement des notes, le visage marqué par l'ennui. De temps à autre, il poussait un grognement difficile à décrypter, si bien que l'enseignant arrêtait son cours dix ou vingt secondes, le temps de voir si Bébé Doc s'apprêtait à se lever, chose qu'il lui arrivait de faire bien avant l'heure. De son côté, l'étudiant noircissait page sur page, sans jamais lever les yeux, comme insensible à la chaleur qui régnait dans l'amphithéâtre. L'Héritier, lui, bénéficiait d'un énorme ventilateur que branchaient les appariteurs sitôt sa venue annoncée.

L'arrestation d'une dizaine d'étudiants suite à des rumeurs de manifestation, le jour de la visite d'un émissaire du secrétaire général de l'ONU, provoqua une grogne contre laquelle le régime ne put rien. Impossible d'aller quérir *manu militari* les étudiants à leur domicile pour les obliger à assister aux cours ! Bébé Doc et l'étudiant se retrouvèrent seuls dans les couloirs et les salles désertés de la faculté de droit. La majorité du corps enseignant continua à faire son travail comme si de rien n'était. Cela pour deux étudiants ! Le fils du Président à vie remercia chaleureusement son condisciple avant de lui proposer de le reconduire en fin de journée, ce que ce dernier refusa dans un premier temps. Il disposait d'une bonne excuse : la marche était le seul exercice physique qu'il avait le temps de pratiquer. Mais, peu à peu, il sortit de son quant-à-soi, se mit à répondre à l'Héritier par des phrases complètes et non des monosyllabes, éclatant même de rire avec lui le jour où un professeur, en toge noire ourlée d'hermine, eut un trou de mémoire. L'éminent juriste était en train d'expliquer un point de détail du Code rural établi par Toussaint-Louverture le 29 floréal an VI lorsque, sans doute impressionné par l'étrangeté de la situation, il s'empêtra dans sa démonstration et finit par tomber dans un état d'hébétude du plus haut comique. Le visage dégoulinant d'une sueur qui lui pénétrait dans les yeux, il tentait désespérément de faire bonne contenance sous le regard perplexe des gardes du corps de Bébé Doc. D'abord interloqué, ce dernier écarquilla les yeux en constatant que l'étudiant n'avait pas cessé d'écrire, alors qu'aucun son ne sortait de la bouche du professeur. Relevant soudain la tête, très calme, l'étudiant continua à haute voix, à l'endroit exact où le professeur était tombé en panne :

— Nous nous arrêterons donc sur l'article 5 de ce que la tradition appelle le Code rural de Toussaint-Louverture et qui n'est en réalité qu'une ordonnance. Je lis : « *Art. V*– Tous citoyens et citoyennes qui étaient attachés à la culture (c'est-à-dire tous ceux qui furent auparavant esclaves) et qui maintenant vagabondent dans les villes et dans les campagnes, qui, n'étant attachés ni à l'état militaire, ni à celui de domesticité y traînent une vie oisive et par conséquent pernicieuse à la société, seront arrêtés par la gendarmerie et conduits au commandant en chef du lieu où ils auront été arrêtés, lequel les fera conduire sur leurs habitations respectives pour y être assujettis au travail. » Nous remarquons donc, chers étudiants, que le problème de la désertion massive des plantations, suite à l'abolition, est fort ancienne puisqu'elle précède notre accession à l'indépendance...

Saisissant la perche, tout en balbutiant un vague remerciement, le professeur continua sa péroraison, l'air tout de même penaud. Dès qu'il en eut terminé, l'homme s'enfuit littéralement de l'amphithéâtre sous les quolibets des gardes du corps. Bébé Doc descendit avec lourdeur les marches conduisant à la toute première rangée de bancs et lança à l'étudiant :

— *Ala oun gran sèvo, wi !* (Quel cerveau !)

De ce jour, les deux jeunes gens devinrent inséparables.

Il sent la froideur du métal contre sa cuisse, la gueule du canon qui lui érafle la peau à chaque pas. À l'entrée du terrain de golf, un macoute le palpe juste sous les bras, pour la forme, puisqu'il est devenu un habitué des lieux et que chacun peut constater avec quel empressement Bébé Doc l'y accueille. Pour le fils du Président à vie, il s'agit toujours d'un véritable soulagement. Il en profite pour abandonner ce stupide Mr. Greason au beau mitan du parcours, en dépit de ses protestations indignées, et entraîne l'étudiant dans l'ajoupa qui sert de buvette. Là, trois glacières bourrées de bières et de colas les attendent, servis par une dame à la mine revêche qui a ordre de Manman Simone de veiller à ce que l'héritier du régime n'abuse pas, comme elle dit. Non pas d'alcool, car le bougre le tient remarquablement, mais de la boisson sucrée nationale, ce fameux cola, petit cousin du Coca yankee, dont il raffole. La Mère de la nation craint qu'il n'ait hérité du diabète de son père dont elle sait, quoique le médecin personnel du Doc ait refusé de se prononcer, que les jours sont comptés.

Car Jean-Claude doit succéder à François. Il le doit ! Sinon, la révolution duvaliériste risque de s'écrouler comme un château de cartes. Manman Simone n'a confiance en aucun de ceux qui l'entourent de leur prétendue affection et affirment obéir à ses desiderata, le doigt sur la couture du pantalon. Tous de fieffés hypocrites ! À commencer par ce Daumec, dont elle n'a jamais compris quel rôle il joue auprès de son homme. N'occupant aucune fonction officielle, comment se fait-il qu'il s'entretienne au téléphone dix fois par jour avec lui ? Ah, certes, on prétend qu'il relit et parfois écrit les discours de Duvalier, mais est-ce suffisant pour qu'une telle intimité ait pu s'établir entre eux ? Et d'ailleurs, s'ils sont si proches, pourquoi le Doc n'a-t-il jamais cherché à le marier à l'une de leurs filles ? Grand mystère...

Quant à Luckner Cambronne, la Mère de la nation n'ignore rien des intrigues qu'il a patiemment élaborées afin de se débarrasser de Clément Barbot. Elle sait que le bougre s'est enrichi sur le dos de la Loterie nationale et, plus grave, sur les cadavres qu'il faisait expédier, quasiment chaque jour, à des facultés de médecine de Nouvelle-Angleterre. Le ministre de l'Intérieur a beau se plier en quatre devant elle, Manman Simone n'est pas dupe. Elle sait pertinemment que, dans la minute qui suivra le décès du Doc, Cambronne n'hésitera pas à s'emparer du pouvoir et à exiler la famille Duvalier par le premier avion. Il est expert en la matière, puisqu'il a exigé qu'un siège lui soit réservé sur tout avion décollant de l'aéroport François-Duvalier, au grand agacement des compagnies nord-américaines, prétextant l'éventualité d'évacuation sanitaire du Président à vie. Hon, ce Cambronne, un Talleyrand des tropiques, oui ! Quel bonheur donc que ses magouilles aient été éventées et que le Président à vie se soit résolu à le débarquer de son poste pour le remplacer par l'insignifiant Clémart Jean Charles !

Mais Manman Simone ne porte pas davantage dans son cœur Mme Adolphe, la cheftaine des femmes macoutes. D'abord, parce qu'elle lui fait de l'ombre auprès du petit peuple, ensuite parce qu'elle a toujours été l'une des rares à tenir tête au Doc, qui lui doit d'avoir conservé son pouvoir. Car la créature aux lunettes noires, arborant le foulard rouge, le chapeau de broussard et la tunique bleu de chauffe de la Milice, ne perd pas une occasion de rappeler comment elle a exterminé ce groupuscule de guérilleros mulâtres qui, tenant tête trois mois durant à l'armée, a fait vaciller le régime. Et puis, cet art qu'elle a de faire parler, dans les geôles de Fort-Dimanche, les plus durs à cuire des suspects ! Lorsque les sévices que leur infligeait Boss Peinte, Gros Lamarre ou Charles Oscar ne baillent aucun résultat, la guerrière prend le relais et, en douceur, amène les plus durs à cuire à accoucher de leurs sinistres projets.

Non, la Mère de la nation a beau se tourner et se retourner, elle ne voit que des intrigants et des Judas dans les couloirs du Palais national. Des bêtes fauves prêtes à bondir sur leur proie le moment venu. C'est pourquoi elle a accueilli l'étudiant avec chaleur, persuadée que son tempérament pondéré, son désintéressement surtout, ne peuvent que faire le plus grand bien à Jean-Claude. Au départ, elle s'est un peu inquiétée que la police secrète n'ait rien trouvé de saillant sur son compte. Le rapport le concernant signalait simplement qu'il n'avait pas de famille ou qu'il vivait loin d'elle, ajoutant qu'à son créole on pouvait penser qu'il était originaire du Sud. Il était aussi précisé que l'étudiant devait vivre sous une fausse identité, mais cela n'a pu être prouvé, puisque le premier descendu des campagnes du Pays en dehors peut se présenter devant un juge de paix afin de demander des papiers, affirmant qu'il se nomme Pierre, Paul ou Jacques. En fait, seule l'identité des habitants de la capitale et de quelques villes d'une certaine envergure était certaine, le reste de la population vivant dans un semi-anonymat. Mais cet étudiant vient toujours à pied au Palais national et a refusé l'automobile que voulait lui offrir Jean-Claude. En outre, il n'a rien changé à sa modeste vêture et, chaque fois qu'il croise la première dame de la République, il lui présente ses hommages sans obséquiosité aucune, lui adressant un regard empreint de courtoisie et de franchise.

— Jean-Claude avait besoin d'un frère, songeait Manman Simone. Dieu fasse que celui-ci soit le bon !

Il traverse le terrain de golf écrasé de soleil, sans chercher à éviter les rafales d'eau brune, puisée dans un ruisseau tout proche, qu'y déversent des tuyaux actionnés par une pompe mécanique. Chaque pas renforce sa détermination.

Il voit Bébé Doc lui adresser des gestes désordonnés, le visage couvert de sueur. Il scrute ses grosses joues, son double menton naissant. Sa bedondaine que retient difficilement un ceinturon. L'étudiant n'entend pas ses paroles à cause des pétarades du moteur. Il devine l'agacement de Mr. Greason qui s'affale dans la voiturette exigée par son élève. Il l'entend lancer à Bébé Doc, avec son comique accent britannique :

— Le golf est aussi une manière de pratiquer la marche, monsieur le président. Il n'y a que les Américains obèses pour l'ignorer.

L'étudiant sait qu'il devra sortir son arme à deux mètres de sa cible. Il a longuement répété ses gestes. Faire mine de remonter son pantalon et en extraire ce revolver acheté au marché noir, pour lequel il ne dispose que de trois balles. Trois misérables balles. Viser non pas au cœur, mais à la tête. Au front précisément. Ainsi, même si Bébé Doc en réchappe, il ne sera plus en mesure de succéder à son tyran de père. Il deviendra une loque, un légume.

L'étudiant se sent étonnamment serein. Personne ne lui a confié cette mission. Il n'a jamais participé à ces groupes clandestins qui, à la faculté de droit, complotent contre le régime, diffusant des tracts incendiaires ou, parfois, plaçant une bombe dans un lieu public. Quand le Casino de Port-au-Prince avait sauté, une bonne dizaine d'entre ces écervelés avaient été arrêtés et torturés, quand bien même certains appartenaient à de grandes familles. L'étudiant, lui, n'avait pas boycotté les cours en guise de protestation et s'était parfois retrouvé seul en amphithéâtre avec le fils du Doc. Ce dernier lui avait alors dit :

— Tu es un vrai ami, mon seul ami...

L'herbe incroyablement verte du terrain lui baille la nausée. Il ne faut pas qu'il y pose les yeux. Il doit se concentrer sur sa cible et avancer sans montrer de précipitation. Il sait qu'en dépit de son statut les gardes du corps ne cessent pas de l'avoir à l'œil. Ceux-là ont une mission, une seule : abattre sans sommation tout individu qui lèverait la main sur l'Héritier. Il a en mémoire ce jour où un mendiant s'était précipité à la portière du bolide italien, rue des Fronts-Forts, et s'était penché par la portière, profitant d'un arrêt de la circulation causé par un camion de marchandises en panne. Le garde du corps, qui se trouvait à l'arrière, lui avait explosé le crâne. La cervelle du damné de la terre s'était répandue à l'intérieur du véhicule. Malgré l'odeur insupportable, Bébé Doc avait continué à rouler jusqu'à la plage de Thorland où il devait passer l'après-midi en compagnie d'accortes demoiselles. Il n'avait pas interrompu une seule seconde ses interrogations oiseuses :

— Dis-moi, tu crois que cette Eugénie va céder cette fois ? Elle fait la mijaurée, mais son histoire de père qui veut qu'elle arrive vierge au mariage, c'est des couillonnades. Je le connais bien, ce vieux général à la retraite. Il a passé sa vie à trousser les cuisinières des casernes Dessalines. Ha-ha-ha !

Plus que cinq mètres. Il entend déjà le souffle court de l'Héritier. Il reconnaît sa démarche lourdaude. Il l'entend brailler :

— *M-kontan wè-ou, fout ! Erezman ou vini, mon cher !* (Suis content de te voir ! Heureusement que t'es venu, mon cher !)

Bientôt, la cible lui fait face. Parfaite. Immanquable. Les mains de l'étudiant ne tremblent pas. Il esquisse un sourire engageant. Ralentit le pas. Au front de Bébé Doc perlent des grains de sueur irisée. C'est le moment !

৯০

Yo di-m... (On dit...)
Le gamin qui fréquente le fils du Doc n'est pas en santé, non ! L'autre jour, il est venu jouer au golf avec lui et s'est effondré *blip* ! On l'a charroyé vitement-pressé à l'hôpital, mais les docteurs n'ont pas réussi à se prononcer sur son cas. Certains ont parlé d'estomac vide. D'autres d'insolation.
Allez savoir !

SIXIÈME SPIRALE

Homme tombé, c'est châtaigne : il ne repousse pas. Femme tombée, c'est fruit à pain : dans l'indistinct des nuits d'hivernage, elle s'acharne à lever, habitée d'inexpuisible passion. D'où son beau nom créole d'âmevéritable.

Pays, ô pays !

Malgré le feu, le fer, la chicote, le carcan, cette en-allée des bras qui portent, qui hissent, qui coupent, qui plantent, qui lavent, qui consolent, qui soignent. Bras jamais ballants. Bras jamais cassés.

Pays-négresse, oui...

26

Le hameau de Bois-Fouillé vivait bel et bien hors du monde. Les rebelles en prirent pleinement conscience du jour où une délégation d'habitants vint les trouver sur le pic où ils s'étaient construit des ajoupas afin de dominer la plaine, au demeurant désertique, d'un seul tenant. Les villageois voulaient qu'Estéban Jacques, Levasseur ou l'étudiant, les seuls qu'ils avaient vus écrire, adressent une liste de doléances à celui qu'ils appelaient curieusement « notre Estimé président ». Aucun des trois rebelles ne comprit dans un premier temps que le mot « Estimé » était un patronyme, et non un qualificatif. Leur langage créole, pourtant parsemé de ruralismes incompréhensibles pour les citadins qu'étaient – ou qu'étaient devenus – les membres du commando, n'en comportait pas moins des mots français pleins de savantise, voire des pans entiers de la langue de Molière, du moins dans la bouche des personnages les plus en vue de la communauté. Estéban Jacques s'était demandé d'où ils pouvaient bien provenir et en avait conclu, après moult palabres laborieuses – ces gens étaient de nature taiseuse – qu'il s'agissait là des scories de l'intense campagne antisuperstitieuse que le clergé catholique avait menée durant l'année 1941. Des camions s'étaient frayé un chemin à travers mornes pour parvenir jusqu'à Bois-Fouillé où, deux fois par semaine, ils en charroyaient la totalité des habitants, hormis le

patriarche, jusqu'à la ville la plus proche de Bombardopolis où d'immenses rassemblements en provenance de
tout le Nord-Ouest se livraient à des abjurations collec-
tives de la « sorcellerie vaudou » et promettaient au Seigneur Dieu de réintégrer définitivement le giron de la Très
Sainte Église catholique, apostolique et romaine. Pour
l'occasion, cette dernière avait concocté des livrets contenant de courtes invocations ainsi que des slogans dont la
foule se devait de ponctuer les homélies, lesquelles se
succédaient sans relâche sur la place centrale de la ville.
Des sacristains indigènes étaient chargés de les faire répéter à longueur de journée à des fidèles tout disposés à les
retenir au plus vite, dans la mesure où les attendait une
récompense : des repas, gargantuesques aux yeux de
cette population misérable, étaient servis aux groupes que
le clergé estimait s'être montrés les plus dévotionnés à la
cause. Dans un hangar qui servait d'entrepôt à la Hasco,
la compagnie sucrière haïtiano-américaine, une trâlée de
marmitons préparait des faitouts de maïs pilé, de riz,
de pois noirs ou rouges, de viande de cochon salé, de
corned-beef ou de morue séchée, mixtures qui avaient le
don d'amplifier la foi chrétienne de ces milliers de gueux,
qui jusque-là ne vénéraient vraiment que Papa Legba,
Ogoun-Ferraille ou Erzulie-Fréda.

— À cette époque-là, fit le père-savane, l'air songeur,
nous vivions dans l'obscurité. Nous n'avions pas encore
eu connaissance du message de Notre Seigneur Jésus-
Christ...

Et, pointant un doigt inquisiteur sur la poitrine d'Estéban Jacques, puis sur celle de Levasseur, il leur lança
brusquement :

— Et vous autres, vous ne croyez pas en Dieu ? Jamais
nous ne vous avons vus prier depuis que vous êtes arrivés chez nous.

— Dieu... Dieu est si loin des hommes, balbutia l'écrivain, surpris par l'estocade.

— Non ! Il est au cœur de chacun. C'est lui qui nous
a baillé la vie et la liberté de la conduire comme nous

l'entendons. Si la misère pèse sur nos têtes, c'est parce que nous ne cessons de commettre des péchés.

— Je suis chrétien, déclara Eugène Levasseur, mais pas catholique.

Le père-savane fronça les sourcils :

— Comment ça ?

— Il y a chrétien et chrétien, voilà tout !... Moi, je suis protestant, évangéliste plus précisément.

— Et vous vous servez de la Bible aussi ?

— Bien sûr ! rétorqua l'ingénieur, amusé. La même ! Mais nous ne l'interprétons pas de la même façon que les catholiques...

Par bonheur pour les guérilleros, la majorité des villageois semblait loin de partager la foi ardente du père-savane. En fait, ceux-ci comprirent qu'il avait été le seul à avoir concrètement bénéficié de la campagne antisuperstitieuse, époque où il avait été consacré diacre bien qu'il ne sût pas lire. N'était-il pas celui qui, dans le hameau, possédait l'unique maison digne de ce nom ? Celui auprès duquel, de loin en loin, le chef de bouquement venait s'enquérir des dernières nouvelles, le gratifiant chaque fois de deux-trois machettes neuves ou d'un sac de riz ? Celui à qui il glissait également une enveloppe, au demeurant inutilisable dans cet endroit reculé, mais qui permettait au père-savane, deux-trois fois dans l'année, de se rendre en grande pompe à Bombardopolis et d'en rapporter de menus cadeaux pour ses ouailles ? Les rebelles comprirent aussi que ces dernières, une fois l'ouragan antisuperstitieux passé, s'en étaient retournées petit à petit à leurs divinités ancestrales, comme en témoignaient les autels, maquillés de statuettes de la Vierge Marie ou de saint Michel-Archange, disposés aux quatre coins du hameau.

— Sans doute notre estimé président ne sait-il pas dans quelle géhenne nous vivons, fit quelqu'un.

— Port-au-Prince est à l'autre bout du monde. On dit qu'il ne faut pas moins de trois semaines pour y arriver, renchérit un autre.

— Si notre Estimé président connaissait notre existence, intervint une femme, sûr et certain qu'il agirait sur l'heure !

— Le président Estimé est un papa pour nous, conclut sentencieusement le père-savane, un peu agacé de voir les villageois prendre la parole devant ces étrangers sans lui en demander au préalable l'autorisation.

À cet instant, l'écrivain échangea un bref regard avec l'ingénieur et tous deux ne purent s'empêcher de sourire. L'Estimé président qu'invoquaient les villageois n'était autre que le président... Estimé, premier président noir d'Haïti depuis trois quarts de siècle, chose qui lui avait valu une renommée extraordinaire jusqu'aux confins de la république. Renommée et... estime. Il ne s'agissait donc point, comme l'avaient cru les rebelles, du docteur François Duvalier ! En fait, ici-là, au mitan de ce quasi-désert du Nord-Ouest, on ignorait qu'Estimé était mort depuis longtemps, que d'autres présidents lui avaient succédé et que présentement le Palais national abritait un nouveau locataire, noir lui aussi, défenseur acharné de ce qu'il appelait dans sa phraséologie lourdaude le « Grandiose Renouveau de l'Être nègre », mais qui se souciait comme d'une guigne du sort des « sublimes va-nu-pieds du Pays en dehors », pour continuer à citer ladite phraséologie.

Se comprenant sans avoir à se parler, Estéban Jacques et Levasseur jugèrent que le moment n'était pas venu de leur révéler la vérité. Le même soir, le groupe se réunit afin de discuter de la chose. Marylise était formelle :

— Le père-savane sait bien qu'Estimé n'est plus au pouvoir. Il est impossible qu'il ne le sache pas !

— Puisqu'il lui arrive de fréquenter Bombardopolis, murmura Ti Jérôme. C'est bien probable. Mais quel intérêt aurait-il à le cacher à ces gens ?

— N'oubliez pas que tout comme Bombardopolis, le Môle Saint-Nicolas et Jean-Rabel sont situées dans le dos du Bondieu, intervint l'étudiant. Rien ne dit que, dans ces endroits, la population soit mieux informée qu'ici. C'est tout le département du Nord-Ouest qui est coupé du monde, camarades.

Théodore Pasquin, l'ex-poète national, cachait mal son agacement. L'inconfort de leur logis commençait à l'importuner et il se demandait chaque jour quand le groupe se déciderait à progresser. Leur objectif premier n'était-il pas, s'il fallait en croire Estéban Jacques, de créer ici et là des foyers de soulèvement ? S'éterniser dans ce coin perdu, c'était prendre le risque de se faire repérer ou plutôt d'être trahis par ce père-savane dont la tête ne lui revenait pas. L'écrivain-médecin, dans un premier temps, avait accepté de progresser, puis il s'était ravisé sans trop bailler d'explications. Ce qui avait énervé certains, si bien que Levasseur se trouva contraint d'intervenir :

— Camarades, leur fit-il. Tous les hommes sont certes égaux ou plutôt devraient l'être. Et c'est d'ailleurs pourquoi nous avons entrepris cette expédition, mais… il en existe qui vivent un cran au-dessus du commun des mortels. Comme s'ils évoluaient dans une autre dimension… C'est vrai que c'est difficile à expliquer. Les Grecs anciens les nommaient les demi-dieux. Eh ben, Estéban est de cette espèce-là, croyez-moi !

Chacun prit soudain conscience qu'en effet leur leader était le seul à ne jamais se plaindre de la fatigue, à ne pas se jeter sur les succulents repas que leur préparaient les femmes de Bois-Fouillé, à ne faire montre d'aucune nostalgie de sa vie d'avant. Il avait l'enthousiasme communicatif, le verbe convaincant quoique grandiloquent :

— Seul le communisme est capable d'instaurer l'égalité entre les hommes. Non pas une égalité formelle, purement juridique, comme dans le système capitaliste, mais quelque chose de bien réel, de concret… Ti Jérôme, sais-tu qu'en Russie ou à Cuba, un cordonnier comme toi gagne le même salaire qu'un médecin comme moi ? Cela évite que ne se reconstitue cette abomination que sont les classes sociales… Mais Haïti n'est pas la vieille Europe, ni même Cuba où les Noirs sont minoritaires. Elle possède une histoire particulière. Nos ancêtres ont été opprimés, tout comme les serfs de l'époque tsariste, en tant que force de travail, mais aussi en tant que race... Notre race a été abaissée, humiliée. Elle a fini par perdre confiance en elle. C'est pourquoi, à l'idéal communiste, il nous faut ajouter la réhabilitation de notre couleur de peau et de notre continent originel, l'Afrique. Sans tomber dans le noirisme imbécile de Duvalier !

Il répétait les mêmes explications en créole à l'aide de proverbes et d'expressions imagées, afin d'être bien sûr d'avoir été compris par Marylise, Ti Jérôme et René. Estéban était intarissable. Inlassable. Jamais son verbe ne semblait devoir se tarir.

— C'est un idéaliste-né, murmura une fois Pasquin à Levasseur.

— Et toi, ex-poète national, c'est quoi ton idéal ? avait contre-attaqué l'ingénieur, qui n'avait jamais vraiment sympathisé avec lui.

Pasquin était resté sans voix. Pourquoi avait-il rejoint cette grappe de guérilleros inexpérimentés ? Quelle force obscure l'avait poussé à gagner la Dominicanie, au lendemain même de son intronisation au poste de plus éminent littérateur de la nation ? Il l'ignorait lui-même. Il avait d'abord tenté d'atteindre l'aéroport, avant de bifurquer vers Croix-des-Bouquets. Trop dangereux ! Son visage figurait en couverture de la plupart des journaux, son nom était martelé sur les ondes de toutes les radios. Alors, déguisé en paysan, il avait traversé le pays tantôt à pied, tantôt à dos de mulet, évitant les routes trop fréquentées, dormant à la lune claire ou plus rarement chez l'habitant, mû par la seule volonté d'aller toujours plus à l'est, en direction de la frontière. La chance devait veiller sur lui car s'il arrivait qu'on jetât des regards de biais à la curieuse mallette qu'il transportait, personne n'essaya de la lui dérober. Elle contenait, outre le pactole qui lui avait été remis, deux-trois chemises et pantalons ainsi qu'un livre, un seul, dans lequel il se plongeait dans ses moments de désarroi : *Jacques le Fataliste* de Diderot. Mille dollars lui avaient suffi pour soudoyer les douaniers dominicains et

une poignée pour gagner, à bord d'un autobus brinque-
balant, la ville de Saint-Domingue.

« Sans doute ne suis-je conduit par aucun idéal en particulier, se disait-il, resongeant à la question de Levasseur.
Mais au moins ai-je mis une petite fortune au service de
cette expédition. Qui, placé dans la même position que
moi, aurait fait de même ? Qui ? »

Il savait, toutefois, qu'il ne devait pas faire valoir pareil
argument. Estéban Jacques considérait que chacun avait
contribué à hauteur de ses possibilités. Lui-même n'avait-
il pas bradé son cabinet médical, pourtant florissant, et
refusé le poste de ministre de la Culture que lui avait offert
Duvalier ? Levasseur n'avait-il pas abandonné son poste
de sous-directeur de la plus importante usine électrique
du pays, dont le chef, un macoute semi-analphabète, se
rangeait, certes de mauvais gré, à ses vues ? Sans même
parler de René, qui aurait fort bien pu continuer à jouir de
l'existence somme toute confortable de patron de
banques de borlette ! Chacun avait donc mis du sien, et il
aurait été de mauvais goût de soupeser l'apport des uns
et des autres.

Les habitants de Bois-Fouillé manifestèrent une certaine joie quand ils surent que la troupe était sur le départ.
Si les médicaments d'Estéban Jacques avaient soulagé plus
d'un, si Marylise avait enseigné de superbes coiffures aux
plus coquettes d'entre les femmes, ils ne comprenaient
toujours pas ce que ces étrangers étaient venus chercher
dans leur hameau. Le prêtre-savane accompagna le commando pendant près d'une vingtaine de kilomètres, leur
évitant de s'égarer une nouvelle fois au mitan des mornes
pelés et des étendues désertiques. Ils parvinrent finalement à une région où le vert dominait. Dans le lointain,
on devinait des champs de canne à sucre et des banane-
raies. Le toit en tôle ondulée de certaines maisons réfléchissait les rayons du soleil à-quoi-dire une myriade de
minuscules miroirs.

— Là-bas, c'est Jean-Rabel, déclara le prêtre-savane. Sur
votre gauche, c'est Vieux-Corail, à droite la Guinaudée…

Mon chemin s'arrête ici, mes chers frères. Que Dieu tout-puissant veille sur vos têtes !

Après avoir baillé une brève bénédiction à chacun, il tourna les talons, comme s'il avait hâte de regagner Bois-Fouillé. Estéban Jacques prit la décision de camper sur place. Il fallait d'abord observer cette nouvelle localité. Pour ce faire, il désigna René en guise d'éclaireur. De taille plus modeste que le reste de la troupe, il risquerait moins de se faire repérer. C'est alors que Théodore Pasquin, soucieux sans doute de prouver son engagement, se proposa à sa place :

— Je suis le plus jeune, camarades. Je marche et cours plus vite que vous. On ne sait jamais ce qui pourrait se passer. Laissez-moi y aller !

— Tttt ! C'est moi le plus jeune ! intervint l'étudiant. J'ai deux années de moins que toi, me semble-t-il.

D'habitude, Estéban ne revenait jamais sur ses décisions ; mais, sans doute harassé par la longueur du trajet qu'ils venaient de parcourir, il acquiesça, un peu éberlué tout de même car Théodore, maigrichon comme un bâton-légédé, n'était pas un foudre de guerre et n'avait jamais tenté de se faire passer pour tel.

— Allez, on ne va pas se disputer pour des peccadilles ! trancha-t-il. Camarade Pasquin, fais très attention à toi ! À partir de maintenant, la moindre erreur peut nous coûter très cher.

— À vos ordres, *commandante* ! bravacha l'ex-poète national en faisant comiquement le salut militaire et en claquant les talons.

L'écrivain s'était d'abord méfié de celui qui avait passé l'essentiel de sa courte existence à célébrer l'ignoble régime duvaliériste, dans des sonnets pompeux et souvent ridicules aux yeux de qui possédait la moindre teinture de vraie littérature. Romancier lui-même, bien qu'une manière de pudeur l'empêchât de parler de ses livres, il savait que Pasquin n'était qu'un faiseur, un poétaillon, mais ne fallait-il pas de tout pour faire un monde ? Et en l'occurrence, une révolution ?

Lorsque la nuit fut à terre, Levasseur, en expert qu'il était, les informa que seulement trois ou quatre rues du bourg étaient électrifiées. Tout le reste utilisait des loupiotes ou des lampes à pétrole. Le scintillement de ces dernières jusqu'aux contreforts des montagnes leur révéla aussi, chose qui n'était pas évidente en plein jour, que Jean-Rabel était une localité autrement plus considérable qu'ils ne l'avaient d'abord imaginé. Toutefois, l'objectif premier du commando demeura inchangé : recruter une trentaine de solides gaillards qui l'aideraient à s'emparer du poste de gendarmerie ainsi que de la caserne de l'armée nationale, s'il y en avait une.

— Ce soir, nous mangeons froid, les amis. Pas question d'allumer du feu ! lança Estéban à Ti Jérôme, le préposé à la tambouille, avec un regain d'énergie dans la voix.

Ils avalèrent en silence des biscuits secs et de l'eau sucrée à l'aide de rapadou. Chacun sentait que l'heure était grave, que le moment fatidique approchait où ils devraient, inévitablement, faire usage de leurs armes. L'écrivain avait d'ailleurs démonté sa Winchester pour la graisser. Les hommes l'imitèrent tandis que Marylise contemplait le ciel. Jamais elle n'en avait vu d'aussi splendide, murmura-t-elle. Personne ne réagit, mais chacun leva les yeux. Pour de vrai, il ressemblait à un immense tapis d'Orient parsemé de dorures et d'arabesques scintillantes.

— Quel étrange pays que notre Haïti ! finit par lâcher l'étudiant.

— Pourquoi « étrange » ? demanda René.

— Eh ben, pour peu qu'on y réfléchisse, on se rend compte qu'il n'a jamais connu de période de paix. Depuis son accession à l'indépendance, je veux dire...

— Sous le général Boyer, il a connu vingt-cinq années de stabilité, intervint Estéban. Hispaniola a même été unifiée pour la première fois... Au prix d'une exploitation féroce de la paysannerie, il est vrai. Un historien a parlé de caporalisme agraire. Expression tout à fait juste !... Notre problème, en fait, c'est que la plupart de nos dirigeants n'ont fait que chausser les bottes de l'ancien colon français.

— *Péyi-saa, li gen modision !* (Ce pays est maudit !)
insista l'étudiant.

Estéban Jacques se braqua. Il avait horreur de ce genre
de discours et tous le savaient. Il n'existe pas de pays
condamné à la déréliction pour l'éternité, soutenait-il. Il
suffit que des âmes bien nées relèvent la tête et s'organisent afin de changer le cours des choses ! Et leur groupe
était l'avant-garde d'un vaste mouvement qui très bientôt
chamboulerait Haïti. Dans la Sierra Maestra, Fidel et ses
compagnons n'étaient-ils pas, eux aussi, une poignée ?
Pourtant, ils avaient tenu bon, résisté aux assauts répétés
des troupes du dictateur Batista jusqu'à descendre un jour
de leur montagne et, de proche en proche, traversant près
de mille kilomètres, gagné La Havane, ralliant ville après
ville à la cause de la Révolution.

Rangeant son fusil dans sa bandoulière, Estéban
Jacques ajouta :

— Nous n'avons, nous autres, qu'à peine trois cents
kilomètres à abattre...

Il fut le seul à ne pas trouver le sommeil. Se plaçant un
peu à l'écart, il se plongea dans la lecture d'un texte qui le
préoccupait depuis pas mal d'années. Un article signé de
François Duvalier, publié dans le quotidien *Le Nouvelliste*
en 1936 et intitulé : « En quoi l'état d'âme du Noir se diffé-
rencie-t-il de celui du Blanc ? » Estéban Jacques l'avait lu,
relu et annoté etcetera de fois, se demandant toujours si
son rédacteur était sincère ou s'il avait voulu, à une époque
où la classe mulâtre régnait sans partage sur le pays, se
livrer à une forme de provocation. Duvalier, qui n'était alors
qu'un médecin inconnu, s'y référait en effet à l'auteur de
l'*Essai sur l'inégalité des races humaines*, comme s'il s'agissait d'une sommité scientifique :

> *N'est-il pas vrai que les dernières normes de la
> biopsychologie confirment en tout point la classifi-
> cation de Gobineau ? C'est, d'après les lois de l'hé-
> rédité ancestrale, en effet, que les traits spécifiques
> des ancêtres de la plus lointaine lignée se retrouvent
> inentamés dans le psychisme des descendants.*

L'écrivain-médecin, sans toutefois la rejeter d'un revers de main, nourrissait de forts doutes quant à la notion d'hérédité ancestrale, s'agissant des traits psychologiques ou culturels. Doutes qui se trouvaient présentement confirmés par son séjour à Bois-Fouillé. Car les habitants de ce hameau n'étaient-ils pas aussi noirs et haïtiens que lui, ne partageaient-ils pas les mêmes ancêtres esclaves, n'utilisaient-ils pas à peu près le même idiome créole ? Or, de toute évidence, un gouffre les séparait de ces indécrottables citadins qu'étaient les membres du commando rebelle. Un peu comme si chacun vivait sur une planète différente. Il fut même contraint de s'avouer qu'il se sentait plus proche de certains communistes européens et asiatiques qu'il avait eu l'occasion de côtoyer au cours de ses pérégrinations – dont l'une, mémorable entre toutes, l'avait conduit jusqu'au palais du Peuple à Pékin pour y être présenté au président Mao en personne – que du père-savane ou de n'importe quel habitant de Bois-Fouillé. Si bien qu'il lui arrivait, comme ce soir-là, de se demander si le communisme était la bonne solution pour parvenir à extirper Haïti du désastre dans lequel elle se trouvait depuis, non pas 1804, date de l'indépendance, mais 1806, année funeste qui vit l'assassinat du *libertador* Dessalines.

Que Théodore Pasquin ne fût pas revenu commençait à l'inquiéter, quoiqu'il s'efforçât de n'en rien laisser paraître, lorsque René émit l'idée d'aller à la rencontre de l'éclaireur, chose que l'écrivain refusa tout net. Il fut donc le premier à se rendre compte qu'une véritable armée, surgie de l'ombre, conduite par un détachement de gendarmes qui agitait des lampes-torches, les avait cernés. Il n'eut pas le temps de donner l'alerte. À coups de gourdins et de machettes, l'ennemi se rua sur ses compagnons allongés à même le sol et ne fit pas de quartier. Ils devaient être bien renseignés car ils ne le touchèrent pas. Simplement, deux gendarmes le tinrent en respect en collant le canon de leur fusil sur ses tempes. Les paysans s'acharnaient sur les corps de Levasseur, de Ti Jérôme, de René et de l'étudiant, décapitant net le premier et réduisant le corps des deux autres en une bouillie visqueuse et nauséabonde. Seule Marylise, qui hurlait de terreur, fut elle aussi épargnée.

— *Nou pa zenglendô, non !* (Nous ne sommes pas des bandits de grand chemin !) furent les derniers mots qu'elle prononça avant d'être assommée.

Aucun des assaillants n'ouvrit la bouche. Ils semblaient accomplir consciencieusement une tâche à laquelle on les avait longuement préparés, seulement préoccupés de savoir si dans les halliers proches quelque autre guérillero ne se cachait pas. Ils ligotèrent la jeune femme et l'écrivain qui furent charroyés à dos d'homme jusqu'à Jean-Rabel...

27

Mgr Ligondé empoigna le lourd trousseau de clés et chercha, sans la trouver, celle qui permettait d'ouvrir la porte au fond de la cathédrale, que l'on ouvrait rarement et qui donnait sur une courette soigneusement balayée. Un tamarinier étique peinait à ombrager l'endroit où, certaines après-midi, le chef de l'Église haïtienne réunissait ses collègues évêques afin de prier et de discuter, à mots couverts, de la situation du pays. Ce matin-là – il était à peine quatre heures –, il n'avait pas réveillé son chauffeur et avait conduit lui-même la Lincoln flambant neuve que lui avait offerte son alter ego de Boston en guise de cadeau pour le quatrième anniversaire de son ordination épiscopale. Par bonheur, les rues étaient encore désertes et il n'avait rencontré que quelques âmes errantes que ses coups de klaxon, pourtant appuyés, n'avaient pas réussi à effrayer.

Depuis quelque temps, Mgr Ligondé était en proie à une lassitude inexplicable. Son médecin personnel n'avait rien diagnostiqué d'inquiétant, lui recommandant simplement de prendre un brin de repos dans sa résidence de vacances, non loin de la magnifique plage de Thorland. Il n'en avait rien fait. La situation le préoccupait. Les lettres, pleines de critiques féroces, qu'il recevait de dignitaires catholiques un peu partout à travers le monde, aussi. Notamment celles de Dom Hélder Câmara, l'évêque brésilien qui avait théorisé ce qu'il appelait la « théologie de la libération ». Au début, Mgr Ligondé s'était vexé. Il avait répondu qu'un fils d'esclave africain n'avait pas de leçon à recevoir d'un descendant de colon portugais. Il s'était aussi permis de lui rappeler que le Brésil n'avait aboli l'esclavage qu'en 1880, soit près de quarante ans après les pays européens, et qu'Haïti, pour sa part, s'en était libérée toute seule, arrachant son indépendance des mains des Français en 1804. Apparemment, cette leçon avait porté ses fruits puisqu'il ne reçut plus aucun courrier du prélat révolutionnaire. Mais les phrases, implacables, dénonciatrices de ce dernier lui étaient restées gravées dans l'esprit.

Après cinq bonnes minutes de recherche, il identifia la bonne clé et pénétra dans la cathédrale qui se trouvait plongée dans une semi-obscurité. S'agenouillant au pied de l'autel, il récita le *Pater Noster* à haute voix, puis s'installa sur un banc, de nouveau épuisé. Davantage que les reproches d'acoquinement avec un régime qui exploitait le peuple, ce qui le tourmentait remontait à sa jeunesse, lorsque, jeune prêtre fraîchement émoulu du grand séminaire où l'avaient formé des curés bretons, il avait pris une part active à la campagne antisuperstitieuse. Cette expression pompeuse masquait tout simplement une énième tentative d'éradication du culte vaudou, lequel était mis à l'index depuis le premier jour de l'indépendance. Tous ceux qui s'étaient succédé au Palais national n'avaient eu de cesse de le diaboliser, quand bien même la plupart y avaient recours en secret. Il avait fallu attendre un siècle et demi pour qu'enfin survienne un dirigeant qui redonne aux vieilles croyances africaines une manière de dignité, et cet homme-là n'était autre que le docteur François Duvalier. Ligondé, alors simple pasteur, s'était d'abord méfié de lui, épouvanté à l'idée qu'Haïti fût chassée du concert des nations chrétiennes et que l'obscurantisme s'abattît sur elle. Tous les efforts que lui et ses frères en religion avaient consenti pour faire fermer les houmforts, brûler les statuettes, pourchasser les hougans et les mambos, interdire les rassemblements nocturnes s'effondreraient d'un seul coup. Il entendait encore son supérieur du grand séminaire tonner en chaire, au lendemain de l'élection de Duvalier :

— Si nous demeurons les bras croisés, cette terre redeviendra celle du Diable !

Mais François Duvalier, bien que notoirement acoquiné à l'un des plus terrifiants zélateurs du vaudou, le bien nommé Méthylène, un bonhomme si noir que bleu, était un fin politique. Il prenait conscience que le rêve qu'il avait sans doute caressé dans son jeune temps, à l'époque où il cosignait des articles d'ethnologie avec Lorimer Denis, à savoir de transformer le vaudou en religion officielle d'Haïti, était rien moins que fumeux. Ligondé se souvenait de l'entretien qu'il avait eu avec le Doc, peu avant ce jour glorieux d'octobre 1966, le 28 très exactement, au cours duquel furent consacrés cinq évêques indigènes. Il se rappelait les mots exacts qu'il avait prononcés :

— Ligondé, Duvalier a longuement hésité, il ne vous le cachera pas, entre vous et votre… comment dit-on ? collègue ?… frère ! Merci. Entre vous, donc, et votre frère Claudius Angénor. Vous êtes tous deux les hommes les plus intelligents du clergé. Voulez-vous savoir pourquoi Duvalier vous a finalement préféré pour occuper l'archevêché de Port-au-Prince ?… Eh bien, parce que vous vous êtes montré bien moins acharné que lui à détruire le vaudou. Voilà !

— J'ai toujours pensé, monsieur le président, que ce culte se détruit tout seul. Toutes ces possessions, ces sacrifices d'animaux, ces invocations aux esprits malins, tout cela ne correspond guère à l'évolution du monde moderne, se souvenait-il d'avoir répondu.

Le président avait marqué un temps d'arrêt. Mains croisées dans le dos, il réfléchissait. On devinait à ses épaules courbées qu'une sorte d'accablement l'avait saisi.

— Mon cher Ligondé, reprit-il, nous sommes tous deux des Nègres. Nos arrière-grands-parents sont nés en Afrique et ont été transportés de force dans cette île des Antilles où le Blanc leur a imposé le travail forcé, mais aussi sa langue, sa culture et sa religion. Ni Jésus, ni Paul, ni Pierre, ni aucun apôtre n'était noir, nous le savons, n'est-ce pas ?

— Certes, monsieur le président...

— Le Blanc nous a donc obligés à nous agenouiller devant la croix. Il nous a contraints à réciter ses prières. À baptiser nos enfants. À lire sa Bible. Ce qui veut dire que si l'esclavage n'avait pas existé, nous disposerions encore de notre propre religion, est-ce que Duvalier se trompe ?

— Non, monsieur le président...

— Dites-lui, Ligondé, dites-moi, non pas d'homme à homme, mais de Nègre à Nègre, ne vous est-il jamais arrivé, même une seule fois dans votre vie, de douter que le christianisme soit la religion qui nous convienne le mieux ? Ne vous est-il jamais arrivé de regretter que le vaudou de nos pères soit foulé aux pieds, méprisé, diabolisé même ?

À cet instant, Ligondé eut un éclair de génie. Il comprit qu'il ne fallait pas répondre à cette terrible question. Surtout pas. Il venait d'avoir la preuve que le Président à vie n'avait pas totalement renoncé à rétablir le vieux culte hérité d'Afrique dans sa dignité. Duvalier balançait encore entre devenir le chef d'un christianisme indigène ou ériger le vaudou en religion nationale. Cela à quelques jours de la signature du concordat qui permettrait non seulement de rétablir les relations diplomatiques avec le Vatican, mais aussi d'instaurer une hiérarchie ecclésiastique indigène. Ligondé, comme tout un chacun, connaissait le tempérament foucadier du Doc. L'homme pouvait, d'un virement de main, annuler telle décision, casser telle nomination ou encore faire incarcérer dans la minute tel baron du régime venu lui renouveler son indéfectible appui. Seul le Grand Maître de l'univers – et encore ! – savait ce qui se passait dans la tête de François Duvalier. Et si d'aucuns le qualifiaient de fou, il suffisait de converser avec lui pour se rendre compte très vite, sans discussion possible, qu'il était en pleine possession de ses facultés mentales. Mais il était vrai aussi que quelque chose d'inquiétant, de magnétique se dégageait de sa personne.

Ligondé en était venu, pour sa part, à le considérer comme un mystique qui s'ignorait.

— Duvalier va vous poser une question, Ligondé, avait-il repris. Écoutez-moi bien et réfléchissez avant de répondre !

— Bien sûr, monsieur le président...

— La voici : pouvez-vous lui donner une seule raison, une seule bonne raison de privilégier le christianisme et de maintenir le vaudou dans la clandestinité ? Une seule !

Le prélat, cette fois, était bel et bien coincé. Aucune échappatoire ne s'offrait à lui. Impossible de se murer dans le silence car il s'agissait là d'une vraie question. D'une question que tout Haïtien un tant soit peu éduqué s'était posée au moins une fois dans sa vie. François Duvalier était dans le vrai. Et cela, tous les deux le savaient. Quand quatre yeux se font face, dit le proverbe créole, le mensonge disparaît comme par enchantement.

— Monsieur le président, la plupart des pays d'Afrique sont aujourd'hui devenus indépendants. Le Dahomey est indépendant, le Togo, le Ghana, le Nigeria, la Guinée et j'en passe. Nos ancêtres provenaient, comme vous le savez, de ces régions-là... Or, que constatons-nous ? Qu'aucun de ces pays n'a érigé une religion africaine en religion nationale ou officielle ! Certes, beaucoup ont l'islam, mais il ne peut être considéré comme authentiquement africain. Il vient du Proche-Orient, tout comme le christianisme...

Et pour faire bonne mesure, Ligondé ajouta :

— Sans compter qu'aucun n'a érigé une langue africaine en langue nationale ! Ceux qui veulent donc remplacer le français par le créole dans notre pays font, là encore, de la surenchère, monsieur le président...

Le Président à vie sembla interloqué. Il ôta ses grosses lunettes et souffla sur leurs verres d'un geste nerveux. Visiblement, la réponse qu'il attendait n'était pas celle-là. Ligondé comprit à cet instant qu'il devait l'avoir déjà posée à maintes personnes avant lui. Alors, profitant de son avantage, il enfonça le clou :

— Pourquoi nous montrer plus royalistes que le roi ? Plus africains que les Africains, je veux dire ?

Le futur Mgr Ligondé venait de gagner haut la main la manière de joute que lui avait imposée François Duvalier. Des années après, il s'en souvenait encore, bien qu'il n'en eût tiré nulle gloriole et ne l'eût d'ailleurs jamais relatée à qui que ce fût. Le grand jour était finalement arrivé et c'est dans l'enthousiasme général que les cinq premiers évêques autochtones avaient été intronisés par un cardinal venu tout exprès de Rome pour l'occasion. Il se souvenait que le Président à vie y avait assisté, à la cathédrale de Port-au-Prince, accompagné de sa famille au grand complet et des personnalités de son régime. Tout ce beau monde, parmi lequel certains étaient notoirement connus pour être des agnostiques ou des vaudouisants, avait occupé les premiers bancs, attentif aux homélies qui furent prononcées pour l'occasion. Comme à son ordinaire, François Duvalier n'avait laissé transparaître aucune émotion, alors qu'autour de lui certains avaient les larmes aux yeux, notamment la Mère de la nation qui était une bondieuseuse fervente. Il n'avait guère ouvert la bouche non plus au cours du repas qui suivit la cérémonie, bien que le cardinal romain eût habilement tenté de le sonder sur ses véritables intentions. À en croire, en effet, certains journaux européens, ne pouvant décemment ériger le vaudou en religion nationale, le Président à vie projetait de créoliser le culte chrétien, un peu à la manière de ce qui avait cours dans certaines régions du Congo sous le nom de kimbanguisme, de façon à le rendre méconnaissable et donc à s'émanciper, à terme, de la tutelle du Vatican. C'est-à-dire, dans son esprit, du monde blanc. De fait, n'instaura-t-il pas quelques mois plus tard le tristement célèbre *Catéchisme duvaliériste*, qui fit d'Haïti la risée du monde entier ? Les enfants des écoles ne furent-ils pas obligés chaque matin, juste avant le lever du drapeau, de réciter le *Pater Noster* à la sauce Duvalier, prière copieusement répétée, en outre, sur les ondes de toutes les radios ? Certes, cette mascarade dut être assez vite abandonnée, officiellement en tout cas, mais Ligondé, pour sa part, ne savait quoi penser. Cet homme voûté aux cheveux blanchis au bay-rhum et au regard de chouette frisée, qui, de prime abord, n'avait rien d'impressionnant, possédait un magnétisme qui, pour peu qu'on l'approchât de près, vous tenait sous son emprise. Il n'était pas un tribun flamboyant comme Fidel Castro, n'avait pas la voix empreinte d'autorité naturelle du général de Gaulle, ni la dégaine prestancieuse de Rafael Trujillo. Encore moins la fougue de Sékou Touré. Mais il vous en imposait presque sans le moindre effort, sans essayer, par quelque artifice vestimentaire ou autre, de donner le change sur sa personnalité, qu'il voulait modeste.

Le bedeau pénétra dans la cathédrale, un balai à la main, et entreprit d'en nettoyer la travée centrale, quoiqu'elle n'en eût guère besoin. Il ne s'était pas rendu compte de la présence de Monseigneur, sans quoi il eût accouru et baisé son anneau d'or, multipliant ces courbettes qui amusaient tant le premier. Soudain, il se mit à danser face à l'autel, se déhanchant de manière obscène. Les premières lueurs du jour traversèrent les vitraux, baignant les lieux d'une douce lueur orangée. L'évêque vit alors le bedeau monter quatre à quatre les marches de l'autel, s'emparer d'un ciboire et cracher dedans à plusieurs reprises. Puis il ouvrit le tabernacle, en retira une poignée d'hosties qu'il enfourna dans sa bouche et se mit à mâcher goulûment. Tétanisé, Mgr Ligondé égrenait son chapelet dans la poche de sa chasuble. Le bedeau se figea soudain et une voix qui n'était pas la sienne jaillit de sa bouche exagérément ouverte. Une voix entrecoupée de ricanements grotesques, qui chantonnait :

> *M-towo, m-béglé*
> *Nan savann-mwen*
> *Sa-m wè la ? M-wè sa...*
>
> (Je suis un taureau, je beugle,
> Dans mon pâturage
> Que vois-je ? Je vois cela...)

Le chant se prolongea un interminable de temps jusqu'à ce que, recouvrant ses esprits, l'homme se ressaisît de son balai et se remît au travail comme si de rien n'était. Il sifflait à présent une mélodie à la mode, une de ces merengues qui faisait fureur tant dans les night-clubs huppés que dans les bals improvisés des cours-à-fourmis. La radio nationale en jouait d'ailleurs du matin au soir. Arrivé à hauteur de l'ecclésiastique, le bedeau s'agenouilla prestement et lui présenta ses hommages grâce aux seules trois phrases de français qu'il connût, avant de continuer sa tâche matinale. Mgr Ligondé était ici chez lui, dans sa cathédrale et personne ne pouvait y questionner sa présence, quelle que fût l'heure du jour ou de la nuit. N'était-il pas le premier représentant de Notre Seigneur Jésus-Christ sur cette terre de mission qu'était encore Haïti ? L'alter ego en quelque sorte du Président à vie s'agissant des questions spirituelles, puisque lui non plus ne pouvait être ni contesté ni révoqué, cette seconde éventualité exigeant un accord préalable entre le Vatican et le Palais national.

C'est en regagnant le presbytère que Mgr Ligondé comprit la gêne sourde qui l'habitait depuis la veille au soir. Une image lui revenait, brève mais forte, très forte : celle d'un corbillard à la carrosserie parfaitement astiquée. Le véhicule paraissait neuf, comme tout droit sorti de l'usine. Il roulait au pas, sans conducteur, et aucun accompagnateur ne tenait les cordons funéraires de couleur mauve attachés aux quatre extrémités de son toit. Au début, ce fut un simple flash, puis une succession de portraits comme dans un film muet, le véhicule devenant à-mesure-à-mesure plus brillant, avant de se transformer en une photo. Photo obsédante qui se plaquait au-devant de ses yeux, l'aveuglant presque, pour se dissoudre dans l'instant.

ও

LE CADAVRE ENVOLÉ

Des milliers de partisans du défunt qui, en 1957, avait été l'un des favoris de l'élection ayant porté au pouvoir le docteur

François Duvalier, s'étaient massés aux portes de l'église du Sacré-Cœur, observés de loin par des détachements de macoutes à l'air débonnaire. À l'heure où Clément Jumelle, ce Grand Nègre qui en remontrait à la classe des sang-mêlé, allait être conduit à sa dernière demeure, les passions s'étaient apaisées. Le Doc lui avait pardonné d'être entré en clandestinité depuis lors et d'y avoir conduit la résistance contre son régime. Au moins avait-il deux graines entre les jambes puisqu'il ne s'était pas enfui à Cuba ni à l'étranger, comme les autres candidats malheureux ! Rien à voir avec ce bourgeois mulâtre de Louis Déjoie qui s'était, ô paradoxe, allié à Fidel Castro, lequel lui avait ouvert un camp d'entraînement aux portes de La Havane où près de trois cents volontaires cubains avaient accouru, prêts à en découdre au nom de l'internationalisme prolétarien.

Clément Jumelle était resté parmi son peuple. Avec son peuple. Honneur et respect sur sa tête, oui ! Certes, atteint d'urémie au stade terminal, il avait dû se résigner à s'asiler à l'ambassade de Cuba. Certes, cette dernière avait fait venir des spécialistes depuis La Havane pour tenter de le sauver. Mais lorsqu'il fut évident que sa fin était proche, le diplomate de l'île communiste était revenu à la raison et avait accompagné lui-même le cadavre jusqu'au domicile de la famille Jumelle. Là, ni la veillée mortuaire ni les préparatifs de l'enterrement ne furent troublés. Simplement Luckner Cambronne avait-il envoyé un subrécargue afin d'en négocier les modalités. Un accord avait été vite trouvé.

Dès le premier sonnis de cloches, on se rua à l'intérieur de l'église, trop petite pour accueillir tant de monde. Le curé, un Breton que l'on disait hostile aux tentatives d'indigénisation du clergé, avait délivré une homélie modérée, neutre même, ne mettant en avant que les qualités humaines et la réussite professionnelle du défunt. François Ligondé, qui l'assistait, tout en sachant que ces propos avaient été dictés par le Palais national, admira le courage du curé qui, à la fin de son oraison, glissa une phrase de son cru, exaltant le refus de l'ignominie. Ce mot était suffisamment rare pour que les dignitaires du régime, présents dans l'église, et surtout les macoutes, ne s'en offusquent pas.

Ignominie ! Ce jour-là, François Ligondé se sentit ébranlé, lui qui vouait une admiration sans bornes au Grand Électrificateur des âmes. Ignominie ! Ignominie ! Il devait, ce mot, trouver sa confirmation au vu et au su de tous quelques minutes à peine après que le glas eut sonné. Les partisans de Déjoie, silencieux quoiqu'ils fussent fort nombreux, avaient appliqué un mouchoir blanc sur leur bouche en signe de deuil. Le corbillard quitta lentement le parvis de l'église, suivi par un cortège de véhicules transportant la proche famille de Clément Jumelle. Ligondé vit soudain, à la première intersection, débouler une nuée de policiers en tenue qui arrêtèrent le corbillard et en chassèrent sans ménagement le chauffeur et les croque-morts. Une camionnette bâchée fendit la foule pour se garer à l'arrière du corbillard. Six hommes s'emparèrent du cercueil, sans marquer le moindre empressement, et le transférèrent à bord du premier véhicule, lequel démarra en trombe. Ce temps durant, des macoutes tirèrent des salves en l'air afin de tenir les processionnaires en respect alors même que ceux-ci, désemparés, n'avaient point bougé ni émis la moindre protestation. Le curé breton avait pris Ligondé par la main et l'avait entraîné à l'intérieur de l'église où tous deux s'agenouillèrent devant l'autel pour prier.

La suite des événements, Ligondé l'apprit par la presse et par le télé-gueule. Grâce à des recoupements, l'horreur ne fit plus aucun doute pour personne : le corps de Jumelle avait été dépecé. Son foie, son corps et sa tête furent portés au Palais national, tandis que ses restes furent ensevelis à la va-vite dans un cimetière, à Ganthier ou à Fond Parisien, sans que la famille du défunt fût autorisée à l'accompagner.

Dorénavant, le crâne de Clément Jumelle trôna sur le bureau du Doc, entre son téléphone au fil démesuré et la pile des dossiers consacrés aux opposants à son régime.

Mgr Ligondé ne parvenait pas à se concentrer. Une rude journée de travail l'attendait pourtant. Le plus gros souci de l'heure était la pénétration du protestantisme dans les régions les plus déshéritées du pays, celles où la faim et le désespoir étaient monnaie courante. Missionnaires baptistes, méthodistes, évangélistes ou encore Témoins de Jéhovah, tous blancs étasuniens, déferlaient, leur Bible en créole d'une main et leurs liasses de dollars de l'autre. Au départ, ni lui, ni ses frères évêques, ni même le bas clergé ne s'étaient méfiés de ces jeunes gens au teint rosé, portant chemise blanche à manches longues,

390

cravate et pantalon noirs, qui, à pied le plus souvent, parcouraient les campagnes, insoucieux du temps qu'il faisait, et prêchaient sans relâche, les yeux animés par une foi qui ne pouvait être mise en doute. Ainsi, au contraire des prêtres catholiques, ces nouveaux venus affrontaient de face les zélateurs du vaudou, les défiant même au cours des cérémonies en l'honneur des loas, cela sans qu'aucune de ces divinités, que ce fût Ogoun-Ferraille, Danmballah-Wédo, Erzulie-Fréda-Dahomey ou Loko daignât réagir ! Là où les campagnes antisuperstitieuses menées des décennies durant par l'Église catholique, apostolique et romaine avaient échoué, une poignée d'illuminés, la plupart encore imberbes, obtenait qu'on reniât le vieux culte hérité de l'Afrique-Guinée. Des paysans, subitement exaltés, détruisaient statuettes, cruches sacrées, autels, poteaux-mitan, péristyles, allant jusqu'à incendier les houmforts où, de tout temps, ils étaient venus quémander apaisement ou réconfort. Cette croisade n'eût pas représenté un réel danger si les missionnaires en question n'en profitaient pas pour dénoncer, sournoisement, ce qu'ils appelaient « la collusion séculaire du catholicisme avec la sorcellerie ». Désormais donc, dans la plèbe, on désertait tant les églises que les chapelles vaudou au profit des temples protestants.

Ce jour-là, Mgr Ligondé ne dit pas la première messe matinale, celle de six heures et demie. Il en laissa le soin à son vicaire qui en fut tout ravi car c'était celle à laquelle assistait la première dame de la nation. Le soutanier se dépêcha de préparer un sermon qui le mettrait en valeur et le ferait peut-être remarquer. L'évêque de Port-au-Prince, quant à lui, gagna ses appartements, ne pouvant se résoudre à mettre en œuvre l'idée qui lui trottait à l'esprit depuis la veille et qu'il avait cherché en vain à chasser comme une mouche importune. Machinalement, il entreprit de classer un certain nombre de documents anciens qui s'empilaient depuis des jours sur sa table de nuit : courriers du Vatican, correspondance avec ses pairs de province, factures de différents fournisseurs, lettres de familles cossues lui demandant de leur faire l'honneur d'assurer la messe de mariage ou le baptême de tel ou tel de leurs rejetons et surtout coupures de journaux. Mgr Ligondé lisait la presse à la loupe, tant locale qu'internationale, et ce depuis l'époque du grand séminaire. Longtemps l'envie d'écrire un livre sur le rôle de l'Église catholique en Haïti, de la colonisation à nos jours, l'avait habité, mais il n'en avait pu coucher la première ligne alors que, dans sa tête, chapitres et paragraphes s'alignaient de manière impeccable, exemples concrets et citations à l'appui. Il s'était donc accusé de paresse, jusqu'à ce qu'il comprenne qu'un tel ouvrage ne pouvait être qu'un réquisitoire contre une institution qui non seulement avait collaboré à l'extermination des Amérindiens, participé activement à la mise en esclavage des Nègres, mais qui, depuis l'indépendance, s'était toujours trouvée aux côtés des puissants. Épuisé dès avant huit heures du matin, il s'allongea sur un canapé et ferma les yeux...

La voix de François Duvalier ! Cette voix morne, monocorde, chuintante par moments, qui s'élevait du transistor dont les piles commençaient à faiblir. Cette voix qui proclamait :

— Ceux qui ont tiré sur mes enfants ont aussi tiré sur moi. Ils savent que les balles et les mitraillettes capables d'effrayer Duvalier n'existent pas. Ils savent qu'ils ne peuvent m'atteindre car Duvalier est d'une fermeté inébranlable. Je vous adjure, Haïtiens, d'élever votre âme jusqu'aux hauteurs où planent les esprits ancestraux et de prouver que vous êtes des hommes. Mettez un peu de moelle dans vos os et laissez couler le sang de Dessalines dans vos veines !... Je n'accepte d'ordres ou de diktats de qui que ce soit. À l'époque où j'étais médecin fraîchement diplômé, je n'en ai accepté ni reçu de quiconque, même pas de mon propre père. En qualité de président de la République d'Haïti, je suis ici aujourd'hui pour maintenir la tradition instaurée par Dessalines et Toussaint-Louverture. Je suis déjà un être immatériel. Aucun étranger ne va me dire ce que j'ai à faire.

Mgr Ligondé se réveille en sursaut. On a frappé à sa porte. Ce ne peut être que le vicaire. Il n'a pas envie de voir sa face de rat, dégoulinante d'ambition. Ah, il en a fait du chemin, le bougre, depuis Port-Salut, ce bourg crotté du Sud ! L'évêque soupçonne Luckner Cambronne ou quelque autre Gros Nègre proche du Palais national de l'avoir imposé à ce poste, alors qu'il lui préférait un de ses anciens condisciples qui présentait au moins le mérite d'avoir étudié la théologie au Vatican. À l'époque, trop heureux d'avoir été choisi comme chef de l'Église haïtienne parmi cinq concurrents, Ligondé n'avait pas tiqué, mais il s'en était bientôt mordu les doigts. Ses moindres faits et gestes, ses conversations ou ses prêches en province, étaient signalés à Papa Doc qui, parfois, lui téléphonait pour le tancer sur un ton mi-paternel, mi-menaçant. « N'oubliez surtout pas que c'est à moi que vous devez votre nomination, Ligondé ! », concluait-il le plus souvent. L'évêque ne se lève pas du canapé. Il n'ira pas ouvrir à ce répétasseur de Bible abrégée. Qu'il aille au diable ! Cette expression le fait sourire. Il se sent las, très las et referme les yeux…

La voix du père jésuite était chantante, plus chantante qu'à l'ordinaire. Originaire des Asturies, il l'accueillait à la Villa Manrèse, centre de formation des séminaristes haïtiens, avec tout le décorum nécessaire, mais une fois qu'il se trouvait seul avec Ligondé, il cessait de jouer la comédie :

— Ce Duvalier est une abomination ! Il bafoue les valeurs les plus élémentaires de notre Église. Il piétine chaque jour le message de l'Évangile. Quand vous déciderez-vous à prendre vos distances ? Oh, je sais, il vous fait miroiter le poste d'évêque de Port-au-Prince, mais le Vatican n'acceptera jamais cette histoire de clergé indigène. Une lubie, rien de plus !

François Ligondé ne bronchait pas. Cet étranger ne comprenait rien à Haïti, à l'effrayante complexité de son Histoire, quoiqu'il y fût installé depuis près de trente ans. Certes, il parlait couramment le créole, avait couru par monts et par vaux quand il était plus jeune, connaissant même des endroits où Ligondé n'avait jamais mis les pieds tels que Roche-à-Bateau ou Anse-à-Foleur, mais il demeurait un Européen, un Blanc qui ne parviendrait jamais à pénétrer dans les tréfonds de l'âme nègre.

— Clément Barbot a été recueilli chez nous. Il a retrouvé le chemin du Seigneur !

Lorsque le père jésuite lui avait annoncé la nouvelle, Ligondé avait cru à une blague. L'alter ego du Doc, l'intouchable et indéboulonnable Barbot avait été déchouqué quelques semaines plus tôt et mis aux arrêts en un lieu secret pour être remplacé par un intrigant de même acabit, Luckner Cambronne, que Ligondé n'appréciait guère plus. Le premier avait été convaincu d'intelligence avec l'« ennemi » américain, quoiqu'aucune déclaration de guerre ne fût intervenue d'un côté ni de l'autre ! En fait, l'accusation précise était que Barbot avait fomenté un complot, avec l'appui des Yankees, afin de prendre la place de François Duvalier. Pas moins ! Libéré sans explications, plus personne n'entendit parler de lui et Ligondé était persuadé que le bougre avait quitté le pays.

— Il souhaiterait vous voir. Est-ce possible ? reprit le père jésuite.

Ligondé fut encore plus surpris :

— Pourquoi ?... Pourquoi moi ?

— Il vous le dira de vive voix.

— Et si je vous donne mon accord, où le rencontrerai-je ? Pas à la Villa Manrèse, j'espère !

— Nous vous contacterons.

Deux jours plus tard, une Ford grenat s'arrêta devant le presbytère de la cathédrale sur le coup de dix heures du soir. Le père jésuite demanda à se garer dans la cour intérieure, pourtant trop étroite pour qu'un véhicule puisse y manœuvrer aisément. Barbot se trouvait dans le coffre, caché sous une bâche. Il n'en descendit pas.

— Ligondé, mon vieux, fit-il à voix basse à l'abbé, ahuri. L'heure décisive est arrivée. Nous pouvons renverser ce chien de Duvalier. J'ai déjà rassemblé pas mal de gens, tous déterminés. Seriez-vous prêt à nous rejoindre ?

— Comment cela ?

— Rien de plus simple ! Commencez de votre côté à sonder les curés des petites églises, beaucoup en ont plus qu'assez de voir la misère courir partout alors que les Duvalier vivent dans l'abondance. Vous le savez, n'est-ce pas ?

— Oui, je... je le sais...

— Bien ! Au fait, j'ai un autre service à vous demander. Vous confessez parfois les filles Duvalier au Palais national, n'est-ce pas ?

— Cela m'arrive...

— Je voudrais que vous remettiez ceci au capitaine Marchand. Le plus discrètement possible, évidemment. À bientôt, Ligondé !

La Ford s'en repartit comme elle était venue, avec celui qui se posait désormais en opposant farouche du régime, dûment allongé au fond de son coffre.

Ligondé soupesa le minuscule sachet que l'homme lui avait remis. À l'intérieur se trouvait une matière granuleuse. Il la sentit. Aucune odeur particulière. Dans sa chambre, il ne trouva pas le sommeil. Ni ne put se concentrer sur la lecture de la Bible. Voilà qu'il se trouvait désormais enrôlé dans une cabale dont il avait le sentiment qu'elle dépassait sa modeste personne !...

On frappe encore. Encore le vicaire ou le sacristain ! Mgr Ligondé fait un effort monstre pour se lever. Il titube jusqu'à la porte. La voix de fausset du vicaire lui parvient comme à travers un voile cotonneux. Il veut savoir si son évêque se sent bien. Dans dix minutes, ils doivent, comme tous les jours, partager le petit déjeuner. Mgr Ligondé lui répond qu'il souhaite se reposer un peu. Le vicaire déclare qu'il repassera vers midi...

Le mystérieux sachet demeura posé sur un guéridon, entre une statuette de la Vierge Marie et une pile d'ouvrages de théologie. Ligondé ignorait quand le palais l'appellerait pour entendre les filles du Doc en confession. Elle avait lieu tantôt chaque semaine, tantôt tous les quinze jours, parfois juste une fois par mois lorsque la situation était agitée et que le Président à vie et la Mère de la nation avaient d'autres chats à fouetter. Un coup de téléphone personnel du premier, une demi-heure à l'avance, lui demandait de se préparer, le temps qu'une Jeep de la Garde présidentielle vienne le quérir.

Les jours passèrent donc, riches en événements. Explosion de bombes non loin des casernes Dessalines, fusillade nocturne du côté de Turgeau, distribution de tracts incendiaires au Marché en fer et au rond-point du Bicentenaire, rumeurs de kidnappings d'opposants par les macoutes... Visiblement, le régime vacillait. Mais Barbot demeurait invisible. À la radio d'État, Mme Adolphe, au comble de l'hystérie, dénonçait pêle-mêle les communistes, les intellectuels mulâtres, les francs-maçons, les thuriféraires stipendiés de Washington et les suppôts de Rafael Trujillo, le président dominicain. Nul ne soupçonnait Barbot qui, à la Villa Manrèse, protégé par les jésuites, jouait au mystique. Il passait, disait-on, ses journées agenouillé face à une statue de la Vierge Marie, priant sans discontinuer.

Bientôt, un couvre-feu drastique fut instauré. Au-delà de huit heures du soir, tout individu surpris à circuler en automobile était immédiatement abattu s'il ne disposait pas du mot de passe que le Palais national modifiait chaque jour. Les églises durent écourter les messes vespérales, les écoles supprimer les cours du soir, les marchés fermer boutique dès que le soleil entamait sa descente. À sept heures du soir, Port-au-Prince était en proie à un véritable branle-bas de combat : chacun, riche ou pauvre, peau claire ou foncée, et même soldats et miliciens non autorisés, quel que fût leur grade, se hâtait de rentrer chez soi. Afin de faire bonne mesure, l'électricité était coupée dans toute la ville, sauf autour du palais. Pourtant, rien de tout cela ne semblait décourager les poseurs de bombes et les marqueurs de graffitis. Au contraire !

Le régime devenait fou. Ligondé apprit plus tard que le fameux capitaine Marchand de la Garde présidentielle, à qui il devait remettre le fameux sachet, informait régulièrement Barbot des changements de mot de passe, de sorte que les hommes du conspirateur en chef pouvaient circuler à l'aise quelle que fût l'heure de la nuit...

Réveillé par la chaleur, l'évêque se rend à son cabinet de toilette et fait couler l'eau du robinet sur sa tête pendant plusieurs minutes. Il cherche en vain une serviette propre avant de comprendre que sa servante n'a pu en déposer, puisque ses appartements ont gardé porte close depuis l'avant-jour. Sa montre indique neuf heures vingt-cinq. Il a raté le petit déjeuner avec le vicaire. Aucune importance. Cet homme l'exaspère de plus en plus.

S'asseyant à son bureau, Mgr Ligondé choisit une feuille à en-tête de l'évêché et un stylo Mont-Blanc parmi la dizaine rangée dans un joli coffret ouvragé, cadeau de la Mère de la nation. Il aime sa large plume qui se plie à la moindre pression et semble courir d'elle-même sur le papier. Chacun de ses mots a été longtemps pesé :

Monsieur le Président à vie,

Votre Excellence,
J'ai l'honneur de solliciter votre haute bienveillance au sujet d'une requête que je souhaite formuler pendant que Dieu m'en donne encore la force.
Vous m'avez fait l'honneur de me choisir comme premier dignitaire de l'Église haïtienne, ce dont je vous suis profondément reconnaissant, et j'estime avoir accompli cette tâche avec le plus fervent dévouement depuis bon nombre d'années. Mais, depuis quelque temps, ma santé va déclinant et je n'y vois plus très bien. Sans doute l'heure que notre Seigneur a fixée pour me rappeler à lui est-elle proche. Il m'apparaîtrait donc judicieux de nommer quelqu'un de plus jeune et de plus dynamique à ma place. En ces temps troublés il est indispensable que l'Église se tienne fermement au côté de la Révolution nationale.
Pour ma part, je souhaite me retirer et finir mes jours dans la modeste paroisse de Port-Margot, lieu d'origine de ma famille maternelle...

Barbot a tenté l'impossible ! Barbot est fou dans le mitan de la tête ! Il a lancé un commando à la poursuite de la voiture qui chaque matin conduit les enfants Duvalier à l'école. La fusillade qu'a entraînée cette tentative d'enlèvement a réveillé la moitié de la ville. Pris de panique, les passants se sont mis à zigzaguer à travers les rues en hurlant. Les gardes du corps de Bébé Doc et de ses sœurs sont tués sur le coup. Sauf un, un seul, qui, bien que touché au bras, riposte vaillamment et permet l'arrivée de renforts. Lesquels tirent sur tout ce qui bouge, ose s'approcher ou même observer de loin le véhicule transpercé de balles dont on extrait, ô miracle, les enfants Duvalier, hagards mais sains et saufs. Aussitôt la Radio nationale se déchaîne :

— C'est l'œuvre de François Benoît ! Que lui et les siens soient exterminés jusqu'au dernier, cette bande de vermines !

L'abbé Ligondé savait qu'il n'en était rien. Que le soldat qui avait fait capoter l'opération s'était trompé en croyant reconnaître le visage de cet officier qu'on avait toujours connu fidèle au régime.

Barbot revint au presbytère le soir même, en dépit du couvre-feu, toujours dissimulé au fond du coffre de la vieille Ford du père jésuite. Il s'enquit du sachet. Avait-on pu enfin le remettre au capitaine Marchand ? Terrorisé, l'évêque mentit. Barbot se redressa légèrement et lui tendit la main :

— Merci, Ligondé ! Le futur président d'Haïti saura te récompenser à hauteur de tes mérites.

De retour dans sa chambre, Ligondé y découvrit sa servante éplorée, assise sur le bord de son lit, un torchon à la main. Il imagina d'abord le pire. Frère arrêté, mari assassiné en pleine rue, case incendiée à Cité Soleil où elle résidait... En dépit de ses sollicitations, elle refusait de s'expliquer. Son corps était secoué de hoquets et de sanglots mêlés. L'évêque finit par remarquer l'objet de sa détresse : son chat, bel animal de couleur jaune fauve qu'elle couvait comme un bébé depuis des années, était étendu sur le sol, les yeux exorbités, une vomissure malodorante s'écoulant de sa gueule largement ouverte. Du poison, pas de doute ! Il avait sauté sur le guéridon et ouvert le minuscule sachet que Ligondé devait remettre au capitaine Marchand...

L'évêque plie la feuille en quatre, farfouille dans le tiroir de son bureau en quête d'une enveloppe, n'en trouve que de grandes. Choisissant la première qui se présente, il replie sa lettre en deux et l'y glisse d'un geste d'automate. La fatigue a recommencé à peser sur ses épaules, cette fatigue inexplicable qui depuis des mois l'assaille alors même qu'il ne ressent aucune douleur en aucun point de son corps. Il revoit le visage livide du père jésuite, très net en dépit des années écoulées. Il entend son accent chantant d'Espagnol lui dire :

— Ils ont eu Barbot ! Il y avait un traître parmi eux. Barbot a toujours trop aimé jouer aux dominos. C'est ce qui l'a perdu. Son compère a dû être alléché par la prime de 10 000 dollars offerte par le Palais national... Bien entendu, je ne doute pas que Duvalier expulsera les jésuites d'Haïti. Ce n'est plus qu'une question de jours. Ligondé, si vous êtes vraiment un soldat de Dieu, je vous adjure de vous désolidariser de ce régime dictatorial et sanguinaire !

Le crâne humain qui trônait sur le bureau du Président à vie était-il celui de Clément Jumelle, son vieil adversaire politique, ou celui de Clément Barbot, son ex-bras droit déchu ? Ligondé s'était souvent posé la question lorsque, ayant confessé les filles de Papa Doc, ce dernier le convoquait pour « une conversation entre Grands Nègres d'Haïti », comme il disait d'un ton mielleux. Cerné alors qu'il disputait une partie de dominos à Cazeau, l'ancien homme fort du régime n'avait pu que promettre, d'un air pitoyable, le triple de la prime au soldat qui l'avait mis en joue. Lequel, après une brève hésitation, l'avait abattu d'une balle en plein cœur. Les miliciens avaient ensuite décapité Barbot et porté sa tête sur un plateau jusqu'au palais, se relayant sur les trois kilomètres du parcours, comme dans une course de village. Sur leur passage, terrorisés, les gens s'agenouillaient en faisant le signe de la croix ou détournaient le regard en filant à la vitesse de mèches. D'autres, plus rares, applaudissaient, hurlant parfois :

— *Barbo, sé Jida ou yé !* (Barbot, t'es qu'un Judas !)

Il est midi. Le vicaire frappe de nouveau à la porte de sa chambre, comme convenu. Mgr Ligondé tient sa lettre des deux mains, cette lettre qui n'est en fait qu'une démission déguisée, même s'il est parfaitement vrai que la fatigue physique et la lassitude morale ne le lâchent plus depuis des mois. Il est tenté de la relire, mais soudain, comme si une force supérieure lui dictait sa volonté, il se voit la déchirer en miettes et la jeter à la poubelle...

28

Gérard Daumec, l'homme de l'ombre, l'œil et l'oreille du Président à vie, celui qui facilitait ses rencontres amoureuses avec la Mulâtresse France Saint-Victor, créature réservée mais dotée d'un solide appétit sexuel, qu'il se plaisait lui aussi à satisfaire, s'attendait, comme d'habitude, à des félicitations. Chaque fois qu'il rédigeait un discours pour le Doc, discours qui serait chaleureusement applaudi, non seulement par le bon peuple et par la presse, mais aussi par l'élite intellectuelle, l'inamovible locataire du Palais national le comblait de remerciements et de cadeaux. Bouteilles de vin français de grand cru, livres d'art offerts par quelque diplomate à l'occasion de la cérémonie de présentation des lettres de créance, montres en or, stylos sertis de pierres précieuses et surtout chèques à tirer sur le compte personnel du Doc à la Banque nationale d'Haïti s'accumulaient dans son appartement. Finaud comme pas un, Daumec se gardait bien de les encaisser trop rapidement. En général, il attendait deux ou trois mois, manière de démontrer à qui de droit que l'argent ne l'intéressait guère, mais qu'il avait foi dans le régime et les valeurs qu'il promouvait. Les valeurs de la race nègre en particulier ! Souvent, au téléphone, au cours de ces interminables conversations auxquelles tous deux prenaient un plaisir infini, il ne pouvait s'empêcher de réciter à son maître, d'une voix pleine d'exaltation, quelque extrait d'Aimé Césaire ou de Léopold Sédar Senghor, en particulier ces quelques vers du premier :

Ma négritude n'est pas une taie d'eau morte sur l'œil
mort de la terre
ma négritude n'est ni une tour ni une cathédrale
elle plonge dans la chair rouge du sol
elle plonge dans la chair ardente du ciel
elle troue l'accablement opaque de sa droite patience

Le Doc grognait de satisfaction, l'expression « grand cri nègre » lui plaisait particulièrement. Un jour, il s'en était ouvert à son confident :

— Savez-vous, mon cher, pourquoi notre Grand Voisin du Nord n'a pas réagi lorsque j'ai fait expulser son ambassadeur ?... Quel pays du tiers-monde pourrait se permettre d'infliger une telle calotte à la plus grande puissance planétaire, dites-le-moi ? Aucun !... Regardez Castro ! Au départ, les Américains ne savaient pas trop sur quel pied danser avec lui, mais du jour où il s'est mis à nationaliser les haciendas et s'est rapproché de la Russie, ils ont entrepris de l'étrangler. Quant à ce bouffon de Trujillo, il a longtemps flatté les Yankees et voilà le résultat ! Personne ne me fera croire que l'attentat qui lui a coûté la vie n'a pas été fomenté par eux !... Mais face à moi, l'homme blanc a mauvaise conscience. Il sait que je suis le descendant de ceux que ses aïeux ont mis en esclavage durant des siècles. Et pas n'importe lequel ! Pas le descendant de ceux, Jamaïcains, Martiniquais, Barbadiens, Trinidadiens ou Brésiliens, auxquels a été octroyée la liberté, mais bien le fils des seuls Nègres d'Amérique qui aient réussi tout à la fois à vaincre l'armée de l'homme blanc et à construire un État nègre libre et indépendant. Le Yankee sait que le Nègre haïtien n'a rien à voir avec les *niggers* de son pays. Que nous marchons la tête haute ! Que nous sommes fiers de notre Histoire ! Alors, il suffit que je pousse le « grand cri nègre » devant eux pour qu'ils baissent la tête. Car ma négritude n'est pas simplement littéraire comme la vôtre, Daumec, elle est aussi et surtout politique.

Le confident du Doc était resté stupéfait, non par la teneur de ses propos, mais parce que c'était la toute première fois qu'il l'entendait parler à la première personne, lui qui disait toujours soit « Duvalier », soit « il », soit « nous », mais jamais « je » ! Quelque chose avait donc changé, qui inquiéta Daumec. Certes, François Duvalier avait beaucoup vieilli depuis ce jour fameux de 1957 au cours duquel il avait remporté la première élection présidentielle vraiment libre d'Haïti ; certes, son diabète et son hypertension lui causaient du souci, mais l'homme était animé par une telle foi dans son destin que rien ne semblait pouvoir l'abattre. Parfois, comme s'il était seul, le Président à vie murmurait :

— Duvalier est immortel, qu'on se le dise !

Craignant que son étoile ne fût en train de pâlir, un autre lorgnant probablement son poste d'éminence grise, Daumec se retira trois jours dans sa propriété de Thomazeau. Là, loin de la capitale et de l'atmosphère délétère qui y régnait, atmosphère de conspiration permanente pour parler crûment, il pouvait se permettre de respirer, de ne pas se tenir en permanence sur ses gardes, de ne pas tourner sa langue trente-douze fois dans sa bouche avant de choisir chaque mot. Quoique l'un des favoris du Doc, des tout premiers même, il mesurait à quel point cette existence, pourtant fastueuse, lui pesait. Il avait vu, au fil des années, nombre de ses amis perdre pied. Tel s'étourdissait dans les bras de maîtresses dont certaines étaient appointées par la police secrète. Tel autre, à l'inverse, du jour au lendemain, se réveillait confit en dévotion, assistait chaque beau matin à la messe et communiait sans même se douter que l'abbé auquel il avait confessé la veille ses péchés s'était empressé de les répéter en haut lieu. Sans compter tous ceux qui, jugeant le fardeau trop lourd, profitaient de déplacements à l'étranger pour ne pas rentrer au bercail – pour déserter, comme préférait les en accuser Papa Doc.

Ce qui avait le plus effaré Daumec était qu'une bonne centaine de médecins, de pharmaciens, de dentistes et

d'enseignants eussent accepté, du jour au lendemain, de
s'exiler au Zaïre à la demande du président de ce lointain
pays, le maréchal Mobutu Sese Seko Nkuku Ngbendu Wa
za Banga. Le « puissant guerrier qui, grâce à son endu-
rance et son inflexibilité, vole de victoire en victoire et ne
laisse que des cendres sur son passage » (puisque tel était,
apparemment, le nouveau prénom de celui que les pères
belges avaient jadis baptisé Joseph-Désiré), venait en effet
de lancer une campagne dite « d'authenticité », autrement
connue sous le nom de « zaïrianisation » : le costume-cravate était remplacé par l'« abacost », le lingala promu
langue officielle à côté du français et les ancestrales reli-
gions bantoues réhabilitées. Dans le même temps, les
coopérants européens étaient priés de faire leurs valises,
ce qui créa un vide qu'il fallut combler au plus vite.
Daumec ne comprenait pas très bien, quant à lui, comment des Nègres désafricanisés et déportés aux Amériques depuis des siècles tels que les Haïtiens pourraient
permettre à des Africains de retrouver leur « authenticité ».
Il s'en était ouvert au Doc qui avait souri :
— Oh, Duvalier, lui, dit « bon débarras » ! La plupart de
ces messieurs-dames étaient de toute façon des tièdes,
sinon des comploteurs en puissance. Nous leur souhai-
tons bon vent !
Puis, s'assombrissant d'un seul coup :
— Cher ami, Duvalier fait de plus en plus souvent de
mauvais rêves... Oh, rien d'inquiétant ni de prémonitoire,
rassurez-vous ! Figurez-vous qu'hier soir, le visage du fils
du roi Christophe nous est apparu... Il était empreint
d'une telle tristesse !
— Le fils du roi Christophe ?
— Daumec, sortez un peu de vos ouvrages de littérature et plongez-vous dans ceux qui traitent de notre Histoire ! Nous vous l'avons déjà recommandé cent fois.
L'Histoire, il n'y a que ça de vrai dans l'existence humaine.
Tout le reste, science, économie, littérature, religion
même, est déterminé par la roue implacable du temps.
Hon ! L'Histoire demeure un insondable mystère, même

pour ceux qui font profession de l'étudier, croyez-en
Duvalier... Il vous disait donc que le visage tragique du
fils de notre grand Christophe l'a hanté une bonne partie
de la nuit. Duvalier suppose que vous ne savez rien de
son destin, n'est-ce pas ?

— Non, monsieur le président. J'avoue platement mon
ignorance...

Duvalier caressa le crâne de Jumelle, son vieil ennemi,
posé sur une pile de dossiers et lui demanda d'un air
rêveur :

— Et toi, Grand Nègre, sais-tu ce qu'il advint du fils de
Christophe ?

Puis, s'adressant à Daumec dans les yeux :

— Il refuse de parler dès l'instant où quelqu'un d'autre
que Duvalier est dans les parages. Sinon, il nous apprend
pas mal de choses fort équivoques. Ha-ha-ha ! Sur vous,
parfois... Oui, il arrive à Jumelle de nous parler de vous,
cher ami...

Daumec était incapable de dire si Papa Doc était
sérieux ou s'il voulait plaisanter. En matière de choses mys-
tiques comme dans tous les autres domaines d'ailleurs, y
compris les plus triviaux, on avait le plus grand mal à
savoir s'il fallait prendre ses déclarations au pied de la
lettre ou au contraire comme de simples métaphores.
Quand, par exemple, il lui arrivait de vitupérer contre les
commerçants du Bord-de-mer, ses ministres se demandaient entre eux s'il s'agissait d'une énième condamnation
de leur frilosité à l'endroit de la Révolution nationale, ou
si, plus concrètement, Papa Doc leur intimait de faire une
descente chez Untel ou Untel pour l'obliger à « cracher du
cob », selon l'expression de Luckner Cambronne, ce qui
revenait à remettre sur-le-champ une pochette remplie de
liasses de dollars au chef macoute qui cognerait, aux
aurores, à la porte de ceux qui avaient été désignés.

— Duvalier vous disait donc que le roi Christophe eut
l'idée folle de confier son fils de neuf ans à un certain
général français, dénommé Boudet, pour qu'il le fît éduquer à Paris. Il remit à cet effet une forte somme d'argent

à ce parrain de circonstance. Eh bien, figurez-vous que Boudet a carrément abandonné l'enfant dans un orphelinat où il est mort de faim et de froid ! Exactement comme Toussaint dans sa prison du fort de Joux, dans le Jura !... Ah, Daumec, tous ces rêves qui hantent nos nuits, à quoi les attribuer ? Duvalier ne saurait le dire. À la lassitude, sans doute...

L'euphorie des premières années du règne s'était donc comme envolée. Celle qui, en 1962, pour l'inauguration de la première Journée de la souveraineté et de la reconnaissance nationales, avait poussé le confident à rédiger un discours qui, pour paraphraser Aimé Césaire, avait « ébranlé les assises du monde ». Toute la presse internationale en avait repris le passage le plus fulgurant, celui qu'avait martelé, au rond-point du Bicentenaire, l'extravagant président de la Croix-Rouge haïtienne de l'époque :

— Ce jour-là, une flamme gigantesque léchera le ciel. Il n'y aura plus ni aube ni crépuscule. Ce sera un Himalaya de cadavres. Un amas de cendres.

Cette menace visait ceux qui, comme agités par quelque fièvre obsidionale, ne cessaient de tenter des débarquements ou d'installer des foyers d'insurrection un peu partout à travers le pays. Désormais, ces mauvaises plaisanteries ne seraient plus tolérées. La Révolution nationale taillerait dans le vif, trancherait ces membres gangrenés par la peste communiste et le choléra capitaliste. Évidemment, les bonnes âmes de l'Occident chrétien étaient montées sur leurs grands chevaux, qualifiant ce discours d'« hitlérien », pas moins. Sept ambassadeurs de puissances occidentales avaient demandé à être reçus au Palais national et y avaient déposé une note de protestation. Papa Doc avait ricané :

— Fidélio, tu n'auras plus à t'acheter du papier hygiénique pendant quelque temps. Tiens, prend ça et torche-toi les fesses avec !

Pendant cette période bénie, la plume de Gérard Daumec savait répondre du tac au tac. Sa combativité avait rabaissé la caquetoire de plus d'un diplomate, à commencer par ce Monteil, représentant la France, auquel il avait adressé une missive de douze pages dont les principaux extraits avaient été publiés pendant une semaine dans *Le Matin* et *Le Nouvelliste*. Il en avait conservé une copie qu'il lui arrivait de relire avec délectation, chaque fois qu'Haïti était mise sur la sellette dans quelque enceinte internationale :

Votre Excellence,

Ce n'est pas faire injure à votre personne et à votre pays, ainsi qu'au continent auquel il appartient, de vous rappeler que les vôtres, des siècles durant, déportèrent d'Afrique des millions d'Africains pour les transformer en esclaves, tant sur cette île que dans le reste des Antilles et sur le continent américain. Faut-il aussi mentionner que ces pauvres hères venaient remplacer les populations autochtones – Tainos, Caraïbes, Mayas, Cheyennes, Quechuas et autres – que les vôtres avaient massacrées sans la moindre pitié ? Ajoutez à cela l'extermination des Juifs d'Europe et vous admettrez que l'Europe est coupable des trois plus horribles crimes contre l'humanité de l'ère moderne.

S'il existe donc un pays qui est bien mal placé pour donner des leçons aux autres, c'est bien la France. S'il existe un continent qui s'est acharné à détruire l'homme partout où il l'a rencontré, c'est bien l'Europe. Vous rétorquerez, je suppose, que c'est de votre civilisation qu'émanent aussi ces choses admirables que sont le libre arbitre, l'habeas corpus, la Déclaration universelle des droits de l'homme, la démocratie et j'en passe. J'en conviens volontiers, à ceci près que tout cela ne nous fut jamais appliqué, à nous les non-Blancs, comme vous dites.

Notre peuple, le peuple haïtien, a conquis sa liberté de haute lutte. Il n'a pour cela demandé l'aide d'aucune nation, contrairement à d'autres qui, vaincues, n'hésitèrent pas à collaborer avec l'ennemi, avant de solliciter piteusement l'aide de

*leurs alliés naturels. Nous avons tenu seuls le flam-
beau des peuples opprimés et à cause de cela, rien
ne nous a été pardonné. Pendant tout le XIXᵉ siècle,
les puissances européennes, avec la complicité
active des États-Unis, en dépit du discours d'unité
américaine tenu par ces derniers, ont tout mis en
œuvre pour nous faire chuter. Il ne fallait pas permettre à des Nègres de démontrer qu'ils pouvaient
s'autogouverner au moment même où, à Berlin,
on s'apprêtait à dépecer l'Afrique.*

Aujourd'hui, Daumec se sentait incapable de rédiger
ces répliques cinglantes qui avaient contribué à bâtir son
image de mousquetaire de la Révolution nationale. Incapable de trouver ces formules ou ces slogans-chocs qui ren-
voyaient l'adversaire dans les cordes, comme l'année où
ces fainéants de sénateurs, sous la houlette du sieur Jean
Bélisaire, s'étaient permis de dénoncer « les violations répétées de notre Constitution et les multiples entraves à la
démocratie ». Si la police secrète s'était chargée d'éventer un
complot (en réalité, de l'inventer), exhibant pas moins
d'une centaine de grenades découvertes dans un atelier
clandestin, c'était lui, Daumec, qui avait permis au Doc de
reprendre les choses en main. Lui, et personne d'autre,
qui avait eu l'idée d'une vaste campagne d'affichage que
les gens sachant lire surnommèrent « les trois D » :

> DIEU, l'immense créateur de l'univers,
> DESSALINES, le suprême artisan de notre liberté,
> DUVALIER, l'architecte de l'Haïti nouvelle.

Évidemment, les traîtres à la patrie et la presse internationale s'en étaient gaussés, mais son efficacité n'avait
pu être mise en doute, puisque le calme revint pendant de
longs mois. D'ailleurs, les miliciens s'étaient même donné
la peine d'apprendre ces phrases par cœur, eux qui, pour
la plupart, étaient en délicatesse avec la langue française,
et les scandaient au cours de leurs défilés.

— Un triomphe total, cher ami ! l'avait félicité le Président à vie.

Thomazeau était une villégiature reposante qui présentait l'avantage de n'être pas trop éloignée de la capitale. Le morne peu élevé au flanc duquel Daumec avait fait construire sa superbe villa conservait un semblant de couvert végétal, si bien que l'air y était moins étouffant que dans la ville même. Le confident du Doc regretta de n'y avoir pas séjourné plus souvent. Pourtant ses Nègres-de-jardin y avaient fait des merveilles : manguiers, tamariniers, orangers et goyaviers y prospéraient au mitan de massifs de fleurs bien entretenus. À la vérité, cette maison était son havre, tout le contraire de son appartement de Port-au-Prince où défilaient à toute heure du jour, et même de la nuit, écrivains en mal de reconnaissance, solliciteurs de toutes sortes, barons du régime et femmes toujours prêtes à sacrifier leur vertu (ou le peu qui en restait) sur l'autel de leurs ambitions. Ici, à Thomazeau, tout était différent. À part France Saint-Victor, la maîtresse du Doc, aucune créature féminine n'avait jamais dormi dans la villa, quoiqu'elle possédât pas moins de cinq chambres. C'est en y pensant que Daumec eut une illumination. Et si la froideur de Papa Doc à son égard, le fait qu'il ne lui téléphonait plus aussi fréquemment, avait un rapport avec cette Mulâtresse au visage sévère qui officiait comme secrétaire particulière du ministre de l'Intérieur ? Grâce à Daumec, la liaison du Président à vie avait pu, par miracle, demeurer secrète depuis des années. Pas une allusion, pas la moindre insinuation, le ragot le plus anodin à ce sujet, ni dans la bouche des courtisans et des Grands Nègres, ni dans la prose des opposants au régime. Là encore, triomphe total !

Lorsqu'il comprit que France nourrissait un penchant pour sa personne, chose qu'elle s'employait à dissimuler, Daumec avait été tout bonnement pris de tremblade. Jusque-là, il n'avait guère prêté attention à cette créature réservée, sans une once de cette hautaineté propre à sa race. Il était même convaincu qu'elle livrait son corps au Doc comme une forme de sacerdoce, ou plutôt comme une manière de compensation pour tous les méfaits que les Mulâtres ne cessaient de perpétrer contre le régime. Daumec avait le plus grand mal à imaginer la jeune femme délicate se livrant au commerce charnel avec le vieil homme aux cheveux blanchis et aux gestes tantôt hésitants, tantôt brusques. Il y voyait même une sorte d'incongruité, nécessaire toutefois, pensait-il, à l'équilibre du Doc dont l'épouse, Manman Simone, ne lui semblait être qu'une mégère. France Saint-Victor l'avait attaqué à l'aide d'une simple phrase face à laquelle il lui fut impossible de se défausser :

— Vous ne voulez donc pas de moi ?

À l'époque, victime d'une attaque cardiaque, le Président à vie avait dû garder la chambre pendant près de deux mois. Il était soigné par des médecins locaux, vite secondés par des collègues de l'US Navy débarqués d'un patrouilleur basé à Guantanamo qui, par chance, se trouvait à quelques miles des eaux territoriales haïtiennes. L'entourage du malade était pessimiste. Chacun pensait déjà à son avenir. Était-ce là ce qui avait poussé la Mulâtresse à lui faire des avances ? Aujourd'hui encore, il l'ignorait. Toujours est-il qu'il l'emmena aussitôt à Thomazeau où tous deux découvrirent, non sans stupéfaction, qu'ils étaient faits l'un pour l'autre. Sexuellement, s'entend. Pour la première fois de sa vie, Daumec éprouva ce sentiment qu'il avait souvent célébré dans ses poèmes, l'amour-passion, mais qui n'était pour lui qu'un mot, une expression vide de sens. C'est qu'il n'avait jamais rien mis au-dessus du pouvoir et de la littérature. Et surtout pas les femmes ! Celles-ci ne faisaient que transiter dans son lit, deux jours, dix jours, rarement plus d'un mois. Chacune était dûment prévenue :

— Daumec ne s'attache pas ! Que les choses soient bien claires entre nous.

Avec France Saint-Victor, ces beaux préceptes s'effondrèrent net. Il déploya mille fois plus de ruses pour protéger leur liaison que celles qu'il avait mises en œuvre pour empêcher que quiconque eût le moindre début d'amorce de soupçon sur les liens véritables que la Mulâtresse entretenait avec Papa Doc. Il évita désormais de lui faire la conversation lors des cocktails au Palais national, se mit à déblatérer à tout bout de champ contre les Mulâtres et s'indigna publiquement que la demoiselle Élodie Levasseur eût refusé d'accorder une danse au lieutenant Désinor, dont il vantait les mérites à qui de droit. Il ne fut pas pour rien dans l'ascension fulgurante du jeune officier, quoiqu'il eût à s'en mordre les doigts quelques années plus tard. Encore que, tout comme le Président à vie, il demeurait persuadé que la véritable explication du coup de folie de Désinor, ce coup d'État mal préparé qui avait fini en boucherie, tenait à la blessure secrète que lui avait infligée cette pimbêche. Devenu donc aux yeux de tous un anti-Mulâtre enragé, Daumec put continuer tranquillement à cocufier son maître. Nouveau triomphe total, oui !

Il était sur le point de choisir entre se raser et aller déjeuner quand l'une de ses servantes tambourina à la porte de sa chambre. D'ordinaire, aucune ne se permettait ce genre de familiarité. Il sortit des toilettes, vaguement inquiet.

— *Makout-yo la, mouché Daumek !* (Les macoutes sont là, monsieur Daumec !)

Soudain très calme, le confident du Doc ouvrit le coffre-fort dans lequel il conservait des liquidités et quelques lettres d'amicalité de Papa Doc. Il en tira un P.38 qu'il n'avait pas encore eu l'occasion d'utiliser, caressa l'arme tandis qu'un concert de voix énervées se faisait entendre au salon. Au moment où il enfonça le canon dans sa bouche, une grappe d'individus en bleu de chauffe défoncèrent la porte de sa chambre et se ruèrent sur lui, le désarmant juste à temps.

❧

Yo di-m... (On dit que...)

Le favori du Doc est très fatigué, messieurs-dames. Fatigué-fatigué-fatigué, oui ! À tel point qu'on a dû l'hospitaliser dans une clinique de Pétionville...

Non, il n'est pas fatigué du tout, les amis ! Il a fait une crise de nerfs. C'est quelque chose qui arrive à tout le monde. Avec toute la tension qui règne en ce moment : les Américains qui nous embêtent, les Dominicains qui maltraitent nos coupeurs de canne, Castro qui nous envoie des guérilleros, le pape qui recommence à mettre son nez dans l'ordination de nos évêques, le cours du café qui ne cesse de s'effondrer, la presse internationale qui nous tape dessus régulièrement... Hé ! n'oublions pas l'ONU, qui s'ingénie à nous mettre au ban des nations.

Mais tout passe et il s'en remettra, le bougre...

29

À La Saline, à Carrefour, à Bourdon, à Bizoton, à Bel-Air, à Turgeau, à Cité Soleil et dans d'innumérables lieux où le dénantissement, la faim, les maladies, la violence règnent en maîtres, mais aussi dans les faubourgs de Jacmel et de Jérémie, sur les hauteurs du Cap, dans les campagnes désolées de Saint-Marc et des Gonaïves, à travers les étendues désertiques séparant le Môle Saint-Nicolas de Bombardopolis, partout, des voix s'élèvent. Des voix qu'on jurerait habitées par la déraisonnerie, tant elles s'escriment à damer le pion aux habituelles clameurs du jour. Des voix qui stupéfient. Qui glacent le sang. Et ceux ou celles dont elles émanent, bras haut levés, yeux exorbités, interpellent le ciel, s'appliquant à tourner en rond sur leur carcasse, sur leur cadavre-corps, véritables derviches égarés sous le soleil implacable des Caraïbes.

Il y a la voix, ravinée, de celle qui exige qu'on la nomme Désirée-la-folle. C'est une drôlesse, jadis plus émotionnante qu'une nuit d'hivernage, aujourd'hui plus vieillie que la vieillesse elle-même, alors qu'elle n'a pas encore trente ans sur sa tête, et dont on dit qu'elle couve son chagrin à la manière d'une mère poule. Elle surgit au détour d'un corridor, s'assied dans la poussière parsemée de débris et s'enveloppe tout entière dans un morceau de

413

toile de jute. En dessous, elle est nue. Invisible ainsi, elle se met à hurler-hurler-hurler. Elle réclame Mario Rameau et nulle autre qu'elle ne sait à qui appartient ce beau nom. On s'assemble autour de l'étrange créature et on écoute sa douleur. Sans compatir ni faire montre d'indifférence. On écoute, c'est tout ! De loin en loin, une bribe de parole s'échappe de l'en-bas de la toile. Alors les plus stoïques, ceux qui n'ont pas pris la discampette, l'accolent aux autres bribes, ce qui demande une infinie patience, jusqu'à tisser un improbable récit.

Voilà. Mario Rameau, natif de l'Arcahaie, avait grimpé à bord d'un taptap, le premier qui passait sur la route, sans même s'enquérir de sa destination, et avait posé son baluchon à l'entrée de La Saline trois heures plus tard. Il n'y bougea pas pendant un siècle de temps. À chacun il lançait : « Honneur ! » et chacun lui répondait : « Respect ! », mais sans rien demander à quiconque. Sur son visage se lisait une détermination farouche. Combien de jours et de nuits demeura-t-il dans cette posture ? Nul ne le sait. Désirée, qui avait encore tous ses esprits, lui avait déposé, à distance respectueuse, une demi-calebasse de riz et une timbale de clairin. Il n'y avait point touché. Puis, par le miracle de l'amour, ils se mirent en case deux jours plus tard. Nul n'y trouva rien à redire. Ici-là, les couples se font et se défont tellement vite qu'on n'a guère le temps de savoir qui est ou était avec qui. C'est que souvent lassée de croupir dans la plus ignoble des crassitudes, une mère décide de charroyer-aller ses enfants ailleurs, sans en avertir son homme, ou bien c'est ce dernier lui-même qui s'absente pour toujours. D'ailleurs, qui connaît le vrai nom de celui ou celle qui partage sa couche ? Qui sait qui dit vrai quant à son lieu d'origine ? Les cours-à-fourmis grouillent de toutes qualités d'âmes en peine qui n'ont de cesse de divaguer à travers l'En-Ville, débarquant ici un beau matin et affirmant s'appeler Jacques-André Plumier, natif-natal de Ouanaminthe, ou Gisèle Morvan, fille des contreforts de la grandiose montagne de la Hotte. Tantôt on se proclame cordonnier ou ferrailleur, vendeur d'eau à la criée ou cuisinière, parfois mécanicien ou couturière. C'est selon. Alors ce Mario Rameau, allez savoir !

En tout cas, il s'agissait d'un bougre travaillant dans l'âme car très vite il trouva un poste de bœuf-chaîne à bord d'un taptap qui faisait la ligne Croix-des-Bouquets-place du Bicentenaire. Son rôle : monter-descendre l'échelle située à l'arrière de l'autobus afin d'y charger-décharger, à longueur de journée, toutes qualités de baluchons, paniers, mallettes ou cartons. Sept arrêts entre les deux terminus. Sept stations de croix. Mais Mario Rameau ne se plaint jamais. Il sue, il souffle, il ahane, il raidit ses muscles, il gigote, sans mollir d'une maille. Le soir, il rapporte l'entier de sa paye à Désirée qui, elle, vend du maïs grillé. À eux deux, ils parviennent tout juste à garder la tête hors de l'eau, mais un sourire décore en permanence leurs lèvres. « Grâce à l'amour, tout est possible, s'enflamme la jeune femme, même l'impossible ! » Le voisinage s'émeut d'une telle grâce au beau mitan de tant de fatras et de désarroi. « Désirée et Mario, deux anges égarés en enfer », commentent les vieilles Négresses édentées.

Mais, la fatalité est une chienne. Une chienne qui veille au coin de la rue, le regard vide, les oreilles pendantes. Ce qui veut dire que Mario s'est fait enrôler dans la Milice. Nul ne sait comment. Même pas sa chère et tendre dulcinée. Du jour où il endosse l'uniforme bleu de chauffe et le foulard rouge, il devient un autre homme : arrogant, brutal, irritable surtout, soupçonneux pour un rien. Un autre homme, oui ! Alors, Désirée s'efforce de comprendre. Elle pose des questions de biais, l'air de rien. Elle s'efforce de conserver sa gaieté. Mais c'est peine perdue, oui ! Mario, le Tonton macoute, la frappe, la calotte. Il est désormais habité par une fièvre malsaine. Une nuit, il rentre saoul et tire au hasard dans le corridor, blessant des passants. Aussitôt le quartier se soulève et bombarde leur case à coups de roches. Mario riposte jusqu'à ce qu'il n'ait plus de munitions. Terrorisée, Désirée voit s'écrouler cloisons et toiture en tôle ondulée. Table, chaises en paille et lit pliant sont incendiés. Sa vie bascule dans l'innommable.

À la fin des fins, ce qui devait arriver arrive, une escouade de policiers vient arrêter son Mario que personne ne reverra plus jamais. Désirée n'a pas la force de se jeter à leurs pieds et de les supplier :

— C'est mon homme à moi ! Laissez-lui un brin de chance !

Non, elle n'en a plus la force...

Et ne sont pas oubliés non plus, dans l'interminable liste des disparus, les noms d'Isaac Louissant, de Polynice Renard, de Gérard Mornay, de Willemain Riché, de Jean Timoléon, de Marie-Thérèse Serval, de Jean-Pierre Saint-Villus, surnommé Ti Diable. Ce dernier était le roi de Carrefour-Feuille. Il y organisait à la période du carnaval des défilés extraordinaires dont il prenait la tête, vêtu d'un costume rouge et d'un masque effrayant fabriqué à l'aide d'une tête de bœuf. Son fouet lesté de plomb donnait le *la*, martelant sans relâche l'asphalte défoncé. Les tambours s'alignaient sans discuter au diapason de son rythme-rara et les brusques changements qu'il lui imposait. Trois jours durant, Ti Diable apportait le bonheur dans ce margouillis de huttes et d'amas d'ordures. L'immonde s'estompait. L'ignoble reculait de cent pas. Ceux qui avaient faim en oubliaient les doléances de leur estomac. Les malades, les aveugles, les culs-de-jatte, les syphilitiques, les poitrinaires envoyaient valdinguer leurs souffrances. Surtout que Ti Diable semblait disposer d'une réserve inépuisable de tafia ! Il apportait aussi de flamboyants déguisements, ordonnant à celui-ci de se muer en marquis, à celui-là en corsaire. À tel autre, en guerrier du Dahomey. Alors, le Dimanche gras exultait, le Lundi gras virevoltait, le Mardi gras explosait. La bande carnavalesque de Carrefour-Feuille investissait les grandes avenues, lançant des défis à celles de Cité Soleil, de La Saline ou de Bel-Air. C'était à qui taperait plus fort sur les bidons, à qui hurlerait des chanters comiques ou salaces le plus longtemps. Et Ti Diable, toujours au premier rang, véritable général sur le champ de bataille, d'actionner son célèbre fouet qui soulevait des nuages de poussière, insufflant une qualité de panique chez les femmes et la marmaille. Au lendemain des festivités, le télé-gueule donnait toujours sa bande gagnante, quand bien même les radios lui préféraient les défilés compassés et propres sur eux des petits-bourgeois de Delmas ou de Bois-Verna.

Oui, Ti Diable était un roi ! Le roi du carnaval des quartiers plébéiens de Port-au-Prince. Cela finit par déplaire. À qui ? Nul ne le sut jamais. Pourtant, la police n'eut jamais à signaler le moindre débordement ni à noter le moindre slogan hostile au régime. Tout revenait à la normale une fois masques, déguisements et tambours rangés. La male-vie reprenait ses droits. Implacable. Et il n'y avait personne pour rechigner, surtout pas Ti Diable. Évangéliste fervent le reste de l'année, il croyait dur comme fer que les pauvres seraient récompensés au paradis. Tenter de changer la vie en ce bas-monde était rien moins qu'une perte de temps. Pourtant, on le retrouva crucifié à un poteau électrique qui ne fonctionnait que trois ou quatre jours dans le mois, le corps dénudé et lacéré de coups de machette, le crâne enfoncé.

Raymond Lescouflair, Denise Prophète, Massius Magloire, René Péan, Wilson Racine, Édouard Jourdan, Claude Verdimer, Moriac Saint-Preux, Flaubert Pierre, André Riobé, Jean Picault, Anacius Charlot et tous les autres qui furent voltigés dans les ténèbres extérieures, vos noms ne seront jamais effacés ! Il y aura toujours une voix, dix voix, cent même, qui les rappelleront, qui les martèleront à la face du jour. Car qui peut faire taire une litanie ? Qui peut éteindre au cœur de l'homme la minuscule flamme qui, au mitan de la plus absolue détresse, continue d'éclairer ?

Personne, non !

Mais s'il n'y avait que les pauvres, les rejetés, tous ceux que la vie a fracassés ! Or, même parmi les gens qui mangent à leur faim tous les jours, ceux qui possèdent un toit et un salaire décent, surtout ceux qui ont le malheur d'être de teint clair, le malheur a aussi frappé sans la moindre pitié. Ainsi, à Bois-Verna, même le vent continue à murmurer le nom des Sansaricq. Des audiences tristes, tenues au coin des rues, furtivement tenues, racontent l'horreur qu'a subie cette famille. C'était quand Viledrouin et ses douze apôtres, plus fous de la bonne qualité de folie, oui, débarquèrent, lourdement armés, dans une anse isolée de Jérémie. D'abord, ils mirent en déroute la garnison mal entraînée qui tenait la ville, sans toutefois réussir à en prendre le contrôle, puis ils gagnèrent les montagnes d'où il fut très difficile de les déloger. Par téléphone, le Doc lui-même prit l'affaire en main. Son leitmotiv était sans appel :

— Tuez les familles des rebelles !

Alors, bras dans bras, militaires et miliciens, pour une fois unis, massacrèrent tous ceux qui portaient le même nom que les treize hommes. Des portes furent défoncées en pleine nuit, des hommes abattus dans leur sommeil, des femmes violées avant d'être égorgées, des enfants découpés à la machette. Bientôt, Jérémie se métamorphosa en un lac de sang. Le mauvais pavé des rues en était rougi en permanence car, en plein jour aussi, la chasse à l'homme continua. Certains avaient beau clamer leur innocence, tenter de prouver qu'ils n'avaient aucun lien de parenté avec tel ou tel suspect bien qu'ils portassent le même patronyme, rien n'y fit ! L'abominable atteignit son paroxysme lorsque débarquèrent les renforts venus des Cayes, de Jacmel et de Léogane. Une semaine durant la ville fut bouclée. L'électricité, le téléphone et l'eau furent coupés dans les quelques quartiers qui en recevaient. La circulation, y compris celle des camions de marchandises, interdite. Le Doc avait décrété Jérémie ville morte, au sens propre. Seul lien de ses habitants avec le monde extérieur, la Radio nationale braillait sans relâche, entre deux morceaux de musique cérémonielle vaudoue :

— *Koupé tet, boulé kay ! Nou p-ap kité gnou sel kamoken vivan !* (Coupez les têtes, brûlez les maisons ! Nous ne laisserons aucun communiste en vie !)

Au troisième jour de cette boucherie, une voix masculine, mais qu'on devinait être celle d'une femme, s'interposa entre ces diatribes pour annoncer en créole, puis en français :

— Citoyens haïtiens, frères et sœurs de la première république noire du monde, nous venons d'apprendre par notre ambassade à Mexico que, parmi le quarteron de traîtres à la patrie qui a vainement tenté de s'emparer du pouvoir, se trouve un dénommé Sansaricq, étudiant là-bas. Faites que ce nom désormais honni soit rayé à tout jamais ! Que sur l'ensemble du territoire de la République, toute personne qui le porte soit immédiatement arrêtée !

En fait, le patronyme Sansaricq n'était fréquent que dans le Sud, en particulier à Jérémie. Les macoutes ne mirent guère de temps à encercler la maison familiale de l'étudiant. Située à l'écart du centre-ville, sur une éminence ombragée par des tamariniers, elle était entourée d'un jardin non clôturé. Composée de plusieurs corps de bâtiment, elle abritait tout une parentèle au sein de laquelle, suite à des mariages et des remariages, on ne portait pas le même nom, quoique chacun eût peu ou prou du sang des Sansaricq dans les veines. Les femmes et les enfants furent séparés des hommes. Les premières furent brutalement dénudées, puis violées, avant d'être torturées au couteau. À celle-là, on coupa les deux oreilles, à telle autre le téton. À celles qui hurlaient le plus, clamant que leur fils, neveu ou cousin n'avait rien à voir avec le mouvement de sédition, on enfonça des bouteilles de bière dans l'anus jusqu'à ce qu'il en jaillisse du sang. Mme Sansaricq mère eut droit à un traitement spécial : on lui larda les fesses à coups de machette avant de lui planter un piquet effilé en plein nombril. Ce temps durant, ceux d'entre les macoutes qui ne participaient pas à ces actes sadiques démolissaient meubles, tableaux, vaisselle, lits, déchirant consciencieusement les livres de la bibliothèque de Sansaricq père avant de les piétiner ou de cracher dessus. Quant aux enfants, tétanisés, ils cessèrent de pleurer et tombèrent dans un état de prostration qui n'émut point la horde vêtue en bleu de chauffe. On les empoigna par le cou et les envoya valdinguer contre les murs de la maison dans d'immondes éclats de rire. Sang et cervelles mêlés maculèrent le sol, dégageant une odeur fétide. Dans un coin du jardin, les hommes Sansaricq étaient soumis à la question :

— *Pouki gason-ou fè bagay-saa ?* (Pourquoi votre garçon a-t-il fait ça ?) leur hurlait-on.

419

Et eux de répondre, le souffle coupé par les coups de pieds dont on bourrait leur ventre :

— *Li p-ap fè anyen ! Bagay-saa sé manti...* (Il n'a rien fait ! Tout ça, c'est des mensonges...)

Le chef des miliciens, hors de lui, leur creva les yeux un à un à l'aide du canon de son fusil en bramant :

— *Sansarik sé kamoken yo yé ! Sansarik sé zobop yo yé ! Sansark sé vlanbendeng yo yé ! Sansarik pa dwet viv ankò !* (Les Sansaricq, c'est des communistes ! Les Sansaricq, c'est des sorciers ! Les Sansaricq, c'est des bandits de grand chemin ! Ils n'ont plus le droit de vivre !)

Une foule en état de surexcitation, montée des bas quartiers de Jérémie, avait entouré les lieux et glapissait, elle aussi, des accusations toutes plus invraisemblables les unes que les autres. Les Sansaricq, en effet, étaient connus pour être des gens sans histoire, qui ne se mêlaient pas de politique et qui, bien que mulâtres et relativement fortunés, ne morguaient pas le *vulgum pecus*. Qui avait bien pu inventer que leur fils, étudiant au pays des Aztèques, faisait partie du commando rebelle ? Qui pouvait leur en vouloir au point de les faire passer pour des ennemis jurés du Président à vie ? Le mystère demeura entier.

Toujours est-il que la litanie de leurs noms, la litanie des massacrés fut chantée longtemps, à voix basse, sous les vérandas par les après-midi d'écrasante chaleur. Longue plainte sans terminaison qui se dissolvait à-mesure-à mesure que s'éteignaient ceux qui les avaient personnellement connus. Les « vêpres jérémiennes », comme on appelait désormais cet événement, s'inscrivirent à jamais dans les heures sombres de l'histoire nationale.

On se souvint aussi qu'après que la dernière des Sansaricq, une vieille femme paralysée, fut démantibulée et projetée dans l'incendie qui ravagea le corps de bâtiment, un milicien parut, essoufflé d'avoir couru à toutes jambes. Il portait un télégramme émanant du Palais national. Ce message laconique disait :

N'EXÉCUTEZ PAS FAMILLE SANSARICQ – STOP – FILS SANSARICQ TOUJOURS À MEXICO – STOP – PRÉSIDENT DUVALIER.

30

SOLILOQUE ULTIME DU Président à vie

— Voici qu'inexorablement nous sentons monter autour de nous, en nous, la nuit ! Duvalier observe impuissant la venue des ténèbres et, ô surprise, elles ne sont point ce gouffre obscur qu'il redoutait, mais une sorte d'épais manteau glacé et lumineux. Comme une banquise à la dérive, guidée par d'invisibles astres ou quelque divinité implacable. Chaque jour, elle s'approche, interposant une distance entre le monde et lui, distance qui s'élargit au fur et à mesure et ce sont des voix étouffées qui parviennent à ses oreilles, ce sont des gestes qu'il perçoit tantôt plus lents, tantôt brusques, comme dans un film muet. C'est une certaine saveur des choses les plus simples qui s'affaiblit, se dissout même, jusqu'à rendre le merveilleux café de l'Artibonite aussi fade qu'une tisane.

Nous avons souvent médité sur l'expression « au soir de la vie ». Belle métaphore usée par les siècles, mais qui est parvenue à conserver presque intact tout ce lot de mélancolie qu'elle charroie. Pour quelqu'un qui a si souvent côtoyé la mort, comme nous, et ce depuis l'époque où, jeune médecin, nous assistions impuissant au spectacle de ces campagnardes qui, désespérées de voir le pian ravager l'épiderme de leur marmaille, les frottaient avec une énergie féroce à l'aide d'épines de cactus, nous avons appris à deviner le moment où elle se décide à s'approcher de vous, à vous renifler comme le vieux chien galeux qu'elle est, à tourner-virer autour de vous, inlassablement, sans jamais bailler l'impression d'être pressée. Ses macaqueries, pour effrayantes qu'elles soient, sont drapées d'une étrange sérénité et, paradoxalement, à l'instant ultime, nous avons vu une brusque lueur d'allégresse traverser le regard de maints agonisants.

Il est parfois arrivé à Duvalier, moins souvent que le prétendent ses adversaires, de porter le « coup de grâce » à tel ou tel opposant à la prison de Fort-Dimanche. Ce n'est pas pour rien que la langue française le nomme ainsi. Duvalier a toujours entendu le mot « grâce » non point comme un équivalent de « merci », mais comme une sorte d'élévation subite, quoique fort brève, de l'être. La mort, au moment où elle nous frappe, nous grandit, transforme l'individu le plus insignifiant en une créature sublime, avant de le jeter sur son lit ou à même le sol, comme un pantin désarticulé et laid. Ce tas de chair immonde révulse, foin d'hypocrisie, l'âme la plus charitable. La mort est laide. Ou plutôt l'après-mort, car il faudrait – y a-t-il des langues qui le font ? – distinguer les deux moments, différencier la seconde terrible au cours de laquelle notre souffle vital s'en va de ce temps insupportable, interminable même, qui s'étale entre le moment où l'on nous ferme les yeux et celui où l'on nous porte en terre. Ce moment à partir duquel nous rejoignons la condition pleinement animale.

Nous ignorons si notre fils, Jean-Claude, pourra prendre notre succession. Duvalier a tout mis en œuvre pour qu'il puisse tenir les rênes de cette nation impossible, de cet accident de l'Histoire qui, longtemps, défia le monde et qui depuis semble en être devenue une vilaine caricature. Dans leurs opuscules et leurs libelles, ceux qui se sont employés, des années durant, à renverser notre régime ont souvent affirmé que Duvalier n'aimait pas Haïti. Pas d'amour vrai, en tout cas. Ils l'ont peint en satrape, en tyran sanguinaire, qui a plongé son peuple dans le désespoir et a contraint ses plus brillants cerveaux à l'exil. Ils ont fait le compte, quasi maniaque, des emprisonnés, des disparus, des fusillés, criant et hurlant sur tous les toits que le docteur François Duvalier n'a jamais aimé qu'une chose, une seule chose : le sang. Ils n'ont jamais su à quel point cette accusation, répétée à l'envi, ressassée dans la presse internationale et dans maints ouvrages, lui a ôté jusqu'au goût de sourire d'un bon mot. D'apprécier le port de tête ou la cambrure d'une belle Négresse. De humer simplement, au devant-jour, les senteurs qui montent, enivrantes, de cette terre blessée. Certes, il a toujours cherché à faire bonne figure. Il a donné le change, conservant un visage introublé, n'élevant que rarement la voix en public. Duvalier, le tyran hiératique, a-t-on écrit ! Duvalier, l'homme dépourvu de la moindre sensibilité, celui que laisse indifférent la faim qui taraude son peuple ! Que savent-ils de nous, ces contempteurs ? Ils ignorent que, plusieurs fois, nous avons eu la tentation de démissionner et de partir définitivement en Afrique, où nous étions sûr de pouvoir jouir, grâce à nos pairs de là-bas, d'une existence dorée ? Pourtant, Duvalier n'en a rien fait. Il a tenu le gouvernail d'Haïti sans mollir d'une maille. Il a tenté de toutes ses forces de hisser cet État créé par des esclaves dépourvus d'éducation formelle au niveau des plus honorables de la planète.

A-t-il échoué ? Il ne sait.

L'Histoire, final de compte, ne nous a pas livré ses secrets, bien que nous ayons passé l'entier d'une vie à la sonder. Ils sont plus obscurs que tous ceux auxquels la science, même la plus moderne, est confrontée. L'homme a réussi l'exploit de poser le pied sur la Lune, il ira sur Mars et sur Saturne. Ce n'est qu'une question de temps. Il parviendra à soigner les maladies les plus implacables et sans doute à allonger l'espérance de vie du plus grand nombre. Mais qui expliquera les mouvements secrets du cœur humain ? Quelle machine pourra jamais pénétrer les recoins les plus obscurs de notre cerveau, en étudier les méandres les plus tortueux ? Car tout part de là, de l'homme, sans lequel l'Histoire n'existerait pas.

À ce propos, dès l'époque où, jeune adolescent avide de savoir, il buvait les paroles de son professeur de philosophie au lycée Pétion, Duvalier a toujours souri en constatant qu'au fond la philosophie occidentale tourne autour d'une seule et sempiternelle préoccupation, qu'elle nomme d'une fort belle expression : « la finitude de l'existence humaine ». Expression belle, mais idiote, stupide même ! À l'entendre, nous serions hantés par notre fin programmée, chacune de nos paroles, chacun de nos gestes serait habité par la conscience sourde que nous en avons. Ce n'est point vrai ! Pourquoi ? Parce que, si tout homme avait la certitude de mourir à l'âge de quatre-vingt-quinze ans et en relative bonne santé, aucun chrétien-vivant ne craindrait la mort. Aucun ! Ce qui nous angoisse en réalité, ce n'est point de devoir quitter ce monde, mais d'ignorer le moment exact. Et aussi la possibilité, la probabilité plutôt, que cet événement se produise trop tôt. La mort d'un enfant ou d'un homme en pleine force de l'âge, voilà le vrai scandale ! La mort d'une femme en couches aussi. Mais tous les vieillards que Duvalier a côtoyés, à travers les campagnes et les mornes, quand il éradiquait le pian, ne souhaitaient que de partir. Ils lui demandaient, incrédules : « *Pouki Gran-Met la bliyé-m ?* » (Pourquoi le Bondieu m'a-t-il oublié ?) Vient, en effet, le moment où une immense lassitude de vivre vous envahit, où vous avez la certitude d'avoir fait le tour des hommes, des sentiments, des idées et des choses matérielles. Où vous n'avez plus rien à en apprendre. Où plus rien n'a d'emprise sur votre âme. Vous devenez une manière de bois mort. Une roche que ni le vent, ni la pluie, ni le soleil n'atteignent plus.

Ce moment-là est arrivé pour Duvalier.

Il n'a jamais craint la mort. Il lui est désormais indifférent qu'elle survienne ici et maintenant, pendant qu'il arpente les couloirs désertés du Palais national et que son valet Fidélio guette l'heure où il devra lui préparer son bain. Ah ! Duvalier sait que même lui le croit un peu fou. Comme ces traîtres que nous avons un jour eu le malheur d'élever aux plus hautes fonctions de la République et qui, une fois enfuis à l'étranger, se répandent dans la presse des Blancs pour dire que Papa Doc est un dérangé mental. Qu'il l'a toujours été. Que ses proches savent qu'il parle à haute voix quand il se croit seul. Qu'il radote les mêmes discours ampoulés sur la destinée tragique d'Haïti. Ces imbéciles ignorent que certains hommes, que les grands hommes ont besoin de penser à haute voix. Seuls les esprits médiocres et les êtres sans destinée glorieuse calculent en leur for intérieur, mijotant de misérables intrigues, supputant des gains forcément éphémères.

Duvalier est parti de rien, de la crasse, de la chiennaille. Du quartier Bas-peu-de-chose le justement nommé. Qu'on se garde de l'oublier ! Quand il a peu à peu accédé à d'éminentes fonctions, il s'est toujours défié du moindre luxe. Il a toujours abhorré l'ostentation et la vaine gloriole. Que de fois, à l'époque où il fut nommé secrétaire d'État à la Santé, sa chère Simone-Ovide ne lui a-t-elle pas cherché querelle parce qu'il refusait d'acheter un réfrigérateur ? « Je suis obligé d'aller quémander des glaçons à nos voisins, tu te rends compte, François ! Quelle honte ! » Duvalier riait, se contentant de hausser les épaules ou de se retirer dans son bureau. Par la suite, lorsque le destin lui a souri et qu'il a pu parvenir à la magistrature suprême, aucun photographe n'a jamais pu prouver qu'il se prélassait dans des résidences pharaoniques, à l'instar de ses collègues présidents des autres nations du tiers-monde. Nulle vision de sa personne au bord d'une piscine, un verre de bourbon à la main, ou confortablement installée à bord d'un jet privé en train de parcourir la planète.

Nous n'avons, au moment où notre vie se termine, qu'un immense regret : celui d'avoir peu voyagé. Ah, « peu » n'est pas le mot ! Pas voyagé du tout serait plus exact. En fait, nous ne connaissons que notre Grand Voisin du Nord ; et quand nous disons « connaître », là encore nous exagérons, puisque nous ne sommes guère sorti du campus de l'université Ann Harbor, à l'époque où nous y faisions notre stage d'hygiène publique. Duvalier n'a jamais mis les pieds ni en Dominicanie, ni au Mexique, ni en France, ni même à Taïwan, en Israël et en Afrique, où pourtant mille invitations lui étaient faites. Somoza, le shah d'Iran, de Gaulle, Senghor, Nasser, voire Fidel Castro pourraient-ils en dire autant ? Nous avons toujours préféré demeurer au côté de notre peuple, afin de continuer le combat titanesque qu'initièrent les pères fondateurs d'Haïti pour redonner à notre race, la race des Nègres, la place qui fut la sienne, c'est-à-dire la toute première, quand les pères de nos pères, comme l'a magistralement démontré Cheikh Anta Diop, construisirent, voici trois mille ans, les pyramides d'Égypte.

Oh ! Duvalier ne se fait aucune illusion... Jusqu'à la fin du présent siècle, il sera, dans tous les livres, à travers tous les journaux, qualifié de tyran, de dictateur assoiffé de sang, d'Ubu des Caraïbes comme l'a écrit quelqu'un, mais dans les millénaires à venir, justice sera rendue à sa mémoire. Cela, il en a l'absolue certitude ! Car Attila, Alexandre, Jules César, Charlemagne, Gengis Khan et ce nabot de Napoléon Bonaparte ne durent-ils pas, eux aussi, user du glaive et de la poudre pour faire advenir leurs peuples à la face du monde et ne furent-ils pas, en leur temps, vilipendés ?

Tout comme eux, le nom de François Duvalier ne s'effacera jamais des tablettes de l'Histoire...

TABLE

Suite de la page 4

En langue créole

Marisosé, roman, Presses universitaires créoles, 1987 (traduction
   française de l'auteur : *Mamzelle Libellule*, Le Serpent à plumes, 1995).
Kôd Yanm, roman, K.D.P., 1986 (traduction française de G. L'Étang :
   Le Gouverneur des dés, Stock, 1995).
Bitako-a, roman, GEREC, 1985 (traduction française de J.-P. Arsaye :
   Chimères d'En-Ville, Ramsay, 1997).
Jou Baré, poèmes, Grif An Tè, 1981.
Jik dèyè do Bondyé, nouvelles, Grif An Tè, 1979 (traduction française de
   l'auteur : *La Lessive du diable*, Écriture, 2000 ; Le Serpent à plumes,
   2003).
Dictionnaire créole martiniquais-français, Ibis Rouge, 2007.

Cet ouvrage a été composé
par Atlant'Communication
aux Sables-d'Olonne (Vendée)

Impression réalisée sur CAMERON par

C P I
Brodard & Taupin
La Flèche (Sarthe)
en septembre 2008
pour le compte des Éditions de l'Archipel
département éditorial
de la S.A.S. Écriture-Communication

Imprimé en France
N° d'impression : 49320
Dépôt légal : octobre 2008